古宮九時

illust chibi

Unnamed Memory《アンネームドメモリー》 VI

名も無き物語に終焉を

「オスカー」
「何だ？」

「愛してますよ」
真っ直ぐに、曇りなく
向けられる愛情。
そのひたむきさに支えられる。
自分の一生に彼女がいることを
幸福に思う。
「知ってる」

Contents

Unnamed Memory

アンネームドメモリー

名も無き物語に終焉を

VI

古宮九時

illust. chibi

主な登場人物

＜ファルサス＞

オスカー
大国ファルサスの現国王。
魔法を無効化する伝説の王剣・
アカーシアを所有する。

ラザル
オスカーの幼馴染で
従者の青年。常に主君に振り
回される苦労人。

アルス
将軍。
もっとも若い将軍で実力者。
オスカーの稽古相手。

カーヴ
魔法士。
ティナーシャを忌避しない、
好奇心旺盛な青年。

シルヴィア
魔法士。
金髪の美しい女性で、
心優しいが少し天然気味。

ドアン
魔法士。
次期魔法士長と名高い、
才能ある青年。

＜トゥルダール＞

ティナーシャ
精霊術士でトゥルダール現女王。
退位後はオスカーに嫁ぐことに
なっている。

ミラ
ティナーシャが使役する
精霊。深紅の髪と瞳を持つ
美しい少女。

セン
ティナーシャが使役する
精霊。
飄々とした性格の青年。

レジス
トゥルダールの王子。
淡い金髪の聡明な青年。

レナート
レジスの側近である
宮廷魔法士。タァイーリ出身。

パミラ
ティナーシャに仕える
優秀な宮廷魔法士で、
レナートの友人。

＜その他＞

ヴァルト
魔法士。
時を遡らせる魔法球について
何か知っているようで……。

ミラリス
ヴァルトと共に
"計画"を実行するため暗躍する
銀髪の少女。

ラヴィニア
通称『沈黙の魔女』。
オスカーに呪いをかけた
張本人。

トラヴィス
最上位魔族。
飄々とした性格で、度々
ティナーシャの前に姿を現す。

オーレリア
ガンドナ王族。両親亡き後、
トラヴィスが後見人を
務めている。

ルクレツィア
通称「閉ざされた森の魔女」
ここ数十年、目撃された
記録がない。

～Unnamed Memory 大陸地図～

1654年（ファルサス暦526年）現在

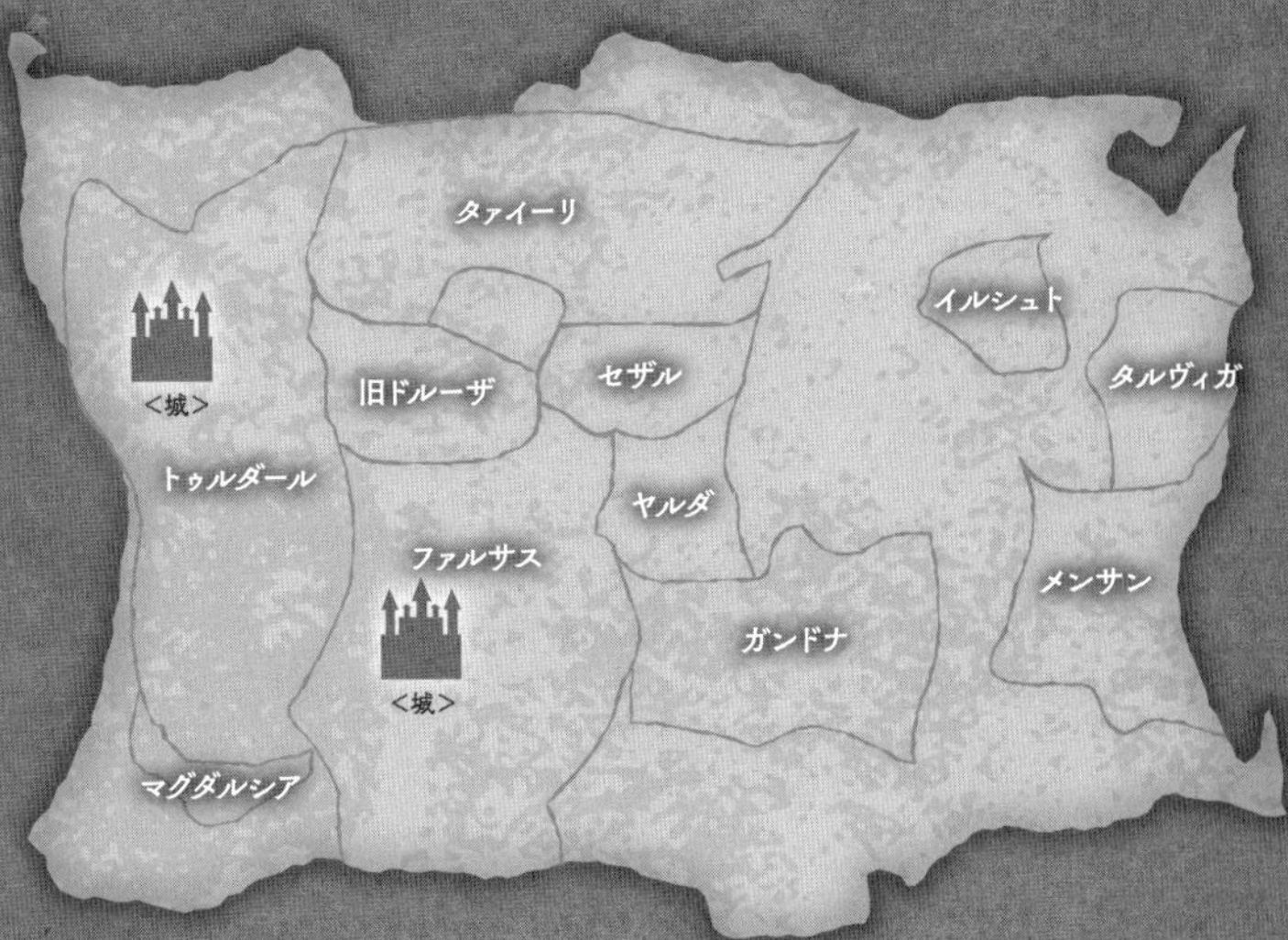

挑め

何度でも望む限り

叶えたい願いに手が届くまで

挑め。挑め挑め

そのための手段を、君たちに贈ろう

1. 眠りをもたらさぬ歌

待っている。

干渉を廃するためのきっかけを。変革へと至る嚆矢《こうし》を。

そこへと至る可能性を、世界は針打たれながらひたすらに——待っているのだ。

※

廊下の只中《ただなか》に飛び散った血は、白い壁までも染め上げていた。

床の上には、事切れた者たちが無惨な姿で転がっている。彼らに共通するものは、義憤と侮蔑の表情で、それは彼らの死が感情を塗り替える間もなく唐突にやってきた証拠だ。

鮮血の中で一人立つ少女は、十を越える軀《むくろ》を見回す。

十五歳を越えたばかりの彼女の顔に、恐れは一滴もない。長い闇色の髪と瞳。芸術品にふさわしいほどに美しい貌《かお》には、何の表情も乗っていなかった。

つい一瞬前まで暗殺者に囲まれていた若き女王は、頬に跳ねた血を指で拭う。

「使命とやらの高潔さで勝てるのなら、よかったでしょうね」

彼女を暗殺しようとした者たちは、玉座に座る少女を「国を傾ける僭王《せんおう》」と称し、力で排除しようとしたのだ。それはある意味正しいやり方だ。魔法士を束ねるこの国の王は、もっとも強い魔法士であることが条件なのだから。

だが、それを為《な》すには圧倒的に力が足りなかった。

彼らは数に任せて少女を襲い、彼女に触れることなく退場させられた。

そしてこんなことは珍しくもないのだ。即位から一年、ティナーシャを畏れ、疎み、廃そうとする人間は後を絶たない。同じ王候補であった王子ラナクが乱心し、その死によって玉座についた少女は、この国の頂点にありながらあまりにも異質だ。

初代以来、初めて十二の精霊全てを使役した彼女は、闇色の瞳で凄惨な場を睥睨《へいげい》した。

最後に、ただ一人残っている男に視線を戻す。

ティナーシャの正面に立ち尽くしている壮年の男は、先代王の時から宮廷に仕えている重臣だ。彼女が異例な即位をした後も、女王の傍らに寄り添い、支え、細やかな助言をしてくれていた。

若き女王は、臣下の男に微笑《ほほえ》む。

「不意をつけば、数を揃《そろ》えれば、私を殺せると思いました？」

「あ……」

「せっかく今まで従順な振りをしていたのに、短慮のせいで台無しですね。もっとも――私が誰かに気を許すなんて、何年経《た》とうともありえませんけど」

「っ、この化け物が……！」

その叫びを詠唱として、攻撃構成が組まれる。

けれど構成が完成するより先に、男の頭は果実のように弾《はじ》け飛んだ。

女王は微笑みを湛《たた》えたままだ。男の体はぐらりと一度傾《かし》いで後ろに倒れ伏す。そうして周囲の全てが死体になると、ティナーシャは軽く肩を竦《すく》めた。

「本当、皆懲りませんね」

ぼやいて彼女が歩き出そうとした時、先の角から女官が現れる。

「――陛下……ひっ」

血の惨状を見て悲鳴を上げかけた女官に、ティナーシャは小首を傾げた。

「どうかしました？」

「いえ、あの、ファルサス王家のお客様がいらっしゃっていまして……」

「っ、すぐに行きます」

少し前にファルサスから書状が来ていたのだ。「王の兄にあたる直系が、トゥルダールに遊学しに行きたがっている」と。

今のファルサスに、オスカーがいないことはとうに調べて知っている。だが、そうでなくても彼が生まれる国だ。気になって許可を出したのは数日前のことで、直接話をしたいとも思っていた。

ティナーシャは駆け出しかけて、ふと振り返る。

「セン、片付けといてもらえますか」

「構わない。が、協力者は洗わなくていいのか？　どうせ手引きしたやつがいるだろうに」

名を呼ぶ声に応えて、精霊の青年が現れる。女王はあっさりとかぶりを振った。

「きりがないしいいです。引き続き来られても同じことですし」

「分かった」

センが返事をすると同時に、死体の山は飛び散った血ごと消え去る。ティナーシャはその結果を見ずに、客人の待つ広間へと向かった。

広間で待っていたのは、ティナーシャの父親くらいの年齢の柔和な男だ。女王への面会とあって剣は佩《は》いていない。だが体つきから見て、剣士の訓練も受けているであろうことは分かった。ファルサス現王の異母兄の彼は、魔法文化を自国に取り入れたく遊学に来たのだという。

「女王陛下、この度は快く受け入れてくださり御礼《おれい》申しあげます」

「堅苦しくなさらないでください。当方も学ばせて頂くところがありますので」

国内の反対派には厳しく在るティナーシャだが、外に対しては常にそうではいられない。微笑む彼女に、男はやや砕けた様子で笑う。

「それにしてもお若い女王ですな。私の弟も若い方だが、更に十は下でいらっしゃるでしょう」

「ええ。この国の特性ではあるのですが、よその方は驚かれますね。ですがファルサスもアカーシアがおありでしょう？」

トゥルダール王の条件が「もっとも強い魔法士」であるように、ファルサス王の条件は「王剣の剣士」であることだ。記録を見れば十代の王も珍しくなく、オスカーも二十歳そこそこだった。

ティナーシャの問いに、客人は穏やかに微笑む。

「女王陛下はアカーシアに興味をお持ちですか？　魔法士の方は皆さんそうでしょうが」

「気にはなりますね。さすが国宝と言ったところでしょう」

魔法の効かない剣とは確かに不思議な存在だ。ティナーシャも実際に触らせてもらったことはあるが、構成も素材もまったく分からなかった。

曖昧に答える若き女王に、男は頷《うなず》く。

「トゥルダールにとっては、確かにアカーシアは迷惑な存在かもしれません。何しろ、どれほど堅固な結界や守備を張ろうとも、それを無力化してしまうのですから」

ティナーシャは笑顔で無言を保つ。

——それは、牽制《けんせい》だろうか挑発だろうか。

もしファルサスが、アカーシアを核としてトゥルダールとことを構える気があるなら、叩《たた》き潰すだけだ。少なくともファルサスにだけは手加減ができない。この暗黒時代にあって、頭一つ抜きんでる武の国だ。そこが将来彼の生まれる国であろうとも変わらない。個人の情に目が眩《くら》めば、国が立ち行かなくなる。取れる手段はどんなものであろうとも取らなければならない。民のために、己が泥を被《かぶ》ろうとも進むのが王というものだ。

ほんの一瞬の間に、ティナーシャは複数の思考を走らせる。

だがそんな彼女の考えに、気づいているのかいないのか男は悪戯《いたずら》っぽい笑顔になった。

「それでは、せっかくですから女王陛下に一つ真偽の分からぬ土産話をいたしましょう」

「土産話、ですか?」

「ええ、このアカーシアは、三百年ほど前、後のファルサスの建国王に、彼の妃《きさき》が渡したものなのだそうです。当時ファルサスはまだ、他の国からあぶれた者や追われた者でできた集団でしかありませんでした。けれどその頭領たる男に、ある時共にいた妻が『朽ちぬ剣』として自らの力と引き換えに、アカーシアを与えたのだという話です」

「力と引き換えに……? 魔法士だったのですか?」

だとしたらアカーシアは魔法の産物だったのだろうか。興味を見せる女王に、男は苦笑する。

「さあ、どうでしょう。ずっと昔の御伽噺《おとぎばなし》で、記録にも残っていませんからね。王家の子供を寝かしつけるためのただの昔話です。ただこの御伽噺曰《いわ》く、代わりに王妃は力を失って故郷へ帰ることができなくなったそうです。ひょっとしたら彼女は、水妖だったのでしょうかね」

「そんなまさか」

冗談のような話に、ティナーシャは微苦笑する。水妖と人の悲恋の話はいくつか伝わっているが、だとしてもアカーシアは水妖に生み出せるようなものではない。

「他に伝わる話とつき合わせても、謎が多い女性だったようですからね。ああ、名前だけはまだ伝わっていますよ。公式記録には残っていませんが」

「残っていないんですか?」

「建国当時はまともな記録を残すほど国と人に余裕がなかったようです。成り上がりの国で、建国王自身の名前さえ残っていないですからね」

「暗黒時代の建国なんて、どこも大差がないですよ」

ティナーシャの言葉は事実だ。トゥルダールの建国も、志を抱いて集まった人間たちが奔走して、当初は足りないものだらけだったらしい。

「トゥルダールの女王陛下にそう仰《おっしゃ》って頂けるとありがたいですね。湖で建国王と出会った彼女の名は——ディアドラというそうです」

「ディアドラ……」

王族の子のみに語られる御伽噺。指の間をさらさらとすり抜けて、わずかな砂だけが残るような話を、ティナーシャは反芻《はんすう》する。

けれどそんな話を、彼女はその後起きた争乱ですっかり忘れてしまった。

今は遠い、暗黒時代のことだ。

※

「陛下は在位期間を少し削りましょうか」

「うひゃ!?」

執務机についていたティナーシャは奇声を上げる。

腰まである長い黒髪に、同じ色の瞳。透き通る処女雪のような肌と稀有《けう》な美貌は、大人になって更に完成度を増した。その容姿一つで歴史に残るだろう。

そんな彼女は実際、現在も魔法大国トゥルダールの頂点に位置する女王だ。だが、今彼女がいる玉座は国内外の闘争に明け暮れた暗黒時代のものではない。ティナーシャはオスカーがいる四百年後に魔法の眠りを使って訪ねてきたのだ。

四百年前に出会った記憶を持たない彼は、長く彼女のことを訝《いぶか》しんで要注意人物として扱っていたが、慣れたのか諦めたのか彼女の存在を許容してくれるようになったらしい。だが、その距離感もつかの間のことで、ティナーシャが即位式で一年後の退位を宣言した直後に求婚された。まったくもって彼の考えることはよく分からない。分からないが、嬉《うれ》しかった。

だからティナーシャはただの少女のように喜んで求婚を受けて——退位した後は、オスカーに嫁ぐことが決まっている。その時のことを考えると、浮き立つようなくすぐったい気分だ。

けれどそれはそれとして、女王としての仕事はきちんとやっているつもりだ。

ティナーシャは窺《うかが》う目で、机の向こうに立つ青年を見やる。

「在位期間を削るって……私、何かまた大雑把なことしてました？」

穏やかな笑顔の青年は、トゥルダール前王の息子のレジスだ。淡い金髪に整った顔立ちの彼は、高貴さと柔和さを当然のように兼ね備えている。その外見だけを見れば、彼はまさしく絵本に出てくるような「王子様」だろう。けれど彼の中身は現実的で優秀な政務家だ。彼とティナーシャがいるからこそ、トゥルダールは思いきった改革に踏みきれる。

ティナーシャの存在で他国を牽制しながら、トゥルダールの体制を王制と議会制の二柱に変える――大胆なこの改革は、レジスと彼女の二人で立案したもので、有力者や民の代表たちとの折衝のほとんどは、皆からの信頼が篤《あつ》いレジスが担ってくれている。その点ティナーシャは、四百年前から突然現れたとあって、人脈も信用もほとんどない。飛びぬけた力だけが有用だ。

もっともかつての在位時も、彼女の周りは敵ばかりだった。その頃に比べれば今はずっと落ち着いているし、ティナーシャ自身もあくまで「一時的に王位を預かっている」という立場で慎重に動いている。国政も、時代が違うのだからあまり苛烈にならないように采配しているつもりだ。

トゥルダール次期王であるレジスは、苦笑して見せた。

「陛下のなさることに問題があるというわけではありませんよ。ただ即位後から陛下の周辺は色々と面倒が絶えませんよね」

「た、確かに」

思い起こせば即位してたった四ヶ月だというのに、謎の遺跡やら禁呪やら誘拐犯やら、挙句の果てには魔女や最上位魔族とも交戦する羽目になったのだ。これでは言われても仕方ない。

うなだれるティナーシャの頭上に、レジスの柔らかな声がかかる。

「で、トゥルダールでは陛下より強い者もおりませんし、ファルサスに嫁がれれば今より少しは安全になるかと思いまして」

「うわぁ……」

確かにこの国に彼女を超える魔法士はいないが、ファルサスなら話は別だ。王剣を持った当代最強の剣士であるオスカーがいる。なんだかんだで今までの問題も、彼と協力して収拾にあたったものは多い。

「実はファルサス国王からも打診を頂いたんですよね。貴女《あなた》の退位を早められないかと。目の届かぬところに貴女がいらっしゃるのが心配なようですよ」

「あー」

ティナーシャはお茶のカップを避《よ》けると、テーブルに両肘をついて頭を抱えた。心配など不要だと言いたいが、とてもではないが言えない状態なのはよく分かっている。婚約しているのに彼が最後の一線を踏みこんでこないのも、彼女が純潔を失えば弱体化する精霊術士だからだろう。離れたところにいるティナーシャの力を減じさせるのは、何かあった時に危険だという判断だ。

ティナーシャは顔を上げると、前髪をかき上げた。

「何というか……。何で私のところばっかり色々来ちゃうんでしょうね」

「他の人間のところに来たなら、瞬殺で闇に葬られて事件自体が表に出ませんよ」

「それはそれで恐《こわ》い……」

振りかかる難敵に、からくも勝ち続けている彼女自身が異色なのだ。レジスは微笑んで頷く。

「貴女がお望みなら一年と言わずもっと退位を早めていいんです。もう充分すぎるくらい助けて頂きましたし、たまにはわがままを仰《おっしゃ》ってください」

議会設立のための会議や法案の作成は順調に進んでいる。今は彼女がそれら仕事の三分の一程度と通常政務を担当しているが、引き継ぐにもかなりの量のはずだ。

けれどレジスは何ということのないように言う。

「執務に関してはお気になさらず。貴女が今まで手伝って下さっていたことが幸運でしたし、少し退位が早まるくらい大したことではありません。貴女が安全で、ファルサスとの関係も築けるなら願ってもないことですよ」

少しおどけた言葉に、ティナーシャは腕組みをして眉を寄せる。

レジスの言うことは事実なのだろう。彼にはここから先を王として回せるくらいの力量がある。それに、ティナーシャがいるということはトゥルダールにとって利があるが、危険もあるのだ。

「そうですね。私がいると何かよくわからない敵もここまで来ちゃいますし……。じゃあ婚礼衣《い》裳《しょう》ができたら退位の準備を始めます。でいいですか？」

「もちろんですよ」

先月から作られ始めた花嫁衣裳は、職人を総動員しあと三ヶ月ほどでできあがるらしい。順調に行けば即位から半年余りでの退位となるだろう。ずいぶん短いが前例がないわけではない。五百年ほど前には在位期間二ヶ月で退位した王もいるくらいだ。

二人は続けていくつか打ち合わせをする。ほとんどが即答で合意していく中、最後にレジスが眉を上げた。

「あの魔法球はどうなさいますか？　ファルサスに移しますか？」

——使用者の時間遡行を可能にする魔法球。世界を作り替える謎の呪具。

その存在は無視できないが、だからと言って何が正解かも分からない。少なくともヴァルトという魔法士は彼女以上に多くを知っていて、あの球――エルテリアを二つとも入手しようとしているのだ。

「どうしましょうかね。ヴァルトにはトゥルダールとファルサスが持ってるってばれてるんですよね。こちらのは封印してありますが、向こうも封印しないと。それとも私の傍《そば》に置いていた方がいいのかなぁ……悩みます」

場所が割れているといっても、どちらも城の宝物庫だ。ヴァルトが直接手出しはできまい。ただ彼がティナーシャを狙ってくる限り、どこに置いても彼女がそれを知っていればいずれは辿《たど》りつかれる。かといって危険すぎて壊したりはできないし、他の保管場所も思いつかない。

眉間に皺《しわ》を寄せていた彼女の脳裏に、その時ふとファルサス城地下にある無言の湖が浮かぶ。

「人外がそこからアカーシアを取り出した、という湖ですか……」

そう言えば四百年前、アカーシアの由来についてファルサス直系からも話を聞いたことがあったのだ。確か建国王の妻が関わっていたという話だったが、詳しいことは思い出せない。きっと日記を探せば書いてあるだろう。ティナーシャはそれを「手が空いた時にやること」として頭の中に書きこんだ。それはそれとして、あの不思議な地底湖のことを考える。

――面白い案だ。だが実行には思い切りが要るだろう。

彼女は結局結論を出さないまま、レジスがその場で作った書類を手に取ると立ち上がった。

※

トゥルダールの隣国であるファルサスは、武を以《もっ》て知られる大国だ。

王の従官としてそこに仕えているラザルは、執務室に入るなり嫌そうな顔で押し黙った。幼馴染《おさななじみ》の様子を見てオスカーは顔を顰《しか》める。

「何だ。何かあったのか」

「ちょっと怪しい話が入ってきてるんですが、できればお耳に入れたくないんです。でも陛下にお伝えして欲しいとのことで……」

「言ってみろ。誰からだ」

促すオスカーにラザルはますます嫌そうな顔になる。

だがラザルとしても最初から他の選択肢はない。王に伝えて欲しいと極秘で預かってきた話だ。聞かせたくないからといって言わないわけにはいかない。

「貴族と豪商たちからなんですが、ある娼館《しょうかん》で『聴くと死ぬ歌』が歌われているそうなんです。実際彼らの間に犠牲者が十人近く出ているんですが、場所が場所だけに公にしたくないそうで……。何とか調査できないかと内密に依頼が来ました」

「聴くと死ぬ歌？　かなり下手とかか？」

「いえ、そういう感じではないらしく、むしろ彼らは呪歌を疑っているとか。ちなみに別の酒場でも、聴くと自殺してしまう歌を歌っている人間がいるらしいんですよ。こちらの歌い手は別人で、娼館の客がほぼ全員犠牲になっているのに対し、酒場では聴衆の中から自殺者がちらほら出ているそうですね」

「呪歌か……」

オスカーは首を傾げた。少し前にティナーシャが歌ったのを聞いたことがある。人の認識を塗り替えられるその効果には、確かに目を瞠《みは》るものがあった。

——面倒だが死人が出ているのでは放置しておくわけにもいかない。

それに、何だか面白そうな話でもある。怪奇な臭いを嗅ぎ取って王は笑った。

「よし、聴きに行ってみるか」

「正気ですか!?」

「聴かんと分からんだろう。城下だし、すぐじゃないか」

「待ってください……誰か他の者を行かせましょう」

「そいつが死んだら寝覚めが悪いだろ。俺が行くから平気だ。まず娼館の方から行ってみるか」

「その根拠のない自信をやめてくださいよ！　大体ご結婚を控えていらっしゃるのに娼館に行くとか色々間違ってます！」

「ばれなきゃいいんじゃないか？」

しらっと答える王に対し、反駁《はんばく》しようとラザルは口を開きかけた。

だがその時、入り口の扉が異様な音を立てて歪《ゆが》む。二人は同時に扉を見やった。

木製の重厚な扉は、耳を塞ぎたくなるような音を立てながら、まるで紙を丸めるようにくしゃくしゃと固められて床に落ちる。ほんの数秒の間に元の形を微塵《みじん》も残していない残骸に成り果てたのだ。異常事態にもほどがある。そして、その扉の向こうでは、頭を抱える将軍のアルスと、にっこりと笑っているティナーシャが立っていた。

「すみません、盗み聞きをするつもりはなかったのですが、面白そうなお話が聞こえてきまして」

愛想よく微笑む彼女に、しかし部屋の温度は冷えていくような気がする。ラザルとアルスはこの場から一刻も早く逃げ出したそうに下を向いた。

オスカーは表情に困ってこめかみを押さえる。無意識に傍のアカーシアを確認した。

「よろしければ私もお手伝いいたしますよ？　お話の娼館を蒸発させればよろしいですか？　対象物を沸騰させるだけで、お茶を淹《い》れるより簡単にできますので遠慮なさらないでください」

「ちょっと待て、ティナーシャ」

「それとも貴方《あなた》を蒸発させた方がよろしいですか？　オスカー」

女王はすっと目を細める。そこには凍りつくような怒気があった。オスカーの背後の窓硝子《がらす》にヒビが入る。彼はさすがに立ち上がると、両手を前に出してティナーシャを宥《なだ》めた。

「悪かった。冗談だ」

「そうは聞こえませんでしたけど！」

「落ち着け落ち着け。物を破壊するな」

オスカーは机の引き出しを開けると、そこから銀色の腕輪を取り出し、開いてティナーシャに放った。彼女は苦い顔で腕輪を受け取ると手首に嵌《は》める。途端に部屋に渦巻いていた魔力がかき消えた。アカーシアと同じ材質で作られている封飾《ふうしょく》の効果だ。慄《おのの》いていた二人が深く溜息《ためいき》をつく。

ティナーシャは美しい顔を怒りで染めながら床を蹴った。

「レジスに用事を頼まれてなきゃ帰ってますよ、もう！」

「へそを曲げるな。俺が悪い」

子供のように頬を膨らませて怒る彼女を、オスカーは手招きで呼び寄せる。嫌そうに机を回って彼女が来ると、オスカーは婚約者を膝の上に抱き上げた。彼女が手に持っていた書類を受け取ると、ざっと目を通す。

「退位を早めたのか」

「さっそくそのことを後悔してますよ」

「そう言うな。俺は嬉しいけどな」

オスカーは彼女の額に口付ける。だがそれでもティナーシャは膨れっ面で横を向いているだけだ。

「立場が逆だったら腫れ上がるほどつねるくせに……」

「当たり前だ。相手の男を殺しに行くぞ」

「じゃあ私も蒸発させますよ」

「未遂だ未遂。ことを大きくするな。それより呪歌で人を殺せるのか？」

話を逸《そ》らそうとする男にティナーシャは軽く眉を上げたが、諦めたのか肩を竦めた。彼女は男の膝の上で足を組む。

「無理です。私にだってできません。せいぜい気鬱にさせるくらいですし、それも聴いた人に元々そういう要素がなければ無理です。だから酒場の方はともかく、その娼館はかなり眉唾ですね」

「原因が別にあるということか？」

「普通に殺してるんじゃないですか？　私だったらそうします」

「なるほど……」

「聴きに行くならついていきますよ。今日はもうレジスにお休みをもらいましたから。あ、その代わりこの書類に署名してください」

差し出された書類は、彼女の退位について知らせるものとは別の書類だ。両国の国境警備についての内容に、オスカーは目を通す。

ファルサスとトゥルダールの国境線には砦《とりで》や防壁はない。ただ草原に街道が延びているだけだ。そこにはいくつか見張り台と詰め所があって巡回警備が行われているが、書類には調査用の結界の範囲を変更する旨が書かれている。より少ない人員で効果的な体制を敷くための変更をオスカーは確認して頷いた。

彼女を膝に抱えたまま署名をする男を見やってティナーシャは憎々しげに舌を出す。

「他にも側室を迎えたいならいつでも仰るといいですよ？　それくらいは普通のことでしょう」

「蒸発するんじゃないのか？」

「うさぎを抱かないと眠れないように呪いでもかけてあげます」

「…………」

想像するだに怖ろしい。オスカーは戦慄を顔に出さないまま書類をティナーシャに返す。

「じゃあ一緒に聴きに行ってみるか。お前のいないところで行ったら城ごと蒸発させられそうだ」

「安心してください。蒸発するのは貴方だけです」

美しい女王は、平然と言いながら優美に微笑んだ。


魔力封じの腕輪を外したティナーシャが、「書類を置いてきます」と言って一旦ファルサスから消え去ると、執務室にいた三人はほっと胸を撫《な》で下《お》ろした。ラザルが入り口に立ち尽くしたままのアルスを見やる。

「アルス将軍、ティナーシャ様がいらっしゃるなら教えてくださいよ」

「俺もそこで一緒になったんだけど……潜んだわけじゃなくて開けようとしたら話が聞こえちゃったんだよ」

むしろ悪いのはその話の内容だ。ラザルとアルスはじっと主君に視線を送った。非難混じりの冷たい目にオスカーは白々と嘯《うそぶ》く。

「焼餅が面白いじゃないか」

「どこが！　蒸発ですよ蒸発！」

「まったく面白くありませんでした。死ぬかと思いました」

「扉と窓を直さないとな」

まったくこたえていない王に二人はそれぞれの仕草で頭を振った。王の花嫁となる女が嫉妬深いことは、重臣ならほとんどが知っていることだが、それでも婚約以来そのような場面に出くわしていないので油断していた。扉の残骸を片付けるアルスを背に、ラザルがヒビの入った窓硝子を仰ぐ。

「これは本当にご側室とか迎え入れられそうにないですね」

「いらんだろそんなもの。あいつがいれば充分だ」

「そうお思いならもっと配慮してください！　色々と！　その内愛想つかされちゃいますよ！」

「それはない」

軽く笑うオスカーに、二人は呆《あき》れた顔でそれ以上の言葉をのみこむと、黙って仕事に戻った。

※

空が薄紫色に染まりつつある。

夕闇が路地のそこかしこで息を潜める中、娼館の主である男は店の玄関を開けようと外へ出た。

西の裏町にある娼館は、大きくはないが上客を多く持っていることで有名だ。貴族や大商人も身分を隠して訪れる。更に今は、その客入りもとある噂《うわさ》のせいで五割増しだ。

見渡せば辺りの店にも徐々に明かりが灯《とも》り始めている。一種、幻想的とも言えるその風景に気を取られていた男は、自分の店に視線を戻して、その前に一人の女が立っていることに気づいた。

腰まで届く長い黒髪は絹よりも深い艶を保っている。白い横顔は、芸術品のように完成された造作で、それよりもっと神秘的だった。

女は彼に気づいて振り返る。息をのむ美貌に、彼は穴が空くほど彼女を見つめた。

「貴方がここのご主人ですか？」

「そ、そうだが……一体何の用で？」

明らかに娼婦《しょうふ》ではない。見るからに上流の人間だ。恋人の不貞を暴きにでも来たのだろうか。だとしたらいささか面倒なことになりそうだ。女が紅《あか》い唇を動かして用件を答えようとした時、しかし後ろから男の声が追いついてきた。

「ティナーシャ、先に行くな。蒸発させる気か」

「させませんよ！」

涼やかな声に主人は振り返って唖然《あぜん》とした。

女の隣に歩み寄りその髪を撫でる男は、この国を統べるただ一人であったのだ。


あわただしく呼び出されたクラーラとシモンは、そこで待っていた一対の男女を見て慄然とした。男の方は二人とも知っている。このファルサスを治める若き国王だ。彼は、少し不機嫌そうな隣の女を指すと「俺の婚約者」と紹介した。それが意味することはすなわち、彼女が隣国である魔法大国の女王だということだ。権力以外にも比類ない力を持つ二人だ。その二人が何故《なぜ》ここに来たのか、クラーラには少なくとも一つは心当たりがあった。——死を呼ぶ歌のことだ。

だが、あの歌の話が城にまで届いたとしても、確たる証拠は何もない。自分はただ歌を歌っただけだ。あの歌を聴いた人間が死んでいたとしても、彼女の非を立証することはできないはずだ。

だが、そう確信しているクラーラは気づかなかった。

後ろに立つシモンが、諦観さえ漂う据わった目でティナーシャを見ていたことに。

女王はシモンの視線を真《ま》っ直《す》ぐ受けている。

娼館の主と何事か話していたオスカーは、ようやく交渉が終わったのか三人を振り返った。

「じゃあ歌ってもらうか」

「その必要はありませんよ」

ティナーシャはきっぱりと言った。白い指がシモンを指す。

「魔力があるのは彼の方です。言いたいことがあったらお聞きしましょう」

ぞんざいな指摘。オスカーとクラーラの注目がシモンに集まる。彼は黙って頭を下げた。

「え……シモン、違うでしょう？　ちゃんとおっしゃい」

「本当なのか？　ティナーシャ」

「本当ですよ。女性の方には微弱な魔力しかありません。何かできるとしたら彼の方ですし……精霊を呼びますか？　上位魔族には人を殺したことのある人間が分かるんです」

ティナーシャはこめかみをかきつつもシモンから視線を外さない。

彼は頭を下げたまままきっぱりとそれを断った。

「いえ、それには及びません女王陛下。貴女様の仰る通り、全て私のなしたことでございます」

「シモン!?」

「クラーラ、すまない。部屋に帰っていてくれるかな」

男は優しく微笑む。いつもの笑顔。だが瞳には何も映っていない。今は彼女さえも見ていない。

出会ってから三年、その表情を見て初めてクラーラは彼のことを「底が知れない」と思ったのだ。

「あっという間に解決してしまった」

「何で残念そうなんですか！　遊びたいなら遊んでいけばいいじゃないですか」

「いや別にそれはいい」

怒っているティナーシャを背後から抱き取ると、オスカーは柔らかい頬に顔を寄せる。

「体がなまってしょうがないな。戻ったら稽古つけてやる」

「久しぶりに痣《あざ》の予感！」

「しょっちゅう血みどろになってるくせに今更何を言う」

じゃれあっている二人に娼館の主は困惑顔を向けていたが、溜息を一つつくとシモンを振り返る。

混乱するクラーラを宥めて部屋に返した彼は、静かに微笑んでいた。穏やかな視線がティナーシャに向けられる。彼女がそれに気づいて眉を上げると、シモンは淡々と問う。

「トゥルダールの現女王陛下は類稀《たぐいまれ》なる魔法士だと聞き及んでおりますが、一つ私の質問にお答え頂けませんでしょうか」

「何でしょう」

「呪歌によって一度に大量の人間を殺すことは可能ですか？」

さっきもオスカーに似たようなことを聞かれた。ティナーシャは形のよい眉を顰《ひそ》める。

「やり方にもよりますが、直接的には無理です。潜在的に敵意を持っている人間たちを戦わせるくらいならできますが、大量殺人にまで発展させるのは、普通の歌い手には難しいでしょうね」

「そうですか」

あっさり引き下がったシモンに、ティナーシャを背後から抱きしめたままオスカーは尋ねた。

「何故そんなことを聞く？」

「いえ、ずっと気になっておりまして……。せっかく女王陛下にまみえたことですし、もうすぐ私は処刑されるでしょうから。今を逃しては知りえないと思いお伺いしました」

「何でそんなこと気にするんですか」

「私の村は呪歌で滅びましたので」

シモンの答えに二人は目を丸くする。オスカーの声に険が混ざった。

「どういうことだ？」

シモンは王の問いに苦笑する。

「お耳汚しをするのは恐縮ですが――」

そうして彼は、三年前に起こったという自分の村の最後を話し始めた。

隣国ガンドナより更に東にある大国、メンサンの片隅に彼の村はあったのだという。

元々その村は古くから楽器の生産を生業《なりわい》としており、音楽の才能に長《た》けた者が多かった。

シモン自身は琴と作曲を得意としており、彼の妹は村一番の歌い手だった。彼女は素朴だが純粋な愛らしさと澄んだ歌声の持ち主で、求婚者も後を絶たなかったという。

だがそんな彼女はある日、森の中で一人の男に出会ったのだ。

妹はその男について詳しく語ることはしなかった。ただその男から「人を殺す歌を教わった」と言っただけだ。妹はそこから部屋に引きこもり始めた。

食事も満足に取らなくなった彼女を心配して部屋に押し入ったシモンが見たものは、別人のようにやせ細り、憑《つ》かれたような光を目に宿した妹の姿だ。

そして彼は翌日森に出た。妹を変えた一人の男を探すために。

だが半日以上あてもなく歩いても、彼は誰にも出会わなかった。シモンは夜の中、疲れた足を引《ひ》き摺《ず》って帰路に着き……ようやく見えた村の入り口で立ち尽くした。

彼の生まれた村は、真っ赤に燃えていた。

遠目からでも道に多くの人が倒れているのが分かった。動いている人間は誰もいなかった。

悪夢を思わせる風景の中、遠くから微《かす》かに女の歌声だけが聞こえてきていた。

「——それが誰の歌声か分かった時、私は村から逃げ出しました。何だかとても怖かった。もはや誰も生きていないような気がしたのです。聞いたことのない歌を歌っていた妹でさえも……」

話を締めくくるとシモンは目を閉じた。眉を顰めたティナーシャがかぶりを振る。

「それは……本当に妹さんの呪歌のせいなんですか？　ちょっと考えられないです。どうしてちゃんと確かめなかったんですか？」

「臆病だったと分かっています。それでももしもう一度あの時に戻ったとしても、私は村に足を踏み入れることはできないでしょう。それくらいあの時の光景は異様だったのです。悪夢は現実にも起こりうると、私はその時知りました」

シモンは微苦笑する。その目には消せない畏れがちらついていた。

「ですが、陛下にお話しして私も少し気持ちの区切りがつけられました。今まで誰にも言えないでおりましたので。ありがとうございます」

「それとお前が人を殺したことは何か関係があるのか？」

困惑するティナーシャとは対照的に、オスカーは皮肉な笑みを浮かべる。

シモンは晴れ晴れと笑った。

「いえ関係はございませんよ。私を助けてくれたクラーラに少しでも礼がしたいと思っただけです」

「人を殺すのがお礼ですか？」

「ええ。死を呼ぶ歌い手と評判が広まっても、それを目当てに客がやってくる。好奇心とは度し難いものですね。私が手を下し始めてから彼女目当ての客は倍増しました」

犠牲者を小馬鹿にするように笑うシモンに、ティナーシャは不快を顕《あら》わにした。同時に自分を腕の中に閉じこめている男の腹を、戒めを込めて肘で小突く。だがオスカーは平然としたままだ。

シモンは不意に、張り付いたような微笑を歪める。

「それに、客である彼らがどれほどクラーラを人として見ていなかったか。驕《おご》り高ぶり、彼女を虫けらのように扱ったか。貴女のような方にはお分かりになりませんでしょう？」

「……確かに分かりませんけどね」

想像力には限界がある。ティナーシャはそのことを知っている。どれほど想像し同情したとしても、それに陳腐な意味しか持たせられないこともあるのだ。

『でも彼女にとっては、何人か嫌いな人間が死んで貴方がここで処刑されるより、ただ貴方とずっと一緒にいられた方が嬉しかったんじゃないですか？』

そんなことを言おうとして、しかしティナーシャは言葉をのみこんだ。代わりにオスカーを見上げる。

「じゃ、任せますよ」

「ああ、助かった。兵士たちに連行させよう」

ティナーシャはシモンを一瞥《いちべつ》する。彼はもう元の通り微笑んでいるだけだ。

その貌を見やって、彼女は言葉にならない気分の悪さに唇を噛《か》んだ。

※

外はすっかり暗くなっている。完全に夜が降りてくるのも、もうまもなくのことだろう。

ファルサス城の廊下を歩いていたアルスは、ふと中庭に面した窓にドアンやシルヴィアら魔法士たちが固まっているのに気づいて足を止めた。見ると彼らは一様に窓の外を見下ろしている。明かりでもついているのか外はその部分だけ異様に明るい。

「何やってるんだ？」

「ああ、陛下がティナーシャ様と遊んでるんですよ」

「遊んでる？」

怪訝《けげん》に思ったアルスが彼らと並んで外を見下ろすと、そこでは魔法の明かりの下、ファルサス国王とその婚約者が剣を打ち合っていた。汗だくになって剣を振るっているティナーシャに対し、相手をしている男は余裕たっぷりだ。

「それは高いですって！　もうちょっと下げてください！」

「無理。ここで妥協しろ」

刃《やいば》のぶつかる金属音が鳴り響く。高いだの普通だのよく分からない話にアルスは首を傾げた。

「何の話なんだあれは」

「穀物の関税について交渉なさってるみたいですよ」

「うわ」

外野からするとどう見てもオスカーがずるい。体力差と腕の差でみるみる疲労していくティナーシャへ畳みかけるように、交渉は続けられている。

だが彼女はそれでも譲ろうとはしなかった。

「下げてくれないと暴れますよ！」

「お前、それは脅迫というんだ」

「むーきー！」

ティナーシャは身を屈《かが》めながら踏みこむ。剣を鋭く、掬《すく》うように前へ斬り上げた。

だがオスカーはそれを難なく弾くと、彼女の頸部《けいぶ》に練習用の剣を振り下ろす、寸前で手を止めた。

「まぁ、じゃあその七割にしてもいい。けど代わりにこっちの織物《おりもの》の関税を下げろよ」

「……分かりました」

ティナーシャは頭の中で簡単に計算したが、どちらが不利になるということもない。今年はトゥルダールは陽気もよく穀物は余っている。ちょうどいいだろう。

彼女は地面にしゃがみこんで呼吸を整えた。

「で、私がばてて る時に交渉を持ちこむのはわざとですか？」

「当たり前だ。判断力が鈍ってる時を狙うのは初歩の初歩だぞ」

「いっぺん締めますよ……」

ティナーシャは膝に両手をつきながら立ち上がった。二の腕と、腰に打撲ができている。彼女は痣になりそうなそれらに治癒を施した。オスカーが彼女の手から剣を引き取る。

「前より動きがよくなったな。実戦のせいか？」

「え、本当ですか？　それはちょっと嬉しいです」

魔法に関しては度重なる実戦で勘が研がれた実感はあったが、剣については何とも分からなかったのだ。師でもある男の評価にティナーシャはぱっと笑顔になった。オスカーは彼女の頭を子供にするようにぐりぐりと撫でる。

「そろそろ上がるか。着替えを用意させるから汗を流して来い」

「はーい」

ティナーシャが駆けだすと、オスカーは上を見上げる。彼は窓から様子を見ているアルスを見返すと、人の悪い笑みを浮かべた。

※

「で、捕まえた彼はどうするんですか？」

オスカーの私室にある浴室を借りたティナーシャは、薄絹の白いドレスに着替えた。濡《ぬ》れた髪を梳《す》きながら背後にいる男に尋ねる。

寝台に座っているオスカーは、立てた膝に頬杖《ほおづえ》をついて、じっと彼女の姿を眺めている。柔らかな肢体の曲線は、上質な生地によって浮き立ち、ぞっとするような蠱惑《こわく》を帯びていた。

返ってこない答えに、髪を乾かしていたティナーシャは振り返る。

「オスカー？」

「ん？　ああ、事情を全部聴取したら処刑だな。女の方は厳重注意だ」

「そうですか」

女王は白い十指で自分の髪を梳いた。髪はみるみるうちに乾いていく。彼女は湿り気がなくなったことを確認すると、再び櫛《くし》を手に取った。長い髪を梳《くしけず》りつつオスカーの隣に来て座る。

「何というか、奇妙な話ですよね……。その妹さんが森で会ったっていう男がやっぱり怪しいです」

「まだ気にしてるのか。嘘《うそ》かもしれんぞ？」

「そうは見えませんでしたよ」

オスカーも肯定こそしないが、それは同感だ。

おそらくシモンは嘘を言っていない。そしてその事件が彼の人生を大きく変えたのだ。

「村の滅亡を目の当たりにしたことと、妹さんを見捨ててしまったことで、精神が歪んでしまったんでしょうね。結果として、彼は『呪歌』という存在に魅入られてしまった——例の死を呼ぶ歌も聴かせてもらいましたが、上手《うま》くできてましたよ。呪歌の元となる歌を作らせたら天才の域に入るかもしれません」

「気分が悪い話に、変な男だったな」

過去のことがどれほど彼に影を落としたのかは分からない。だがそのことによって新たな罪が許されるはずもないのだ。ティナーシャは櫛を消してしまうと、顎に指をかける。

「聞き流すには物騒な話ですよ。村がまるまる一つ滅んでるわけですから。ファルサスにはないんですか？　原因不明に村が滅びてる事件」

婚約者の問いに、オスカーはざっとここ十年の記憶を振り返った。

「……一つだけあるな。確か二年前だ。国境近くにある村で、いつの間にか住民が全員死んでいた」

「それ、死因は何なんですか？」

「色々だ。発見された時は二、三日が経過していた。焼死もあれば村人同士争ったと思《おぼ》しき跡もあったと報告されてる。何しろ全員死んでるから証言も取れない。原因不明で処理されたはずだ」

「二年前……さっきの人の言っていたのが三年前ですよね。ちょっと諸国の記録も見てみたいなぁ」

「何だ、心当たりでもあるのか？」

オスカーはまだ温かい黒髪に手を差し入れると、彼女のうなじを撫でた。ティナーシャはくすぐったいのか軽く身震いをしたが、不審げな表情は変わらない。

「具体的にはないんですけど、何か引っかかるんですよね。だって、呪歌で可能なのは潜在意識を煽《あお》るくらいです」

「それで同士討ちや放火をさせたんじゃないか？」

「うーん、確かに理論上はそれくらいできるんですけど、それを村まるまる規模で一斉に、しかも全員に効力を及ぼすのって私並の術者じゃないと無理なんですよ」

女の言葉にオスカーは眉を顰める。それはつまり、彼女以外にできる人間はほとんどいないと同義だろう。つまり——おそらく事件の本当の原因は呪歌ではないのだ。

ティナーシャは自分の片膝を抱える。

「ただ、呪歌ではなく普通の呪詛《じゅそ》を使ってなら可能な人間は格段に増えると思います。思いますが、それでもかなりの魔法士じゃないと無理ですね。で、それくらいの魔法士なら呪詛だけに特化している特殊な人間じゃない限り……普通に村を攻撃した方が手っ取り早いです」

「お前は魔法士が村を滅ぼしたと思っているのか？」

「結構疑ってます。どこまで直接的に手を下したのかは分かりませんが、その森で出会った男が関わっているんじゃないですかね」

彼女はそこまで言うと息をついた。小首を傾げて隣にいる男を見上げる。

「そんな感じです。ちょっと調べてみたいですね」

「……お前は本当に自分から変なことに首を突っこむな」

「うー、性分です」

「まぁファルサスでも起こってる話だ。万が一、同一犯なら問題だからな。何か手伝うことがあったら何でも言え」

「ありがとうございます」

ティナーシャは子供のように相好を崩す。

ころころと印象の定まらない女だ。当たり前のように冷徹であることもあれば、少女のように無《む》垢《く》なこともある。婚約者の稚《いとけな》い姿にオスカーは目を細めた。

「お前は本当、目が離せないな」

「むー。レジスに退位を早めるよう言ったんですって？」

「言った言った。危ないから早く俺にくれと言ったぞ。魔女や最上位魔族と交戦したことを教えてやったから、さすがに効き目があっただろう」

「せっかく誤魔化してたのに！」

「誤魔化すな！」

オスカーは女を叱りつけながら膝の上に抱き上げる。艶《つや》やかな黒髪の上に口付けた。

「早く俺のところに来い」

——そうすれば守ってやれる。どんな敵でも打ち払ってみせる。

四百年前から、彼に会うためだけに来た女。

だが彼女は女王であったがゆえに、自分の国を見捨てない。その手に掬おうとする。

けれどもはや、絶大な力を持つ王が一人で国を支える時代は終わったのだ。

抱き上げている女の躰《からだ》は柔らかく、灯《ひ》のように温かい。部屋の空気はゆったりと重く、言葉にしない感情が沈殿しているようだ。

音はない。何も聞こえない。お互いの体温だけが、現実を認識させている。

ティナーシャはふっと熱い息をついた。

「昼間のお話ですけど……」

「どれだ？」

オスカーが問い返すと、ティナーシャはばつの悪そうな顔になる。

「側室の……。別に呪いとかかけないんで好きにしてください。貴方の当然の権利です」

それを聞いて、オスカーは噴き出しかけたのをかろうじて堪《こら》えた。ティナーシャとしては真剣に言っているのだろう。昼間の癇癪《かんしゃく》も、自分が悪かった、と思っているのかもしれない。

だが彼女は、そんなことを気にする必要などないのだ。オスカー自身が生涯で唯一、付随する問題を押してでも手を取りたいと思った相手だ。

彼女は、自分が重い愛情を注ぐことに終始して、自分に向けられる愛情に期待していないところがある。だから、ほんのささいな好意を返されるだけで少女のように浮き立って、充分だと満足してしまうのだろう。けれど彼がティナーシャに向けているものは、もっと大きな感情だ。

代わりのない無二の相手。一生を共に生きる覚悟。

だから他の妃など最初から考えてもいないのだ。

「側室は要らない。気にするな」

「そうなんですか？」

「お前もっと自信持て。他の女には嫌味にしか聞こえないぞ」

「と、言われても」

「俺からすると、お前は顔や魔力なんかより中身が面白いんだけどな。まあ、その二つがちょっと目立ち過ぎてるから、やっかみを買うには充分か」

「なんですか、それ……私の中身まで見てくれる人なんてそういませんし、それが当然ですよ。もともと魔女並の力があるんですから。それを割り引いて見てくれなんて言う方があつかましいです」

「別に割り引いてないぞ。お前はお前だろ」

強大過ぎる力を持って生きてきたことも、彼女を構成する大事な一欠片《ひとかけら》だ。そしてそれはあくまで欠片でしかない。だから彼女は、そんなことを気にする必要などないのだ。

オスカーはうつむきかけたティナーシャの顎を捕らえると上を向かせた。闇色の瞳を覗《のぞ》きこむ。

「それより、ちょっと頼まれてくれ」

「何ですか？」

「この部屋からお前の部屋に転移陣を描いて欲しい」

「へ？　いいですけど、また何で」

「毎日お前をつねり上げるためだ」

「お断りです！」

ティナーシャはそう叫ぶと、彼の膝から寝台の上に転がった。広い寝台の中央でしなやかな手足を伸ばす。オスカーは彼女の隣に座りなおすと、膨らんだ頬をつねった。

「頼むぞ？」

「痛いって！　頼んでる態度じゃないですよ！」

ティナーシャはばたばたと暴れると、彼の膝の上に頬杖をつく。

「別に、呼ばれればすぐ来ますよ。間断なくお仕置きしようとするのやめてください」

「いつでも呼べる状況だとは限らないだろ。何かあってもお前は俺に張った防護結界で気づくだろうが、俺にはそういうのがないからな」

オスカーにはティナーシャが魔法無効の結界をかけている。これに何らかの魔法攻撃が接触すれば、すぐに彼女は気づけるのだ。だが反対に、魔法士でない彼には彼女の異変を知る方法はない。つい先日に最上位魔族と交戦した時も、後から聞かされたくらいだ。

「何もないならないでいいが、お前は敵が多いからな。何かに巻きこまれてるんじゃないかと気になってしょうがない。せめて一日一回は顔を見せてくれ」

「オスカー……」

ティナーシャの顔が反省に染まる。心配させている自覚は一応あるのだろう。「自分の力ならば、これくらい一人で片付けられる」と思うのは彼自身よくあることだが、彼女は己の命がかかった局面でさえ「越えられる」と思いがちだ。それは生きてきた時代と性格の違いだろうが、だからと言って放置したいとは思わない。自分たちは夫婦になるのだ。

ティナーシャは彼の膝の上で小さく頭を下げた。

「すみません。どうも頼り方が分からなくて」

「まぁそれが甘えていると言えば甘えているからいいけどな。死んだら怒るぞ」

「了解です」

女王は体を起こすと、寝室の隅、邪魔にならないところを視界に入れた。

「一方通行にしますか？　双方向にしますか？」

「双方向で。帰る時に困る」

「ああ、そうでした。許可者は貴方だけでいいですか？」

「当然」

ティナーシャは微笑んで頷くと手をかざした。透き通る声が詠唱を紡ぐ。その終わりと共に床の上に転移陣の紋様が現れた。ティナーシャは伸び上がってそれを確認するとオスカーを振り返る。

「できました。中央に入ると発動します」

「そうか。ありがとう」

「お礼を言うのはこっちですよ」

彼女は苦笑しながら再び横になった。寝台の上を転がると、うつぶせでばたばたと細い足を振る。

機嫌のよさそうなその姿に、オスカーはさっきから気になっていたことを口にした。

「ところで、お前、帰らなくていいのか？」

「え。明日は午前中の執務がないから、泊まっていこうと思ってました」

「そうか。相変わらずお前は無防備な子供だな……」

婚約以前からティナーシャは彼に頓着のない接し方をしていたが、それはオスカーが「異性として興味がない」という態度を示していたからだ。婚約した後はそれが違うと分かって変わるかと思ったが、照れたり慌てたり可愛《かわい》らしいところは見せるものの、無防備なところは以前のままだ。夜ふらりと現れて隣で寝ついて、朝起こしても起きないことさえある。

どうにも一方的な我慢を強いられている気もするが、純潔を失えば弱体化するという彼女に対し、離れて暮らしていることを理由に、慎重になることを選んだのはオスカー自身だ。ティナーシャの方は「どちらでもいいです」と言っている以上、諦めるしかない。それより、彼女が責務から自由に、のびのびとしていられる時間の方が大事だ。

「まあ、部屋が繋《つな》がってるならもう少し融通が利くから、また考えるか」

「何を考えるんですか？」

「どこまで忍耐力を上げるか、という話だ」

「？　頑張ってください」

分かっていない返事にオスカーは笑い出す。彼はティナーシャの隣に横になると、細い躰を抱き寄せた。彼女は猫のように頭を摺《す》り寄せてきたが、不意に顔を上げる。

「そう言えばオスカー、ファルサスの初代王妃の話って知ってます？」

「は？　なんだ突然。知らないぞ」

「本当に？　子供の頃、王族だけの御伽噺とかで聞いてません？」

「……覚えがない。あの辺りの話は全然記録にないからな」

急に何を言い出すのか。オスカーが聞き返すと、彼女は思案顔になった。

「じゃあ四百年の間に失われちゃったんですね。私、昔聞いたことありますから。この前そう言えばそんなこと聞いたなって思いだしたんです。アカーシアは初代王妃が建国王に贈ったものだって」

「初耳だぞ。というかアカーシアは、無言の湖から人外が取り出したとしか知らない」

「ですよね。そっちは貴方に聞くまで知りませんでした。だからあの時、『初代王妃は水妖だったのかも』なんて言われたんですね」

「誰に聞いたんだ、そんな話」

王族だけの御伽噺、というからには、出所はファルサス王族だろう。ファルサスとトゥルダールは隣国同士なのだし、話をする機会もあったのだろうが、そんな雑談めいた話を誰が彼女にしたかは気になる。

ティナーシャは眠くなってきたのか長い睫毛《まつげ》をしばたたかせた。

「トゥルダールに遊学に来てた人ですよ。その後、タァイーリとの戦争になっちゃったんで忘れてました。確か予定よりも早く帰ってもらうことになっちゃいましたし」

「性別は？」

「男。なんでそんなこと聞くんです？」

「うちの王家はめちゃくちゃなやつが多いからだ」

「暗黒時代からそうなんですか……」

彼女はオスカーの胸に顔を埋めて小さく欠伸《あくび》をする。これ以上話しかけても負担になるだけだろう。彼は小さな頭を撫でた。

「もう寝とけ。明日あんまり起きなかったらお前の部屋に置いてくるからな」

「善処します……」

小さく息を吐いて彼女は目を閉じる。長い睫毛と貝を思わせる瞼《まぶた》は、薄い翳《かげ》を帯びて見惚《みと》れるほど艶やかだ。

奇跡のような造作。けれど本当に奇跡なのは、彼女がこの時代に現れたことの方だろう。

偶然と感情が積み重なったうえに生まれた出会い。それはひどく危ういもので、だからこそ手放せないと思う。一度は諦めた感情を、自らの意志で選び取ったのだ。もう一度捨てることは考えられない。

彼は顔を寄せると、ティナーシャの瞼の上に口付けた。彼女はくすりと笑う。

「オスカー」

「何だ？」

「愛してますよ」

真っ直ぐに、曇りなく向けられる愛情。

そのひたむきさに支えられる。自分の一生に彼女がいることを幸福に思う。

オスカーは花弁のような唇に口付けた。

「知ってる」

だから、何者も彼女を傷つけぬように。

彼女が苦しい時にこそその手を取れるように。

そう己と、己の剣に誓うのだ。

2. 単色の花

ティナーシャが使役する精霊は十二体。彼女はそのうち、三体を常に呼び出している。彼らはそれぞれタァイーリとの北東国境、城都、南部国境に詰めているが、その任務も交代制で、他の精霊は基本的に女王の呼び出しがなければ現れない。例外的に通常任務以外でミラやリリアがティナーシャの傍にいることもあるし、カルが話相手として現れていることもあるが、それとて常にではない。

上位魔族は基本的に人間に興味がない。

だから彼らは主人の命令がなければ現出しない。それは暗黙の境界線となっていた。

※

ファルサスを訪ねた時に聞いた「原因不明に村が滅んだ」という怪奇事件。

ティナーシャはあれから執務の合間を縫って、その調査を進めていた。

ただ調査と言っても、他国の記録を「気になるから」で大々的に参照することはできない。そのため彼女は、精霊や外交に携わる臣下たちに大きな街や村で聞き取りを頼んでいたのだ。

それでも大陸諸国のうち、ファルサスの他に、ヤルダ、セザル、旧ドルーザは、ティナーシャ自身に助けられた恩があるため、彼女の個人的とも言える頼みに城が快く回答をくれた。集まったそれらの情報を付き合わせると、ぼんやりと全体像が見えてくる。

「一番古くて七年前ですか。同一人物の仕業だとしたらかなり巧妙ですね。色んな国を転々として、証拠も残さず村ごと滅ぼしている……。全部で九箇所、同じ国で起こったのならさすがに調査もやっきになるでしょうが、同国で近い場所・時間に起きたものは一つもないんです」

女王の執務室にたまたま書類の処理を頼みに来たパミラは、調査書に目を通して唖然となった。

「これ、本当に同一犯ですか……すごい犠牲者の数なんですが」

「うーん、同じじゃないかなぁと思うんですけど、証拠がなさすぎて断言できません」

九つの村の犠牲者はあわせて軽く二千人を超える。ティナーシャの読みが正しければ歴史に残る大事件になる。だがその中にトゥルダールの村は一つもない。パミラは怪訝そうな顔になった。

「どうしてトゥルダールには来ていないんでしょう。こう言ってはなんですが、トゥルダールは領土の広さの割りに町や村が少なく、異変が起きても隣の集落まで伝わりにくいです。一見、狙いやすいと思うんですが」

「おそらく、犯人が魔法士だからでしょう。トゥルダールはどんなに小さな村でも必ず魔法士が十人以上はいますから。相手にしたくないんでしょう」

「ああ、なるほど……」

魔法士に呪詛をかけるのは、普通の人間にかける数倍もの労力を要する。

加えて、村を滅ぼそうにも相手に魔法士がいれば、転移などで逃げられる可能性は高い。逃亡者、証言者を出しては村まるごとを標的にする意味がなくなるのだ。慎重を期す人間ならわざわざトゥルダールを標的にはしないはずだ。

ティナーシャは、パミラが持って来た書類に署名をして返す。

「問題はここからなんですけどね。どうやって捕まえようかなーと」

あてどない目標に頬杖をついた女王は、そこでふと時間に気づいた。北東国境にいる精霊を呼ぶ。

「イツ、ありがとう。シルファと交代してください」

魔力を含んでの言葉は、距離があっても使役下の精霊には届く。

それと同時に執務机の前に老人の姿をしたイツが現れた。彼は深々と頭を下げる。

「特に国境付近に変わりはありませんでした」

「それはよかった」

北東国境は魔法を毛嫌いするタァイーリに面している。東はファルサスと旧ドルーザ、南はマグダルシアという農耕国家で、トゥルダールにいい感情を抱いていないのはタァイーリだけだ。だから常に警戒をしていると言えばしているのだが、向こうもわざわざ揉《も》め事《ごと》を起こす気はないようだ。ティナーシャはいつもと変わらぬ報告に安心した。ついでのように、精霊に問う。

「そう言えば滅びてる村とかありませんでした？」

「例の件ですね。幸い被害にあった村は見ておりませんが、手がかりもございません」

「ただ、国境近くの町に珍しい方がいらしていましたよ。或《あ》るいは事態を解決する一助になってくださるかもしれません」

「珍しい方？」

まったく心当たりのないティナーシャは首を傾げる。イツは穏やかな声音で言った。

「ええ。その方は――外れない占いをするのです」

「ですよね」


イツが転移門を開いてくれた先は、トゥルダール辺境の町だ。

他の国であれば、主要な街道からも遠く不便な場所だが、トゥルダールでは国が管理する転移陣の助けもあり、大きな滝を擁する観光地として栄えている。

ティナーシャは出店で賑《にぎ》わう大通りを行きながら、きょろきょろと辺りを見回す。

「書面で見るのと実際に来てみるのとでは全然違いますね。思ってたより人がいっぱいです」

「トゥルダールに生まれると、一度は見に行った方がいいと言われる滝がありますからね」

女王に付き添ってきたパミラがそう微笑したが、ティナーシャは四百年前も今も、ほとんどを城と戦場で過ごしており、自国の観光地を回ったことさえない。今も無理に執務の合間を抜けてきているので肝心の滝を見に行く余裕はないが、ファルサスに嫁いだ後なら自由も利くだろう。いつかオスカーを連れてこられるようにと、転移座標を取得しながらティナーシャはイツに聞く。

「で、外れない占いってなんですか？」

占いなど、ほぼ全てがあてにならない。昔は副業としてやっている魔法士もいたが、魔法に未来予知の構成はない。ただの当て推量だ。当然イツもそのことは知っているだろう。

精霊は主人の疑問に微笑で応える。

「おそらく、異能の類です。未来視、運命視といったものでしょう」

「ああ……なるほど」

この世界には極稀《ごくまれ》に、魔法ではない異能を生まれ持つ人間がいるのだ。先日知り合ったオーレリアなどは、人の過去を見抜く過去視の持ち主だった。それと逆の能力を持った占い師なのだろう。

イツは通りの先を指さす。

「彼女です」

言われてティナーシャは軽く目を細める。

路地の入り口に小さなテーブルを置いて座っている少女。ヴェールをかぶっていて顔は見えないが、緩やかに波打つ白金の髪がその端から零《こぼ》れ落《お》ちている。テーブルの上には白い花冠が置かれており、日の光の下、透き通るように輝いていた。

ティナーシャは思いきり顔を顰める。

「何ですか、あの魔力……」

「陛下？」

「魔力隠蔽かけてますけど、尋常じゃないですよ。私と同じくらいじゃないですか」

「えっ!?」

思わず大きな声を上げてしまったパミラは、あわてて自分の口を押さえた。幸い周囲の人間に聞《き》き咎《とが》められてはいないようだ。もっともイツが「女王がいらっしゃると分かれば、騒ぎになるかもしれませんから」と認識阻害をかけてくれているので、そのせいかもしれない。

イツは丁寧に言葉を選ぶ。

「ずっと昔の知己なのです。もっとも彼女は私のことを覚えてはいないでしょうが。ご覧の通りの強力な魔法士ですが、人に害を為す方ではありません。何にも深く関わらず、ただああして時を渡っていくだけの方です」

彼の言葉には多くの含みが感じられる。だが言葉自体に嘘はないだろう。ティナーシャとイツは主従契約を結んでいる。主人の不利益になる嘘はつけないし、イツはそういう性格ではない。

「あそこまでの魔力持ちで貴方と昔から面識があるとなると、かつてのトゥルダールの関係者か何かですね。そんな人がどうして記録されないまま今も生きているのかは気になりますが、貴方が言うならそれでいいでしょう」

「ご明察とご寛恕《かんじょ》、痛み入ります」

ファルサスの王剣の出所も不思議だが、魔法大国トゥルダールは、ファルサスよりも更に二百年は古い国だ。変わった話の一つや二つ隠されているだろう。第一、ティナーシャ自身が四百年前から時を越えてきている変わり種だ。人のことを言える筋合いではない。

ティナーシャは占い師の前まで行くと、テーブルを挟んで彼女を見下ろす。ヴェールの下から少女のものにしか見えない貌が、蒼《あお》い瞳が、ティナーシャを見上げた。

「うらないを、する？」

「お願いします」

ティナーシャは背もたれのない椅子を引いてそこに座る。

正面から見ると、少女は陶器でできた人形のように綺麗《きれい》な顔をしていた。人が踏み入らぬ山の上に降る雪色の肌。すっと通った鼻筋も小さな唇も、細やかな筆で丁寧に描いたように美しい。

ただ、硝子球のようなその双眸《そうぼう》はティナーシャを見ているようで見ていなかった。もっと遠くの、何か別のものを見ている。

あまりその目を見返しているとのまれてしまいそうだ。ティナーシャは簡潔に切り出した。

「ある事件を追っているんです。いくつもの村を魔法士が滅ぼしています。ですが、探そうにもとっかかりがないんです。何か手がかりが分かりますか？」

すぐに答えが返ってくると期待したわけではない。異能は得てして制御しにくいものという。

だが占い師の少女は即答してきた。

「やがて、あなたの前に現れる」

「え。本当ですか？」

未来視の持ち主がそう言うのなら、このまま構えていていいのだろうか。ティナーシャは首を捻《ひね》ったが、占い師の少女は頷いただけだ。隣に立ったイツが言う。

「彼女の占いは外れません。聞いた上で変えることは可能だそうですが」

「うーん、このまま調査を続けてればいいってことですかね」

直接的な手がかりは分からなかったが、それならそれでいい、のだろうか。

ティナーシャは迷いながらも、代金を多めにしてテーブルに置いた。

「ありがとうございます。参考になりました」

少なくとも、あの怪事件を闇に葬ってしまうことがないのなら、それでいい。これ以上城を空けているのも限界だ。イツとパミラが、少女に向かって一礼する。

ティナーシャが彼らを伴って転移門を開こうとした時、少女はぽつりと言った。

「無数の破片が、あなたに突き刺さる」

「え？」

それも未来視のうちなのか。凍った湖に似た瞳に、ティナーシャの姿が映し出される。

「世界は、変革を待っている」

彼女の言葉は、記憶に残らぬ混沌《こんとん》の海で聞いたものと、同じ響きを持っていた。


「なんか微妙に不吉な未来視をもらってしまった……」

執務室に戻ったティナーシャは、書類を手に取りながらぼやいた。

パミラは既に別の仕事に向かい、イツは休みに入っている。

謎の占い師からもらった謎の未来視について、ティナーシャは一応その場で「どういう意味か」と尋ねたのだが、少女本人も「わたしには見えるだけで、よくわからない」と言われてしまった。

非常にすっきりしないが、一番すっきりしないのはティナーシャ本人が「似たことをどこかで聞いたことがある」と感じたことだ。

「あれは……確か……」

四百年前ではない。割合最近のことだ。

全てに触れて、全てが分かったと感じた。世界のことも、己のことも。

取り戻せそうで取り戻せない。まるで夢の中の記憶だ。そしてその時も似たようなことを感じて、シルヴィアに言ったのだ。「何か変なところにいて、全部が分かっていた」と。

「――シミラに取りこまれてた時、だ」

位階外の最下層から現出した蛇。その中で見た記憶というなら、覚えていないのも無理はない。別位階は人間には知覚できない。何かをそこで知っても、記憶を外には持ち出せないのだろう。

「謎が深まった……」

だが、分からない以上放っておくしかない。戦いに身を置いていれば、何かの破片が刺さることなど日常茶飯事なのだし、刺さっても治せばいいだけだろう。

そうティナーシャが結論づけた時、レジスが執務室に入ってくる。

「陛下、お戻りになりましたか。滝はいかがでしたか？」

「見てきませんでした。さすがに執務を抜けて観光は躊躇《ためら》われて」

「美しい場所ですよ。僕も子供の頃に一度だけ訪れたことがあります。確か四百年前の陛下の治世には、まだあそこに町はなかったんですよね」

「ええ。滝があったなんて話も、この時代に来て初めて知りました」

四百年は長い。知らなかったことも、新たなこともたくさんある。

これが時を渡るということなら、あの占い師の少女はどれだけ多くのものを見てきたのだろう。

そんなことを考えながら、ティナーシャはレジスから書類を受け取った。重要なものからそうでないものまでざっと見ていき、最後近くの一枚で手を止める。

「トリスが里帰りするんですか。彼女、タァイーリ出身だったんですね」

以前、魔法学院での事件の際に手伝ってくれた少女、トリスは、あの後無事に宮廷魔法士となった。その彼女が今回里帰りをするそうだが、トゥルダールでは宮仕えの人間がタァイーリに立ち入る際には、全て事前許可を取ることになっている。ティナーシャなどは、トリスはあの魔法学院の町の生まれかと思っていたが、彼女の生家はタァイーリにあるのだという。

レジスは横から出国名簿を覗きこんで苦笑する。

「その娘の家族はタァイーリにおりまして、彼女一人だけトゥルダールの親類のところで暮らしているのです。ただ去年里帰りした際に、タァイーリの兵士に見つかって追い回されたようでして」

「あー……今年は宮廷魔法士ですしね。捕まったら揉《も》めますね」

タァイーリは魔法士を排斥する国家なのだ。魔力を持って生まれた子供は、下手をしたら殺されてしまうことさえある。そのためタァイーリに生まれた魔力持ちの子供たちは、多くがトゥルダールに身を寄せることになるのだが、本人だけ移住するか家族ごと移住するかは個々の事情次第だ。

ただ、トゥルダールの宮廷魔法士がタァイーリで捕縛されれば、確かに面倒事になる。トリスはまだ若いのだし、手を貸した方がいいだろう。

「ちょっと送迎を手配します。セザルでの水晶発掘も始まってますし、タァイーリを刺激したくないですからね。また戦争になったら今度はタァイーリを滅亡させせちゃいそうですし」

四百年前、攻めこんできたタァイーリをねじ伏せたのは、ティナーシャが指揮するトゥルダール軍だが、あれはあれで苦労も多かった。避けられる戦いは避けておきたい。

半ば冗談として口にした言葉に、レジスはけれど真顔で頭を下げる。

「お手数をおかけします。よろしくお願いいたします」

「はい……」

笑って流して欲しかった、というのはいささか不謹慎だ。そう反省しながらティナーシャは少し考えると、精霊の名を呼んだ。

※

「俺も長いことトゥルダールの精霊やってるけど、こんなどうでもいい仕事を頼まれたの初めて」

「その国名をここで出さないでよ！　あと精霊も禁止！」

怒り出す少女に、黒髪黒目の青年は肩を竦めた。少女は宮廷魔法士のトリスで、青年の方は女王の擁する精霊の一人だ。ティナーシャは、魔法学院の事件で面識がある精霊のエイルに、少女の里帰りの送迎を任せた。その結果彼らはトゥルダールを離れて、現在、少女の故郷があるタァイーリの西部――その上空に立っている。

「大体君が去年、タァイーリ兵に見つかったりするから、俺が巻き添えになるんだよ」

「う、うるさいわね……ちょっと国境で手間取っただけじゃない」

彼女の生家がある町まで直接転移をしようにも、転移を使えないトリスは座標を取得してないのだという。仕方なくエイルは近くに転移してから、夕暮れの空を滑るように移動していた。

やがて眼下に町の明かりが見え始める。横目で少女を見ると、彼女はほっとした顔で頷いた。二人は高度を落とすと近くの森に下りる。

「じゃ、俺、ティナーシャ様の使いでガンドナに行くけど、帰りはいつになるの？」

「要らないわよ！　一人で帰れるわ！」

「えー？　帰りも回収するよう命じられてるんだけどな。まあ、困ったことがあったらトゥルダール経由で呼んで。魔法で通信くらいはできるでしょ」

「で、できる……」

「じゃ、また」

感情を伴わない挨拶をして、精霊は転移構成を組む。それを見たトリスはあわてて手を上げた。

「あ、あの……ありがとう」

「別にいいよ。気をつけてね」

エイルはそれだけ言うと姿を消す。捕らえどころのない存在の傍から解放されたトリスは、未整理のもどかしさに溜息をつくと、夕闇の中、生家に向かって駆け出していった。

※

トゥルダールの夜風は冷たい。

自室の窓を開け、書類に目を通していたティナーシャは、ぶるっと体を震わせた。いくら冬ではないとはいえ、薄い寝着だけでは体が冷える。彼女は書類を置くと窓を閉めに向かった。

細い体を外に乗り出させた女王は、けれどふとその時不思議な違和感を覚える。

「あれ……？」

風に乗って魔力の波動が微かに香る。いつかもこんな風に外から魔力が漂ってきたことがあるのだ。確かあれは、ファルサスからの宴席の招待状を読んでいる時だっただろうか。その時は日中であったし、城の誰かが魔法を使っているのだろうと気に留めなかったが、はたしてこんな夜更けにも何かをしている人間がいるのだろうか。

とても微弱だ。構成も感じられない。どこから来ているのかさえ分からないほど微かな魔力に、しかしティナーシャは気になるものを感じて眉を顰めた。

「気にしすぎ……？」

何といっても魔法大国なのだ。城下までいけば魔法を使っている者もいるだろう。

懸念を振り切ろうとかぶりを振ったティナーシャは、直後、後ろから抱きしめられて飛び上がりそうになった。

「オスカー！　気配を消さないでくださいよ！」

「消してるつもりはないんだが。考えごとでもしてたのか？　風邪ひくぞ」

転移陣を使って訪ねてきたオスカーは、婚約者の体越しに手を伸ばすと窓を閉めた。冷えきった彼女の体に手近にあった上着をかけてやる。彼女ははにかみながら礼を言った。

「ありがとうございます」

「ん。大人しくしてるか？　変わったことはないだろうな」

転移陣を描いてからというものの、彼はこうして毎晩訪ねてきては同じ確認をしていく。

ティナーシャにとってはそれが妙にくすぐったい。こんな風にまめに面倒を見られていると、何だか四百年前に戻ったような気さえする。魔女にも比肩する力を持った彼女をここまで子供扱いするのは、夫となる予定の男を除いて誰一人いないのだ。

ティナーシャは、彼のために酒瓶を取りに行きながら肩を竦める。

「特に変わりはないです。ああ、例の調査ですが、右往左往した結果、今日ようやく怪しい人間が挙がってきました」

「ほう」

精霊の調査や外れない占いなど、転々と情報を集めていたティナーシャだが、肝心の情報は、ファルサスの隣国、ガンドナに住む王族の少女のオーレリアからもたらされた。ティナーシャから「村がまるごと滅ぶ怪奇事件を知っていたら教えて欲しい」と内密に要請された少女は、持ち前の察しの良さでティナーシャのやろうとしていることを汲《く》み取《と》ると、国内で起きていた事件の他に、八年前の東の小国で起きたある事件について記述を添えてくれたのだ。

「カトリスという国なんですけどね、そこで八年前に小さな村が、やはり同じようにある日突然、全員死亡するって事件が起きているんです」

「八年前ってことは、今のところ一番古いな」

毎日調査の進捗について聞いていたオスカーは、ティナーシャから酒盃《しゅはい》を受け取る。彼女が観賞用として自室の棚に並べていた酒は、オスカーが徐々に消費している。どれだけ飲んでも変わらない彼をティナーシャは別の生き物のように感じているくらいだ。

ティナーシャは自分用に冷水を手にしながら、先ほど読んでいた書類をオスカーに手渡した。

「でもこの事件は犯人が分かってるんです。バルダロスという魔法士で、魔法と呪詛を使って百人余りの村を一夜にして焼き尽くしたそうです」

「他の事件とほぼ同じだな。動機は？」

「攻都実験です。昔、トゥルダールでも城都を対象にした大規模呪詛を考案した魔法士がいたんですが、正直、個人の呪詛だけで城都を滅ぼすって机上の空論なんですよね。でもこの魔法士は、呪詛を通常の攻撃魔法と精神魔法で補助して攻都を可能にする――そういう案を、カトリスの城に提出したらしいんです」

「……なかなか変わった宮廷魔法士だな」

「いえ、宮廷魔法士じゃなかったんですよ。実力は充分でも、人格に問題ありとして採用試験で落とされたそうです。それを受けての攻都案提出だったんですが、カトリスは当然ながら彼の提案を一顧だにしませんでした」

「当然だな。不採用の傷口を広げてるぞ」

オスカーの呆れたような感想には同感だが、それが分からないからこそ問題人物なのだろう。或いは分かっていて城に挑戦を叩きつけたかだ。

だが、カトリスの城は彼の提案を無視し——その結果、バルダロスは自説の有用性を証明する凶行に及んだ。ティナーシャは、オスカーの座る椅子の肘掛に腰かける。

「そもそも人格に問題あり、とされた時点で色々余罪があったらしいんですけど、そちらは明らかになっていないものも多いです。辺境の小国ってことでかなり好き放題やってたようでして」

「そこまでやって、国は止めなかったのか？」

「さすがに村を滅ぼした時には処刑しようとしたみたいですね。でも当のバルダロスは、捕縛に向かった軍隊を一人で全滅させてしまったそうなんですよ。ただこの時は生き残った人間がいて、その証言から、確かに彼が犯人であると裏取りができています。で、カトリスはあまりにも犠牲が多かったことから彼の捕縛を諦めたんですね。バルダロス当人と取引をして国外追放にしています。そしてその後の行方は知れない……と」

「何だそれは。何でそんな危険人物を野に放つんだ」

「小さい国ですから、対抗できる魔法士もろくにいなかったんでしょう。こんなことになる前にトゥルダールに相談して欲しかったです」

ティナーシャは空になったオスカーの盃《さかずき》に酒を注いだ。酒瓶を置くと彼の膝上に座り直す。

「容疑者が挙がったのはかなりの進歩だと思うんですが、捕まえるにしても大陸は広いですからね。一応風貌などは分かりましたし、いずれ捕まえられるのは確定なんですが」

「なんだ確定って」

「そういえば言ってませんでした。オスカー、外れない占いって信じます？」

「信じない」

ティナーシャは半ば予想していた婚約者の返答に小さく肩を竦める。だが、謎の未来視について説明していては話が脱線する。ティナーシャは彼の膝上で足を組んだ。

「とりあえず、伝手《つて》のある各国に警戒するよう連絡しながら、地道に捜索するしかないですかね」

村が狙われている以上、一つ一つを回って結界を張ることも考えたが、あまりにも候補地が多すぎる。悩むティナーシャに、けれどオスカーはあっさりと言った。

「そういうやつの仕業なら、次に事件を起こそうとするところを先回りするしかないな」

「それ考えましたけど、村が多すぎて見当つかないです。せめて国を絞れればいいんですけど」

「絞れるぞ」

簡単に言ってのけた男に、ティナーシャは目を瞠った。体をよじって彼の顔を覗きこむ。

「え、本当ですか？」

「五割の確率でってところだけどな。──大体一年に一、二回起こっているこの事件、徐々に犠牲者数が増えているのに気づいているか？」

「増えてますね。最初はひなびた農村から、一番新しいのは結構賑やかな村だったみたいです」

「自分の力を試したいのか刺激が欲しいのか分からんが、標的にする集落は大きくなってきている。ただこのまま行くと、そろそろ村と言えなくなるだろ？　町か？　でも町くらいになれば大抵職業的な魔法士がいるはずだ」

「まぁ……いるでしょうね。少しは」

シモンなどは村に住んでいて魔法も使えたようだが、彼の本職は音楽家であって魔法士ではない。ただ彼は例外として、町にまで行けば、普通は警備や医療のため魔法を本分とする人間がいる。そこまでは分かるが、オスカーが何を言おうとしているのかは分からない。ティナーシャは彼の膝上で細い首を傾げた。男の青い目が彼女を見つめる。

「トゥルダールを徹底的に敬遠しているくらいだ。シモンの話を信用するなら標的に目をつけてから実行までの時間もかけている。少しでも危ない要素は慎重に排除する性格なんだろう。そんな男にとって標的を大きくすることと、魔法士と戦う危険を冒すことは、本来は排他だ」

「うん。そうですね」

「でもこの大陸には魔法士がいない国がある。どれほど大きな街でも魔法士の存在を許さない国が」

「あ……」

オスカーは口元だけで笑いながら闇色の目を見やった。ティナーシャは理解の声を上げる。

「タァイーリが狙われるってことですか！」

「俺ならそうする。危険が少ない」

オスカーはさらりと返したが、秀麗な顔に不快感がよぎるのをティナーシャは見逃さなかった。

彼女は婚約者の胸に寄りかかりながら小さく唸《うな》る。

——言われてみれば彼の言う通りだ。

今までの事件の中で、タァイーリで起きたものは二回。だが他の国ではいずれも一度しか事件が起きていないのだ。それは決して、タァイーリが次の標的となる可能性を除外するものではない。むしろ事の為し易《やす》さを意味しているのではないか。

ティナーシャは宙に浮かび上がると、オスカーの首に両腕を回した。

「正面から警告……はできませんよね。タァイーリは私の言うこととか聞く耳持たなそうですし。精霊を向かわせようかな」

「やって欲しいことがあったらまず言えよ。危ないことは禁止だ」

オスカーは酒盃を置くと立ち上がった。ティナーシャの体を抱き取りながら釘《くぎ》を刺す。無邪気に彼になついている女は、細い肢体を寄せて笑った。

「気をつけます。もう耳に染みついてますよ」

「お前が本当に気をつけてるなら、俺も自制しなくていいんだろうけどな」

薄い寝着越しに互いの体温が伝わる。実年齢は四百歳を超えるくせに、私生活においては幼い彼女は、誘惑者である自覚がないのか子猫のように首を傾げた。その反応にオスカーは口の端を曲げながらティナーシャを寝台に下ろす。

彼は大きな手でくしゃくしゃと黒髪の頭を撫でた。

「じゃあ俺は帰る。また明日な」

「泊まっていかないんですか？」

「お前を朝、風呂に放りこむ日課はどうかと思う。俺が遅刻するし、巻き添えで割と濡れる」

ティナーシャは寝つきがよく寝起きが悪いのだ。あんまり起きないので、オスカーは仕方なく彼女を寝着のまま湯船に放りこむこともある。その度に呻《うめ》き声を上げながらようやく目覚める彼女は、寝台の上で頭を抱えた。

「そ、それは申し訳ありません。でもあと三ヶ月で治る自信はあんまりないです……」

「努力しろ努力！　まあ別にファルサスに来たら好きなだけ寝ててもいいぞ？　寝坊王妃だな」

「うわ、善処します……」

日々の執務に追われているうちに、婚礼はあと三ヶ月あまりと間近に迫っている。ティナーシャが退位するのはその直前だ。ファルサス王妃になれば今より仕事は減るだろうが、だからといっていつまでも寝ていていいはずがない。

反省して小さくなるティナーシャの額に、オスカーは口付ける。

「ちゃんと寝ろよ。おやすみ」

「おやすみなさい」

二人は頬を寄せてそう言葉を交わすと、違う寝台に帰る。

だがそれもあと少しのことだ。いずれは添いながら生きていくことになる。緩やかな幸福を以て人生を転換させる。

それだけの価値が相手にはあると、お互いが思っていた。

姉が帰省してきていることは誰にも言っていない。

何しろ彼女は魔法士なのだ。そしてトゥルダールの王宮に仕えている。おまけに町の人間は、彼女は幼い頃病死したと思っているのだ。その点でも誰にも言うことはできない。

少年は姉のために買いこんだ果物を両手いっぱいに抱えて大通りを走る。

そうして十字路に差しかかった時、ふと人だかりが目に映った。

彼らは張り紙が張られた掲示板に注目しているらしく、ざわめきが聞こえてくる。少年は人垣の隙間から背伸びした。

だが十二歳の彼の背では張り紙を見ることはできない。少年は隣にいる男に問う。

「何が書かれてるの？」

「連続殺人犯が逃亡してるんだってさ。ファルサスとセザルから手配されてるらしい。坊主も気をつけろよ」

少年はそれを聞いて目を瞠る。他国からのそんな手配が出回ることなど今までなかったのだ。一体どれほど凶悪な人間なのか、見当もつかない。

だが少年は結局、いつまでも見えない張り紙に拘泥することをやめ、家に帰った。

だから彼も、そしてその姉も、張り紙に書かれていた男の風貌を知らない。

そしてトリスは、知らないまま危険極まるその男に出会うことになった。

その出会いは「彼」にとっても予想外のことだった。

標的にする町を調べていた際に、郊外の森で一人の少女と出くわしてしまったのだ。

ただそれでも相手が単なる少女であれば、そしてこの国でなければ、何事もなく誤魔化せただろう。しかし彼女は、男を見るなり目を丸くした。

「え……あなた魔法士？」

少女にも魔力があることは見れば分かる。

魔法士がいるはずのない国で顔を合わせた二人のうち、彼の方はそれが異例すぎる出会いだと気づいたが、少女はよく分かっていなかった。

彼女は驚きから覚めると、安心したように笑顔を見せる。

「あなたも里帰り？　見つかっちゃったのが魔法士でよかった！　またティナーシャ様に心配させちゃうかと思った」

「ティナーシャ様……？」

男の少女を見る目がすっと細まる。だが彼女は自分の思考に没頭していて、それに気づかない。

「ティナーシャ様って、トゥルダールの女王陛下かい？」

「そうよ。とってもお綺麗でお強いのよ！　貴方はどこの人間なの？」

「私は……今はファルサスに住んでるんだ。でもいいな。本当はトゥルダールに仕官したいんだよ」

「へぇ、そうなんだ」

「君は宮仕え？　いいなぁ。ねぇよかったら紹介してくれないかな。トゥルダールで勉強したいんだ。難病を患ってる弟がいてね……」

トゥルダールに仕えるもっと年上の人間たちであれば、男の言葉をまず怪しんだだろう。だが少女はそれをするにはあまりにも幼かった。あどけない貌がわずかに翳る。

「弟か……」

彼女は、まだ十二になったばかりの弟のことを思い出す。五歳の時にトゥルダールに亡命した彼女は、弟とほとんど遊んだこともない。だがそれでも帰るたびに彼女を姉と慕ってくれる弟が大事だ。いつか家族ともどもトゥルダールに呼んで、不自由ない暮らしをさせたいと思っている。

そんな思いからくる同情心もあって、少女は結論を出すと顔を上げた。

「うん、分かった。紹介してあげる。あ、でもあなたって転移門開ける？」

「人並みには」

「じゃあ私をトゥルダールの城都まで連れて行ってくれない？　長距離転移って苦手なの」

「いいよ。紹介してもらうんだし、それくらいするさ」

「ありがとう！　じゃあ今日の夜にここで。いい？」

「分かった。待ち合わせだね」

笑顔で手を振りながら消える彼女の背を見送って、バルダロスは楽しそうに笑った。

とんだ失態かと思ったらそうではない。思わぬきっかけを得られた。彼は偶然の幸運に感謝する。

その邪悪な笑顔を、そして町に張られた張り紙を見ずにいたトリスは、だからこそ知らない。

――自分が迂闊《うかつ》さによって、生まれた町を救ったのだということを。


宮廷魔法士であっても、部外者を連れて直接城都内に転移することはできない。

だからトリスは、バルダロスを連れてまず城都の入国所に転移した。他国の主要都と転移門で繋がっているこの場所は、入国者の審査も行っている。

バルダロスは偽造した身分証を出し、入国の目的を「勉学」とする。こういったことは諸国を渡り歩いているとやり過ごす知恵がつくものだ。ただ他国と違うところがあるのは、魔力量を測られ、魔力の登録をさせられたことだろう。

入国許可を得て城都内をトリスに案内されながら、バルダロスは感心の声を上げる。

「さすが魔法大国だね。城都が独特の守備を築いてる。一時滞在者は使える魔力量も制限されてるというわけか」

「そうなの？　知らなかった」

「君は宮廷魔法士だから制限がないんだろう。でもそれ以外は、トゥルダールの人間と一時滞在者で細かく使用可能な魔力量が等級ごとに分けられているよ。もちろん、これを越えて使っても即、罰則を受けるわけではないけど、事前申請が必要だし、それができなかった場合は事後に城からの査問を受けないといけない。端的に言ってしまうと、よそ者が無断で大きな魔法を使うと城に感知されて問いただされるってことだね。それ用の結界も城都には張り巡らされてる。周到だよ」

こと魔法防御にかけては、トゥルダールの城都は大陸一と言っていい構えだ。バルダロスは感心しながらも呟《つぶや》く。

「けど、完全な守りなんて存在しない。要は、感知にかからないほど弱い魔力だけを使えばいいわけだ。構成は複雑になるし、時間もかかるが……」

「あの、どうかしたの？」

何も知らない少女は、ぶつぶつと考えをまとめる彼を不思議そうに見上げる。

バルダロスはそんな彼女に微笑んだ。

「無事入国できたからね。お礼としてお茶をごちそうしよう。と言っても、私も聞きたいことが色々あるから私の都合でもあるけれどね」

「聞きたいって言われても、私、宮廷魔法士になったばかりで知らないことのが多いけれど」

「そうかな。君は大事なことを知ってるよ。女王陛下と面識があるんだろう？」

「あるけど……」

「なら大丈夫。私が知りたいのは、女王陛下の人となりについてだ」

魔法大国の頂点に立つ魔法士。

その彼女にバルダロスが興味を持ったのは、彼女が彼のやっている実験に気づいたからだ。

祖国カトリスでの事件以来、証拠は摑《つか》ませていなかったはずだ。にもかかわらず「誰か」が彼のしていることに気づいて、各国に警告を出してきた。

その警告が届いた国から割り出すだに――気づいたのは、彼女だ。

ファルサス王の婚約者であり、水晶窟を掘っている関係でセザルにも影響力がある人間。当代一の魔法士であるトゥルダール女王こそが、彼の実験に気づいた当人だろう。

噂では、彼女は十ヶ月ほど前に突然トゥルダールに現れて次期王位継承者となった人間だ。だがその出自の謎より何より重要なのは、彼女が飛びぬけた魔法士であり、自ら進んで戦場に立つ人間だということだ。個人として巨大すぎる力を持つと言えば、真っ先に思い浮かぶのは「魔女」だが、彼女たちは皆、居場所が知れない。その点、トゥルダール女王なら話は別だ。

何しろ彼女は二ヶ月後には退位する。この国にとってはしょせん、場繋《ばつな》ぎの王だ。ならばその後、彼女はどう生きるつもりなのか。それは彼にとって無視できぬ可能性に思える。

大通りから一本入った路地の店で、バルダロスは道に面した席に少女を誘った。トリスは躊躇っていたようだが、甘いお茶が運ばれてくると笑顔になる。

「陛下は……美人だよ。同じ人間と思えないくらい。あと、気さくな方。私の帰省に精霊を手配してくださったりするし」

「王の精霊か。彼らは常に女王の傍にいるの？」

「いないみたい。呼ばれないと行かない、ってエイル……精霊が言ってた。だから宮廷魔法士でも精霊を見たことのある人はあんまりいないんだ」

「精霊をそんなに使わないんだね。ただ周辺諸国への牽制として使役してるだけって感じか」

「面倒な案件とかは、陛下がご自分でおやりになることも多いの。どっちかというと細々した政務については、次期王のレジス様に総轄をお任せしてる感じかな」

「聞いたことがある。ファルサスとヤルダの戦争に介入した時も、女王自身が陣頭に出てきたって」

「私が初めてお会いした時も、普通に子供に姿を変えてまぎれこんでたし。あれだけ魔力がおありになるって、自由も大きいってことだもんね」

多くを知らない無邪気な少女の言葉に、バルダロスは微笑む。

――密《ひそ》やかに、誰にも知られずに村を消していくのは楽しかった。

少しずつ使う構成を、呪詛を変えて、自分の力を試せた。

だが結局のところ、強い魔法士とは孤独だ。だから周囲から浮き立ってしまった魔法士は、トゥルダールに集まる。集まって自分は一人ではないのだと安心する。

けれどバルダロスから見れば、それはただ堕しているのと同じだ。自分は周囲と同じだという空気に埋没して安寧を得たいがためのもの。

魔法士とは、本来そのようなものではなかったはずだ。もっとできることをすればいい。

そしてそう思っているのは――この国の頂点にいる彼女もまた、同じではないのだろうか。

※

未来が分かる、とはどんな気分なのだろう。

それは、便利そうに思えて、かえって思考や行動が縛られてしまう気がする。

朧《おぼろ》げな未来視をもらっただけのティナーシャでさえそうなのだ。未来視を持ったあの占い師が何にも関わらないで生きている、というのも少しだけ分かる気がする。

だからティナーシャは、通常執務の間、思いつくだけの調査の手を打ちながら、ただ待っていた。待っていて、それでもいささか予想外だったのは事実だが。


その晩ティナーシャは、執務を終えると未処理の書類を抱えて自室に戻っていた。

いつの間にか退位まであと二ヶ月に迫ってきている。入浴を済ませ部屋着に着替えたティナーシャは、寝台にうつぶせになって書類を読んでいた。最後の一枚を見て、首を傾げる。

「面会願い？」

それは、つい昨日までファイーリに帰省していたトリスからのものだ。なんでも、一時入国している知り合いの魔法士の弟が難病で、治療がお願いできないか相談したいという。

ティナーシャは少し考えると、私室から出て女官に声をかける。連絡が行ってトリスが訪ねて来たのは約三十分後だ。呼び出された少女は、ティナーシャの私室の戸口で恐縮して頭を下げた。

「お休みになっているところ申し訳ありません。この間は精霊をありがとうございました。実は、申請書にも書いたのですが、知り合いの弟さんが急に、容体が悪くなったらしくて……」

「いいですよ。そんなに治癒に特化してるわけじゃないですが。どこにいけばいいんです？」

「あ、今一応、兄の方も外に待たせてるんです。呼んでもいいですか？」

「大丈夫ですよ。一刻を争うんでしょう？　どうぞ」

部屋着に長衣《ちょうい》だけを羽織ったティナーシャは、室内に戻ると応接用の椅子の奥ではなく手前に座る。そうして彼女は、入ってきて対面に座した二人を眺めた。

表面上は平静に、ティナーシャは微笑む。

「トリス、その人がそう？」

「は、はい。ご無礼申し訳ありません」

「名前を聞いてもいいですか？」

「バルダロスと申します。女王陛下」

沈黙が部屋に落ちる。

男は穏やかな笑顔の下、検分するような目でティナーシャを眺めていた。女王はトリスに言う。

「トリス、もう下がっていいです。あとはこの方と直接話しますから」

「え？　で、ですが」

「トリス」

重ねて名を呼ばれ、少女は腰を浮かしかけた。だがその肩を男が摑む。

「ここにいてもらおう。動かない方がいい」

「え？」

その言葉にトリスは困惑を色濃くする。だがバルダロスは既に、ティナーシャしか見ていなかった。彼は平然としたままの女王に問う。

「ずいぶん落ち着いているのだな。貴女は俺を探してくれているのだと思ったが」

「探していましたよ。驚いてもいます。そう見えないとしたら、ここのところずっと意識はしていたからですね。――外れない占いって知ってます？」

「何のことだ？」

怪訝そうな男に、ティナーシャは苦笑した。

「結果を見てしまうと確かにトリスはタァイーリに行っていましたしね。次の犠牲を下見中に彼女と知り合ったという感じでしょうか」

「やはり見抜いていたか。俺の買《か》い被《かぶ》りでなくてよかったよ。あそこまで手配をかけておいて、貴女でなかったら興ざめだ」

どこか酔いの回った言葉を、ティナーシャは肘掛に頬杖をついて聞く。

トリスが「兄を連れてきている」と言った時、「件《くだん》の犯人かも」とはちらりと疑ったのだ。その上でトリスを最初に帰らせなかったのは、何らかの術を仕込まれていないかどうか見極める時間が必要だったからだ。今のところトリスは普通だが、きちんと精査するには時間がかかる。

ティナーシャは腕組みをして細い首を傾げた。

「それで？　用件は一応聞きますよ。聞き終わったらすり潰しますが」

「それはさせない。構成を組むのも精霊を呼ぶのもなしだ。――これが分かるか？」

男が懐から出したのは、手のひらに乗るほどの三角錐《さんかくすい》の骨組みだ。中には細い鎖が足らされており、小さな銀の鏃《やじり》のようなものがぶらさがっている。ティナーシャは唇を曲げた。

「まだそんなものが存在していたんですか。トゥルダール建国以前の骨董品《こっとうひん》じゃないですか」

「そうだな。魔法士がまだ魔者と呼ばれ迫害されていた頃に、魔力を感知するために作られた魔法具だ。これはその骨董品を改造して、俺以外の魔力が範囲内で動いた時に反応するようにしてある。つまり貴女が少しでも魔力を動かせば、魔法具と連動している呪詛が娘の体内で発動するようになっているわけだ。既に内腑《ないふ》に根を張っているだろうから、苦しんで死ぬことになるぞ」

「え……？　ティナーシャ様……？」

「大丈夫、トリス。落ち着いていてください」

ティナーシャは言いながら、男に従うことを示すために両手を上げた。彼女のところに来たということは相応の準備をしてきたのだろう。飲食物に呪詛の核を混ぜて飲ませたか何かだ。だとしても、呪詛というからには死ぬまでの効果はないはずだ。おそらくはったり混じりの言葉で、だが本当に呪詛が仕掛けられているなら、トリスは相応に苦しむことになる。

強硬策に出ることを諦めたティナーシャに、男は満足そうに笑った。

「一人の身で全てを守るのは難しいだろう？　どれほど厳重に警戒しても穴はある。そのくせ弱者どもは貴女に何もかもを要求する一方だ。女王などと崇《あが》めたてられても、その実は愚か者たちに奉仕する奴隷と大差ない」

「ずいぶん言ってくれますね。それと貴方のしたことに何の関係が？　今まであれほど慎重に立ち回っていたのに、私に嫌味を言うために来たんですか？」

「違うさ。俺は、貴女を誘いにきた」

「は？」

何を言っているのか、ティナーシャは眉を顰めた。男の目にはちらちらと嗜虐《しぎゃく》的な光が見て取れる。嫌悪を隠さない女王に、バルダロスは楽しそうに笑った。

「俺の実験に色々思うところもあるようだが、貴女もそう大差がないだろう。草を刈るように人を殺す。何の抵抗もなくそれができる人間だ」

「確かに私は人を殺しますが、一緒にはされたくないですね」

「一緒だ。人殺しに大義も綺麗事もない。俺も貴女も他の人間を食らって生きている」

バルダロスはそこで言葉を切った。ティナーシャの細い全身を眺める。一瞥で人の心さえ奪える美貌は、今はただ氷のように冷たかった。敵意しか感じられない彼女に向かって、男は問いかける。

「だから教えに来たのさ。貴女はもっと自由だ」

「自由？」

「ああ。目を見れば分かる。貴女は、自分以外の人間を弱くて脆《もろ》いものだと思っているだろう？指先一つでどうにでもできる草花のような連中だと」

「……それで？」

男の言葉を否定はしない。それはただの事実だ。彼女一人だけが異質な存在だということは自覚していて、けれど何かの優越を感じているわけではない。王族として選ばれた以上、その役目を果たすのは当然のことだ。

バルダロスは口の端を吊《つ》り上《あ》げる。

「俺と一緒に来ないか？　貴女のその力が欲しい」

「は？　寝言は死んでから言ってくださいよ」

冷ややかな切り返しに、トリスだけがびくりと身を竦める。

「寝言などではないさ。貴女は魔法を使って戦う時、楽しんでいないか？　構成が上手く組めた時、悦《よろこ》びを覚えないか？　それはつまり……力を揮《ふる》うことを望んでいるからだ。だが、今の暮らしで貴女は自分の力の何割を使える？　せいぜい一割がいいところだろう。俺とならもっと好きに発揮できる。禁忌などない。思いついた全てを実行していいし、好きにできる全てを好きにしていい。自分の力に、知識に、枷《かせ》をする必要などない」

――それは、ある程度の力を持った魔法士には、甘美極まる誘惑だろう。

魔法が使えたとして、全ての魔法士が己の力を自由にできるわけではない。制限はある。枷もある。強ければ強いほど、それは常につきまとう。

バルダロスはその枷を外してしまった人間で……彼女にも、同じ道に来ないかと誘っている。

「貴女なら分かるだろう。ファルサスの王妃として飼い殺される一生などつまらないぞ」

ティナーシャは呆れたように溜息をついただけだ。優美な仕草で白く細い足を組む。

「お断りです。何度も言わせないでください、面倒くさい」

「強気だな。この娘が死んでも知らんぞ？」

バルダロスは隣に手を伸ばすとトリスの喉を摑んだ。少女は目を見開く。ティナーシャは顔を歪めて立ち上がりかけた。

だがそれより早く、バルダロスから風の刃が放たれる。それはティナーシャの右頰から膝までを切り裂いた。赤い血飛沫《ちしぶき》が上がり、トリスが悲鳴を上げる。

「ティナーシャ様！」

「大声を出すな」

バルダロスは舌打ちすると、ティナーシャに向かって微笑んだ。

「何度も言わせないで欲しい。貴女なら分かるだろう？　強すぎる魔法士は孤独なものだと。俺ならばそれを理解できる」

「とんだ自信家ですね。一緒に行ったら貴方を殺すと思わないんですか？」

「そうだな。だから当分この娘も連れて行くさ。素直に動くようにさせておこう」

言うなりバルダロスは、止める間もなく少女の耳元に何かを囁《ささや》いた。トリスはびくっと体を震わせる。やがてその瞳から意思が失われるのを、ティナーシャは苦々しく眺めた。

「それも呪詛ですか。つまらぬことを」

「呪詛の利点は他者には容易に読み解けないということだ。人間は、自分で思っているよりずっと弱い。精神に訴えかければ容易《たやす》く歪む」

「そうして村を焼かせてきたわけですか」

「最初はそう上手くはいかなかったがね。実験のおかげで、今では『沈黙の魔女』ほどではないが自信はあるよ」

ティナーシャは頬の血を指で拭いながら、時計を一瞥した。

その視線につられてバルダロスも時間を確認する。

――思っていたより、彼女は愚かだ。

話してすぐに了承されるとは思っていなかった。

だが思った以上に頑《かたく》なな態度だ。もっと彼女は、誘いの意味を正当に理解できると思ったのだ。

にもかかわらず、ちゃんと聞いていないのではとしか思えない。力が抜きんでていても、それを扱う精神が凡百では無価値だ。

ただ、それでも巨大な魔力を持っているということは、有用になる。

バルダロスは再び一度時計を見る。

もうそろそろだ。城に来る前に街で入念な準備をしてきた。感知されないよう少ない魔力で複雑な構成を組んだのだ。そう時間はかけられなかったため、もともと近くにあった小さな発火機能のある構成に繋げる形になってしまったが、火種としては充分だ。後は周囲の構成に連鎖して、勝手に大きな炎へと育ててくれる。――城の窓にも光が届くくらいの大きな火に。

そして、その一瞬の隙があれば、彼女の精神に呪詛を打ちこめる。

いくら最強の女王と言っても、他人の呪詛を瞬間で解くことはできない。入ってしまえば自分の勝ちだ。彼女は愚かな人間だが、自分が魔法士として不自由で孤独であることは理解している。そこを突けばいかようにも操れる。しょせん行き場のない小娘だ。だからファルサスからの政略結婚を受けたのだろう。

ティナーシャは黙して座っているままだ。剝《む》き出《だ》しになっている膝から垂れている血を気にした様子もない。いやに肝が据わっている。

その闇色の目は、何もかも映して何もかも吸いこむようで、彼は無意識のうちに息を詰めた。

ただ、火が上がるまであと少しだ。

その時を見逃すわけにはいかない。バルダロスは足を組んだままの彼女に問うた。

「貴女の魔力は先天的なものなのか？　臓腑《ぞうふ》にどれだけ魔力が染みこんでいるか見てみたいね」

「どうして貴方みたいな魔法士は、すぐ私の腹を裂いてみたがるんですかね」

「単なる興味だよ。貴女の全身は貴重な触媒のようなものだからね」

言いながらバルダロスは片手を上げた。

「っ……」

ティナーシャは、鋭い痛みに体を折る。見ると薄い腹の真ん中に、魔力で作られた細い杭《くい》が穿《うが》たれていた。黒い杭はすぐに消え去り、代わりに親指の先ほどの穴から赤い血が溢《あふ》れ出《だ》してくる。

ティナーシャは息をついて姿勢を戻すと、膝に流れていく血を冷ややかに見下ろした。

「俺のものになると言うといい。俺は貴女を理解できる」

「理解が欲しいと思ったことはありませんよ」

ティナーシャは肩を竦めて笑った。

その笑顔を見ながら、バルダロスは違和感を覚えて時計に視線を移した。ぽつりと零す。

「……何故だ？」

――火が上がらない。

時間はいつの間にか過ぎている。そんなはずはない。何度も確かめて構成を組んだはずだ。

動揺を押し隠すバルダロスの耳に、女のくすくすと笑う声が聞こえる。

ひどく忌まわしく転がる声。バルダロスが彼女を見ると、彼女の腹から流れる血が、暗い部屋の中、床にまで滴っていた。

「お前が、何かをしたのか？」

「何もしてませんよ」

「なら、何故笑う」

「すみません……貴方がどういう殺され方をするのかなぁと思ったらつい」

「俺が死ぬだと？」

バルダロスは片手で少女の喉に爪を立てながら顔を引きつらせた。

素早く構成を組む。どちらがこの場において優位なのか、力を以て思い知らせる。

それをしようとした瞬間、背後から男の声がかかった。


「何をしている？」

誰何《すいか》と衝撃は同時だった。

バルダロスは突然視界が変わったことに声も出せなかった。

何も見えない。体を椅子ごと引き倒され、顔を床に押し付けられているのだということをようやく理解した時、右足に激痛が走った。頭の中が真っ白になり、バルダロスは叫びを上げる。

「っ、ああああああ――――！」

「何をしていると聞いてるんだ。早く答えないと足がなくなるぞ？」

怒りを孕《はら》んだ男の声が降ってくる。バルダロスは苦痛を堪え構成を組もうとしたが魔力が形にならない。意識を集中できないのではない。魔力がどんどん拡散していってしまうのだ。

バルダロスを踏みつけたまま、その右足に王剣を刺したオスカーは顔を上げる。

「何してる。傷を塞げ」

そう婚約者に言い放って、彼は苛立《いらだ》たしげに舌打ちした。

ティナーシャは呆気《あっけ》ない決着に苦笑すると、意識のないトリスのもとに向かった。額を触れ合わせて、体内の魔力の気配を探る。

「んー、やっぱり『幻の激痛を感じる』って類ですか。鎮痛をかけてから解呪でいけそうです」

ティナーシャは頭の中で構成を組み立てる。

最短の時間で、最適の構成を。彼女は顔を上げると、トリスの胸に手を置いた。

「――沈め」

一言だけの詠唱。トリスの体がびくりと震える。だが変化はそれだけで、少女はそのままぐったりと椅子に座りこんだ。ティナーシャは処置が無事済んだことに息をつくと、次は自分の腹に手を当てる。詠唱をすると小さな穴が瞬時に塞がった。その間にも男の絶叫は部屋に響いている。

オスカーは踏みつけている男を睨《にら》みながら吐き捨てた。

「誰の女だと思っている？　相応の報いは受けてもらうからな」

言われたバルダロスは、既に戦意の欠片もなく悲鳴を上げている。彼は片耳を削《そ》いで突き立てられたアカーシアから逃れようと、床の上をのた打ち回っていた。

夜を揺るがす叫び声に耳を押さえながら、オスカーは婚約者に問う。

「うるさいな。何だこいつは」

「それがあの連続事件の犯人ですよ。自分から来てくれました」

「はぁ？　馬鹿だな馬鹿。で、何でお前はいいようにやられてるんだ」

「魔法使用に制限を受けまして。でも待ってれば貴方が来るだろうと思って」

だからあえて、手前側の椅子に座ったのだ。自然と相手は奥側の椅子に座り、寝室から来るオスカーに背を向ける形になる。

だが、当の本人はそれを聞いても忌々しげな顔をしただけだ。

「お前の揉め事遭遇率は異常だ」

扉があわただしく叩かれる。悲鳴に気づいた警備兵たちが駆けつけてきたのだ。

途端に騒がしくなる夜の中、八年間にわたり二千人以上もの犠牲を出し続けた事件が、密やかに終わりを告げようとしていた。

※

話を聞くため簡易的に痛み止めを施されたバルダロスは、しかし少しも助かったという気にはなれなかった。床に拘束された自分の上で二人の男が相談している。それは物騒極まる内容だ。

「俺にくれ。ファルサスでも村を滅ぼしてるし、こちらで処断しよう」

「でも捕まえたのがトゥルダールでのことで、女王への危害もありますしね……。半分にしましょうか。体も」

「縦に割るか。右と左とどっちがいい？」

「ああ、でもそれでいったら他国の分も考えないといけませんね。九つでしたっけ」

「いや、タァイーリで二件だから、八つのはずだ」

「じゃあそれとトゥルダールを合わせて九等分で」

オスカーとレジスが淡々と話を進めている。アカーシアを帯剣したまま男をどう切り分けるか考えているファルサス国王を、しかし背後から女の声が制止した。

「私の部屋でやらないでくださいよ。臓物の臭いがつくじゃないですか」

「既に充分血で汚れてるぞ」

「染み抜きが大変そうですよね。敷物《しきもの》は処分かな」

裂傷を治し着替えたティナーシャは、ようやくトリスの治療を終えて立ち上がった。呪詛ということでもっと解呪に時間がかかる可能性も考えていたが、今回は呪詛をかけた本人が捕まった。オスカーの拷問と言うには雑な尋問のおかげで一通りの構成も分かり、無事解呪できたのだ。

ティナーシャはバルダロスの傍に歩み寄ると、その頭の横にしゃがみこむ。

「さて、もう少し聞きたいことがあります。貴方はヴァルトという男を知っていますか？」

その名前にオスカーとレジスの表情が一瞬歪む。だがバルダロスは血の混じった唾を飲みこみながら小さくかぶりを振った。

「……知らない」

「うーん？　まぁそれならそれでいいです。ずっと貴方をどう捕らえようと悩んでいたので、そちらから来てくれてよかったです。ありがとうございます」

にこやかに微笑む彼女を見て、バルダロスは唇で嘲笑を形作る。

「俺を拒絶したこと、いつか孤独の中で後悔するぞ」

「それはないです」

あっさりと答えると、ティナーシャは右手をバルダロスの額に触れさせる。

闇色の深淵《しんえん》が男の瞳を覗きこんだ。

「私は、孤独を恐れたことなんかないんですよ」

――それは、常に自分が引いて進む影だ。

孤独を怖いと思ったことはない。忌避したこともない。

物心ついた時から、ずっと孤独の中にい続けたのだ。

彼女のその空虚を深く埋めてくれたのは、十三歳の時に出会った一人だけだ。だからたとえどんな未来を迎えようとも、そしてそこに後悔が待っていたとしても、彼を選び取ったことを後悔する日は決して来ない。ここが彼女の終着点なのだ。

「それに……私は弱い男を選ばない」

ティナーシャは嫣然《えんぜん》と笑う。

自分は人を殺せる人間だ。戦いを楽しいと思える人種だ。

そして今も、そのための力を揮う。迷いはない。凝《こご》っていく力にバルダロスが顔を引《ひ》き攣《つ》らせる。

彼の表情を一片の憐憫《れんびん》もなく眺めると、ティナーシャは男に囁いた。

「さようなら」

絶叫が夜を切り裂く。

激痛にのたうち回る男を圧倒的な力で押さえつけながら、ティナーシャはまばたきもせず、自分の為すことを見続けていた。

※

「さっきのあれは、人格でも破壊したのか？」

「それじゃ調書が取れませんよ。単に魔力をずたずたに乱したんです。体内に構成を埋めこみましたから、自然治癒しかければ再び引き裂かれるようになってます。あそこまでやると体も結構痛いですし、正気を保つのも大変ですね」

何ということのないようにオスカーの疑問に答えて、ティナーシャは自嘲的な笑みを浮かべた。

今、二人がいるのはトゥルダールではない。ファルサス城のオスカーの寝室だ。あの後、事後処理の手配をし終わったティナーシャを、レジスは部屋の掃除と安全対策のため、オスカーに押し付けてファルサスにやったのだ。

バルダロスは、取り調べて全ての罪を明らかにした後、諸国にその旨を連絡することになっている。そこで異論がなければトゥルダールが処分することになるだろう。

寝台でうつぶせになっているティナーシャの髪を、オスカーは彼女が持っていた櫛で梳っている。彼女は首を捻ってそれを怪訝そうに見上げた。

「何してるんですか」

「いや、艶が増して面白い。猫の毛並みを整えてるみたいだ」

ティナーシャは呆れた目になったが、すぐに口を手で覆いながら小さく欠伸をした。色々あっていつも寝る時間より三時間も夜更かししている。明日ちゃんと起きられるか自信がまったくない。

一方、寝坊とは無縁の王は、冷ややかとも言える注意を降らせた。

「大体お前、無用心にもほどがあるぞ。私室にほいほい人を入れるな」

「最初はそこまで真剣に疑ってなかったんですって。でも貴方が出入りしてるって、ある意味一番安全な部屋だと思うんですけど」

「お前な……」

オスカーがいつも訪れる時間は分かっている。ならば何も心配は要らない。その時まで待てば済むだけだ。彼女は顔を伏せて眠気に身を委ねる。だが横からオスカーがその頬を軽くつねった。

「いたい……」

「ともかく顔を合わせた瞬間に反撃しろ！　いいようにやられるな！」

「むー。大した怪我《けが》じゃなかったじゃないですか」

「俺の気分が悪くなる」

櫛を置くとオスカーは仰向けになった。青い目が彼女を一瞥する。

その隣でティナーシャは瞼を下ろし息をついた。言うかどうか迷って、だが結局口にする。

「オスカー」

「何だ？」

「私今日、戦いを好む人種だって言われましたよ。人を食らって生きているんだって」

「戯言《ざれごと》だな」

「そうですか？」

「力が大きければ容易に人を殺せる。けど別に、苦労して殺すのに比べて迷いの有無が変わるわけじゃない。むしろお前は迷う性質だろう？　それに他の人間と力が違いすぎて、戦いに高揚を感じる時の方が少ないんじゃないか？」

「……オスカー」

――何故こうもお見通しなのか。

罪人を処刑する時、敵を排除する時、力を揮うことに迷いはないと彼女は思っている。

だがそれはそう思っているだけだ。実際は、大きすぎる力を持つ不公平さが脳裏をよぎることも少なくはない。かと言って力が拮抗《きっこう》しているなら、苦労して殺したのなら、それが正当化されるかと言ったらそうではないだろう。

力の強大さを揶揄《やゆ》されることは仕方がない。だがその力は全て統御されて在るはずなのだ。

魔力には人格はない。問われるべきはそれを使う意志だ。

だから、彼女は迷おうが怯《ひる》もうが立ち続ける。為さぬことを選ぶとしても、犠牲に怖気《おじけ》づくとしても、決して蹲《うずくま》ることはしない。そう在ろうと、ずっと前に決めたのだ。

「迷いたいなら迷ってろ。別にそれ自体は悪いことじゃない。人を殺すのも、誰かが背負わなければならない時もある。お前はそれに耐えられるだろう？」

ティナーシャは、男の言葉に苦笑を禁じえなかった。彼が迷っているところなどほとんど見たことがない。それが彼の強さの一つだと知っている。そしてその強さが彼に優しさを許すのだ。

「貴方は……『負を正にできる』とか、楽観的なことを言いませんよね。在るがままにしか言わない。……そういうところ好きですよ」

絶望は希望にはならない。

だが彼は絶望を絶望のまま越えさせてくれるのだ。そのために支えてくれる。力をくれる。

そしてだからこそ、それらを分かち合うことが可能になるのだ。

彼と出会い、緩やかに変わっていく自分を自覚して、ティナーシャは微笑《わら》った。両手をついて眠気に重い体を起こすと、婚約者の男を眺める。生まれたばかりの夜空と同じ色の瞳が、彼女を見返した。その瞳に無条件で従いたくなる。

理解を求めているわけではない。安息も熱情も部分に過ぎない。

欲しいのはただ、彼一人なのだ。

ティナーシャは目を閉じる。精神の熱を伝えるように彼に口付けた。彼女は顔を離すと、男の端整な貌を見下ろす。

「……何だか欲情しますね」

「お前、いっぺん締めるぞ」

心底嫌そうなオスカーに、ティナーシャは声を上げて笑い出すと、体を寄せ彼の隣で目を閉じた。

※

少女は月光の中を気配を消して動いていた。城都では想定外の手間があったが、結局三時間ほどかけて全ての要所を回ると、転移を使って屋敷《やしき》に戻った。

部屋で待っていたヴァルトは、彼女の帰宅に気づくとお茶を淹れ始める。

「どうだった?」

「城都におかしな構成が仕掛けられてたから、それは解除しておいたわ。時限式で周囲の建物が燃え上がるようになってたけど、そんなことされたらこっちが迷惑だから」

「へえ、トゥルダールの監視をくぐりぬけるなんて、なかなか腕の立つ人間がやったんだろうね」

「笑いごとじゃないわ。勝手にこっちの構成に繋いでくるなんて」

眉を顰めるミラリスに、ヴァルトは苦笑する。

「でも間に合ってよかったよ。今、こっちに気づかれたら面倒だ。ありがとう、ミラリス」

お礼を言われると、少女はぱっと顔を赤らめる。けれどミラリスは頬の赤味は残したまま、あわてですました表情に戻ると続けた。

「それ以外は全部見て回ったけどほぼ完璧。充分に育ったわ」

「よかったよ。お疲れ様。ありがとう」

機嫌よく笑うヴァルトに、しかし少女は翳りのある目になる。

「ねぇ、本当にいいの？　大丈夫？」

「何を今更。いいに決まってるよ。そのために時間をかけて準備してきたんだ」

「……あなたが消えるなんてことないわよね？」

ずっと抱いていた不安を、ミラリスは口にする。

だがその問いに男は答えなかった。彼は微笑みながら湯気の立つカップをミラリスに差し出す。

ミラリスはしかし、それを受け取らないままだ。彼女は真っ直ぐに男を見つめる。

「ちゃんと答えて、ヴァルト。でなければ動けないわ」

「……君は僕に出会わなかったら、もっと幸せになれただろうね」

「何よそれ。馬鹿にしてる？」

「していない。本当にそう思ってるんだよ、ミラリス。分かってるんだ。でも僕は何度繰り返しても君に出会う。出会いたいと思う。まったく度し難いな」

「今が、最後になる。そうでしょう？」

「ああ……そうだね」

ヴァルトは笑った。その表情は外から注ぐ月光でよく見えない。ミラリスは不安に思いながらもようやくお茶を受け取る。口をつけると少しだけ苦い味がした。

ヴァルトは目を閉じる。

「準備は整った。けれどその前に、もう一度だけ確認をしておかないとね」

自分のカップを手に、彼は少女に背を向けた。

青い月を見上げる。孤独で、永久で、ただ美しい輝きがそこにはあった。

「彼女には外部者を超えてもらわなければ困る。彼女ができないんじゃ、きっと他の誰にもできないだろう。そのための経験を積んでもらうよ」

「それほどの力が本当にある？　負けないかしら」

少しだけ口を尖《とが》らす少女を微笑ましく思いながら、ヴァルトは楽しそうに吟じる。

「彼女のことはよく知ってる。今のファルサス国王よりもずっとね。たとえ過去が書き換わろうとも、彼女こそが最強の魔女だ。そして――この世界が待ち続けた切り札だ」

運命は留まることがない。軸を激しく揺らしながらも回り続ける。

その行き先を少しでも左右できるようにもがく男は、もう何回目かもわからぬ戦いの渦中に、今も立っているのだ。

3. 過去の矜持

囁きは人を揺るがす。人は信じたいことを聞き、甘い言葉に心動かされる。

それを「弱さ」だと一蹴できないことをヴァルトは知っていた。生きている以上、希望に縋《すが》りたいと思うのは当然だ。悲しいことより嬉しいことを、苦しいことより楽しいことを、望むのは人の常だ。未来が見えない人間は、その無知を救いとして進んでいく。

だが彼は、その救いを持たない彼は、たった一つの希望に縋るしかないのだ。そのために他人を踏みつけにすることも厭《いと》わない。どうせ書き換えられる世界だ。苦痛も死もやがてかき消される。

ヴァルトは深い森の中、小さな洞窟の入り口を見つけて息をつく。

「ここか。本当に道がないんだな」

生い茂る木々で完全に塞がれている洞窟は、ここに至るまでもまったく道などなかった。先人の記録を元に転移をして、そこから何とか歩いてきたのだ。彼は入り口の木々を魔法で焼き払うとその先にある立ち入り禁止の結界に手をかざす。

「さすがに強固だな。時間がかかりそうだ」

ヴァルトは結界無効化のための詠唱を開始する。まるで分厚い鉄壁のようなそれは、生半可なことでは破れなそうだ。額に汗を浮かべ、長い長い詠唱を終えてようやく解いた時には、辺りは既に暗くなっていた。ヴァルトは肩で息をつきながら洞窟内に踏み入る。

曲がりくねった狭い道の先に、目的のものはあった。

石の台座に眠る美しい女。明るい茶色の巻き毛を持つ彼女は、古い楕円形《だえんけい》の鏡を抱えている。

だが必要なのは鏡の方だけだ。そこには鏡を持ち出されないよう、入り口以上の複雑な結界が張られているのが見て取れた。ヴァルトは緊張に唇を舐《な》める。

「さて、彼女を起こさずにこれを持ち帰れるかな……？」

用意した策は二つ。これがその二つ目だ。先人の記述が正しければ、彼女は鏡が壊れなければ目覚めない、はずだ。もし外れたのなら、その時は自分が死ぬだけだ。

ヴァルトは呼吸を整えると、長い詠唱を始める。

そして世界は再び、動き始める。

※

一年で最後の月も半ばにさしかかる頃、ファルサスの城都は年の瀬を間近にして、活気ある賑わいを見せていた。

年が明けて一ヶ月もすれば王の婚礼も控えている。今から祝いの空気が滲《にじ》む街はしかし、全ての人間がその婚礼を歓迎しているわけではなかった。城近くの大きな屋敷を住居とする女もまた、浮かれる街をつまらなそうな目で見る人間の一人だ。

今年二十歳になった彼女は、この屋敷の正統な後継者ではない。貴族である主人が外の女に産ませた子だ。母親はガンドナの人間で、彼女はそこで産まれ、十三歳になるまで母と一緒に暮らした。

その結果、ファルサスを震撼《しんかん》させた子供の行方不明事件と関わらずに済んでいた彼女は、十三歳を過ぎて母が亡くなると同時に、ファルサスにいる父の元に引き取られることになったのだ。

「時間を、巻き戻せるなら、か……」

彼女は長い金色の髪を指で巻き取る。

思い出したいわけではないのに思い出してしまうのは、一人の男だ。

近くにいたこともあったが、今はとても遠い相手。二人の生が二度と交わらないことは、彼と最後に話した時、既に感じていた。

元より恋慕の情があったわけではない。あったものは、相手への好奇心と尊重という食い違った二つのものだ。だから離れた今も、悲しみや悔しさなど何一つあるはずがない。

だがそれでも、ふとした時に思い出してしまう。望んではいないのに面影がよぎる。

もうすぐ半年にもなるのだ。いい加減忘れたい。

しかしそう強く願いながらも彼女は同時に分かってもいた。

自分がおそらく一生彼を、忘れることはできないのだろうということを。

——そしてだからこそ、あんな怪しい男の言葉に、耳を傾けてしまったのかもしれない。

たとえば、小さな森がそこにあったとする。

森には動物たちが、虫たちが、木々がささやかに生き、森はゆるやかに動き、しかしあくまでも本質を保ち続ける。

だが、誰かがその森に興味を持ち、観察を始めた時、実験を始めた時——森は箱庭となり、歪み始める。観察者が世界を箱庭に変質させる。

果たしてそこに生きる虫たちに、箱庭から逃れる力はあるのだろうか。

※

ティナーシャが感心して眺めているのは、よくできた箱庭だ。

大陸を模して作られた巨大な箱庭は、一辺が大人三人で両手を広げたくらいの大きさだ。机いっぱいに置かれた箱庭の中には、小さなトゥルダールの城もあった。

「すごいですね。職人っていうのは」

「半年がかりの作ですよ。ドルーザはできあがってから手直しすることになったそうです」

笑いながらレジスが答える。大陸全土の勢力図を模型とした箱庭は、今日城に納入されたものだ。

鮮やかな糸と金具で分けられた国境にティナーシャは目を細めた。

最も広い国土を持つのは、大陸中央から南部にかけて広がるファルサスだ。

そのファルサスと、トゥルダールは東の国境を接している。他にトゥルダールと国境を接しているのは、タァイーリと幾つかの小国、そしてマグダルシアという小国だ。

それらの国々を一つ一つ確認して女王は頷く。

「昔は城都の外にはほとんど人が住んでなかったんですけどね」

「魔法士の数が増えているということでしょうか」

「単純に、人口が増えたというのもあるんでしょうが。後はタァイーリ出身の魔法士をトゥルダールが吸い上げてますしね」

そのきっかけとなったのは四百年前の彼女の施策だ。タァイーリから迫害された魔法士を受け入れ始めたことによって、タァイーリに攻めこまれた一件。その戦争以来、トゥルダールは今日まで戦火の渦中にはなっていない。魔法に要を置く特異な性質が知れわたったがためだ。今ではトゥルダールは、魔法研究の最先端を走りながら、他国からの魔法絡みの相談や調停に応えている。

レジスは自国の国境をなぞりながら、にこやかに笑う。

「これでファルサスと婚姻が結べれば当分磐石《ばんじゃく》ですね。頑張って篭絡なさってください」

「努力はしますが……それについてはあんまり期待しないでくださいね」

彼女の婚約者は、私的な頼みごとは聞いてくれるが、公的なものは絶対譲らない。結婚したとしても、その点が変わるとは思えない。むしろ無茶ぶりにティナーシャの方が青筋を立てそうだ。

他愛ない会話で思い出したのか、レジスが時計を確認する。

「そろそろ婚礼衣裳の試着の時間では？　お送りしましょうか」

「あ、転移で行くから大丈夫です。ありがとうございます」

婚礼衣装は、ファルサスの仕立て屋が担当することになっている。ティナーシャもそのため、ファルサス城に度々訪れて試着と仮縫いを繰り返しているのだ。

退位と同時にファルサスに嫁ぐ彼女の転機まではあと一ヶ月半。

彼女の岐路は、すぐそこに迫っていた。


「陛下はティナーシャ様のご試着をご覧にならないんですか？」

幼馴染にそう聞かれて、オスカーは書類から視線を上げる。

「今見たら当日の面白みが減るだろう。それに、あれなら何着ても似合うさ」

既に婚礼の準備は大分進んでいる。もちろんトゥルダールと連携した上での準備だが、仕事量としては妃を迎え入れる側のファルサスの方が圧倒的にやることが多い。普段の仕事と並行してそれらを処理しながら、オスカーはふと首を傾げた。

「そう言えば、ラヴィニアは招待した方がいいのか？」

「わ、私に聞かないでくださいよ」

王家に呪いをかけた魔女は、オスカーの実の祖母にあたるのだ。

ラザルは主君の言葉に後ずさる。この間ラヴィニアに殺されかけたばかりだというのに豪胆なのか暢気《のんき》なのか分からない。あわてる幼馴染に苦笑すると、オスカーはペンの背をこめかみにあてた。

「まぁ後で親父《おやじ》にでも聞いてみる。元々どこに住んでいるかも分からないしな」

「ティナーシャ様には確認なさらなくてもいいんですか？」

「あいつは抵抗ないと思うぞ。むしろ呼ばなくていいのか聞いてきそうだ」

この時代に生まれたオスカーと違い、四百年前の人間である彼女に血縁者はいない。元々の時代でも生まれてすぐに両親と引き離されて育ったのだ。家族に縁遠い人生を送ってきたのだろう。その分どこか、オスカーの血縁者を気にかけているところがある。

「魔女か……」

絶大な力を持ち、世界の陰に立つその存在。

世界に三人しかいない女たちの血を彼は継いでいる。そしてその膨大な力は、彼の花嫁になる女王も、そして生まれるであろう彼らの子供も有するものなのだ。

だが個人に宿る力はどれほど巨大でも、世界を変えるには至らないとオスカーは思っている。彼も、彼の妻も、そして子供たちも歴史の中に埋もれ、やがてその血と力は薄まっていくだろう。それを残念とは思わない。当然のことだ。

扉が軽く叩かれ、オスカーが返事をすると来訪者が入ってくる。膝丈の白いドレスを着たティナーシャは、彼が目を丸くするとその場でドレスのスカートを摘まんで見せた。

「オスカー、ほらほら」

「それが婚礼衣装か？　足が見えてるぞ」

「違います。ちょっと前から本番用の生地に移ったんですが、それまで仮縫いで使ってたやつを弄《いじ》ってこれを作ってくれたんです。本番用のはもっと丈が長いですよ」

ティナーシャは言うなり、くるりと回ってみせる。スカート部分が空気を孕んで円形に広がった。細い足の線が顕わになり、オスカーが軽く眉を寄せる。

「お前は本当に子供だな……」

「え、なんで？　似合いません？」

「似合う。可愛い」

彼は立ち上がると婚約者に歩み寄る。ぱっと笑顔になる婚約者の両脇に手を入れて抱き上げると、小さな子にするように自分ごとくるくると回した。予想外に振り回され、彼女は「みゃー！」と鳴き声を上げる。床に下ろされたティナーシャは、ふらつきながらオスカーの胸によりかかった。

「な、なんなんですか……」

「構って欲しそうだったから」

「そうですけど……そうじゃないです」

頬を膨らませるティナーシャにオスカーは笑い出す。彼は女の軽い体を抱き上げて、執務机の椅子に戻った。肘掛の上に座ったティナーシャは、オスカーから渡された書類を読み始める。

「式の手配ですか。大変そうですね」

「他人事《ひとごと》みたいに言うな。とは言え、ほとんどファルサス側の仕事だな。別にお前は身一つで嫁いで来ればいいさ」

たまたま彼女が一国の王族だっただけで、何の身分もない女性を妃に迎えることもあるのだ。当日彼女が身に着ける宝石一つさえ、用意するのはファルサスだ。

けれどティナーシャは当然のように別のことを指摘してくる。

「当日の魔法警備はどうします？　トゥルダールの魔法士を入れるのが問題なら私がやりますよ」

「お前、花嫁をやらないつもりなのか？」

「やりますけど、警備くらい自分でできますよ。聖堂内は魔法禁止の構成引いちゃいましょう。城都全体に引くこともできますけど、急病人とか出た時に困りますしね」

平然と言いながら書類を返してくる女を、オスカーは半眼で見やる。

「お前の即位式もひょっとしてそんなだったのか？」

「魔法は禁止してませんでしたよ。トゥルダールの魔法士たちが困りますし。ただ感知は張ってました。無許可で魔法を使われたらすぐに分かります。分かれば私がねじ伏せるだけですしね。レジスが即位する時も同じようにする予定ですよ」

「お前がねじ伏せたらえらい騒ぎになるだろうが……」

もっとも、ティナーシャの即位式に出席していた人間なら、そんな無謀なことをしようとは思わなかったに違いない。彼女は十二の精霊をあの場で継承したのだ。逆らえば殺される——そう思っておかしくない空気があの場にはあった。そして彼女は、精霊ごとファルサスに嫁いでくるのだ。

オスカーは、肘掛の上で膝を抱えている女を一瞥する。

「よくトゥルダールはお前を手放す気になったな……」

「え、そうですか？　でも私みたいな危険人物、国に置いておく方が不安じゃないですか？　トゥルダールの人間は、誰も私を止められませんよ」

平然と言うティナーシャの闇色の目に、瞬間、底のない深淵が重なってオスカーは眉を寄せた。

かつて彼女は、その力を以て玉座についたのだ。四百年後の今も、必要とされたのは埒外《らちがい》の力だ。

だからもし、トゥルダールが彼女を廃したいと思っても、力ではそれは叶《かな》わない。

ならばむしろ、アカーシアがあるファルサスの方が、彼女を御せる可能性があるのではないか。

それはつまり——オスカーが彼女を殺せる人間だと看做《みな》されているということだ。

彼は無意識のうちに自分の口元を押さえる。ティナーシャを見ると、彼女は不思議そうに小首を傾げた。

「どうかしました？　顔色が悪いですけど」

「いや……」

何事もなければいいだけだ。今まで彼女とささいなことで意見が割れても、決裂まではしたことはない。きっと大丈夫だ。一生を共に、穏やかに過ごせる。

オスカーは内心の不安を拭うように、ティナーシャの髪の一房を引いた。彼女がそれに応えて顔を寄せると、滑らかな頬に口付ける。ティナーシャは少女のように真っ赤になった。

「え、な、なんですか急に」

「特に理由はない」

「陛下、私がいるのお忘れじゃないですかね……」

どこか疲れたようなラザルの声に、オスカーは「忘れてない」と返す。

ティナーシャは執務机の隅から一冊の本を取り上げた。

「あれ、貴方も童話なんて読むんですね」

「城の資料として買い上げた本だ。全部は無理だが一部は目を通すようにしてる」

「へえー、あ、忘却の鏡の話がある。この話、今の時代になっても解明されてないんですね。悲しみを吸いこむ鏡って、精神操作系の魔法具じゃないかと思うんですけど」

「作り話じゃないのか？」

「どうでしょう。私が生まれる前からある話です」

彼女は無邪気な声を上げながらぱらぱらと本を捲《めく》る。オスカーはそんな婚約者に微苦笑した。

二週間後には新年を迎え、当分は仕事に忙殺される毎日だ。だがその先に、彼女と共に歩む未来が待っていると思えば、面倒な仕事でも苦ではない。望んで手を伸ばした相手と一緒に暮らす日々が始まる。今はその日を信じて、ただ歩き続けるしかないのだ。

※

マグダルシアは、トゥルダールの南に位置する小国だ。森林に覆われた国土に、小さな城と二十に満たない村が点在している。それら村のほとんどが農畜で生計を立て、平和に時を過ごしていた。

マグダルシアの南や西は、高い山と深い森に囲まれて道も拓《ひら》かれていない。街道で行き来できる隣国はトゥルダールだけだ。そしてそうであるがゆえにマグダルシアは、最低限の軍備は整えながら何百年も外敵を心配する必要がなかった。魔法大国は、もともと広大な荒野だった土地に建国され、それ以上の領土を広げることに無関心だったからだ。

そんなマグダルシアを、戦乱の絶えない大陸東部の小国などは「トゥルダールの尻尾」と揶揄してくることもある。しかしマグダルシアの民は、それら揶揄を気にもしていない。穏やかに生きていくことが一番いいと、ほとんどの者が思っていた。

——新年まであと一週間という日。

マグダルシアの王妃ジェマは、一向に起きてこない夫を不審に思ってその寝室を訪ねた。

ウーベルト王は五十代半ば。健康には翳りが見られない。精力的に仕事をし、しばしば空想にふけりがちなところがある彼は、明敏ではないが人の好《よ》さで国民に慕われていた。

「陛下？　お加減でもよろしくないのですか？」

確か昨日は、久しぶりに他国からの商人が城を訪れ、珍しい古道具などに王は興味津々だった。勧められたものをいくつか買い上げて上機嫌だったのだ。

だが、今日になって急に体調を崩してしまったのだろうか。返事がないことを不安に思って寝台に歩み寄った王妃は、何度揺すっても目覚めない王に徐々に青ざめた。

「陛下……誰か、誰か来てちょうだい！」

ジェマは人を呼びに行くため部屋を飛び出していく。

彼女の目の届かない場所、寝台の向こう側には——古い鏡が落ちていた。

※

新年の祝祭を控え、執務室で通常政務をこなしていたティナーシャは、緊急として飛びこんできた案件に眉を顰めた。

「何だって言うんですか、こんな時期に……」

「マグダルシアで王が謎の昏睡《こんすい》に陥ったのだそうです。異常は見当たらないにもかかわらず目が覚めないので、魔法絡みではないかと。できるだけ急いで調査をお願いしたいとのことです」

平然と言うレナートから書状を受け取って、女王は要点に目を通す。

マグダルシア王が倒れたのは昨日のことで、医師や国内の魔法士には原因が摑めなかったのだという。わずかな可能性にかけてトゥルダールに持ちこまれた話に、ティナーシャは溜息をついた。

「何だろ。さすがに見てみないと分かりませんね」

「調査を兼ねて使節を出しますか？」

「いえ、不確定過ぎて危ないです。私が今日行きますよ」

あっさり言う主君に、レナートは表情を変えないまま一応苦言を呈する。

「いきなり陛下御自身がいらっしゃるのですか？　何があるか分かりません。陛下を呼び出すための罠《わな》かもしれないですよ」

「そうですね……。じゃあ誰か同行者を選びます。それでいいですか？」

微妙に答えになっていない答えに、レナートは渋い顔になった。

そんな臣下の様子を見て、ティナーシャは苦笑する。

「トゥルダールで今一番大事なのはレジスですよ。私なんて仮の王です。それにまぁ……罠だとしても何とか帰ってくるくらいの自信はあります」

退位を早めてから引き継ぎはかなりの速度で進んでいる。今、ティナーシャに何かあったとしても、レジスが滞りなく国を治めていくだろう。そんな明るい女王の言葉に、しかし臣下は苦渋の表情のままだ。

——仮の王であるという自覚と、絶大な力への自信が、彼女の動きを軽くさせている。

だが確かに、この国において彼女以上に魔法絡みの案件をうまく処理できる人間はいない。レナートは深く息を吸うと、ティナーシャを見返した。

「分かりました。その代わり、ファルサス国王に仰ってから出立なさってくださいね」

「うわぁ……そうきましたか」

もうすぐ彼女を娶《めと》ることになっている男は、彼女の大きな弱みの一つだ。

彼が弱いというわけではない。ティナーシャが彼に弱いのだ。

何かある度に怒られ叱られ学習しないと文句を言われ続けてきた彼女は、みるみる苦い顔になる。

しかしそれでも放置できないという結論になったのだろう。しぶしぶ頷いた。

「うー、分かりましたよ……ちょっと憂鬱」

「後でばれて怒られるよりいいかと」

「どっちも嫌です」

ティナーシャはぼやきながらも、未処理の書類をより分けてレジス宛に手配する。そしてレナートに同行する従官の選抜を任せて、ファルサスに転移した。


「——と、いうわけで今からマグダルシアに行ってきますね」

「何が、というわけなんだ？」

「痛い痛い痛い痛い！」

オスカーは女の耳を摘まみ上げる。ティナーシャは彼の執務中に突然現れ、適当なことを言って逃げ帰ろうとしたのだ。耳を引っ張られ半泣きで暴れている様は、とても一国の女王には見えない。それどころか年相応にさえ見えなかった。と言っても彼女の肉体年齢は二十歳だが、実年齢は軽く四百歳を越えている。実年齢どおりに見えるとしたら大変なことだろう。

オスカーはようやく耳を放してやると、代わりに彼女の手首を摑んで引き寄せた。涙が浮かぶ闇色の目を覗きこむ。

「お前な。新年間近で、式まであと一ヶ月少ししかないのに、何でそう怪しい話に関わるんだ」

「うう。向こうから来たんですよ……」

「ほっとけほっとけ。行くな」

「そ、そんなわけにも」

小国とは言え、マグダルシアはトゥルダールの隣国だ。直々に来た依頼を無視するわけにはいかないし、人命に関わる問題なら急がなければならない。ティナーシャは懇願の目で男を見上げた。

「ちょっと見てくるだけですから」

「それで今までどれだけ揉め事に巻きこまれたか言ってみろ？」

「うー」

オスカーは恨みがましい視線を動じずに受けていたが、小さく溜息をつくとその手を放した。ティナーシャの頭をぽんと叩く。

「まぁ先に言いに来るだけましになったか。ちゃんと精霊も連れていけよ。あと夜には戻れ」

「行っていいんですか!?」

「俺にお前を止める権利はないだろ」

私人としてはともかく公人としては、二人は対等な立場にあるのだ。そこまで口を出しては内政干渉で、ただ釘を刺してみただけだ。

ティナーシャは目に見えてほっとした表情になると、子供のように頷いた。

「すぐ行って戻ってきますね！　ありがとうございます！」

嬉しそうに飛び上がって男の首に抱きつくと、彼女はそのまま転移して消え去る。唐突な退場にオスカーは苦笑した。

「まったく本当に子供だな……」

どんな妻になるのか想像もつかない。一生あのままなのだろうか。

それでも必要な時になれば恐ろしいほどの威圧感を纏《まと》う彼女を思って、その落差につい笑うと、オスカーは新年の祝祭準備の仕事に戻ったのだった。

※

異変はマグダルシアに着く前に既に生じていた。

同行することになったのは、パミラと二人の武官だ。ティナーシャは彼らに軽く挨拶すると、精霊の一人を呼び出そうとした。しかし、当の精霊はその呼び声にいつまで経っても現れない。

「セン？　なんで？」

四百年前も今も、精霊が彼女の呼び声に応えないなどということは一度もなかったのだ。ティナーシャはあわてて他の全ての精霊とも連絡を取ったが、いないのはセンだけだ。代わりに呼び出したミラに、ティナーシャは青ざめて問う。

「ど、どうしよう。何かあったんでしょうか……」

「私たちはほとんど一緒にいないので分からないな。でもおかしいよ。ありえない。ティナーシャ様の呼び出しに応えないって契約に背いてるもん」

出立しようとした城の転移陣の前で、一同は困惑に立ち尽くす羽目になっていた。ミラはしばらく考えこんでいたが、軽くかぶりを振る。

「多分、来られない状況なんだと思う。それしか考えられない。契約が残ってるから死んではないと思うけど」

「……イツ、カル、サイハ。センを探してくれます？」

主人の命令に、この場にいない精霊たちが受諾の意志を伝えてくる。ティナーシャは拭えない不安に顔を曇らせながらも、それを押し隠すと臣下たちに笑って見せた。

「ごめんなさい、行きましょうか」

「陛下……」

「大丈夫。急ぎましょう」

直前までうろたえていたものとはまったく違う、揺らぎのない微笑はしかし、決して彼女の本心を表すものではない。ただ彼女の背には多くのものが背負われているのだ。

それを真っ直ぐ負って立つと、女王は転移陣の中に足を踏み入れた。

百五十年前に、トゥルダールとマグダルシア両国同意のもとに設置された転移門。その先はマグダルシアの城都に繋がっている。

ティナーシャ一行は、連絡を受けて迎えに来た衛兵たちとともに、こじんまりとした城の正門に到着した。出迎えに現れたのは王妃ジェマと数人の重臣たちだ。ジェマは恐縮しながら、自分より二十は年下に見える女王へ頭を下げる。

「お呼び立てして申し訳ありません。こちらでは何とも原因が摑めませんで……」

「お気になさらないでください。そういったご相談を受けるのも、トゥルダールの務めですので。早速ですがウーベルト王を診させて頂いてよろしいでしょうか」

「もちろんです。ご案内致します」

ジェマは重いドレスの裾を引いて踵《きびす》を返《かえ》した。その後に続いて一行は城の中に入る。

マグダルシアの城は大きくも豪奢《ごうしゃ》でもないが、よい素材を使って丁寧に作られていることが分かる造りだ。だがその城内は、今は落ち着かない空気に満ちている。王が原因不明の昏睡に見舞われていては無理もない。

何とかできればいいが、診てみなければ何も分からない。そんなことを思いながら歩いていたティナーシャは、しかし広間の入り口でジェマが急に止まったため、危うくそのドレスの裾を踏みそうになった。すぐ傍に控えていた武官の手を借りて何とか立ち止まる。

「誰です！　勝手にこんなところまで入りこんで！」

ジェマが厳しく叱責する。

しかしその誰何に、玉座の前に佇《たたず》む若い女は、不敵に笑っただけで動じなかった。

ティナーシャは後ろからその姿を覗きこむ。

不審な人物は、明るい茶色の巻き毛を腰まで伸ばした美しい女だ。琥珀《こはく》色の瞳が印象的で、その双眸には挑発するような意志が見え隠れしている。彼女は腕組みをした手に一枚の紙を持っていた。

「初めまして、ジェマ。王の容態を気にする必要はない。眠っているだけだ」

「お前は誰かと聞いているのよ！」

「私はルチア。王が眠っている間、代理を務める者だ」

「代理……？」

ルチアは唇の片端を上げると、持っていた紙を指で弾いた。それはふわりと空中を舞ってジェマの手元に辿り着く。舞いこんだ紙に視線を落とした彼女は、数秒の後わなわなと両手を震わせた。

「まさか……こんな……」

「ちゃんと王の筆跡だろう？　王は心配ないぞ」

そこには、ルチアが信用のおける人物であることと、自分が動けない間、彼女に全権を委任する旨が書かれていた。だがそれでもジェマにとっては見覚えのない、素性も知れない相手だ。

王妃は毅然《きぜん》と顔を上げる。

「本当に陛下がご無事でいらっしゃるのなら、陛下の口から事情を拝聴しますわ！　そこをおどきなさい！」

「ジェマ、聞き分けられないのか？」

低く、短い問い。そこには普通の人間にはない重い威厳があった。ジェマはびくりと身を竦める。反射的に萎縮してしまったことに気づいてか、王妃は屈辱に顔を歪ませた。何かを言いかけた彼女は、反対側の扉から初老の男が入ってくるのを見て喜色を浮かべる。

「ガスパロ！　この女を何とかして頂戴」

男は名前を呼ばれて、その場にいる全員を見回した。ティナーシャが小声でジェマに問う。

「あの方は？」

「宰相です。二十年以上も今の地位にあって、陛下や重臣たちの信頼も篤い者です。見知らぬ女にいいようにされるような人間ではありません」

ジェマはそう言うと、期待を込めて宰相を見つめる。彼は溜息を一つついて王妃に向き直った。

「王妃様、申し訳ございませんがそれはできかねます。ルチア様こそが現在王権を握る方でいらっしゃるのですよ」

「何ですって!?」

ルチアと宰相を除き、その場にいた全員が混乱する。取り乱しかける王妃に宰相はもう一度溜息をつくと、自分が入ってきた扉を振り返った。そこから二人の兵士が入ってくる。

「陛下がご心配なのは分かりますが、あなた様も少しお休みになられた方がいい。――お前たち、王妃様をお部屋までご案内しろ！」

「ま、待ちなさい」

しかし兵士は無情にも女王を両脇から挟むと、彼女を半ば引き摺るようにして部屋を出て行った。

残されたのはトゥルダールの人間と、彼らを案内してきた重臣たちだけだ。

突然の事態に、パミラや他のトゥルダールの武官たちは困惑する。

しかし、ティナーシャとミラだけは鋭い目でルチアを注視していた。

ルチアの琥珀色の瞳がティナーシャに向けられる。

「そういうわけだ。せっかくいらして頂いたが、その必要はなくなった。お引取り頂こう」

「……貴女、魔法士ですね？」

「それが何か？」

真っ向から切り返されて、ティナーシャは片眉を上げげた。ほんの二、三秒、逡巡《しゅんじゅん》する。

「王には会わせて頂けないのですか？」

「必要ない」

「会わせられないからですか？」

ティナーシャの切り返しは冷気さえ漂うものだった。だがルチアは唇だけで薄く笑う。

「王はトゥルダールの女王にお会いできるほど回復していない。時が来ればこちらから伺おう」

「その必要もありませんよ」

ティナーシャは顔を軽く斜めにした。

意識を研ぎ澄ませる。膨大な魔力が体の中で脈打つ。

だがティナーシャはそこで、自分を見つめる複数の視線に気づいた。広間の奥にある扉の向こうから、そして後方から、多くの兵士がティナーシャたちを注視している。

感情の感じられない表情。ただ命令があればいつでも剣を抜くであろう彼らの様子に、ティナーシャは力を収めた。氷のごとき目でルチアを見つめる。

「……では、今日は帰ります。また近いうちにお会いできることを楽しみにしております」

「もてなしもせず、失礼した」

ルチアの傲岸な言葉には、勝利の色さえ滲んでいる。

ティナーシャは感情を押し隠すと踵を返した。臣下たちを安心させるため微笑んで見せる。

そうして元来た道を引き返していく女王の背を、玉座に佇む女は舐めるような視線でいつまでも眺めていた。

出立してすぐトゥルダールに戻ってきた一行を、レナートは目を丸くして出迎えた。

執務室に戻ったティナーシャは、護衛の兵士たちを下がらせると盛大な溜息をつく。

「あれはまずいですよ……」

「一体何だったんでしょう、あの女は」

パミラが言うのは「ルチア」と名乗った女のことだ。ティナーシャは椅子の上で両膝を抱える。

「王の委任状が本物かどうかは分かりませんけどね。彼女はまずいです。あの人は……私か、魔女並の魔力ですよ。尋常じゃないです」

「え……」

レナートとパミラが青ざめた。ティナーシャは膝の上で嘆息する。

「まさかあんな怪しい人に出会うなんて……。またオスカーに怒られそうですよ、まったく」

椅子の上で両膝を抱える女王の言葉に、レナートはようやく聞き返した。

「魔女並なんて、そんな人間が本当にいたんですか？」

「正確にはティナーシャ様の方が魔力量は上だよ。でも魔力だけじゃ強さは測れないから、ちょっとどれくらいの相手なのか分からないよね。いったん退《ひ》いてきたのは正解だと思う」

ミラはあっさりと、しかし苦々しく言いながら空中に浮かび上がった。彼女はそのまま本棚の上に座る。

異常なほどの魔力を持つ人間と言ったら、先日出会った占い師の少女がいるが、彼女は少なくともルチアのような敵意は見せなかった。おまけにイツの保証付きだ。

だが、マグダルシアの宮廷に現れた彼女は違う。女王は細い十指を組んで顎を支えた。

「あれ、目的は国盗《くにと》りですかね」

「なのかなぁ。兵士たちは精神操作されてたみたいだよ。あれじゃあっという間に掌握できるね」

「参りましたね……。この年の瀬に」

ティナーシャとしてはせめてジェマだけでも連れ出してきたかったのだが、とてもそれができる雰囲気ではなかった。強行しようとすれば、よくてルチアとの魔法戦、悪くて国家問題だ。

ティナーシャはうなだれかけた頭をかろうじて上げると、パミラとレナートを見やる。

「排除……したいですよね、やっぱり……」

「ど、うでしょう……」

臣下として本音を言うなら「トゥルダールに被害が及ばないならそんな相手は放っておいてもらいたい」だ。だが先のことは分からない。黙ってしまった臣下を前にティナーシャは天井を仰ぐ。

「あれくらいの力の持ち主になると、相手にするとしてもちょっと対策を練りたいなぁ。ファイドラの時も特殊な構成食らって痛い目みましたし」

「でも正真正銘人間だったよ？　最上位魔族とかじゃなかった」

「うーん……まさか魔女じゃないでしょうね」

世界に現存する三人の魔女のうち、一人は顔を知っている。彼女の婚約者の実の祖母だ。

だから彼女、『沈黙の魔女』ラヴィニアは除外していいだろう。

残る魔女は二人。

「『水の魔女』と、『閉ざされた森の魔女』ですか。どっちも会ったことないんですよね」

「精霊全員に聞けば絞れるかもよ。水の魔女は確か構成が不可視なんだっけ？」

「と、聞いてますね。かなり相手にしたくないです」

腕の立つ魔法士であれば構成に迷彩をかけ、魔法士相手でも見えなくすることができる。現にティナーシャがその気になれば、普通の魔法士は彼女の用意した構成を見ることはできない。だが迷彩をかけるにもそれなりの手間がかかる上、同程度の術者相手には見破られてしまう、はずだ。

ただトゥルダールに伝わる話曰く、水の魔女が使う全ての魔法は、構成とその発現共に完全不可視なのだという。彼女に相対するものは何も見えぬまま打ち倒され敗北する。本当なのだとしたらこの上なく厄介な相手だ。

「で、閉ざされた森の魔女の方は精神系の魔法士ですか。こっちも嫌ですね」

「魔族は高位の精神魔法に弱いから、私は水の魔女よりやだな」

ミラが苦虫を嚙み潰したような顔になる。

肉体と精神が密接に結びついている人間と違い、上位魔族は精神が主であり、肉体は概念の現出のために纏っているに過ぎない。結果として上位魔族は人間よりも強力な精神魔法が効きやすいのだ。同じ理由で呪詛も効きやすい彼らは、沈黙の魔女ラヴィニアと戦った際、その強烈な呪詛であっという間に無力化されている。

ティナーシャは頬杖をついて思考を巡らした。

彼女自身はそれなりに、精神魔法への耐性は幼少から訓練してつけているが、相手が魔女だとしたらどこまで通用するか分からない。ましてや訓練経験のない普通の人間は論外に近いだろう。彼女の婚約者でさえ、勝負になるかといったら判断がつかない。

「……困った」

女王は頭の後ろで腕を組みながら椅子の背に寄りかかると、深い溜息をついた。

※

一年の終わりまであと一週間を切り、仕事が山積みなのはどこの国も一緒だ。

だがそれでもオスカーは急いで仕事を片付けてしまうと、いつもより一時間ほど早く婚約者の部屋を訪れた。

ティナーシャが「マグダルシアに行く」と言ってから半日。何も連絡がないということは、重大事には発展しなかったのだろう。ただそれでもやはり彼女が心配なことには変わらない。

「ティナーシャ、帰ってるか？」

薄暗い彼女の私室には人影がない。テーブルの上に燭台《しょくだい》の灯が揺らいでいるだけだ。まだ部屋の主は戻っていないのだろうか。待つべきか探しに行くべきか逡巡したオスカーは、背後で扉の開く気配がして振り返った。

部屋に白い光が差しこむ。浴室からの扉を開けた女は、彼の姿を見て首を傾げた。

「オスカー？　早いですね」

纏《まと》め上《あ》げられた黒髪から水滴が滴る。湯気が立つ体に白い布を巻きつけただけの彼女は、裸足《はだし》でぺたぺたと歩きながら男の傍まで歩いてきた。

オスカーはそれを皮肉げな目で見やる。

「床が濡れるぞ。ちゃんと拭いてから出てこい」

「あー……乾かします」

ティナーシャは持っていた布で髪をくるみながら、歩いてきた背後を振り返った。

ほんの一瞥。詠唱もなしに濡れた床から水分が蒸発して消える。次いで白く張りのある肌からも水滴が消えていくのに気づいて、オスカーは目を瞠った。彼は背中を向けた彼女の、うなじから背にかけてを撫でてみる。

「ひやぁぁっ！　何するんですか！」

奇声を上げながら跳び退《しさ》ったティナーシャに、彼は自分の手を見ながら不思議そうに述懐した。

「いや、体表面を熱して乾かしてるのかと。でも熱くなかった」

「そんなことしたら死にますよ！　水分だけに干渉してるんです」

「なるほど。便利だな」

「まったく……くすぐったかったです」

ティナーシャはぶるっと全身を震わせると、今度は髪を下ろして乾かし始める。オスカーは苦笑すると、手を伸ばして軽い体を抱き上げた。そのまま彼女ごと寝台の縁に腰かける。

オスカーの膝上に座る形になった女は、あどけない目で男を見上げた。

「服、濡れますよ？」

「別にいい」

柔らかな躰からうっすらと花の香りが立ち昇る。以前から羞恥心や危機感の薄い女だったが、婚約してからもそれは変わらないままだ。オスカーは、抱き上げている彼女のいつもより高い体温と上気した肌に逃れがたい引力を感じ、目を細めた。

ティナーシャは彼の服を濡らすことを気にしてか、髪を乾かす速度を早める。たちまちその髪と体をくるむ布から湿り気が飛んでいった。彼女は手元に櫛を転移させ、乾いた髪を梳き始める。

「最近いい子にしてるみたいだな」

「いつも怒られてますからね！」

「お前がどこにでも突っこんでいくからだ」

その指摘にティナーシャは子供のように舌を出しただけで反論しない。煩《うるさ》いほどに降ってくる注意が愛情の裏返しだと、彼女は知っているのだ。オスカーは白い肩に口付ける。

「年が変わればすぐに式だな。なんなら早めにファルサスで暮らすか？　部屋が繋がってるなら大差ないだろう」

「えー？　貴方、私を朝起こすの大変だって嫌がるじゃないですか」

「起こしてやる」

それくらい今すぐ彼女を妻にできるなら大した手間でもない。今までは純潔を奪ってしまえば、精霊術士の力が減じるからと我慢していたが、部屋は繋がっているし、最近は情勢も平和だ。何より彼女自身が大人しくしている。これなら別に式を待たなくてもいいはずだ。

だが当のティナーシャは分かっていないのか、オスカーの即答に首を傾げただけだった。彼女は乾かし終わった髪を横に流す。

「よし、服取ってきます」

「そのままでいい」

立ち上がろうとしたティナーシャを、彼は膝の上に引き戻す。彼女の顎を捕らえて深く口付けた。熱を持った躰は、触れた先から溶けてしまいそうだ。

きっとこの温度の半分は、自分の感情から生まれるものなのだろう。

そうして彼女を芯まで溶かして、その中から変わらないものを拾い上げる。そんな行為を繰り返していく。彼女にとっての自分も、おそらく同じだ。

オスカーは白い耳朶《じだ》に囁く。

「嫌ならやめる。早めに言え」

以前に同意を得たことはあるが、その時はその時で今は今だ。彼女が嫌がるなら引き下がるつもりはある。ただ、思考が痺《しび》れるほど彼女が欲しいと思うのも事実だ。

彼は剝き出しになっている小さな膝頭に触れると、その肌の柔らかさを確かめた。布に隠された腿《もも》まで手を滑らせる。顔を離し女を見下ろすと、花弁のように色づいた唇が返した。

「い、やじゃない、です……」

闇色の目は、全てを委ねる無垢だ。柔らかく、蕩《とろ》け出しそうな想《おも》いに満ちている。オスカーはその瞳に眩暈《めまい》に似た衝動を覚えて微笑した。白い喉元に口付ける。熱情が意識全てを支配していく。

わずかに震える声が彼を呼んだ。

「でも……オスカー」

「何だ？」

「先に言っておかないと、怒られそうなんで言いますが……」

熱のこもった、しかし強張《こわば》った声に嫌な予感がしてオスカーは顔を上げた。

ティナーシャは長い睫毛を伏せ、目を閉じている。

「言ってみろ」

「ま、魔女並の敵と戦うことになりそうです」

「…………」

女王の広い部屋は夜の腕に包まれている。

そんな中、固形のような沈黙が、二人の間を転がり落ちていった。


長い長い溜息をついた後、オスカーはティナーシャを抱き上げると隣に座らせた。湧き上がる頭痛にきつく目を閉じながら、彼は女の細い肩を叩く。

「服を着てこい。話はそれからだ」

「えーと、でも別にいいですよ。魔力はありあまってるんで、純潔じゃなくても何とかな——」

「服を着てこい！　油断した俺が馬鹿だった！」

「……すみません」

ティナーシャは衣裳部屋に向かう。その間にオスカーは、彼女の部屋の酒棚から自分で瓶を選んで盃に注いだ。普段は部屋の主人の断りなしにこれらの酒に触ることはないが、今はどうしても不条理さを紛らわしてしまいたかった。何より気を抜いて甘いことを考えた自分が腹立たしい。

「俺はひょっとして、一生あいつに手が出せないんじゃないか？」

ぼやいた言葉は、割と現実味がありそうだ。後継を産むという役目よりも、彼女個人の安全に目が眩んでしまえば、そして自分たちの力を信じられなければ、それは本当の未来になるだろう。けれどまだ先の話だ。少なくとも今は、式を挙げるまで一線を越える気はなくなったというだけだ。オスカーが苦い酒に口をつけていると、ティナーシャは黒い長袖のドレスに着替えて戻ってくる。床に広がる裾を引きながら、彼女はしょぼんとした様子で彼の向かいに座った。

オスカーは改めて彼女に問う。

「で、魔女並の相手ってなんだ。何でそんなことになったんだ？」

「それがですね——」

彼女の口から、簡潔かつ明快に説明が為される。オスカーはそれを咀嚼《そしゃく》して眉を顰めた。

突然現れた謎の女、それも魔女並の力を持った人間が、小国とは言え国政をのっとったのだ。事態の異様さはそれだけでも十分だ。

だが今のところ、あくまでの他国の話だ。

「害がこちらに及ばないなら放っておいた方がいいぞ」

「レナートにも同じことを言われました。けど彼女の目的がよく分かりませんからね。トゥルダールにとっては隣国ですし、場合によってはできるだけ早く手を打った方がいいかもしれません」

マグダルシアはファルサスとは国境を接していないが、かといって遠いわけではない。間にトゥルダールが入っているだけで、城都間の距離で言えばガンドナよりもずっと近いのだ。

オスカーは両脚をテーブルの上に載せたいのを堪えて、酒盃に口をつけた。

「しかし何故またマグダルシアなんだ。何もないだろうあの国は」

「まぁ、確かに。自然しかないですね」

「それで、魔女かどうか他の精霊には聞いてみたのか？」

「ああ……」

その問いにティナーシャは目に見えて落ちこんだ。不安と心配が入り混じった婚約者の表情にオスカーは眉を上げる。彼女は落ちかける前髪を手で押さえた。

「実は、水の魔女には会ったことがあったんです」

「精霊がか？」

「私が」

「は……？　お前、水の魔女とも戦ったことがあるのか？」

そんな話は初耳だ。唖然とするオスカーに、ティナーシャは神妙な顔でかぶりを振った。

「違います。前に『外れない占い』の話をしたじゃないですか。あれってイツの紹介で街の占い師に占ってもらったんですけど、その占い師が実は水の魔女だったらしいんです」

「……何だそれは」

「これはイツから聞き出した極秘の話なんですが、水の魔女ってトゥルダール建国王の縁者だったみたいです。もっとも、建国王が王位を次代に譲って国を離れてからの縁者なんで、彼女を知ってる精霊は三人くらいしかいませんでした。でも、その全員の保証付きです」

ティナーシャは「イツも先に教えてくれればよかったのに」とぼやく。

だがそれはそれとして、残る魔女はあと一人だ。オスカーはその一人に話題を移す。

「なら閉ざされた森の魔女の方は？　知ってる精霊はいなかったのか？」

「それがですね……彼女と面識があるらしい精霊はいるんです。でもその彼が今、行方知れずなんですよ」

「精霊が行方不明なんてあるのか？」

「いえ。こんなことは初めてです。というか本来ありえません」

言い終わると同時にティナーシャはテーブルの上に萎《しお》れてしまう。その様子を見てオスカーは顔を顰めた。精霊が単なる使い魔ではなく彼女の友人に等しいことはオスカーも知っている。それが謎の失踪をしているとなれば、気鬱になるのも無理はないだろう。

「そうなるとやっぱり、その女は閉ざされた森の魔女の可能性が高いな」

「え、そうですか？」

「同時に二つのことが起こったら関連性を疑った方がいい。行方不明の精霊がいれば、マグダルシアにいる女が魔女かどうか分かったんだろう？」

「それは……そうですね。って、魔女に口封じをされたってことですか⁉」

「その可能性もある、ということだ。分からないけどな」

オスカーは若干強引にそう打ち切る。魔女についてはもちろん、上位魔族である精霊についても彼には分からないことの方が多いのだ。

「他には魔女について記録か何か残ってないのか？」

膨大なトゥルダールの記録ならば、少しくらいは手がかりがあるのではないか。そう問われたティナーシャは、顎に指をかけて唸った。

「うーん、基本的に魔女は忌まわしいものとされていますからね。風貌や名前は知っても残す習慣がないんですよ。レオノーラ——私が殺した魔女も、死んだということでようやく記録に残ったわけですから」

「なるほど」

「知ってる可能性があるとしたら、トラヴィスか、同じ魔女のラヴィニア……ですね」

その二人はどちらも食えない存在だ。前者は、所在は分かるが接触したくないし、後者は所在が確かではない。そこまで考えてオスカーは、祖母を式に呼ぶべきかどうか父に聞いたことを思い出した。「お前の好きにすればいいんじゃないか？」と苦笑した表情からすると、父は魔女の居所に心当たりがあるのかもしれない。

「ラヴィニアには俺から当たってみる。トラヴィスには聞くなよ」

「え、大丈夫ですか？」

「まぁ平気だろ。あと何か仕掛けるつもりなら先に俺に言え。向こうから来た場合も同様だ。できるだけすぐに連絡を寄越すんだ」

「先制は？」

「何言ってるんだ、お前は……」

話を聞くだに、相手はまだ何も事を起こしていない。先制するにはあまりにも理由が足らない。

だがオスカーの苦い反応に、ティナーシャは心底不思議そうに首を傾げた。

「え、どうしてですか？　魔女って一人で一国相手に戦争できるんですよ」

その言葉に、オスカーは彼女につけられた異名の一つを思い出す。

『魔女殺しの女王』——ティナーシャは実際に四百年前、タァイーリ戦において魔女とタァイーリ軍の両方を相手取ったのだ。

可憐《かれん》にしか見えない美貌の持ち主は、当然のように続ける。

「現存する魔女とこの大陸が、今まで暗黙のうちにお互い不干渉でいたのは、魔女がその力を以て国同士の争いに絡んでこなかったからです。もし彼女たちがどこかの国を動かして戦争を始めるなら、それは二国を相手にすると同義ですからさすがに見過ごせませんよ。向こうの準備が整う前に手を打った方がいいです」

「言いたいことは分かるが、その一線を越えたら泥沼だろう。大陸の情勢に影響が――」

そこまで言ってオスカーは、彼女の瞳に気づいてぞっとする。

闇を内包する双眸。今までも何度か見てきた、女王としての目。

だが今そこにあるものは、初めて見る異様な圧を帯びていた。

「お前……」

底のない深淵そのもの。何もかもを食らい、睥睨するもの。

敵であるのなら一切の容赦は不要だと、そう言う彼女は魔女を殺せるほどの魔法士なのだ。

――今のうちに、彼女の力を削いでおいた方がいいのかもしれない。

そんな直感がオスカーの脳裏をよぎる。彼女を、膨大な力を振るえる純潔の精霊術士のままでいさせない方がいい。

だが彼は、愛情でも情欲でもないその考えを、一瞬で打ち払った。それは彼女の夫としての感情ではない。この大陸の国の一つを統べる者としての思考だ。

だから……そんなことを考えるべきではない。

オスカーは、できるだけいつも通りの表情と声音を意識した。

「とにかく駄目。お前はすぐやりすぎるからな。何かあったら困るから弁《わきま》えろ。気が気じゃない」

「はーい」

拗《す》ねたような口ぶりではあるものの、彼女は心配されていることが嬉しいのか、いつものようにはにかんだ。そんなティナーシャにオスカーは内心安堵《あんど》する。手を伸ばして小さな頭を撫でた。

「本当にお前には面倒な相手が絶えないな」

「トゥルダール自体がそういう国ですからね。魔法絡みの面倒事を収拾するっていう」

そう言うオスカーも、アカーシアの剣士として厄介ごとが舞いこむ立場なのだ。ティナーシャも彼の妻になる以上、結婚後も戦いに明け暮れることになるのかもしれない。

——それでも、どんな敵が来ようとも負けるつもりはない。

自分たちに越えられない苦境はないと、オスカーは慢心ではなく本当にそう思っているのだ。

※

ヴァルトにとって、先を読むのは当たり前のことだ。

世界は、既知と未知が絡み合っている。それは繰り返す度に前者の方が大きくなる。大きくなって、けれど後者も決してなくならない。まるで彼を嘲笑《あざわら》うように世界は波打ち、違う姿を見せる。そんな時の中を歩む彼にとって、現《うつつ》は夢とさして変わりがないように思える。

不条理はどこでも溢れている。期待は裏切られたことばかり心に残る。

魂に増えていく傷に倦《う》んで、自罰に走ったこともあった。それでは何にもならないのだと思いなおしたことも。全てを忘れてしまいたかったこともある。父親のように、自分の終わりを早めてしまいたいと思ったこともあった。

だがそれでも繰り返しを重ね、歪みさえものみこんだ彼は、やがて己の中に風のない夜の湖のように澄んだ闇を保つに至ったのだ。その湖底には、山のように諦観や悔恨、憎悪が沈んでいる。だがそれらは水面からは窺い知れない。ただ天上に輝く青い月が映し出されているだけだ。

そんな感情が果たして切り札として機能するのは、今回のことになるのだろうか。

「――参ったね。いつまで経っても計算違いがなくならないよ。まさか鏡の中にも結界があって、こんなことになるとはね」

「欲をかくからじゃないかしら」

「面目ないです」

ミラリスの冷たい視線を浴びて、ヴァルトは首を竦めた。彼はテーブルに広げた大陸全図に視線を落とす。トゥルダールとファルサス、そして南西に小さく書かれたマグダルシアを眺めて、ヴァルトは溜息をついた。

「マグダルシア王の昏睡で外部者の呪具にだけ接触してもらえればよかったんだけど、鏡が半分しか機能しなかったみたいだ。おかげでとんだ王が誕生してしまったよ。今回は初めての噛《か》み合《あ》わせが多いからっていうのもあるんだろうけど、面倒なことになった」

「自業自得」

「すみません」

ミラリスはまったく容赦がない。機嫌が悪いのか彼女は椅子の上に膝を抱えて座っている。

そんな少女の姿を、ヴァルトは一瞬ひどく愛《いと》しげな目で見やった。

だが彼はすぐに視線を戻す。

「まぁ大丈夫だよ。駒はいくつも用意してあるからね。先にこちらに動いてもらおう」

彼は片目を閉じて見せると、地図の上に置かれたファルサス城の模型を指でつついた。

※

ファルサスの新年の儀は、滞りなく終了した。

厳重な警備の中、神殿から戻ってきたオスカーは、民衆への挨拶を終えると自室に戻る。普段であれば、そのままティナーシャの部屋を訪ねるところだが、夜中に儀式を行うファルサスと違い、トゥルダールは日の出と共に王の宣言が始まるのだ。寝起きが悪い女王はいつもより大分早く就寝しているはずだ。さすがにそんなところを起こすのはかわいそうでできない。

今までも忙しかった彼の執務は、年が明けてからは更に忙しくなる予定だ。二週間後にはガンドナの建国式典があり、更にその二週間後にはティナーシャの退位と結婚式がある。

目まぐるしい、とオスカーでさえ思うが、王である以上仕方がない。それに、行きたくないガンドナの式典とは違い、一ヶ月後の式は彼が望んで早めたものなのだ。間近に迫っていることについて不満があるはずもなかった。

オスカーは上着を着替えながら、誰もいないはずの宙に呼びかける。

「何もないから、もう帰って平気だぞ」

一瞬の空白の後、呆れた少女の声が返ってきた。

「気づいてたの？」

「見られてる気配を感じてたからな。ティナーシャの命令か？」

「そう」

短い答えと共に、赤い髪の少女が天井近くに現れる。十二体いるトゥルダールの精霊の中でも、彼女はティナーシャの即位前からついており、オスカーにはもっとも馴染《なじ》み深い精霊だ。

ミラに向かって、彼は先日の案件を問うた。

「いなくなった精霊は見つかったのか？」

「全然。元の位階にも戻っていないみたい。あいつがいれば魔女の確定ができたんだけどね」

「戦ったことでもあるのか」

「それがねー。恋人だったみたいよ。もうずーっと昔の話らしいけど」

「ほう。それは四百年以上は前の話だろうな」

オスカーは椅子に深く座ると水差しから水を汲《く》んで口をつけた。天井にいる精霊を見上げる。

「だが恋人だったっていうなら、裏切って向こうについたとかじゃないのか？」

「それは有り得ない。上位魔族にとって現出時の契約って破れないものなの。万が一魔女の力で無理矢理そういうことをしたとしても、その時は契約破棄がティナーシャ様に伝わるわ。死んだ場合も同様ね」

「つまり死んではないが動けないってことか」

「多分ね。勝手に行動してティナーシャ様に心配かけさすんじゃないっての」

ミラは吐き捨てるような口ぶりだ。精霊同士よりも主人の方が重いのだろう。オスカーは水のグラスをテーブルに戻す。

「精霊ってのはどこまで行動に自由がきくもんなんだ？」

「んー、基本的には呼び出されなきゃ現れないし、主人が危地にあっても手を出せないよ」

「ずいぶん厳しいんだな」

「そういう制限だから。初代が契約時につけたんだけどね。うがって言えば『精霊の独断を許して国政に踏みこまれるのを避けた』ってことでもあるし、良く言えば『人間のことは人間でしましょう』ってこと。私たちはあくまで道具で手足なの。普通の人間とは力が違い過ぎるんだから、それくらい枷があってしかるべきでしょう？」

ミラの問いともとれる言葉に、けれどオスカーは返事をしなかった。「普通の人間とは力が違い過ぎる」と聞いて真っ先に思い浮かぶのは、彼の婚約者の方だったたからだ。

「でも裏を返せば主人がいないところなら好きに行けるってことだから、その点は自由かな。もちろん勝手な戦闘行為とかはできないけどさ、あちこち見て回るくらいならできるよ。ま、今までわざわざそんなことするやつとかいなかったんだけどね」

苦々しげなその口調は、同じ精霊の失態を批難しているようにも聞こえる。オスカーは足を組むとテーブルの上に置きっぱなしになっていた手紙を手に取った。それは彼が送ったものへの返事だ。

「そっちの事情はともかく、魔女についてはこっちに情報が来た。所在は分からないが手紙は届くらしくてな。ラヴィニアからの返事だ」

用件のみ伝えるその手紙には、閉ざされた森の魔女の名と風貌、そして簡単な性格と力について記されていた。読み上げられた内容を聞いていた精霊の顔がみるみる歪む。

「何よ……やっぱり当たりじゃない、最悪。ルクレツィアがルチアね。なるほど」

「国には興味がないって性格の魔女だったらしいが。どういう風の吹き回しだろうな」

「さぁ？　人間なんてどんどん変わるからそんなもんでしょ。それより精神系の魔法士ってところが嫌だなぁ」

「何だ。苦手なのか？」

「苦手も苦手。普通の魔法士が使う程度なら楽勝なんだけどね」

「なるほど。そういうものか」

オスカーは手紙を折りたたんで懐にしまった。それで話が終わったと判断したのか、ミラは簡単な挨拶を残して姿を消す。

精霊の気配もなくなり本当に一人になると、オスカーは改めて手紙を鍵のかかる引き出しにしまいこんだ。たとえティナーシャにとって分かりきったことでも知られたくなかったのだ。

祖母からのぞんざいな手紙の最後には――「お前では精神魔法に対抗できないから大人しく彼女に任せろ」と書かれていたのだから。

※

年が明けてからあっという間に三日が過ぎた。

三日目の夕方は透き通るような空だ。雲一つない青が刻一刻とその色を変えていく。

主君の瞳の色と同じ色に染まりつつある空を、ラザルは城の窓越しに見ながら廊下を歩いていた。

そのせいか角から現れた人間とぶつかりそうになり、あわてて右に避ける。ラザルは書類を抱えなおしながら謝ろうとして、思わず硬直した。

「ゼ、ゼフィリア様……」

「お久しぶりです。ラザル様」

優美な仕草で礼をする女のことを、ラザルはよく知っている。貴族の父を持ちながらファルサス国外で子供時代を過ごしたせいか、切れる頭とどこか冷めた目を持っていた女。穏やかに微笑みながら、何もかもをどうでもいいと思っているようなところが不安定で、主君も気にかかったのかもしれない。

だが彼女は、今ここにいるはずがない人間だ。

ラザルは探る目で女を見つめる。

「何か城にご用事がおありで？」

「陛下に新年のご挨拶を申し上げようかと思いまして。陛下はどちらに？」

金砂色の髪を指で巻き取りながら、ゼフィリアは首を傾げる。美しい青い目の奥にただならぬものを感じて、ラザルは瞬間息をのんだ。

だが彼は迷わず口を開く。

「申し訳ありませんがお教えできかねます。ご挨拶は私から伝えますのでどうぞお引取りください」

「あら。ずいぶんつれないのですね。何も取って食いはしませんわ」

「ご冗談を。どのような挨拶も不要と、陛下もあなたに仰ったのではないですか？」

「さぁ？　教えて頂けないのなら自分で探しますわ。あなたに私を追い返す権限なんておありではないでしょう」

からかうような女の笑みに、しかしラザルは毅然として背筋を伸ばした。

「権限の問題ではありません。あの方の友人として申し上げます。どうぞお引取りください」

「それは私があの方の情人だったから？」

「ゼフィリア様！」

真っ赤になって声を荒げたラザルに対し、ゼフィリアは鈴を転がすような声で笑った。

彼女とオスカーのことについて知っている者は、幼馴染であるラザルを含めほんの数人しかいない。彼女の父などは感づいていたのかもしれなかったが、それを表に出すようなことはなかった。

ティナーシャがファルサスに来た頃から途切れ、秘密のまま葬られるはずだった関係が、今ここで口にされたことにラザルは冷や汗さえ覚える。今夜は、あと三時間もすればティナーシャが式の打ち合わせでファルサスにやってくるのだ。何としてもそれまでにゼフィリアを帰し、できればオスカーにも会わせたくないと彼は思っていた。

窺い知れない女の本心を探るように、ラザルは視線を外さぬまま問う。

「どういうおつもりですか」

「別に？　単なる遊びですわ。そうですわね、そんなに食い下がるならあなたも参加なさいます？」

挑発的な言葉。妖艶な微笑み。そこに忌まわしさを感じて顔を歪めたラザルは、不意に背中を誰かに叩かれた。驚きに心臓が止まりそうになる。

——そして彼は振り返ることもできぬまま、廊下の上に崩れ落ちた。

※

執務室で最後の書類を処理したオスカーは、書類を置きに行ったラザルが一向に帰ってこないことに気づき首を傾げた。時計を見ると出て行ってからもう三十分も経っている。内大臣のネサンの部屋に置いてくるだけだ。こんなにかかるはずがない。

オスカーは不審に思いながら廊下への扉を開け——ちょうど扉を叩こうとしていたらしい女官に出くわした。女官は無礼を詫《わ》びながらも、ラザルが王の私室で待っている旨を伝える。

「俺の部屋？　何だそれは」

本来彼の部屋は、幼馴染のラザルであっても無断で入れる部屋ではない。ティナーシャにはその権限が与えられているが、彼女も主人不在の時に入ってくることはない。

オスカーは訳の分からない伝言に悩みながらも、言われた通り私室に向かった。逡巡もなく扉を開ける。

広い部屋にラザルの姿は見えない。

代わりに窓際には、昇り始めた月を背に一人の女が立っていた。彼女はオスカーの気配に気づくとゆっくりと振り返る。たおやかな笑みを浮かべながら膝を折って一礼した。

「ご無沙汰しております」

「……何故お前がここにいる。ラザルはどこだ」

「ラザル様？　存じあげませんわ。女官が伝言を間違えたのではないですか？」

白々とした女の言葉にオスカーは舌打ちした。

ゼフィリアが彼の部屋から呼び出したとなれば問題だ。それを避けるためにラザルの名を使ったのだろう。つまらない手にひっかかってしまったことに王の機嫌は急降下する。

「何しに来た？　困ったことでもあったか」

腹立ちながらも気遣いを見せる男に、ゼフィリアは一瞬ひどく悲しそうな顔をした。

だがそれもすぐに消え去る。彼女はテーブルに歩み寄るとそこに置いた小さな酒瓶を手に取った。

「母の生家で作られた果実酒が、今年は歴代最高の出来となりまして。ぜひ陛下にもご賞味頂きたく伺ったのですわ」

言いながら彼女はグラスに紅い酒を注ぐと、歩み寄る男にそれを渡した。オスカーはグラスを受け取って中身を眺める。

「本当にそれだけか？　遠慮するな。言ってみろ」

「それだけです。どうぞ召し上がってくださいませ」

美しい声。淡々とした言葉。

オスカーはグラスを上げて月光にかざすと、硝子の縁に口をつけた。

だが彼は結局グラスを傾けぬままテーブルの上に戻す。

「悪いが後でもらおう」

「あら、どうかなさいました？」

「お前を信用しないわけではないが、最近きなくさい話が多いからな。許せ」

「構いませんわ」

ゼフィリアは微笑しながら一歩距離を詰める。白い手を男の体に伸ばした。

「もうすぐ婚礼のお式ですわね。おめでとうございます」

「ああ」

「トゥルダールと関係が結べればファルサスもより一層栄えることでしょう。まさに陛下は王の鑑《かがみ》でいらっしゃいますわ」

棘《とげ》のある言葉にオスカーは眉を顰めた。肩に伸ばされた女の手を逆に摑む。

「前にも言ったと思うが、俺はあいつの身分で選んでいるわけじゃない。あいつ自身が気に入ってる。何を考えているのか知らんがつまらぬことを言うな」

それを聞いても女は笑っただけだった。オスカーを見上げる目に混沌とした感情が浮かび上がる。

オスカーは声を一段冷ややかなものにした。

「ゼフィリア、ラザルをどうした？」

「存じあげませんと申し上げたはずですが」

「なら何故あいつが戻ってこずに、お前があいつの名で俺を呼び出すんだ？」

「お名前を少しお借りしただけです。ラザル様がどこにいらっしゃるかは分かりませんわ」

本当に知らない顔で、しかし少しの棘を秘めた声でゼフィリアは返す。オスカーはそこに窺える不分明さに顔を顰めた。

彼女はいつも、どんな時でもまったくの本心を晒《さら》そうとはしない人間だった。よく回る頭で全ての物事を俯瞰《ふかん》しているような冷めたところが常にあった。それがどこか自分に似ている気がして、オスカーは彼女を気に留めたのかもしれない。だが関係を持っていた時も、別れを告げた時も変わらなかった微笑は、今初めてその中に剣呑《けんのん》なものを覗かせ始めていた。

ゼフィリアは底が見えない瞳で笑う。

「実は一つ望みがございます」

「何だ？」

「陛下が欲しいですわ」

「無理だ。諦めろ」

毒花のように匂い立つ望みを、オスカーは即答で切り捨てた。

元より情人であった頃から恋愛関係にあったわけではない。かといって立場を利用して無理に手に入れたわけでもない。ただお互いを評価していたから時折会っていた。

だが今、オスカーの気に入っていた彼女の鋭さは、不審な変色を経ている。

ゼフィリアの方は、むしろ怪しまれていることが楽しいようだ。彼女は摑まれた手をよじる。

「では諦めますわ。その代わり――」

女の手を掴む右手に、鋭い痛みを感じてオスカーは手を離した。見ると薄い刃物で切られたのか手首に血が滲んでいる。

彼は反射的にゼフィリアの手を捻り上げた。女は苦痛に顔を歪めながらも可笑《おか》しそうに笑う。

「その代わり、私に裏切られてください」

快哉《かいさい》に似た言葉。それと同時にオスカーの視界が暗くなる。

全てがとても遠い。

意識が闇に落ちる。

そうしてあっけなく足元に倒れた男を、ゼフィリアは愛《いと》おしむような目で見下ろしていた。

※

ティナーシャは予定より二十分ほど早くファルサスにやってきた。

細い腕の中には魔法書が抱えられている。友人であるシルヴィアに頼まれて持ってきたのだ。

もうすぐ自国の王妃になるティナーシャに、シルヴィアは恐縮して魔法の質問などをやめようとしたのだが、ティナーシャはむしろ頼って欲しいと、今までと変わらぬ態度を友人に望んでいた。

通りすがった魔法士に聞くとシルヴィアは外庭にいるという。既に暗くなり始めている庭に赴いたティナーシャは、シルヴィアの他に、同じ宮廷魔法士のドアンとカーヴが魔法の灯《あか》りを皓々《こうこう》と照らしながら魔法陣を描いているところに出くわした。

「何やってるんですか？」

「あ、ティナーシャ様！　実は、一つの転移陣でその度ごとに行く先を変えられるようなものを作れないかなぁと思いまして。設置場所が広くない時に便利じゃないですか」

「へぇ。面白いですね」

ティナーシャは三人の隣に立つと転移陣を覗きこむ。構成は三人の合作なのか、かなり巧妙な作りになっていた。

「いい出来ですね。でもこれじゃ魔法を使えない人間には、行く先を切り替えられませんよ。魔法具にでも出力しないと」

「そうなんですよね……。もっと簡単にしたいんですけど」

「水晶を行く先ごとに用意して固有名をつけて、構成に定義を入れるといいです。どの水晶を嵌めるかで行く先が変わるようにするとか……ちょっと構成に調整が要りますけど」

「ああ、なるほど！」

シルヴィアは、ティナーシャが差し出す本を礼を言って受け取った。

城に常時設置されているような大きな転移陣は、同時に複数箇所に飛べないと困るので一つにまとめることはできないが、部屋に設置するような簡易なものなら意味がある。実用化されれば城内の移動が便利になるかもしれない。

ティナーシャは、真剣に考えこむ三人に笑って手を振った。

「でもそれだと水晶が持ち出されないように、鎖かなんかつけとかないとなくなった時困りますね」

「あー、それはありますね……。間違って持ってっちゃう人とか出そうです」

納得するシルヴィアを置いて、ティナーシャは魔法陣を見つめる。

「けど、これ本当によくできてます。普段は最低限の魔力で維持をするようにして、発動時には周囲の魔力を吸い上げて増幅するようにしてるんですね。このままだと魔力が足らなくて発動しなそうですけど、上手くすれば隠し魔法陣とかに使えそう」

「魔法士が配備されてないところでも動くように、って考えたらこんな感じになりました」

「言われてみるともっともな発想です」

ティナーシャやトゥルダールにとっては「魔力や魔法士が足りない」という状況自体があまりないので、魔法陣を少ない魔力で維持するという発想がなかったが、言われてみれば魔法士の手が足りないところには便利だ。そもそも魔法士同士戦う時には、魔力や構成の隠蔽はよく使われるのだ。それを長期維持する魔法陣に転用するという考えに、研究の余地を感じて彼女は腕組みした。

放っておくといつまでも考えていそうな女王に、ドアンが声をかける。

「ティナーシャ様、今日は式の打ち合わせでいらしたのでは……」

「あ、そうですね。すっかり忘れてました。オスカーは執務室かな」

「――陛下のことなら、私が存じ上げておりますわ」

背後から聞こえた知らない女の声に、ティナーシャは振り返った。他の三人もそれにならう。

女官かと思ったらそうではないらしい。身なりの良いドレス姿からして上流階級の人間だろう。

ティナーシャは会釈をすると問い返す。

「どこにいるか教えていただけます？」

「どうしましょう。すぐにお教えしたら面白くないと思いません？」

楽しんでいることを隠しもしないからかいに、ティナーシャは眉を顰めた。横目でドアンを見ると、彼は青ざめた顔で囁く。

「ヨースト公のご息女のゼフィリア様です」

「なるほど。――初めましてトゥルダールのティナーシャと申します」

「ゼフィリアと申します。お目にかかれて光栄ですわ。間近でお会いするのは初めてですが、本当にお美しい方ですわね。陛下がお気に召されるのも仕方ないわ」

そのことばに込められているのは、刺すような棘ではなく嬲《なぶ》るような嘲りだ。ティナーシャは対応に困ってこめかみを掻《か》いた。見ると、視界の隅でドアンが険しい顔をしている。その表情は前にもどこかで見たことがあった。ティナーシャは記憶を探りかけてすぐに思い当たる。

確か以前ファルサス城で見知らぬ女と対面した時にも、彼はこんな顔をしていたのだ。その時の相手は、王の寵姫《ちょうき》だった。ティナーシャはぽんと手を叩く。

「ひょっとして、オスカーの恋人ですか？」

あっけらかんとさえした問いに、城に仕える魔法士三人は硬直した。うち二人は唖然と口を開いているが、ドアンだけは蒼白《そうはく》な顔色に変わる。

ティナーシャはそれを見て自分の指摘が正しいことを確信した。

ゼフィリアは目を細めて微笑む。

「あら……人の気持ちに疎い姫君かと思っておりましたが、意外に聡《さと》いのですね」

「鈍いところがあるのは否定できませんね」

不出来な生徒を見る目で見られて、女王は皮肉げに微笑む。

彼女にはオスカーほどの勘の鋭さはない。むしろ王族の女性としては鈍感な方だ。

だがそれは私的な感情の機微に関することで、公人としてはティナーシャは切れる人間なのだ。

そして今ティナーシャは、突然現れた女性が、自分に私人と公人どちらの対応を期待しているのか慎重に探っていた。無礼と切り捨てることも可能だし、そうした方がいいのかもしれない。しかしそれをしてしまうには、あまりにも状況が分からない。

黙りこんだティナーシャに、ドアンがそっと囁く。

「昔のことです昔の。婚約なさってからはもちろん、そういうことはありませんから」

「分かってますよ。そう過去のことまで怒ってたらきりがないんでしょう？」

ティナーシャが苦笑交じりに笑うと、三人は目に見えてほっとした。まったく腹立たしくないと言えば嘘になるが、自分たちの結婚は既に目前なのだ。臣下たちを私情に巻きこむことはできないし、あまり目くじらを立ててオスカーに嫌われたら嫌だ。そうした自制の結果、表面上は平静を保っているティナーシャは、正面に立つ女を見返す。

四人の視線を浴びてゼフィリアは顎に指をかけた。

「残念ながら、私の方が貴女様より陛下のことをよく存じ上げておりますわ」

「そうなんですか。私はあの人のこと全然分かりませんよ」

「それでよくご結婚なさる気になりましたね」

「あの人のことが好きですから」

「本当に？　単なる刷りこみでないと何故思われるのです？」

挑戦的な言葉だ。ここまで来れば、喧嘩《けんか》を売られているのだとは分かる。

ティナーシャは形の良い眉を顰めて、けれど結局、微苦笑した。

「そうですね、確かに最初の頃は子供の憧憬だったのかもしれません。でも子供の私が憧れたあの人は、やはり私には添わないなんですよ。私が一生を共にするのは……焦がれるのは、私に意地悪な、今いるあの人です」

子供の頃出会った彼は、慈しむように愛してくれた。厳しくも優しくしてくれた。

だが彼女の婚約者はそうではない。

からかったり怒ったり、遠慮ない態度を向けながら彼女の隣に立つ。

そしてそれが、お互いが対等な立場に立ち、相手を見ているという証《あかし》なのだろう。

感傷に目を閉じていたティナーシャは、ふっと息をつくと瞼を開いた。

闇色の深淵に威圧が生まれる。美しい唇が酷薄な笑みを刻んだ。

「それで、貴女は誰の差し金でいらっしゃったのです？　是非教えて頂きたいです」

場に、それまでとは異なる緊張が生まれる。三人の魔法士が気圧《けお》されて息をのんだ。

——単なる嫉妬でティナーシャの前に現れた人間が、「刷りこみか」などと聞くはずがない。おそらくゼフィリアに、女王の過去について教えた人間がいるのだ。

ティナーシャは、氷の視線で女を射抜く。

だがゼフィリアは、突如変貌した空気にも軽く目を瞠っただけで、すぐに元の仮面のような微笑に戻った。彼女は胸の前で白い指を組む。

「ご機嫌を損ねてしまったのなら申し訳ございません。私は直接陛下からお聞きしたのですわ」

「オスカーが？」

「ええ。何ならお会いになってお確かめになってはいかがです？　陛下はお部屋にいらっしゃいますから。ああでも、さっきお眠りになられたばかりですけど」

嘲笑というには上品な笑顔だ。だがそれはティナーシャの感情の表面をざらざらと擦っていった。

オスカーが、私室に婚約者の彼女以外を入れるはずがない。それは分かっている。だが、声が一段低くなるのは止められなかった。闇色の瞳に険がよぎる。

「どういうことです？」

「そのままの意味ですわ、女王陛下。昔のことには怒らないと仰いましたけど……はたして今のことでもお怒りにならないのですか？」

唾を飲む音が誰のものだったのか、ティナーシャは分からない。

——思考が熱くなる。視界が歪む。

それはティナーシャが、痛みを堪えるように顔を顰めたせいだ。

ゼフィリアは微かな揺らぎを見逃さずおかしそうに笑った。夕闇の中を女の笑い声が転がる。

忌まわしく響く声。それは人の感情を徒《いたずら》にかき混ぜていく声だ。

ティナーシャは額を押さえながら一歩前に出た。

「もういいです。オスカーから直接聞きに行きますから」

「聞きに？　殺しに、での間違いではなく？」

傾いた女の悦びに、女王はまた顔を歪める。

彼を信じている。それは変わらない。

ただ……どうしても揺らいでしまうのだ。自分の心が自分のものではなくなってしまう。

不快で、苛立たしくて、全て焼いてしまいたい。それは魔法士としてあるまじき感情だ。誰に裏切られても何も感じることはなかったのに、何故彼のことだと無知な少女になってしまうのか。

本当に愚かで――でも、それだけだ。

ティナーシャは精神を焼く熱泥をのみこむ。月下に咲く花のように微笑した。

「私は……確かにあの人のことを貴女より知りません。けれど貴女が思うよりずっと、あの人を愛しているんです」

迷いを抱えようとも進もうとする意志。ゼフィリアはそれを聞いて、激昂《げきこう》するわけでも顔を歪ませるわけでもなく、ただ目を閉じて嬉しそうに笑った。

そしてティナーシャは彼女の横を通り過ぎると、一度も振り向かぬままその場を立ち去ったのだ。

「オスカー？　聞こえないんですか？　生きてます？」

扉を叩いても全然返事がない。ティナーシャは室内に転移するか躊躇ったが、ふと思いついて、ドラゴンの名を呼んだ。

「ナーク、私の声が聞こえます？」

婚約者の使役するドラゴンは、一時的にだがティナーシャが主人でもあったのだ。

しばらく待っていると、彼女の呼び声に応えて小さなドラゴンがどこからともなく飛んでくる。

ティナーシャは赤いドラゴンに頼んだ。

「中に入って、オスカーがいるようなら扉を開けてください。いないなら教えてください」

オスカーの私室は、ナークが好きに出入りできるように日中は窓が開いているはずだ。ドラゴンは了承の鳴き声を上げて近くの窓から外に出ていく。そのまま待っていると、カチャリと金具の音がして扉が中から開かれた。ティナーシャは飛びついてくるナークの頭を撫でる。

「ありがとう。ここで外を見張っていてください。誰か来たら教えて」

そう命じてナークを戸口に残すと、ティナーシャは室内に踏み入る。

だがそこにオスカーの姿はない。更に奥の寝室へと歩み入った彼女は、寝台の上に男の姿を見つけて息をのんだ。枕元に歩み寄り、脈と呼吸を確かめる。

「生きてる……よかった」

彼はよく眠っているようだ。時折彼の隣で寝るティナーシャでさえも、自分より遅く眠り早く目覚める彼の寝顔を見ることはほとんどない。彼女は、秀麗な顔を感情のない目で見下ろしながら、軽く男の頬を叩いた。

しかしそれでもオスカーが目覚める気配は全くない。

「もう……本当に殺しちゃいますよ」

言いながらティナーシャは寝台に上がると、男の上に馬乗りになった。指を伸ばして男の唇についた紅を拭う。服を着ていない上半身の首筋や胸元に、赤い痕や爪痕がついているのを彼女は無表情で眺めた。

――分かりやすい挑発だ。それに怒りを刺激される自分が愚かだ。

御しきれない感情が、魔力となって体中に渦巻く。

全ての痕を抉《えぐ》り取《と》ってやりたい。ばらばらにしてから繋ぎ合わせてやりたい。

本当にティナーシャがそれを望むなら、そして彼に意識がない今ならば、彼女は彼をどのようにすることも可能なのだ。愛するように殺すこともできる。そうしたいと心の中で少女の自分が叫ぶ。

ティナーシャは白い手を男の首にかけた。洩《も》れ出た魔力がテーブルに置かれたグラスを砕く。硝子の破片と共に床に零れる果実酒を、しかし彼女は見向きもしなかった。わずかに伸びた爪が頸動脈《けいどうみゃく》に触れる。そこにつけられた痕を彼女は引っかいた。

「こんな風にいいようにされて……誰かに渡すくらいなら、私が支配します」

ティナーシャは静かに燃える目を伏せながら、男に顔を寄せる。彼女はそして、彼の唇を割って絡みつくように口付けた。そのまま男の体内に自分の魔力を滑りこませる。

――彼が罠に落ちたことなどすぐに分かった。

眠りの浅い彼が、扉を叩かれて起きないことなどまずないし、何より今日は約束があってここに来たのだ。その予定を忘れて浮気をするほど迂闊な人間ではない。

ティナーシャが魔力で体内を探ると、案の定構成に触れた。魔法薬のものだろうか、複雑な魔法構成とそれに絡み合うようにかけられた呪詛に、口付けをしたままの彼女は眉を寄せる。

どちらも人を眠らせるためのものだろう。呪いの構成を解析しようとして、だがティナーシャはふと思い出す。前にも似た呪詛に触れたのだ。だがその時の術者は処刑されてこの世にいない。なのに、何故似た呪詛がまだ存在しているのか。彼女は不審を形にしようと思考を巡らす。

――その時不意に遠くで、魔力の揺らぎを感じた。

彼女がかけた結界に何かが接触したことを知らせる小さな波は、ティナーシャが怒りに我を忘れていれば気づかなかっただろう。そしてもちろんそれは、今、下にいる男への守護結界ではない。

ティナーシャは顔を上げた。辺りを見回す。

いつも彼と共にあるはずの王剣が、どこにも見当たらなかった。

「謀られたか……。イツ！」

「ここに」

「この男を見ていてちょうだい！」

主人の命《めい》に白髪の老人が膝を折って頭《こうべ》を垂れる。ティナーシャは「すぐ戻る！」と短く言うと、怒りに美しい貌を染めながら、その場から転移して消えた。

ゼフィリアは頭の切れる豪胆な女だった。

上手く彼女を丸めこみ操ろうとしたヴァルトは、ことごとく自分の言葉が看破されると、本当のことを言うのが一番いいと判断した。

全てを話したわけではない。だが嘘はつかなかった。

彼女から出された条件は二つ、アカーシアを持ち去らないことと、オスカーに致命的な危害を加えないことだ。ヴァルトはそれを快諾した。元より魔法士である彼にアカーシアは不要だし、オスカーを殺してティナーシャに恨まれでもしたら厄介だからだ。

ゼフィリアからアカーシアを受け取った別れ際、ヴァルトは冗談混じりに質問する。

「君は過去に戻れるとしたら何をやりなおしたい？」

「そうね……若い頃の母に、もっと男をよく選ぶようにって言うわ」

冗談に返された冗談。しかしそれは彼女の本気でもあるのだろう。彼女は今の自分に誇りを持ち、同時に自分を呪ってもいるのだ。

ヴァルトは彼女の複雑な感情に小さく笑うと、二度と会うことはないだろう女を見送った。

※

「――痛い痛い。もうちょっと時間かかったら骨まで溶けてたかもな」

焼け爛《ただ》れた手の平と、床に落ちている王剣を視界に入れてヴァルトは溜息をついた。

ファルサス王家に伝わるアカーシアには、触れたものの魔力を無効化する力がある。だが「ファルサス直系しか上手く使えない」と何故言われているのか、ヴァルトは理由を詳しく知らなかったのだ。まさか剣を持って魔法の構成に触れると、柄《つか》と刃《は》が発熱し始めるとは思わなかった。

彼は自分の手に治癒をかけながら小さな箱を抱えこむと、ファルサスの宝物庫を出る。

いつもであれば箱にかけられた結界を破れば、術者である女王に気づかれるだろうが、今の彼女はそれどころではないはずだ。それでも急がなければ、誰かが見張りの兵士が倒されていることに気づくかもしれない。

ヴァルトは、宝物庫を中心に設定された転移禁止領域の外まで来ると、詠唱をして転移構成を組んだ。侵入した時はゼフィリアの手引きで歩いて入ってきたが、帰りは城の結界を越えるのだ。その後も追跡されないよう複雑な構成を組まなければならない。

しかし不意に、背後ですさまじい殺気が生まれる。細い笛のような声がかけられた。

「お久しぶりですね。どこへ行くんです？」

「これはこれは……まさか気づかれるとは思わなかった」

ヴァルトは緊張を以て振り返った。

そこには闇の深淵を美しい女として具現化したような、鮮烈な存在が立っている。

彼女は右手に青い雷光を纏っていた。絶世の美貌を青い光が照らしだす。

空気の爆《は》ぜる音がばちばちと鳴り、けれどティナーシャはそれを気にする様子もない。白い指が、ヴァルトの持っている箱を指す。

「それを置いていってもらいましょう。できれば貴方自身も」

「うーん。実にそそる口説き文句だな。でも待ってる子がいる」

笑いながらヴァルトは左足を引いた。服の裾から音もなく小さな水晶が落ちる。

彼を見据えたままのティナーシャは、黒々と感情の見えない目を傾けた。

「なら、死になさい」

雷光が撃ち出される。それと当時にヴァルトは足元の水晶を自分の目前に蹴り上げた。雷光は水晶に絡みつき、すんでのところで男までは届かない。

ティナーシャが新たな構成を組むと同時に、彼は笑う。

「またすぐに会おう。『青き月の魔女』よ」

その一言は、確かにティナーシャの虚をついた。

撃ち出されかけた構成が歪む。

生まれた一瞬の隙に、ヴァルトは転移を発動させると消え去った。

ティナーシャは誰もいなくなった周囲を見回す。

「……青き月の、魔女？」

彼女は忘我しかけたが、一度大きくかぶりを振ると気を取り直した。廊下を進んで、鍵を壊されたままの宝物庫に歩み入る。雑然と色々な物が置かれた中を見やると、白い箱が置かれていたはずの台座は空っぽで……そのすぐ傍の床にはアカーシアが落ちていた。

「覚えのある呪詛でよかったですね。レジスと同じくらい昏睡するところでしたよ」

ティナーシャの声はかつてないくらい冷ややかだった。美しい響きに流氷が見えそうなほどだ。

寝台に起き上がったオスカーは額を押さえる。彼は自分の上半身につけられた傷や痕を見下ろし、まず何を言うべきか考えた。選択を誤れば首が飛びそうだ。

けれど彼が口を開くより先に、ティナーシャの方が確認してくる。

「あのお酒は彼女が持ちこんだものですか？　魔法薬が入ってましたよ」

「いや、あれは飲んでない。剃刀《かみそり》か何かで切られたんだ」

「貴方って実は女性で身を滅ぼしそうですよね」

「…………」

何か言い返したいがこの状況では何も言えない。オスカーは大人しく無言を噛みしめた。

寝台の縁に座るティナーシャはアカーシアを膝の上に抱えこんでいる。そうでなければ今頃この部屋はもっと惨憺《さんたん》たる状況になっていただろう。彼女は表面だけはにっこりと微笑んだ。

「ラザルは空き部屋に寝かされているところを発見されました。魔法で眠らされているだけだったのでドアンが診てます。ゼフィリア嬢も一応追っ手を出してもらいましたが、家には戻っていないそうです。貴方に使われた呪詛と同じってことは、レジス襲撃の件もヴァルトが裏にいたんでしょうね。まんまとエルテリアを持ち去られてしまいました。ごめんなさい？」

謝っている割に、どちらかというと怒っているようにしか見えない。

オスカーはどう彼女を宥めるべきか、十一通り考えた中から切り出す。

「あのな、ティナーシャ」

「何ですか？」

満面の笑顔が怖い。だがここで怯んでもいられない。

「まず助かった。ありがとう。あと悪かった。油断していた」

手短に言うべきことを言ってティナーシャを見ると、彼女は半眼になっている。口元だけは辛《かろ》うじて笑っているが、それもまるで彫像のようだ。

彼女はアカーシアを脇に置くと寝台の上に上がった。四つ這《ば》いでオスカーの体を踏みながらゆっくりと近づいてくる。その様はまるでしなやかな豹《ひょう》だ。彼女は肉食獣の目で婚約者を検分すると、彼の喉元に顔を寄せ、首に軽く口付ける。扇情的な声が囁いた。

「他に仰りたいことはありますか？」

「……悪い」

苦虫を口に含んだままのような返答にティナーシャは喉を鳴らして笑った。闇色の目に、子供を思わせるきらきらとした光が浮かぶ。

「いつもと立場が逆でちょっと楽しいです」

「そうか……お前が楽しいなら少しはましだな」

「その五十倍は怒ってますが」

「婚約破棄はしないでくれると嬉しい」

「しませんよ！」

ティナーシャは嫌そうに言うと、男の肩に手を触れた。彼女を怒らせるためにつけられたのであろう体中の痕が一瞬にして全て消える。彼女は面白くなさそうな顔で男の膝の上に乗った。

「貴方に大事がなくてよかったです。私情で人を殺したくはないですからね」

「俺を殺すつもりだったのか……」

さすがにぞっとしたオスカーに、しかしティナーシャは呆れ顔になった。

「そんなわけありますか。彼女をですよ。貴方が迂闊なだけだと分かった時に解きましたが、彼女には追跡をかけてあったんです。ヴァルトと組んでると知っていたならもっと追跡したんですが。失敗しました。庭で会った時に無力化しとけばよかったです」

人の生死を左右している内容だとはとても思えないほど軽やかに、しかし自分の力に確信的な声でティナーシャはさらりと告げる。それは子供でも、女王でもない剥き出しの彼女自身の姿だ。

オスカーはそんな彼女につい微笑した。だがティナーシャはむっと眉を寄せる。

「分かってるんですか？」

「分かってる。分かった」

「身に染みました？」

「充分」

「貴方は女性の執心を買いやすいたちなんで気をつけてください」

もっともらしく述べる婚約者に、オスカーは苦笑した。

「お前はどうなんだ」

「私に興味がある男は私の内腑に興味がある人ばっかりで困ります」

「何だそれは……」

しかしティナーシャは笑っただけだ。その笑いもすぐに真剣な顔に取って代わる。

「ヴァルトはエルテリアを二個とも欲しがっていたので、すぐに使うことはないでしょう。その代わりもう一つの警備を厳重にしませんと……」

「もういっそ破壊するか？　そっちの方が被害が少ないかもしれんぞ」

「何が起こるか分からなすぎますよ……」

過去遡行の呪具など、破壊の時にどんな影響が出るか分からなくて踏みきれない。

嫌な顔になるティナーシャに、オスカーは念のため確認する。

「トゥルダールの宝物庫の方は平気か？」

「大丈夫、と言いたいところなんですが、今回の変則的な手際を見ると不安になりますね」

ティナーシャはそこで一拍置くと、オスカーを見た。

「ヴァルトは、人の心を読むことに長けていますね。一般的に、っていうより、私や貴方のことをよく分かってるみたいです」

「それは前にネフェリィについてファルサス城に侵入してたからじゃないか？　お前は話したこと

もあるんだろう？」

「あるんですけど、そういう表面的な知識じゃなくて。もっと身近な感じ」

「身近？」

「多分、今の私が知られてるんです。だからこのままじゃ駄目で……」


言葉を切った彼女の瞳は、暗く深く思考の底へ沈んでいくようだ。

その目にもう感情はない。あるのは冷徹な思考だけだ。

思考が深化していく。離れていく。

遠く遠く——まるで時間を巻き戻していくような。

自分の知らない彼女に、成っていくような。


「ティナーシャ？」

無意識のうちに彼女の名が口をつく。その声に驚いたのはオスカー自身の方だ。ティナーシャはたちまちまなざしに感情を戻すと微笑む。

「なんですか？　助命嘆願ですか？」

「お前、やっぱり俺を殺すつもりだろう……」

「そうでもないです。だってまだ結婚もしてないですし」

「分かった……殺すなら子供が大きくなってからにしてくれ」

「考えときます」

ティナーシャは冗談にころころ笑うと、体の向きを変えてオスカーの胸に寄りかかる。

けれどそうして長い睫毛を伏せた彼女の目は、再び冷ややかな思考の底に沈んでいったのだ。

4. 記憶の果て

ティナーシャが子供でいられた時間はそう長くなかった。

彼女の立場が、周囲の環境がそれを許さなかったからだ。

周りを頼ることも信じることもできなかった。異例の即位を果たした幼い女王の周りには、彼女を畏れる人間か排除したい人間しかいなかった。

唯一の味方だったのは、継承した十二の精霊たちだ。ティナーシャにとって彼らだけが信用できる相手で、友人のように家族のように思っていた。

「……つかれた」

広い寝台の上で、少女はうつぶせになる。

即位してまだ数ヶ月、十四歳のティナーシャは枕に顔を埋めて深く息をついた。彼女の護衛として控えている精霊のセンが、若き主人に声をかける。

「眠ればいい。それではもたないだろう」

「そのうち寝るから平気です。私が寝てる間に刺客が来たら、殺しておいてください」

「相手が誰であっても殺していいのか?」

「構いません」

少女はきっぱりと返す。だがセンが答えないままでいると、闇色の目にうっすらと涙が滲んだ。

「……だって、私が誰かを見逃したり甘くしたりしたら、次はそういう人たちが刺客に使われます。だから全員同じ対応をしないと。そうすれば、私と戦う気のある人間だけが来ます」

枕に吸いこまれていく少女の呟きは、つい先日彼女の暗殺計画に同い年の女官が巻きこまれたことが影響しているのだろう。弱さを見せれば、政敵はそこにつけこんでくる。トゥルダールの王位は血によって継がれているわけではない。彼女を廃せば、別の人間が玉座につくだけだ。

センは何かを言いかけて……だが結局、先ほどと同じ言葉を繰り返した。

「眠ればいい。老いるまで玉座に在るのだ。あなたにその時間は長く感じるだろう」

「……そんなに長くはないですよ、きっと」

老いる前に、おそらく自分は死ぬだろう。どれほど理想があっても力があっても、こんな時代では長続きはしない。常に誰かが誰かを欺き、裏切っている。誰もが「もう終わりたい」と思いながら出口を見出《みいだ》せない。この大陸全土がそうなのだ。

だからティナーシャは、たとえ自分が負けずとも、老いてしまう前には玉座を降りようと思っていた。何十年も飛びぬけた力で周囲を圧《お》し続けていれば、いずれは正気でいられなくなるかもしれない。そうでなくとも思考が老いれば、あるいは自分だけの安穏を求めれば、それは民への不利益に繋がるだろう。だから、こうしているのは長くてあと二十年だ。

それを「充分長い」と思いながら、ティナーシャは顔を上げる。

「休めと言うなら、何か話をしてください」

「話？　何の報告だ？」

「報告ではなくて、センの話を。前に現出した時はどうでした？　初代と契約した時は？」

唐突に振られた話に、精霊の青年は困惑顔になる。だが、ティナーシャの目に希望に似た好奇心がよぎっているのを見て彼は苦笑した。主人の年相応の興味に応えて、彼は壁に寄りかかる。

「昔、現出した時は、割と自由にしていたな」

「今でもセンは自由にしてますよ」

「そうかもしれない」

人にあらざる青白い髪の青年は声を出さずに笑う。その声音にほんのわずか、焦がれるような情が滲んだ。

「あなたが自分を助けた男を忘れられないように……俺も昔、変わった女に出会ったことがある」

少女は寝台に肘をつくとじっと精霊を見つめる。彼がそんな風に自分のことを語るのは珍しい。

十二の精霊の中でも比較的、感情に薄い魔族のように見えていたのだ。

「自由で、気まぐれで、慈愛に満ちた女だった。ふらっといなくなっては戻ってきて、そんなことを俺が現出する度に繰り返した」

「……魔族だったんですか？」

王の精霊の現出に伴って会いにくるというのは、普通の人間の寿命では不可能だ。

だが彼は笑っただけでそれには答えない。センは壁から体を起こして寝台に歩み寄ると、主人の細い体に掛布をかけた。その指に指輪が嵌《はま》っていることにティナーシャは初めて気づく。

センは赤い両眼を、まるで人のように労《いたわ》りを以て細める。

「あなたが、いつか全てに倦んだなら彼女を訪ねるといい。困った女だが……きっとあなたのいい理解者になってくれるだろう」

精霊の大きな手がティナーシャの頭を撫でる。それは「眠れ」という三度目の忠告だ。

少女は頷いて目を閉じる。いくらか軽くなった心に、深く息をつく。

——彼らだけが心を許せる家族だ。だが彼らは……王の一部だ。

王とは、強さの記号。民を生かすための、国を回すためのもっとも大きな歯車。

そこに感情は必要ない。人格もない。

誰かを頼れば、弱さが生じる。信じれば、隙が生まれる。

だから一人で構わないのだ。それに足るだけの力があるならば。

ティナーシャはそうして、即位から五年もの間、薄氷のごとき玉座に在り続けた。

迷うことはしない。弱い顔は見せない。

王として傲然と、圧倒的な力を以て戦いうるように。

——それが、「彼」と交わした最後の約束でもあるのだから。

※

箱庭を見下ろす闇色の目に、わずかな感傷が揺らぐ。

隣に立っていたレジスは、それに気づいて女王を見やった。ティナーシャは微動だにしないまま、逆隣にいる精霊二人に声を掛ける。

「……私って最近甘いですよね」

「婚約してから特にだけど、でもこの時代に来てからずっと甘いよー？　むしろ腑抜《ふぬ》けてる？」

「そこまできっぱり言われると清々《すがすが》しいです」

微笑んだ彼女は、いつもの花のような雰囲気ではなかった。レジスは軽い違和感を覚えて彼女を見つめる。もう一人の精霊であるカルが口を開いた。

「いやでもお嬢ちゃん、昔はそういう子だったよ。四百年前の即位前ね。素直ないい子だし優しかったから、俺はちょっと心配してた」

「え、なんですかそれ、初耳です」

「初めて言ったからな。でもそういうの、悪くないと思うぞ。人間なんだからな。即位してからはちゃんとしてたから、それはそれで心配だったけど」

「女王になってまで子供と同じだったら困りますよ」

まるで他人事のようにティナーシャは頷く。

「どうも相手に私の思考が読まれているようです。それもたちの悪いことに、私人としての私の思考が……ですかね。でもそんなところを突かれても困ります」

ヴァルトは、明確にティナーシャの思考を先取ってきている。

初対面の時から、妙に見透かされているようなところはあったのだ。

彼はどうやってかトゥルダール女王としてのティナーシャではなく、彼女個人の感情を見抜いている。オスカーへの恋情を、彼の役に立とうとする動きを、ヴァルトは読んで、そこに罠をしかけてくるのだ。

だから、シミラ戦の後の隙をついて攫《さら》われたりするし、エルテリアを奪われたりする。とんだ失態だ。ゼフィリアの時は、彼女に情があったおかげであの程度で済んだが、下手をしたらオスカーが殺されている可能性さえあった。


けれど、これ以上いいようにはさせない。

自分は私人である前に——王だ。

感情など、いかようにでも捨てられる。忘れられる。

それができる人間しか、玉座にはいられない。

王に必要なものは、心ではなく精神だ。


「少し、意識を切り替えていきましょう」

この時代では見せていない、もう一つの自分の顔。ヴァルトはそれを知らないだろう。

冷ややかな闇色の目が箱庭を睥睨する。女王の両眼から光が消える。

この大陸最強の魔法士である彼女は、静かに宣戦布告した。

「ここからは――彼の知らない私が受けて立ちます」


それはまるで、窓に幕を下ろすような変化だ。

ささやかで、けれど絶対的に違う「何か」。

空気が変わる。

女王の両脇に控える精霊二人が、深く頭を垂れた。

「どうぞご随意に、我らが女王よ」

ティナーシャは傲然と頷く。音のない圧力は、ただ息をすることさえ憚《はばか》られるほどだ。硬直するレジスの前で、白い指がトゥルダール国内の集落を次々指す。

「まずはこの三つの村ですね。そしてこの二箇所。手配をお願いします」

「……かしこまりました」

「あとはマグダルシアに関する資料を全て私のところに。夜までには目を通します」

「手配します」

レジスは頭を垂れながら、その後も次々と下される命令を確認していく。

顔は上げない。そうすることを躊躇わせる威圧感が彼の上にのしかかっていた。

レジスは淡々と響く女王の指示を聞く。

これまでティナーシャは、冷徹に振舞う時もどこか自嘲や愛嬌《あいきょう》を残していた。

けれど、今はその欠片も見えない。

——おそらくこれが、本来の彼女の姿なのだ。

「誰を処断することも躊躇わず、自らの手を汚すことを厭わなかった」と伝えられる苛烈な女王。

その本質をレジスはようやく目の当たりにして、ただ寒気を覚えていた。

※

寝台の上で、目を閉じる。

自分だけが存在する闇の中で、ティナーシャは溜《た》めこんだ情報を整理し始めた。同時にあちこちに張ってある結界や監視構成に触れ、そこから新たな情報を引き出す。

四百年前はいつも寝る時に、こうやってその日を振り返りこれからのやるべきことを思考していたのだ。そしてその一部を日記につけてもいた。何を優先し、何を切り捨てるか。何を裁き、何を救うか。

玉座にいる者はその選択と絶えず向き合わなければならない。そこに私情はない。己も、ない。

ティナーシャは意識を広げていく。頭の中が綺麗になっていく。ばらばらな破片を整頓し分類し、いくつもの思考を並行させながらも、彼女は自分の思考群を一歩離れて俯瞰していた。

——センの行方はまだ知れない。

そのことを思うと胸が痛む。精霊は、一人一人がかけがえのない存在なのだ。

四百年前の彼女に理解者と支持者はいたが、親しい人間はいなかった。

そして支持者と同じだけの敵対者も、また彼女を取り巻いていたのだ。

支持者も敵対者もいない今の時代、そしてオスカーと出会えたこの時代、腑抜けていると言われても、それは仕方がないかもしれない。指摘に腹が立たないのは本当のことだからだ。

おそらく目覚めてから今までは、長い休暇だったのだろう。ずっと走り続けてきた彼女に与えられた、ただ優しくて楽しい時間だった。

そしてそれはもう終わりにする。自分だけの幸福を置いて歩き出す。

錆《さ》びついて動かない歯車など、誰も必要としていないのだから。

「っ……！」

突如近くに現れた気配に、ティナーシャは反射的に構成を組んだ。寝台の上に飛び起きる。

右手に生んだ構成を撃ち出そうとする――その先に立っていた男は驚きの表情をしていた。

「何だ。びっくりしたぞ」

「あれ、オスカー……。集中していたのでつい。すみません」

ティナーシャは構成を消し、頭を下げる。

だがオスカーの方も構成を避けて横に移動しかけていたのだから、いい勝負だと思う。

彼は寝台の縁に座ると、呆れた顔になった。

「何を考えていたんだ？　眉間に皺が寄ってたぞ」

「色々ですよ」

苦笑しながらティナーシャは立ち上がると、酒瓶を取りに行く。その途中、テーブルに置いたままの本が視界に入った。

「オスカー、『忘却の鏡』のお話って覚えてます？」

「忘却の鏡？　ああ、御伽噺か。この間買い上げた資料にあったやつだな」

昔々、ある小さな国に一人の王女がいたという。

彼女は皆から愛され幸せに暮らしていたが、ある日他国に出かけていた王夫妻が賊に襲われ命を落とすと、嘆きのあまり臥《ふ》せってしまった。王女はそれから一年もの間、臣下たちが宥めようとも部屋から出てこなくなってしまったのだ。

だがある時、旅の魔法士が彼女の話を聞き、古い鏡を贈った。悲しみを吸いこむというその鏡を見た途端、彼女は泣くのを止《や》め、人々の前に姿を現すようになったのだという。暗黒時代初期から伝わる古い御伽噺だ。

「この忘却の鏡の話って大陸全土に伝わっているんですが、地方によってちょっとずつ変わってるんですよね。悲しみだけじゃなくて記憶を吸いこむという話や、鏡の力を信じなかった人間が精神を吸いこまれて寝ついてしまった話とかもあるんです」

「へえ、面白いな」

「で、百年ほど前にトゥルダールでこの話を研究した人がいるんですが、その論文を見ると各地に時折、『その鏡に出くわした』という伝説が残っているんです。それらを辿っていくと最後に鏡があったとされるのが……マグダルシアなんですよね」

ティナーシャは酒盃をオスカーに手渡す。彼は軽く目を瞠った。

「お前は御伽噺がマグダルシアの魔女に関係していると思ってるのか？」

「あくまで可能性の一つです。でも閉ざされた森の魔女が国を盗りたいだけなら、どうして国王の昏睡後に姿を現したんでしょう。彼女なら国王を昏睡させるより精神操作する方が楽だったんじゃないでしょうか。現にその時間差のせいで、トゥルダールの知るところになったわけですし」

「つまり、国王が倒れたからこそ魔女が現れたということか？」

「それを疑ってます。何が原因不明の昏睡を引き起こし、魔女を呼び寄せたのか、怪しそうな話をしらみつぶしに挙げてるんですよ。忘却の鏡は有力候補の一つです」

ティナーシャはそこで話を切ると寝台に上がった。仰向けに寝そべると、腕で両眼を覆う。

それはまるで会話はここで終わりとでも言うような態度だ。彼女が纏う雰囲気に、どこかいつもと違うものを感じてオスカーは酒盃を置いた。

「ティナーシャ？」

――ファルサスにあったエルテリアが奪われてから五日が経っている。

その日から、彼女の様子が少し変わったことにオスカーは気づいていた。

常に何かを考えているような、感情をどこかに置いてきてしまったような空気。そしてそれより明らかなのは鋭さが増したことだった。

名前を呼ばれて、ティナーシャは聞き返す。

「ん、何ですか」

「いや。怒ってるか？」

「怒ってませんよ」

ティナーシャは声を上げて笑った。だが腕は相変わらず目の上に置かれたままだ。

彼の目を見ない、まるで見る必要がない、と思っているような振る舞い。

それは確かに怒りとは違う。彼女の心がひどく遠くに在る気がして、オスカーは言葉に迷った。

――三週間後には妻になるはずの女だ。だが、こんな彼女を見るのは初めてだ。

ここ数日、ちゃんと毎日顔を合わせていた。その度にささやかな違和感と不思議な既視感を覚えてもいたのだ。だからまめに声をかけて確かめて、けれど結局今、決定的な変化を感じている。

これは何を違えたせいなのか。オスカーは手を伸ばして彼女の顔に触れた。

「……何があった？」

「え、何もないですけど」

ティナーシャは手を下ろす。その下から見えた闇色の目はまったく温度が感じられなかった。

彼女は体を起こすと、自分の両膝を抱えこむ。

「私、やっぱりマグダルシアに偵察に行ってこようと思います」

「は？」

「今のうちに潜入して、一通りの情報把握と、状況によっては魔女の排除をしてきます」

当然のことのように言われた内容に、オスカーは唖然とした。しかしすぐに気を取り直す。

「駄目だ。今がどういう時期か分かっているのか？　何故自分から首を突っこむ」

「私以外に閉ざされた森の魔女と戦える人間はいませんよ」

その言葉に、オスカーは額面以上の痛烈なものを感じる。咄嗟《とっさ》に返せなかったのは、ラヴィニアからの手紙を思い出したからだ。

「向こうの好きにさせておけば、手がつけられなくなるかもしれません。その前に今、叩きます」

「……それでも、相手はマグダルシアの王権を握ってる。お前の立場でそんなことをすれば、下手をしたら戦争になるぞ」

「だからって向こうから攻めこんでくるのを待つんですか？　そんな鈍重なことしてたら、こっちの被害が大きくなりますし、どこで裏をかかれるか分かりません」

「お前、それは――」

彼女の言うことは、ある一面では正しい。自国の安全を最優先にするなら有効な手段だろう。

だがそれはトゥルダールから他国への攻撃行為だ。それも、数百年前例がなかった強力な魔法士による先制攻撃。万が一明るみに出れば、大陸情勢は一気に変化するだろう。

つまり――

「時代が逆行するぞ」

以前、ドルーザが禁呪を用いてファルサスに攻めこんできたことがあった。その時はティナーシャの助力を得てオスカーが禁呪を打ち払ったのだ。以後、列強間の条約で戦争の禁呪使用が禁止されたが、今回独断で彼女が動けば、それも形骸と化すかもしれない。

だが女は、美しく笑う。

「そんなの、どうとでもできますよ」

自信に満ちた言葉。その響きは、聞く者に戦慄を呼び起こす力があった。

――四百年前に、玉座に在った女。

それが彼女だ。元から彼女は、暗黒時代の女王だった。

オスカーもそのことを忘れていたわけではない。ただ本当の意味では分かっていなかった。

戦わなければ、欺かなければ、生きることさえ許されなかった時代。彼女は国を守るために魔女さえ打ち破った。そしてそれと同じことを――今もしようとしている。

だが、相手は魔女だ。今度も勝てるとは限らない。

オスカーは白い腕を掴む。

「行くな」

「貴方に私を止める権利はありません」

それは彼自身が彼女に言った言葉と同じだ。だが彼女から言われるのでは意味が違う。

オスカーは瞬間、公人として忠告すべきか、私人として制止するべきか迷った。

だがどちらを選ぶとしても、答えは同じだ。

「俺は、お前の夫になる人間だ」

「そうですね。私はファルサス王妃になる。立場があります」

彼女の答えは公人としてのものだ。黒い瞳が掴まれた腕を一瞥する。

「でもまだ結婚したわけじゃありません。第一、貴方は他国の人間です」

「ティナーシャ……」

彼女の指摘に血が上るような錯覚を覚えたのは、それが紛れもない事実だからだ。自分たちが違う国を負っていることはよく分かっている。それでもお互いに助け合いながらここまできたのだ。なのに何故今になって自分の手を拒絶しようとするのか。

「……お前は、この時代に生きる気がないのか？」

自分と共に生きるつもりで、四百年を越えたのではないのか。

ぽつりと呟く彼に、ティナーシャは黒い目を軽く瞠った。そこに穏やかな光が宿る。

「貴方と私が敵対していないのは、この時代だからですよ」

それは、彼女にとっては希望なのだろうか。

オスカーは今更ながら、彼女が四百年前に退位した経緯を思い出す。魔女を打ち破り、タァイーリとの戦争に勝利した彼女は、「魔女を殺した人間なら魔女に等しいのではないか」と国内で問題になって退位させられたのだ。

そして今の彼女は、四百年前より強い。

オスカーは、よく知っているはずだった女を見つめる。

おそらく――最適解に近いのは、彼女の純潔を奪って力を削ぐことだ。

彼女は、個人としてあまりにも強い力を持ち、戦う意志を持ち過ぎている。今のまま自由にしておくのは危険だ。一歩間違えれば大陸の災禍となりかねない。

だがそれは……彼女を愛した男の選択肢では、きっとない。

女の腕を摑んだまま無言になってしまったオスカーに、ティナーシャはあどけなく微笑む。

「どうしました？　私の力を落としておきたいならそれでもいいですよ。少しくらい精霊魔法が使えなくなっても、私は負けないでしょうし。それとももっと直接的に拘束します？」

その微笑にあるものは、彼を敵に回すことさえ厭わない戦意だ。

――遠い。

とても遠い。届かない。

どうしてここまで彼女が変わってしまったのか。

オスカーは愕然《がくぜん》としている自分に気づかぬまま、彼女の腕を放した。

「……お前が何を考えているのか分からない」

「いつもと同じです。私は昔から、こういう人間なんですよ」

ティナーシャは言いながら両腕を差し伸べる。そうして彼女はオスカーの首に抱きつくと確かめるように抱き締めた。

その温度は変わらない。しかし彼女の思考は、ここではないどこか遠くにあるのだ。

小さくない感傷に目を閉じたオスカーは、彼女に感じる不思議な既視感の正体を思い出す。

それはかつて見た、四百年前の日記の中の彼女だった。

※

書斎の床に無造作に積み上げられているのは、山のような紙の束だ。

過去の『当主』である、六十七人の手によって連綿と書き続けられたもの——否、それを拒否して逃げ出した者もいた。首を吊《つ》った彼の父のように。

「ヴァルトはこれを書いたことがあるの？」

「何度かあるよ。次に伝えたいことがあったから」

それを聞いて、箒《ほうき》を持ったミラリスは複雑な顔になった。気遣う目になった少女に、ヴァルトはすぐに微笑して見せる。

「君がそんな顔をする必要はないよ。これを書いた人間たちは、書きたいから書いたんだ。時間の巻き戻りがくれば書いたものも消えてしまう。ただ皆、自分が生きている間の繰り返しの記憶は覚えていても、それ以外のことは分からないからね。今まで何が起きたのか、繰り返しで何が変わったのか、後の人間に伝えたいと思うならこれを書くしかない」

何度の人生の記憶があるのか、それは当主によってまちまちだろう。ヴァルトに至るまでには様々な当主がいた。その無数の人生のほんの欠片が、これら記録だ。

「もちろん、当主の全員が毎回書いたわけではないよ。何度目かの巻き戻りに疲れて書かなくなった者もいるし、それを埋めるために、かつて自分が読んだことがある過去の当主の記録を書き起こした者もいる。……色々だ」

膨大な資料は、それぞれの人間の人生を表すようだ。

だが、本当に大事なことはきっとその人間の中にしかない。ヴァルトは少女の横顔を見つめる。

初めて出会ったのは、遠い、嫌になるほど遠い記憶の果てだ。

街道から少し入った森の中で、傷を負っていた彼女を助けた。今のミラリスは覚えていない。だが彼は忘れない。ひどく大事で……後悔ばかりの記憶だ。

少女は紙の束に歩み寄る。

「この中に青き月の魔女についての資料もあるんでしょう？」

「あるよ。ただ彼女は滅多に塔から降りてこなかったからね。書き残された資料よりも僕の方が詳しいくらいだ。僕は王妃だった彼女を知ってるから――」

その時、書斎の天井が大きく揺れた。ミラリスが悲鳴を上げる。

「な、なに!?」

「まさか、マグダルシアを放置してこっちに来たのか？」

みしみしと屋敷全体が悲鳴を上げていることからして、誰が来たかなど考えるまでもない。

「ミラリス、こっちだ！」

ヴァルトは素早く書斎の隅に走ると、床に設置していた隠し扉を開けた。そこから地下に伸びる通路へ少女を押しこむ。ミラリスは驚きはしたものの、何も言わずそれに従った。ヴァルトは自身も地下通路に足を踏み入れながら、積まれた紙束を振り返る。素早く発火の構成を組んだ。それを紙束に向かって放つ。

「ヴァルト!?」

「いい。これを残してはいけない」

燃え上がる紙束から視線を外して、ヴァルトは地下へと降りる。敷地外へと延びる地下通路を走りながら、彼はぼやいた。

「まったく、今は忙しくて仕方ない時だろうに。ある意味王妃よりも厄介だな」

彼女は、無数の時において「魔女」であり「王妃」であった。ヴァルトが知る彼女も、そちらの彼女だ。永い時を生きたがゆえの超然。人間が好きで、だが距離を置いて、苛烈で慈悲深く、情の深い孤独な人間。

けれど今の彼女は、それと似ていても違う。ファルサスで王の傍にいた時は、彼女本来の少女性が色濃く出ていたが、ここ数日の動きは魔女であった頃よりもずっと容赦がない。まだ若い精神がゆえの強い攻撃性と果断。それはヴァルトの知らない、暗黒時代の統治者としての彼女だ。

「四百年前の記録にはあったけど、まさかこれほどまでとはね」

闇の中に伸びていく通路を、ヴァルトは冷や汗を垂らしながら駆け抜ける。

その時、背後で何かが崩落する轟音《ごうおん》がした。


すべきことを処理している間は、悲しみさえ湧いてこない。

それはティナーシャがかつて即位した時に身に着けた精神統御の一つだ。

だから今も悲しくない。元より悲しいことなど何一つないのだ。

「マグダルシアだけに注力して、私が動かないと思っているなら大間違いです」

冷然と言い放つ女王の顔に感情はない。隣にいるミラが問うた。

「ティナーシャ様、本当にいいの？」

「何がですか」

「アカーシアの剣士と喧嘩してるでしょ」

見渡す限りの空の上、横に浮かんでいる精霊の指摘にティナーシャは一瞬きょとんとする。

女王は次の瞬間、声を上げて笑い出した。

「喧嘩はしてませんよ。意見が割れただけです」

「結婚間際に嫌われちゃったらどうするの」

「んーまぁ、そしたら仕方ないですね」

あっけらかんと言う主人にミラは目を丸くした。

「いいの？」

「しょうがないですよ。今はやることがありますし。別に王妃にならなくてもあの人の傍にはいられますしね。ファルサスにとってはそっちの方が許容しやすいと思いますよ」

「許容しやすいって？」

ティナーシャは苦笑しただけで答えない。次の瞬間、彼女の腕の中に複雑な構成が組まれる。

上空に浮かぶ女王は眼下の屋敷を視界に入れた。タァイーリの田舎町の外れにある屋敷は、五年前からある貴族の別荘になっているという。だがそれも情報操作の結果だ。

ここ数日、大陸全土に魔法含みの探知網を走らせていたティナーシャは軽く指を鳴らす。

「ようやく反応を見つけましたが、大分時間を食ってしまいましたね。でも、これで勝てることを期待しますよ」

ティナーシャは精霊に軽く目配せをした。ミラは頷く。

「では急ぎますか。この後ガンドナの式典にも出なくちゃいけませんから」

女王は指を鳴らす。その合図と同時に、二人の構成が巨大な檻《おり》となって眼下の屋敷に降り注いだ。転移を禁じながら、範囲下にあるものを押しつぶそうとする魔法構成。

だがそれは、屋敷にかかっていた防御結界によってかろうじて押しとどめられる。隣のミラが軽く口笛を鳴らした。

「やるなあ。相当強い結界張ってるね」

「貫通させますか」

ティナーシャは何ということのないように言うと、細い右手を挙げた。——真っ直ぐにそれを振り下ろす。魔力で生み出された巨大な槌《つち》が、轟音と共に屋敷の屋根に大きな穴を穿った。それはそのまま床までを貫いて割り砕いたのだろう。防御結界が核を破壊され霧散する。

二人は屋根の穴目がけて降下を始めた。けれどすぐにミラが眉を寄せる。

「煙が出てる。火がついたかな？」

「あるいは向こうがつけたか、ですね。目くらましのつもりでしょうか」

ティナーシャは自分たちに防御結界を張りながら屋敷の中に降り立つ。居間らしきそこは既に白い煙が充満していた。

ティナーシャは空気の流れを調整しながら辺りの様子を窺う。倒れている木の椅子の向こうに、薄く開いたままの扉を見つけた。煙はどうやらそこから流れ出しているようだ。ミラが先行して中に入り、ティナーシャはその後に続く。彼女はそこで、炎に包まれている火元を見つけ出した。

「……書き付け？」

燃えているのは、紙の束だ。本に換算するなら百冊近いだろう。ティナーシャは一番端の、まだ灰になりきっていない束を手に取る。ついた火を消しながら、何が書かれているのか目を凝らした。

「これって……」

「ティナーシャ様、ごめん、逃げられた」

隅の床に空いていた穴から、ミラが顔を出して言う。その様子からして、地下通路が転移禁止の範囲外まで伸びていたのだろう。不意はつけたはずだが、相手の方が機敏だった。

だがティナーシャはそれより何より、手にした書面に書かれている記述を読んで、美しい顔を思いきり顰めていた。

※

年に一回、大国ガンドナで開かれる建国記念式典。

各国の権力者たちが集まるそれに出席するため、オスカーはガンドナの城を訪れていた。彼は用意された部屋で正装に着替えながら、溜息を噛み殺す。

式典に来たくないのはいつものことだが、今回はそれに輪をかけて気鬱の原因がある。

一つは、オーレリアという少女の後見人である、胸糞悪《むなくそわる》い魔族の男もいるだろうということ。

もう一つは——今日、来るだろう彼の婚約者のことだ。

ティナーシャは彼の制止を拒絶しながらも、結局マグダルシアには行かなかった。「遠慮してるのか?」と聞きもしたのだが、彼女は何も言わず笑っただけだ。ただ態度は相変わらず感じられないままで、毎日顔を合わせているのに何故か開いてしまった距離にオスカーは困惑していた。「心変わりをしたのか」とも聞いたが、彼女はそれを苦笑交じりに否定する。彼のことを嫌ったわけではないと。ただその代わり「式の準備をいったん中断してほしい」とも頼まれていた。「今の状況では、どう情勢が転ぶか分からない」というのがその理由だが、オスカーからすると彼女の中で物事の優先順位が変わってしまったのは明らかだ。

「なんであんなに摑みどころがないんだ……」

彼は上着の袖口を留めながら鏡を見る。不機嫌があからさまに分かる表情以外は問題ない。オスカーは部屋を出ると、控えていたアルスを伴って会場に入った。

彼はまず、主賓であるガンドナ王に挨拶する。それから会場内を探したが、ティナーシャはまだ来ていない。代わりに広間の反対側で、オーレリアと彼女に付き添う男が目に入った。男はオスカーの視線に気づくと、それまで周囲の令嬢に向けていた柔らかい微笑とは異なる、人の悪い笑みを浮かべる。オスカーは思わず顔を引きつらせた。

「……何だか腹立つな」

誰にも聞こえぬほどにぼそっと呟いた声は、しかし後ろに控えるアルスには聞こえてしまったようだ。護衛としてついてきている彼は、苦笑いを浮かべる。

「ティナーシャ様はまだいらっしゃっていませんね」

「最近バタバタ忙しそうにしてたからな」

オスカーがそっけなくそう言った時、話題の人物が広間に入ってきた。

装飾のほとんどない黒いドレスに身を包んだティナーシャは、髪も軽く纏めているだけだが、それでも人の目を奪ってやまないほど美しい。外交的な微笑みでガンドナ王に挨拶をする彼女の後ろ姿をオスカーは遠くから眺める。彼女の後ろには、珍しいことに正装をした赤い髪の少女がついていた。精霊を公式な場に伴って現れるのは初めてかもしれない。そのことを彼は意外に思う。

ティナーシャは挨拶を終えると、視線をさまよわせて会場内を確認した。オスカーとトラヴィスの位置を確認すると、人々の間を縫ってオスカーの元にやってくる。他の人間との挨拶もそこそこにやってきた彼女を、オスカーは呆れ半分に見下ろした。

「ずいぶんあっさりした格好してるな。しかも遅刻か？」

「ぎりぎりです。朝から何も食べてないし……ついてないんですよ、今日」

しょんぼりとしたその姿は、以前の馴染みある彼女に見えて、オスカーは笑った。彼は近くのテーブルの上から皿を取る。

「ほら、糖分取れ」

「いきなりお菓子!?」

言いながらも彼女は素直に皿を受け取った。たっぷり塗られたクリームを口に運び始める。行儀よく菓子を消費しながら、ティナーシャは更に一歩オスカーに身を寄せた。声を潜めて囁く。

「ちょっと厄介なことが分かりました。で、トラヴィスに確認を取りたいんです」

「……分かった」

異を唱えたい気持ちがないわけではなかったが、それをしても何もならない。むしろ彼女との関係を悪化させて、事態が混迷するかもしれないのだ。トラヴィスと話して混迷する可能性もあるが、そうなったらその時何とかすればいいだろう。

オスカーが頷くと、すぐにミラに呼び出されたトラヴィスとオーレリアがやってくる。

ティナーシャが周囲に話が洩れないよう結界を張ると、儀礼的な挨拶をしていたトラヴィスは急にその口調を変えた。

「何呼び出してんだよ。何の用だ」

ぶっきらぼうな男の問いに、二個目の菓子を食べていたティナーシャは皿を戻す。

「率直に聞きます。貴方は繰り返しの記憶を持ってるんですか？」

隣で聞いていたオスカーは眉を寄せた。彼女が何を問おうとしているのかは分かる。エルテリアによって書き換えられた世界、その改変前の記憶をも持っているのかと魔族の王に聞いているのだ。

だがトラヴィスは、不思議そうな顔をするオーレリアの頭を撫でると、鼻で笑った。

「何だそんなことか。記憶はねえよ。あの球は外部者の呪具だからな」

「外部者の呪具？　なんですかそれ」

「は？　お前、知らないのか？」

トラヴィスが言いながら一瞥したのはオスカーの方だ。オスカーがかぶりを振ると、トラヴィスは仕方なさそうに続ける。

「単純に言うと、魔法法則じゃありえない効果を持ってる呪具の総称だ。あれらには俺だって巻きこまれる。例外はねえよ」

「本当ですか？　貴方時々怪しいんですよね。未来のことが分かってるというか、改変前の未来を知っているというか」

「知らねえっつの、しつこい」

トラヴィスは面倒くさそうに手を振る。だがその姿を見て、オスカーはあることを思い出した。

「お前、初めて会った時に俺のことをこいつの連れ合いだと言っただろう」

あの当時はティナーシャと婚約もしてなければ、恋人同士でさえなかった。それはつまりトラヴィスは「二人が結婚していた」という前の歴史を知っていたからではないのか。

オスカーの指摘に、魔族の王はあからさまに嫌な顔になる。

「余計なこと覚えてやがるな……」

「普通は忘れない」

「記憶操作でもしてやろうか？」

不毛な言い争いになりそうな男二人に、ティナーシャが割って入る。

「トラヴィス、正直に教えてください。私は存在しない歴史の記録を見たんです」

ティナーシャの顔は青白い。トラヴィスは嫌そうに聞き返した。

「お前、あれを見たのか？　何の部分だ」

「セザルについての記述です。改変前のセザルにはシミラがいませんでした。普通に富んだ大国として繁栄していて、ファルサスに攻めこむこともなかったんです」

場に沈黙が落ちる。

トラヴィスは数秒考えこんだ後、オーレリアの肩を叩いた。

「お前、ちょっと向こう行ってろ」

「え、でも……」

「いいから。知らない奴について行くなよ」

有無を言わさぬ男の空気に少女は頷いた。オーレリアは何度も振り返りながら会場に消えていく。

それを確認するとトラヴィスは二人に向き直った。

「まず言っとくと、俺には本当に記憶がない。上位魔族は基本的に外部者の呪具と相性が悪いんだ。あれらは位階を無視して作用するからな。ただ俺は、お前が見たのと同じ記録を何回か見たことがある。時読《ときよみ》の一族って言ってな、そいつらには記憶があるみたいだ。で、繰り返しの膨大な記録を書き止めて受け継いでる。今の当主は……お前らも知ってるだろ？　ヴァルトって男だ」

オスカーとティナーシャは同時に息をのむ。

二人へとしかけられる陰謀。その周到さ。それらは全て、敵である男が恐ろしいほどの記録と記憶を保持しているからなのだ。にわかには信じられない、しかし、どこかで想定もしていた事実に彼らは慄然とした。

トラヴィスが気だるげに確認してくる。

「お前が見た記録はセザルについてだけか？」

「そうです。他は全て処分されたんですよ。その部分だけ焼け残ってました」

「まぁ幸運じゃねぇの？　人間はあんなもん見ない方がいいだろ」

それはある意味真実だろう。記録があったとしても記憶はないのだ。自分であって自分ではない。この世界でありながら、もはやどこにもない世界の記録はただの感傷でしかない。それを知っていいことがあるとはオスカーも思えなかった。彼は隣のティナーシャに確認する。

「焼け残ってた記録って、ヴァルトのものか？」

「ええ。ずっと彼の魔力を探査してたんですけどね。タァイーリの片隅の屋敷にいるのを突き止めたんで、ここに来る直前に強襲してきたんですよ。地下通路とか泥臭い手で逃げられたんですけど」

「それは向こうも寿命が縮んだろうな」

マグダルシアに行っていないと思ったら、そんなことをしていたとは思わなかった。だが確かにヴァルトはエルテリアの片方を持っている。最優先とまでは言わなくても押さえたい相手だろう。

ティナーシャは重ねてトラヴィスに質問する。

「外部者の呪具についてもう少し詳しく教えてください。魔法法則ではありえないって、どういうことですか？」

「なんで俺が教えなきゃならねえんだよ。自分で何とかしろよ」

「ヴァルトはエルテリアを欲しがってるんです！」

トラヴィスは、それを聞いて初めて顔を顰めた。探るような視線を宙に漂わせる。

彼はオスカーとティナーシャを順に見ると、小さく舌打ちした。

「外部者の呪具は、魔法じゃ実現できないことを可能にする。と言っても、まだ発見されてない法則を使ってるわけじゃない。法則に反してる。そういうものがいくつかあるんだよ。大抵が記録的な性格を持つ呪具で、エルテリアもそうだ」

「法則に反してる、か」

確かにティナーシャも「魔法法則上、時間は巻き戻らない」とさんざん言っていたのだ。そしてもう一つ、彼女が同じように言っていたものをオスカーは知っている。

「なら、あの繭だらけの遺跡も外部者の呪具だったのか？」

「ん？　ああ、人間さらって複製作るところか。あれ面白いよな。昔、村がまるまる一つあれにのまれたのを見たことがある」

「見たことがあるならその時何とかしといてくださいよ！」

ティナーシャが叫ぶのは仕方がないが、トラヴィスが「知るか」と返すのも仕方ない。彼女は諦めたのか深く息をつく。

「そもそもなんで外部者の呪具なんて言われてるんですか。初めて聞きましたよ、そんなの」

「そりゃ存在自体が問題だからな。知った人間も公表しにくいだろうよ。何しろ、世界外から持ちこまれたものだ」

トラヴィスがさらっと言った言葉に、少なくともオスカーはそれほど驚かなかった。似たことを疑ってティナーシャに聞いたことがあるからだ。ティナーシャもそれを覚えていたのだろう。軽く緊張する気配だけが伝わってくる。

「……本当に世界外なんてあるんですか」

「むしろなんで『無い』って思うんだ？　お前ら人間は、別位階もろくに認識できないだろうが。それでも、位階構造を『有る』と認めてる。俺たちや負の顕現みたいのがいるからだ。——じゃあなんで外部者の呪具の存在から、世界外を疑わない？」

「一足飛び過ぎます。位階証明にはもっと多くの論拠があるんですよ」

「頭の固いやつだな。ま、信じるも信じないも好きにすりゃいいさ。自分の知ってる部分だけが、実在する全てだと思ってりゃいい。お前たち人間を外側から鑑賞して楽しんでるやつらがいるなんて、考えもせずにな」

そう言って笑うトラヴィスは、「自分には関係ない」とでも思っているようだ。

否、彼は実際に関係ないと思っているのだろう。人間の生きる様を何百年も鑑賞し続けてきたのは彼も同じだからだ。

ティナーシャは乾いた笑いを漏らす。

「つまり『本の中の登場人物には、本の外のことは認識できない』ですか。けど、鑑賞自体が目的なら、過去改変なんてやりすぎだと思うんですけどね」

「改変を選んでるのはお前ら人間自身だろ。けどまあ、世界外のやつらが何を考えてるかなんて理解しようとするだけ無駄だ。俺も昔、一人だけ会ったことがあるけど、訳わかんねえ女だったしな」

トラヴィスの言葉を聞いて、ティナーシャは飛び上がった。

「会ったことあるんですか!? ずるい！ そんなの正解を知ってたのと同じじゃないですか！」

「うるせー、お前らが知らないのが悪いんだろ。それに、そいつは外部者であって外部者じゃねえ。人間に肩入れすることを選んで、人間の中で生きて死んだ。お前が生まれるずっと前の話だ。そんなやつは一人だけだし、そいつは外部者の呪具には関わってねえよ」

オスカーは軽く眉を寄せる。

今までトラヴィスとティナーシャのやり取りを聞いていただけだが、ふとそこで引っかかったのだ。つい先ほどトラヴィスが「外部者の呪具について知らないのか」と言いながら、ティナーシャではなくオスカーの方を見たことを思い出す。

「それはもしかして――」

しかし彼がそれ以上を言う前に、人の間を足早にすり抜けて一人の男が現れた。男は静かに、しかし緊張の色濃い顔でティナーシャの前に辿りつくと頭を下げる。オスカーも見覚えのあるその男はトゥルダールの文官の一人だ。

「陛下、緊急のご連絡が……」

そう言って文官は、近くに立つ二人の男を見やる。続けていいものか迷う男に女王は命じた。

「構いません。言いなさい」

「は。――先ほど、マグダルシアが国境を破り侵攻を開始しました。軍勢は約三万。あと三十分ほどでトゥルダール南部の村に達します」

「何だと……？」

思わず驚きの声を漏らしたオスカーに対し、しかしティナーシャは小さく溜息をついただけだ。闇色の目が冷ややかな光を帯びる。一瞬で彼女の纏う雰囲気が研ぎ澄まされた。

「予定より少し早かったですね。分かりました。軍を動かすよう伝えなさい。私もすぐに行きます」

「かしこまりました」

来た時と同じように急《せ》いて立ち去る文官を見送ると、ティナーシャはオスカーを見上げた。

――その瞳の中に一瞬寂しげな色が浮かぶ。

だがすぐに、どこまでも落ちて行きそうな冷たい夜の色が、それを塗りつぶした。

彼女は唇だけで微笑む。

「そういうわけで、お先に失礼します。トラヴィスもありがとうございました」

「おう。またな」

漆黒の女王はそれだけ言って背を向けると、止める間もなくあっという間にその場を立ち去った。

オスカーは口元を押さえる。

――ついにトゥルダールに攻めこむ国が現れた。

決して大国ではない。だが魔女を擁する国だ。禁呪絡みの戦争か、あるいはそれ以上の戦いになる可能性は大きいだろう。ティナーシャのあの様子では、彼女はおそらくマグダルシアが戦争準備をしていることを知っていたはずだ。その上で、自軍も戦争の準備をしていた。彼女が単身マグダルシアに行かなかったのは、魔女を打ち取ることではなく、国同士のぶつかりあいを選んだからだ。

「ようやく昔の顔に戻ったか。いつまでも腑抜けっぱなしかと思ったが」

面白がる声を聞いて、オスカーは人ならざる男を見た。トラヴィスはその視線に気づいてファルサス国王を見返す。

「何だその顔は。あいつは元々ああいう女だったぞ。この時代に来てから緩んでただけだ。ああ、面白いからタァイーリ戦の時のこと教えてやるよ」

四百年前を知るトラヴィスは、からからと笑う。

「あの時のタァイーリの軍勢は確か……五万だったかな。で、トゥルダールは七百もいなかった」

「は？　それでまともな戦争になるはずないだろう」

「そう思うよな。でも事実だ。トゥルダールは隔絶した国だったから世間知らずばっかでな。あの頃はまともな軍隊がいなかったんだよ。それでもあいつが女王になってから少しずつ兵士も育て始めたし、魔法士も戦闘用に組織してたみたいだ。——けど、誰よりあいつ自身が城内に敵が多くてな。タァイーリが攻めて来た時も、あいつは城離れられなかったんだよ」

「離れられなかった？」

「ああ。旧体制派はそもそもタァイーリと戦争することに反対してたからな。どうせ勝てないから、戦わずして降伏を選ぼう、ってやつだ」

「あいつ、戦場に行けなかったのか……」

城内にも多くの敵がいることが当たり前の時代だ。

そしてティナーシャはその中でも飛びぬけて年若い女王だった。もしタァイーリとの戦闘で女王自身が城を離れれば、その隙をついて旧体制派が国政を握り、降伏を申し出ていただろう。それを防ごうと彼女は城に残った。魔法士とトゥルダールの未来のために退かないことを選んだのだ。

ティナーシャは苛烈な人間だが、決して奇策を好むわけではない。できるならタァイーリと同数以上の軍勢を用意して迎え撃ちたかっただろう。だがそれはできなかった。

――だから彼女は代わりに奇策を練ったのだという。

国内に二千いた軍のうち、千はドルーザとファルサスへの警戒に国境付近へ、三百は城に残し、彼女は七百の軍勢を以てタァイーリに当たらせた。

天気の悪いその日、タァイーリは数百しかいないトゥルダール軍を発見し、それを屠《ほふ》ろうと牙を剝いた。だがトゥルダール軍は、タァイーリの兵に気づくと戦いもせず逃げ出した。そして逃げ出した彼らを追ってタァイーリ軍は長く伸びて隊形を乱し、いつの間にか立ちこめていた霧の中に踏みこんでいった。

本来なら、そこまで濃い霧が出るはずもない平野でのことだ。

だが彼らはまるで悪夢の中に迷いこんだ子供のように、先を行く人馬も見えない濃霧の中をさまよい――そして深い霧の中、かつてない苛烈な同士討ちを始めた。

全てはトゥルダール軍の巧みな誘導だ。同士討ちにタァイーリが気づいた時、外周には彼らを囲んで巨大な炎の壁が立ちはだかった。更にはその向こうから彼らに間断なく魔法が打ちこまれる。

「あれは、人間が対面していい光景じゃない」と生き残ったタァイーリ兵たちは後に言ったという。

彼らは何も反撃できぬまま、ただ炎と魔法によって薙《な》ぎ倒《たお》されていった。

その包囲網を命からがら突破し退いたタァイーリ軍は、一日目にして三万の兵を失っていた。


恐ろしいのは、トゥルダール全軍の指揮をとっていたのは、城にいた女王だったということだ。

彼女は偵察に出していた精霊たちと知覚を共有し、側近と魔法での通信を行っていた。そうして自軍の魔法士たちを指揮し、遠く離れた城にいながらにして圧倒的不利を覆した。

そして翌日、彼女の前には魔女が現れた。


オスカーは嘆息をのみこむ。

――優秀な女王だったのだろうとは思っていた。

以前少しだけ見た日記の内容から、内外の争いの渦中に立っていたのだろうとも。

だがそこまで苛烈な戦いを、むしろ自分の思うままに操っていたとは想像もしていなかった。稚く笑っていた彼女の姿からは想像もできない。

つまり今の彼女が、孤独の中戦い抜いてきた本当の、女王の彼女なのだ。

「それであの二面性か……極端すぎるだろうが」

王族である自分たちは、公と私の両面を持っている。

だがオスカーが公の部分が大きく、それと反しないよう私の部分を統制しているのに対し、ティナーシャは二つが相反するほどの明確な二面性として表出している。

それが即位時や最上位魔族とまみえた時ではなく今表れているのは――おそらく戦時だからだ。再び現れた魔女の眼前に、ティナーシャは魔女殺しの女王として立とうとしている。

「面白い話だろ？　で、あいつは戦争をしながら同時に内敵の排除も考えてた。戦時であいつの周りには精霊もいなくなってたからな。ほとんど警備がいない状態だったわけだ。旧体制派は、そこであいつを暗殺しようとして逆に捕まった。わざとあいつが見せた隙にひっかかったんだな。結局それで、全員が芋づる式に処刑か追放かされた」

「全員が？　だが、戦後にあいつを退位させたのは旧体制派の圧力だろう」

「今じゃそう伝わってるらしいけどな。事実は違えよ。その時はもう旧体制派なんて一人もいなかった。あいつが自分でタァイーリの感情を収めるために『退位させられた』ことにしたんだ」

「それは……」

ティナーシャが自ら玉座を降りたというなら、話は大分違ってくる。

突出した力を魔女と同じと思って、過ぎた力だと排斥したのは、誰よりも彼女自身だったのだ。

『王に必要なのは強大な力ではない』

それは、彼女自身がこの時代に来て再三言っていたことだ。ティナーシャ自身、最初から己を「時代の異物」と断じていた。――分かっていてなお今、忌まれる道を再び選んだ。

そうして全てを終えたなら彼女は、今度はどこから自分を排斥するというのか。

「あいつ……もしかして、王妃になるつもりがないのか？」

単身魔女を殺せるほどの危険人物が大国ファルサスの妃になれば、これまで以上に諸国はざわつくだろう。だからティナーシャは、きっと既に「彼の正妃になる未来」を捨てている。式の準備を中断させたのはそのせいだ。

彼女が今後、彼の傍に来るとしても、せいぜい「アカーシアの主の監視下に置かれた人間」としてだ。よくて愛妾《あいしょう》か、悪くて囚人扱いか。いずれにせよ一生日の当たるところには出ない。そういう道を、彼に選ばせようとしている。

「……どうかしてる」

たとえそうなったとしても、ティナーシャは「充分幸せだ」と微笑むのだろう。

――それを「堪えがたい」と思うのは彼自身の方だ。

オスカーはすぐ後ろにいるアルスを振り返る。

「予定変更だ。国に戻る」

今ならまだ、内々に手を打って諸国に知られないまま処理できるかもしれない。トゥルダールの次期王であるレジスも、前女王に要らぬ偏見の目を向けさせたくないだろう。レジスと連携して他の諸国にも働きかけをしていく。ティナーシャが魔女と相対する間に、外交調整の手を打つ。

幸い、先に攻めこんできたのはマグダルシアで、相手は皆が畏れる魔女だ。主要諸国に了承させればファルサス国内は何とかする自信がある。あとは、ティナーシャとのすり合わせだけだ。

ぞんざいに挨拶をして立ち去ろうとするオスカーに、それまで笑っていたトラヴィスは、不意にひどく真剣な顔になった。

「さっきの話だが……エルテリアを渡すなよ？　自覚がないとは言え、俺はやりなおしはごめんだ。オーレリアを忘れるつもりはないし、また同じ時に来られるか何の保証もない。――使うな。奪われるな。俺はこの時を手放したくない」

言いたいことだけを言ってトラヴィスはさっさと踵を返した。その姿が人々の中に消える。人ならざる男は、彼の少女のもとに帰る。――では自分はどこに、何をしに行くのか。

答えはまだはっきりと形にならない。

しかしそれでもオスカーは、重苦しい感情を抱えたまま華やかな広間を後にした。

早々にガンドナを去ろうとしたオスカーはしかし、割り当てられた部屋に戻ったところで、不思議な違和感に表情を変えた。

部屋は出て行った時と何ら変わりがない。だが何かが明らかに違うのだ。

室内の空気を探っていたオスカーは、微かに感じられる気配にアカーシアを抜く。

「誰だ」

返事があると思ったわけではない。だが若い男の声がそれに応える。

「少しお話ししたいことがありまして、お邪魔しましたよ」

声だけだ。姿は見えない。しかしその声には聞き覚えがあった。

「ヴァルトか。姿を見せろ」

「冗談言わないでください。貴方は怖いですからね。それよりいい話を聞きたくないですか？　閉ざされた森の魔女について……」

姿を消しているわけではないのだろう。それにしては気配が微弱すぎる。

突然の声にどう返答すべきかオスカーは逡巡したが、すぐに顔を上げる。

「言ってみろ」

「早い決断で何よりです。今マグダルシアを支配している女――彼女は閉ざされた森の魔女ではありません」

いきなりの結論に、オスカーはあげかけた声をかろうじてのみこんだ。

ティナーシャは、ほぼ問題の人物について魔女と断定しているのだ。それが違うというなら、どんな計算違いをもたらすか分からない。

ヴァルトは平然と続ける。

「ただし閉ざされた森の魔女ではありませんが、肉体は彼女のものです。中身が違う。今の彼女に宿っている精神は、マグダルシア王ウーベルトです」

更なる内容にオスカーは眉を顰める。予想外すぎて馬鹿馬鹿しいくらいだ。

「そんなことがありうるのか？」

「魔法では不可能です。でも残念ながら、それを可能にする呪具があるんですよ。忘却の鏡という通称で呼ばれる――」

「ひょっとして外部者の呪具か？」

「おや、魔族の王にでもお聞きになりましたか？　話が早くていいですね。そうですよ。外部者の呪具です。本来の魔女の精神は鏡の中に封じこめられていますし、行方不明になっている女王の精霊もその鏡の中にいます」

「鏡の中？　御伽噺だと悲しみを吸いこむ鏡だって話だろう」

「一番広まっている話はそれですね。ですが『悲しみを吸いこむ』とは、単なる結果に過ぎません。つまり忘却の鏡とは、人の精神や記憶を取りこみ記録する呪具なんです。鏡の中の自分と目が合うと発動します」

世界外からもたらされたという呪具に対し、ずいぶん詳しい情報だ。それはヴァルトが同じ外部者の呪具であるエルテリアと縁深いからだろうか。

「忘却の鏡は、ずいぶん長い間マグダルシアの奥地にある洞窟で、閉ざされた森の魔女と共に封印されていました。ですがその封印が解かれて鏡が持ち出されたらしく、古道具の一つとして王が買い上げたんです。ウーベルト王は買った鏡を覗きこみましたが……鏡の内側に封印が残っていたようで、抜かれた精神が鏡に入れなかったみたいです。結果として辺りをさまよった精神が、洞窟内に残っていた魔女の肉体を乗っ取ったんですよ」

苦笑の気配が零れる。だがそれも気のせいかと思うほどすぐに消えると、ヴァルトは結論づけた。

「鏡を壊せば本来の魔女の精神が戻るでしょうから、王の方は体から弾きだされるはずです。もっとも外部者の呪具はそれ自体がかなり強固な作りですから、壊せるとしたら女王以外にはいないでしょう」

「……馬鹿げた話だな」

にわかには信じられない。魔法士たち曰く、人の肉体と精神は不可分のはずだ。

だが外部者の呪具とはもともと「魔法で不可能なことを可能にするもの」の総称だ。

はたしてどちらが真実なのか、オスカーは迷いを窺わせないよう平坦《へいたん》な声音で聞き返した。

「それが本当だとしても、俺に教える意味がないだろう。単なる罠だ」

「本当ですよ。僕はずいぶん彼女を怒らせていますからね。少しは心証をよくしようと思いまして」

「心証がよくなるはずがない。第一、マグダルシア王に忘却の鏡を渡したのはお前じゃないか？」

「……どうしてそうお思いで？」

ヴァルトの声音がいささか強張る。オスカーは当然のように返した。

「他人事のように語る割には詳しすぎるからな。それで？　目的は何だ。あいつをおびきだすつもりなら、ただの自殺志願だな」

「さすがにそれほど無謀ではありませんよ。今の彼女は恐いですからね」

ティナーシャは数時間前に、ヴァルトの屋敷を強襲しているのだ。彼としても顔を合わせたくない相手のはずだ。だが、だとしたら今回の狙いは何か。忘却の鏡をマグダルシア王に渡しながら、今度は情報を与えてそれを壊すことを勧めてくるのは何故か。

オスカーの問いに、ヴァルトは苦笑する。

「単純な話です。魔女の体が使われてトゥルダールに宣戦されたのは計算違いでした。本当は忘却の鏡でウーベルト王を昏睡させて、陽動をかけようと思っただけです」

「とんだ失策だな。それの尻拭いをあいつにさせようと？」

「別に僕自身はこのままトゥルダールと魔女がぶつかっても構いませんよ。ただ……彼女にあの状態のままでいられるのは困ります。あなたなら分かるでしょう？」

「…………」

エルテリアを奪取された時から、少しずつ変化していったティナーシャ。

全てを自分一人で決めて、即実行していく彼女は、ヴァルトにとっても相手取りづらいのだろう。ティナーシャもそれを少なからず意識しているはずだ。彼女は自分の思考がヴァルトに読まれていることを気にしていたのだから。

「あまり彼女を一人で動かしておくと、屋敷を破壊されたり思いもよらないことをされますからね。あなたに手綱を取ってもらおうと思いまして。とは言え、彼女に死んで欲しくないのも本当です。僕が彼女自身に害意を持っていないことはお分かりでしょう？」

「お前なら、俺たちを殺そうと思えばとっくに殺せただろうな」

「お分かりのようで嬉しいです。ですから、これは単なる利害の一致だと思ってください。あなたは行って彼女に教えてあげればいいんです。『魔女を相手取らずとも、鏡を壊せばいいのだ』と。下手に彼女と魔女が戦って、城ごとエルテリアが壊れてしまってはこちらも困りますしね」

「魔女といっても中身はウーベルトだろう？」

「そうなんですが、魔力は魂に、知識の半分は肉体に、結びついて在るものですから。精神が違っても魔法は充分使えますよ。せいぜい構成が稚拙になるくらいです。魔女の力を得た彼はむしろ、魔女本人よりもその力を振るうことを躊躇わないでしょう。マグダルシアの出方を見れば明らかなことです」

通常なら、マグダルシアくらいの小国がトゥルダールに攻めこむことなどありえない。勝算がない。だがマグダルシア王ウーベルトは、魔女の力があればそれが叶うと判断したのだ。

過ぎた力は容易に人の道を踏みはずさせる。それは歴史上いくらでも証明されていることだ。圧倒的な武力で虐殺を行った将軍もいれば、徒に処刑を繰り返した王もいる。禁呪に代表されるように、魔法士の中にもその力に溺れる者は少なくない。

そして、魔女。

強大すぎる力を持ち、人間業とは思えない所業を伝説として残す女たち。

その力を我が物として、マグダルシア王は長年隣に在り続けた魔法大国の蹂躙《じゅうりん》を望んだのだ。

「とんだ野心家だな。面倒なことをしてくれる」

「力を持てばそれを使いたくなるものですよ。ですが、底は知れています。忘却の鏡は、マグダルシアの城にありますから、行って破壊して終わりです」

同じことを繰り返すヴァルトの口ぶりは「話もこれで終わりだ」とでも言いたげだ。

だが、彼にはまだ聞かなければいけないことがある。声だけの男にオスカーは問うた。

「お前には改変前の記憶があるらしいな」

「そんなことまで聞きましたか？　彼は余計なことばかりしてくれて困ります」

「エルテリアを欲しがる理由は何だ」

「理由なんか一つしかないじゃないですか。過去を変えたいんですよ」

「なら一つあれば充分だろう」

「二つでなければ意味がないんです。それより早く彼女のところに行ってあげたらどうです？」

「……あいつは俺の助けを望んでいない」

彼女の態度が変わったのは、四百年ぶりの戦時とヴァルトに思考を読まれぬためだろう。

だが、オスカーに何も言わなかったのは、おそらく彼やファルサスを戦争に巻きこまないためにだ。かつてオスカーも彼女に同じことをした。

そしてその時彼女は、禁呪の打破に手を貸しながらも、自分の関与を秘密裏に処理した。本来ならば介入によって禁呪を防いだとして、トゥルダールが名を出したかったにもかかわらずだ。

——なのに今、自分が私情で彼女の選択を侵してもいいのだろうか。

オスカーは、開いてしまった距離を思う。

あれが本来の、王同士である自分たちの距離だ。それを今までティナーシャが歩み寄ってくれていた。あどけない笑い、無防備に傾けられる愛情。それらが彼女を彼の隣に立たせていた。

だが彼女は今、その甘えを退けて、国のために王へと戻っている。彼の手を必要としていないことは今までのやりとりから明らかだ。

苦さを隠しきれないオスカーに、しかし呆れたようなヴァルトの声が響く。

「今更何を言ってるんですか。今回は苦労せずに彼女の心が手に入ったからといって、怠けないでください。貴方は毎回彼女を口説き落とすのにかなり大変な思いをしてましたよ。最初から愛されてる方が珍しいんです。ちゃんと動いてください」

「何だそれは……」

改変前の歴史のことだろうか。覚えのない批難を受けているような、しかしやはり自分に原因があるような気がして、オスカーは口元を歪めた。

ヴァルトの声は確信に満ちて続ける。

「あれが彼女の本当の姿です。でも同じくらい貴方といる時の彼女も本当なんですよ。貴方にとって彼女は無二の女性ではありませんが、彼女にとっては貴方しかいないんです。彼女を救うのはいつだって貴方なんですよ。なのに手を離すんですか？」

「……見てきたように随分勝手なことを言うんだな」

「見てきましたから。どうして僕が貴方たちの行動を読めると思います？　かつて、貴方たちに仕えていたことがあるからですよ」

「は？」

オスカーは思わず驚きの声を上げてしまったが、ヴァルトは元々隣国ヤルダの宮廷魔法士として潜りこんでいた男だ。他の歴史ではファルサスにいてもおかしくない。ティナーシャが「身近で見られていたようだ」と言っていた通り、ヴァルトは彼らの懐にいたことがあったのだ。

「とんだ密偵だな。存在した記憶さえなくなるとは」

「そう言われても。別に僕が自由に時間を操れるわけではありませんからね。その当時エルテリアを持っていたのは、ファルサスから遠い地に住む一人の農夫です。あの頃エルテリアはファルサスの城になく、多くの人間の手を渡り歩いていたのですよ。僕はその行方を追いきれていなかった」

「なのに、お前にはその全ての繰り返しの記憶があるのか？」

即座の切り返しに、ヴァルトから返ってきたのは沈黙だ。

数秒の後に、苦笑が漏れる。

「僕にとっては遠い昔の話で、あなたたちにとっては存在しない歴史の話です。ですが、多くの歴史で彼女がどれほどあなたに救われたか、あなたを深く愛していたか、僕はよく知っていますよ」


純真で、孤高で、懸命で、残酷な女。

別の歴史を生きる彼女は、どのような人間だったのだろう。

その時代で自分は、本当に彼女の救いとなれていたのか違うのか。

それでも彼女は――――自分を愛してくれていたのだろうか。


途方もない話だ。オスカーは無意識のうちに深く息をつく。

どこまでが嘘でどこまで本当なのか少しも分からない。妙に惑わされる。これが、別の歴史の記憶がある者の言葉だろうか。

ヴァルトは平然と続ける。

「分かったらさっさと行ってください。今はトゥルダールが……彼女がその役目を負っていますが、本来なら魔女に相対すべきは貴方の方だったでしょう？」

「……アカーシアか」

確かに、魔女討伐で真っ先に候補に挙がるのは、本来ならば王剣の主であるオスカーだ。

「役目を果たせ。彼女を助けろ」との率直過ぎる言葉。

だがそれは、不思議と不快ではなかった。むしろすとんと彼の腑に落ちる。

オスカーは右手を一度握って開いた。

さっき別れ際に見た、ティナーシャの寂しげな微笑を思い出す。

心が決まる。それは最初から常に傍らにあった選択肢だ。

彼女の手を取って共に生きるというだけの道。自分は既にその道を選んだはずだ。

だから愚直に彼女と向き合えばいい。開いた距離を自ら埋めればいい。

今はもう、彼女が孤独な女王だった暗黒時代ではない。四百年を越えて、彼女は自分へ会いに来てくれたのだから。

「俺にあいつが無二じゃないだと？　ずいぶんなことを言ってくれるな」

「事実ですよ」

「記憶がない時のことなんて知るか。俺の女はあいつだけだ。それを証明してやる」

オスカーはアカーシアを鞘《さや》に戻す。部屋を出ていきかけて、誰もいない部屋を振り返った。

「それと、こないだの借りはいつか存分に返そう」

ヴァルトの返事はなかった。代わりに楽しそうな困ったような笑い声が少し返ってきただけだ。

そしてそのわずかな気配もすぐに消え去る。

オスカーが部屋から出ていくのを、遠く離れた別の場所から確認したヴァルトは、深く息をついた。組んでいた構成を解き、椅子に体を沈みこませる。

アカーシアの剣士でありファルサス国王である男にとって、五番目の魔女は代わりがいない女ではない。彼女と出会わず別の妻を持ったことも何度かあるのだ。

だがそれでも、オスカーがもっとも執着した存在がティナーシャであることを、ヴァルトはよく知っている。

そのせいで彼は再び、挑む機会を得ることになったのだから。

※

憑かれたように夜の中を進む軍隊は、視界の先に村の灯火を見出し、動きを止めた。

見えてきたのはトゥルダールの南西部にある、マグダルシア国境にほど近い村の一つだ。先頭の部隊を指揮する将軍が、小声で命令を伝達する。

「村人は殺せ。魔法士が混ざってるかもしれん。一人も逃がすな。食料は村の中央に集めろ」

兵士たちが頷く。国力が違いすぎる大国に挑んでいるという恐怖はそこにはない。人形のごとき無表情が軍全体を支配していた。

「行くぞ」

二度目の命令と共に、彼らは無言で馬を駆る。

自軍のその光景を、上空に立つ女は楽しげに見下ろしていた。明るい茶色の巻き毛に、琥珀色の瞳を持つ女。華やかな美貌に残忍な笑みを見せる彼女は、名をルチアと名乗っている。だがその肉体と精神はそれぞれ別人のものだ。

彼女は花弁のような唇から愉悦を零す。

「これがトゥルダールの終わりだ……」

長年、力と知識に溢れて、輝かしいほどの繁栄を見せていた隣国。

それをただ妬ましいと思っていた。変わり映えのない毎日を送るしかないマグダルシアと比べて、どうしてあそこまで違うのかと羨んでいたのだ。

だから力を手に入れた時、真っ先に思いついたのはトゥルダールの蹂躙だ。そのための準備を、この短い間にしてきた。あまり時間をかけてはトゥルダールに気づかれる。何しろトゥルダールには、マグダルシアの王が昏睡して見知らぬ女が王権を掌握したことを知られている。

——今以上に早い時はない。ここから大陸の歴史を塗り替えてやる。

そんなことを考えて地上を眺めていたルチアは、しかしいつまで経っても何の悲鳴も剣戟《けんげき》の音も聞こえないことに気づいた。

すぐに先発隊から魔法士を経由して連絡が入る。

「村は無人です！　人っ子一人いません！」

「何だと……？」

ルチアは美しい顔を歪める。

その時、村全体を覆うように白い光が生まれた。彼女は思わず腕で目を庇《かば》う。

強い光は十数秒もの間、まるで昼のように辺りを照らした。

そしてそれが消え去った時、繋がっていたはずの通信は途絶え、眼下の部隊もまた消え去っていたのだ。


「何人くらい引っかかりました？」

「三つの村であわせて千人強です」

レナートの報告に本営のティナーシャは頷いた。

マグダルシアが軍備を整え始めたと知った時、彼女はまず隣国近くの村に罠を用意させたのだ。国境を越えてマグダルシア軍の侵攻が感知されれば、すぐに村人を避難させ、代わりに敵兵たちが押し入ったところで構成を発動させるよう手配していた。

その構成は、ティナーシャが考案したもので、範囲内の生き物を眠らせる効果と、数秒の後に強制転移させる効果の二つを持っている。マグダルシア軍は無抵抗な村人たちを屠ろうとして、待ち構えていたトゥルダールの術中に落ちたのだ。

レナートは主君に伺いを立てる。

「転移させた兵士はどうしますか？　今のところ結界内に捕らえておりますが」

「目覚める頃には精神操作が解けてるといいんですが。抵抗するようなら殺してください。できればその前に魔女を倒したいです」

天幕の中で、地図を眺めながらティナーシャは椅子の背もたれに寄りかかる。

今回の戦争において、扇動者である魔女を除いたほとんどの兵は被害者だと言っていい。余裕があれば傷つけずに解放したいが、無理ならば殺すこともやむをえない。

優先すべきはトゥルダールの民だ。そこを間違えることはしない。戦闘用の黒い魔法着に身を包んだ女王は、冷淡な表情を崩さぬまま次の指令を出す。

トゥルダールにおいて、大きな戦争は四百年前のタァイーリ戦が最後だ。マグダルシアはもっと経験がないだろう。ファルサスなどは大陸の中心に位置し、常に外敵と争うことで軍が鍛え上げられているが、西部に位置するこの二国は暗黒時代の終焉《しゅうえん》以来、平穏を享受してきたのだ。

それは幸運で幸福で……けれど「有事には心もとない」とティナーシャは思う。

——だが、今ならトゥルダールには自分がいる。

魔法を主軸とする国と戦争をするとはどういうことなのか、魔女でさえも身を以て知ればいい。

そのために今日まで準備してきたのだ。

ティナーシャも最初は、マグダルシアに単身おもむき、魔女を排除することを考えていた。

けれど、これからの自国のことを考えた時、彼女は別の手段を取ることに決めた。

オスカーに止められたから行かなかったのではない。自分がまだ女王であるこの絶好の機会に、トゥルダールの戦いを世界に知らしめようと思った。せめてもう数百年、この国を相手取ろうと思う者が現れないように歴史の上に異質な力を刻む。そして同時に、残していくトゥルダールの兵士や魔法士たちにも戦争の経験を積ませたかった。

自国の将来のために、ティナーシャは魔女に操られた小国を犠牲にすることを選択したのだ。

「これでもう別の村に踏みこもうとは思わないでしょう。そろそろ次の段階ですかね。準備をお願いします」

ティナーシャは言いながら音もなく立ち上がる。鞘ごと剣を取り天幕の外に出る女王を、臣下たちは畏怖の目で見つめた。

彼女は外に出るなり、鞘から細身の剣を抜く。淡く紫がかった剣身を持つこの剣は、剣身自体に魔法構成が組みこまれている。元はファルサスの宝物庫にあったが、オスカーが「誰も使わないから」とティナーシャに譲り渡したものだ。彼女はそれを、剣であり魔法の触媒にもできる武器として使っていた。

ティナーシャは抜き身の剣を片手に、陣を敷いた自軍を眺める。城都と南西国境のちょうど中間に位置するこの場所は、北から南に緩やかな傾斜を描いて草原になっていた。

そこに弧を描いて布陣しているトゥルダール軍は、約四万。これはティナーシャがマグダルシアの三万にあわせて決めたものだ。

相手より兵力が少ないのは危険だ。だが多すぎても数頼りの勝利と侮られる。だからこれが一番、無難だ。それでも奇策に頼らなくても戦える兵数があるのは上等だろう。

「あとは向こうの転移次第ですか」

――魔法での転移は、大別して三種類ある。

個人用の転移、転移門、そして転移陣だ。

まず魔法士が自分だけ転移する場合、通常は個人用の転移魔法を使う。本人だけがその場から消え去り、目的地に現れるというものだ。

これに比べ、他の人間をも移動させる時は空間に転移門を開く。転移門は個人用の転移に比べて構成が格段に難しいが、使い道も多い。難点としては、転移先への距離が遠くなるほど多くの魔力と構成力が必要になり、また門自体を大きくしたければ転移先の複数座標が必要になる。

最後の一つが転移陣で、これは構成を地面部分に焼きつかせて、魔法士がその場におらずとも常時、非魔法士の転移を可能にする、いわば設置型の魔法具だ。ただ定期的に手入れが必要になる点と、常にある程度の魔力を帯びているため、転移先の許可なしに設置することは難しい。

戦争においてもっと使用されるのが、この転移陣だ。出陣する際、城砦《じょうさい》から国境まで転移陣で移動させれば、魔法士の魔力を消費せず動ける。

ただ一度戦場に出てしまえば転移陣は存在しない。

転移門を開こうにも、他国の大規模転移座標を取得している魔法士はほぼおらず、それだけ大きな門を開く力もないのが実情だ。

だがティナーシャはそれらを踏まえた上で、「相手に魔女がいるなら転移で進軍しようとするだろう」と考えていた。行軍は長くなればなるほど負担は増え、途中で攻撃される危険性も増える。

一方、転移ならその問題も解消でき、トゥルダールの裏をつける。なら、相手は当然そうしてくるだろうと見積もったのだ。――見積もった上で、罠を張った。

城都に比較的近く、万単位の軍勢を転移させるに充分な広さのある場所。いくつかあるそれらのうち、ティナーシャは二か所を除いて全てに細工をした。近隣の街の防御結界を半ばかかるほどに広げたり、軽い隠蔽を施した哨戒《しょうかい》構成を敷いたり、魔法士ならば転移を避けたくなるような、ささやかな小石を置いて回った。

結果として、残った場所は東の平原か、南の旧城都跡のみ。

マグダルシアが進軍において転移門を使う確率は六割、そして門を開いた場合その二つのどちらかに来る確率は八割以上と、ティナーシャは踏んでいた。

「普通に進軍をしてくるなら、その間にこちらも布陣を変えられます。でも向こうが転移を使ってくるなら――」

ティナーシャがそう言いかけた時、布陣した軍の先、草原のただなかにひずみが生まれる。

自軍にざわめきが走る。それは緊張と同義だ。

ティナーシャは軽く剣を払うと、最前線中央に転移した。

ふわりと宙に浮かび上がる女王。月光に照らされた彼女に視線が集まる。

ティナーシャはひずみを前に自軍を振り返った。

「トゥルダールの兵たちよ。恐れることはありません。私は貴方たちに勝利を約束しましょう。たとえ相手が何者であっても、我らが国土を侵すことはできない。――さあ、力を示しなさい」

水晶のような命令が染み渡ると同時に、トゥルダール軍から意気高く声が上がる。あちこちから自身を鼓舞し、女王を称《たた》える言葉が聞こえた。

ティナーシャは軽く微笑むとひずみに向き直る。

その時、空間を裂く高い音と共にひずみが一気に広がった。

一瞬の後、草原の上に大軍が現れる。

トゥルダール軍が三日月形に展開する中、三方を囲まれる形で転移させられたマグダルシアの軍勢。彼らは辺りを見回し、あまりの状況に凍りついた。彼らは魔女の開いた転移門を使って東の平原に跳んだはずが、跳んだ先で更に強制的に転移門にのまれたのだ。

初めから包囲された状況。なおかつ草原自体に緩やかな傾斜があり、トゥルダール軍の方が高い場所に位置している。明らかに用意された舞台の上だ。普通の軍なら恐慌に陥ったかもしれない。

だが半ば魔女の操作が効いたマグダルシアは、一瞬の自失を乗り越えるとそれぞれが剣を抜いた。

無数の白刃が月光を反射して海のように輝く。

ティナーシャはそれを見て眉を寄せた。

「やっぱり傀儡《かいらい》ですか。精神魔法に特化しているとは聞きますが、全軍支配とは大がかりですね」

「どうしますか、陛下」

「予定通りで」

淡々と答えるティナーシャめがけて、敵兵は馬を駆り草原を駆け上って来ようとする。女王は敵軍を平然と見ながら剣を上げた。それを合図として、一斉に魔法士たちが構成に魔力を通す。

次の瞬間、草原に網の目状の電光が走った。夜の中一面に火花が散る。電光が爆ぜる音に混じって悲鳴が上がり、人馬が次々倒れ伏していく。そのさまを女王は無表情に眺めた。

――罠にかけた兵たちを気絶させるための大規模構成。

これは一つには「操られているだけの兵士たちを殺していくのは、自軍の士気に関わる」という理由と、もう一つは単に「気絶させた方が相手取るとしても安全」だからだ。魔法士の戦い方とは、あらかじめ罠を張っておくのが常套《じょうとう》だ。どうせ戦わなければならないなら、全てが予定した通りに進む戦争の方がずっといい。四百年前のタァイーリ戦もそうだったのだ。――魔女の登場を除いては。

マグダルシアの軍勢は何もできぬまま電光に打たれ、見る間にその数を減じていく。それを見たトゥルダールの陣中に安堵が生まれかけた。

だがその時、上空に強大な魔力が弾けた。

「な……っ！」

大規模構成に意識を繋げていた魔法士たちは、ぎょっとして顔を上げる。

そして、己が目を疑った。

「な、なんだあれは……！」

闇の中から現れたもの。それは城の尖塔《せんとう》を摑みとれるほどの巨大な赤い手だ。

手は、小さな虫を叩き潰すように、トゥルダール兵に向かって振り上げられる。

「うわぁぁぁっ！」

あまりの光景に悲鳴が上がり、前線が崩れかける。逃げ出そうとする兵士たちの前に、だが女王が進み出た。彼女はよく響く声と共に笑う。

「幻影です。大丈夫」

その言葉の正しさを証明するように、ティナーシャが剣を一閃《いっせん》すると赤い手は跡形もなく消え去った。何ごともない夜が戻ってくる。

しかし、巨大な魔力はますます殺気を漲《みなぎ》らせ、己の存在を主張した。

ティナーシャは首だけで背後を振り返る。

「さて、ようやく真打が来ましたか。レナート、後を頼みますよ」

「御武運をお祈りしております」

彼が深く頭を下げると同時に、別の女の嘲る声が空から降ってきた。

「つまらぬ小細工ばかりを弄しおって……。トゥルダールの女王風情が魔女に勝てると思うか」

「無論。貴女の名も記録に刻んでさしあげましょう」

ティナーシャは月下へ飛び上がった。視界の先、空の只中に一人の女の姿が浮かび上がる。

女は、明るい茶色の髪を月光で白金に輝かせながら好戦的に笑った。

「黙って座っておれば美しい人形になれるだろうに。その不遜を調教してやろう。奴隷にして可愛がってやる」

「不遜はどちらか。私が欲しいのなら、その命を払いなさい」

ティナーシャは左手に構成を生む。

その手をかざした指の向こうに、女が単純かつ強力な構成を現出させていた。


苛烈な魔力の波が空気を震わせて伝わってくる。そのあまりの強さにトリスは身を竦めた。まだ少女と言っていい彼女が戦争に参加することに皆は異を唱えたのだが、どうしても彼女が譲らなかったため、ついに「前線には出ない」という条件つきで従軍を許されたのだ。

トゥルダールの軍勢は迅速に前線を下げている。マグダルシア兵は既に大半が無力化されたのだ。計画でも魔女が現れれば、皆は下がるようにティナーシャは指示を出していた。

その最後尾、一番城都に近い場所に立っていたトリスは、城都の方角から空気を孕む音が近づいてくることに気づき、空を見上げた。巨大な鳥の羽ばたきにも似た音は明らかにこちらに接近している。音のする方を見渡すと、黒い大きな影が空を近づいているのが見えた。

「何あれ……」

あわてて彼女は構成を組みかける。だがそれを隣にいた精霊が遮った。

「待って。あれナークだ」

「え？　知り合い？」

覚えのない名前に少女は首を傾げる。その間にもドラゴンは距離を詰めると、ついに少女の眼前に降り立った。大きな背から一人の男が下りてくる。

ドラゴンに気づいたのか、陣中から駆け寄ってくるパミラを見ると、男は口を開いた。

「ティナーシャはいるか？」

「それが、今は魔女と交戦していて……」

「もう戦ってるのか。場所は？」

「前線の上空です」

「なんであいつらはすぐに空に浮くんだ……話もできないだろうが」

「──話ならできるよ」

難なく言ってのけたのはそこにいあわせたエイルだ。突然他国の陣中に現れたオスカーは、驚いて男を一瞥した。

「なるほど、精霊か……。それはありがたいが、戦闘の邪魔になるだろう」

「多分大丈夫。あの人四百年前も魔女と戦いながら軍の指揮取ってたし」

「何だその規格外は。じゃあ頼む。中継してくれ」

エイルは頷くとオスカーを範囲に入れて構成を開いた。傍にいた少女が緊張に足を震わせる。

彼らから少し離れた空中では、紅い光が夜空を貫いていった。

魔女の怖さは、魔力の強大さよりも長年の間に研ぎ澄まされた構成と経験にある。

少なくとも、ティナーシャはそう考えている。一番恐ろしいのは「未知」であると。

だが今目の前にいる女は違う。彼女は単純な構成に凄《すさ》まじい力を乗せてくるのだ。

もちろん通常攻撃の間に使われる幻影や、精神汚染の魔法も確かに高位ではあるのだが、魔女を相手取ることを覚悟し、準備していたティナーシャにとって防げないものではない。

——これなら殺せる。

呼ばれぬ魔女レオノーラや、沈黙の魔女ラヴィニアとは格が違う。

ティナーシャは正面から打ちこまれた光の奔流を防ぎきると、視界の先にいる女に問うた。

「こんなものですか？　手が尽きたなら殺しますけど」

「貴様……」

歯ぎしりする女の造作は美しかったが、そこに浮かぶ表情は劣悪だ。

そしてそれは、ティナーシャにとっては見慣れたものだった。女王を殺すために向かってきた人間たちが、彼女を突破できないと悟って向ける憎悪と嫌悪の目。そんな人間たちの血でできた道を、彼女は長い裾を引いて歩いてきたのだ。

だから今も、何の痛痒《つうよう》も感じない。一度戦場に立った以上、弱い方が死ぬのは当たり前だ。

——ただ、一つだけ聞きたいことがある。

ティナーシャは闇色の目で、女を真っ直ぐに見据えた。

「貴女は、センがどこに行ったか知ってます？」

少女の頃、彼からかけられた言葉をティナーシャは思い起こす。

『あなたが、いつか全てに倦んだなら彼女を訪ねるといい。困った女だが……きっとあなたのいい理解者になってくれるだろう』

自由で、気まぐれで、慈愛に満ちていたという、彼の恋人。

その形容は、今戦っている相手とはあまり結びつかない。

だが彼女は、精霊であるセンが現出する度に会いにきていたというのだ。それが可能だったのは相手が人でありながら永い時を生きる「魔女」だからだろう。

なら、いなくなってしまったセンの行方には、彼女が関わっているのではないか。

油断しないよう、気を張りながらティナーシャは答えを待つ。

しかし女は、怪訝そうに顔を顰めた。

「セン？　何のことだ？」

「私の精霊です。貴女は『閉ざされた森の魔女』なのでしょう？」

その問いに対して、一瞬不自然な間が空く。

だが、ティナーシャがもう一度同じ問いを口にしようとした時、ルチアは赤い唇で笑った。

「そうだ。私が魔女だ」

女は本当の名を名乗らない。魔女としての通り名も。

けれど沈黙の魔女ラヴィニアもまたそうだった。ティナーシャは重ねて問う。

「センは貴女のことを知っていた。だから貴女は私に正体が露呈しないよう、彼を捕らえたのでしょう？　センをどこにやりました？」

「さあ、どこだろうな」

女は芝居がかった仕草で肩を竦める。人を食った返答に、ティナーシャは内心顔を顰めた。

相手が素直に答える気がないのは明らかだ。だが、だからと言って食い下がっては足元を見られる。今は戦争中で、相手は敵軍の将だ。優先すべきは国で……私情では、決してない。

だからすぐに、ティナーシャは宣言する。

「ならば、これ以上はありません。ここで死になさい」

――本当は、こんな事態に辿り着かなければ一番よかった。

センは、ティナーシャにとって家族も同然だ。その彼にとって、魔女はまぎれもなく大事な存在だったはずだ。少女だったティナーシャが、オスカーに救われたことを宝物にしていたように。

そんな相手を彼の知らないところで処断してしまうことに、心は痛む。あるいはもっと早く、四百年前に彼女に会いに行っていたなら、違う道もあったのかもしれない。

だが……殺したくなかった、と思うのもただの感傷だ。

鋭く息を吐く。視界を研ぎ澄ませる。

夜の中、相手の女は構成を組もうとしていた。けれどそれは単純な攻撃構成だ。

だから、より強い力で打ち抜ける。そしてこれで終わりだ。

「欠けよ、円。循環は途切れ、指先は腐食する。残されし思惟《しい》は久遠へ、彼方《かなた》よりは知覚を」

感情を殺して、女王は右手に構成を編んでいく。淡々と詠唱を紡ぎ――

『ティナーシャ』

「ふぁ!?」

組みかけた構成が霧散する。

突然割りこんできた声にティナーシャは思わず叫んだ。

「な、なんですか、オスカー!」

どうしてここにいないはずの婚約者の声が聞こえるのか。

ティナーシャは唖然としかけて、だが我に返ると、向かってくる光をあわてて無効化する。

彼女は魔力に声を乗せて返した。

「なんで貴方が……エイルに中継させてるって、なんでこっちに来てるんですか!」

『いいから聞け。あの魔女は中身が違う。中はマグダルシアの王だ』

「え?」

『本物の魔女の精神は、忘却の鏡に封じられている。お前の精霊もだそうだ。だから、お前はマグダルシアに行って鏡を探して壊してこい。それで魔女は元に戻る』

「……何ですか、それ」

突飛な話すぎて信じられない。

だがティナーシャは、彼が時々不気味なほどの勘の良さを見せることと、真偽を見抜く目が確かであることを知っている。彼は、不確かな与太話を危急時に持ちこんだりはしないはずだ。

ティナーシャは改めて、空の上に立つ敵手を見やる。

——何故使う構成が単純なのか。王が倒れた後に彼女が現れたのか。

王の筆跡で書状が書かれていたということ。国に拘《こだわ》るその支配欲。それらが魔女の中にいるマグダルシア王のせいだと考えれば全てのつじつまはあう。ティナーシャは先ほど霧散した構成の代わりに無詠唱で簡単な構成を組んだ。それを牽制として放ちながら、冷ややかな声を上げる。

「その情報、出所はどこですか」

『ヴァルトだな』

「はあああああ？」

『言いたいことは分かる。だからお前は、マグダルシアに行ってその鏡を探してこい。もし本当に精霊がそこにいるなら話が聞けるだろう。壊すか壊さないかはそこから決めればいいし、鏡がなさそうだったらすぐ転移で引き上げてくればいい』

「…………」

センを探して、本当のことを聞く。それができるならばしたい。ただ、状況が許されるならだ。

「戦闘中ですよ……私はここを離れられません」

『そいつは俺が引き受ける』

「は？　トゥルダールの戦争ですよ。無関係な貴方が出るなんて論外です！　情報には感謝しますが、ファルサスに戻っていてください」

『嫌だ』

「……怒りますよ」

大体、エイルに話を中継させているということは本陣にまで来ているのだろう。立場を弁えずに何をやっているのか。私人として夫として頑固なのは構わないが、公人としては一線を引いてしかるべきだ。男を怒鳴りつけたいのを堪えて、ティナーシャは吐き捨てる。

「私は貴方の妻じゃない。トゥルダールの女王です。貴方の介入を認めるわけにはいきません」

『大勢は既に決しているだろう。後はお前と魔女と事後処理だけだ。それをお前が納得できる形で収めようと言ってる』

「私の納得なんて、現状を曲げて優先するようなものじゃありません」

私情に類するものなのだ。センを見つけて、本当のことを知りたいなどとは。

仮にそれをするとしても、今の決着をつけてからだろう。女王である彼女が今の戦場全てを支配しているのだ。それを放り出していくことなどできない。

自分に代われる人間など誰もいないのだ。そうして四百年前も一人でやってきた。精霊は、家族同然であっても主人である王に意見はしない。それは人間の領分だからだ。そして彼女の支持者たちもまた、王の判断に従順に従うだけだった。トゥルダールは、王という存在を支柱にして動いていた国で、ティナーシャはその中で生まれて十九年を生きた。国の外に出たことは一度もなかった。

「王とは、国を円滑に動かすための歯車です。私情でそれを鈍らせることはあってはなりません」

人への頼り方が分からないことを、オスカーに「甘えてる」と言われたこともある。

それはそうなのかもしれない。彼を信用しているのは確かだ。手の届く範囲なら、必ず手を取ってくれるだろうとも思っている。

けれど今回は、その甘えも退けた。これは、他の誰とも分かち合えない責務だ。暗黒時代の息詰まるような空気を知っているのはもう自分しかいないのだから。

ティナーシャは魔女の攻撃を撃ち落としながら目を閉じる。

記憶の中から幼い女王が、拒絶しろと告げている。

迷いは弱さを生む。だから今だけは迷わない。非情になる。

「大事なものさえ――忘れられる」

ティナーシャは両手を交差させた。そこに生んだ紅い刃を撃ち出す。刃は弧を描きながら魔女に襲いかかった。魔女はそれらを迎撃しようと光を放つが、紅刃は光を巧みに避けて肉迫する。

「小娘が……っ！」

罵言を残して魔女は転移した。しかし避けきれなかった女の左腕は深く切られている。

そこから白い骨が覗いているのを見て、ティナーシャは無意識のうちに顔を顰めた。

――彼女の中身が、本当に魔女ではないのなら。

今殺そうとしているのは誰なのか。誰が敵で、誰がそうではないのか。

迷いがそっと息を吹きかける。

だがティナーシャは鋭く息を吐くと、一瞬で思考を閉ざした。

『お前の言うことも分かる。だが、昔と今は違う。自分一人で何でも負うな。後で悔やむくらいなら俺を頼れ』
思考を、閉ざさなければ。
『そうしたら、俺が一生一緒に背負ってやる』

きり、とティナーシャは唇を嚙む。

孤独を厭ったことはない。それは彼女の揺り籠だ。物心ついた時から共にあり、常に彼女を覆っている被膜だ。あって当然のもので、それに何を感じるわけでもない。

だが一度だけ孤独に泣いた時――どうしようもない思いを吐露した時、「必ずそれは埋められる」と言ってくれた男がいたのだ。

そして彼女は四百年を越えた。確かに彼のもとにたどり着いた。

なのに何故、今になってまた泣きたくなるのだろう。

『鏡は外部者の呪具だ。壊すならお前以外には壊せない。行ってくるんだ』

ティナーシャは答えない。ただ無心に構成を組み続ける。

『信じろ。何とかしてやる』

四百年前は、決して遠い記憶ではない。

眠っていた彼女にとってはほんの一年前のことだ。

そして目覚めてからの一年は……ただ、毎日が楽しかった。

一人ではなかった。幸せだった。――彼は確かに、約束を守ってくれた。

「そんなの……」

ティナーシャは目を閉じる。瞼が熱くなる。

どんなに幸福な毎日の中にいても、自分だけは時代の違う異物だ。

それを忘れることはない。変えることもできない。時が来たなら、温かな居場所から立ち上がり、自分のすべきことをする。その局面にふさわしい在り方を選ぶ。

自分は、それができるはずだ。それしか知らなかったのだから。

黒い睫毛を涙が濡らす。何故泣いているのか分からない。分からないくらいずっと自分と共にあったものが、少しずつ融《と》けだして涙となっている気がした。

ティナーシャは熱い息をのみこむ。

「……いくら構成が稚拙でも、普通の人間に精神魔法は耐えられません」

『時間を稼ぐだけなら何とかなる。お前さえ同意すればいい』

ティナーシャは空中を蹴って跳ぶ。襲いかかる刃を同じだけの数の光球で捌《さば》いた。

――本当の魔女は、どんな人間なのだろう。

世界では忌まれ畏れられる存在も、その実はただの人間だとティナーシャは知っている。

だがそんな己の迷いを、甘さを、今ここで許してもいいのだろうか。自国とただ一人の男を、天《てん》秤《びん》の片側に載せることにならないか。

だとしたらそれは余りにも不釣合いな賭けだ。今ここで魔女を殺してから鏡を探しに行った方がずっと安全だ。

ティナーシャは剣を媒介に構成を放つ。敵の女が苦々しい顔でそれを相殺するのが見えた。

月光が青白く草原を照らしている。美しいとも言えるその景色を視界の隅に入れながら、ティナーシャはいなくなってしまった精霊のことを思った。

彼は何故魔女と共に鏡に封じられているのか。彼にとって魔女は何なのか。

今は答えが出ない。

ただ、彼女が一人の男に救われるように、誰もが誰かを救いとするのなら。

その繋がりを貴いと思うのなら。

『俺を頼れ。ドルーザの時の借りを返したい』

耳の奥、彼の声は芯まで響く。

ティナーシャは遥《はる》か遠《とお》く、広がる景色を見た。時代の断絶はそこにはない。

「もし……貴方が持《も》ち堪《こた》えられて、私が鏡を壊したとして、元に戻った本当の魔女が貴方を殺そうとしたらどうするんです」

『その時は魔女を殺す。そのための剣だ』

「っ……」

トゥルダールが禁呪の対抗勢力であるように、魔法士の対抗手はアカーシアの剣士なのだ。

そしてそれは魔女も例外ではない。彼にとって、魔女ははじめから相対すべき存在だ。

――ティナーシャ自身が、そうして自身を処断できる相手として、彼を想定していたように。

だから、自分の代わりを務める者として、彼以上の人間はいない。

ティナーシャは涙を拭う。

彼がくれたものは、本来あるはずのなかった岐路だ。

だから新しい決断をする。力ある言葉が、夜を従える。

「我が声を聞く全ての精霊に命ず。――我は二つの命を与える。一つは死なぬこと。そしてもう一つはアカーシアの剣士を一時的な主人とし、その力となることだ。承知したのなら返事をせよ」

一瞬の間をおいて、十一の精霊から受諾の声が返ってくる。

ティナーシャは頷きながら剣を鞘に収めた。眼下の地上を見やる。

トゥルダール陣が退いた後の草原の上で、精霊と、一人の男が彼女を見上げていた。

夜空よりももっと青い目。

無二の存在。

差し伸べてくれる手の、その温度にいつも力をもらうのだ。

魔女の放った魔法が、夜空を貫いてティナーシャに迫る。

だが彼女はそれを、手をかざしただけで打ち消した。息を一つついて転移する。

そして彼女は、もう一人の王の隣に立った。


オスカーは転移してきた女の顔を見て笑った。剣を持っていない左手で、濡れた頬を拭ってやる。

「泣き虫」

「うるさいです」

「――小娘、逃げるつもりか？」

女の声が上空から降ってくる。二人はその声の主を見上げた。

魔女はティナーシャの隣に立つ男に気づいて、さすがに顔色を変える。

「ファルサス国王……アカーシアの持ち主か！　さては、私に勝てぬと分かって男を呼んだか？」

「違いますが、そんなところです」

魔女は鼻を鳴らしながら浮いている高度を下げてくる。大人一人分の高さで止まると、オスカーを皮肉な目で見やった。

「若造が。女に溺れて他人事に手を出すか？　お前の女は細すぎて興が醒める。もっと見れる体になるよう仕込んでやろう」

美しい容姿に似合わぬ下卑た笑いに、二人は顔を見合わせた。小声で囁きあう。

「ずいぶん失礼なこと言われたんですけど……」

「あれは男の発想だな。しかも変態」

「何をこそこそ話している？　魔女の力を思い知るか？」

マグダルシア王――ウーベルトは女の腕を上げた。

この体を得た時に、力の使い方は全て入ってきたのだ。思うだけで何もかも叶う。そして、己が持つ力を自覚をしてからは……人間がひどく弱い、つまらぬものに見えた。

自分には何でもできる。世界を思うままに変えることも可能だろう。魔女の時代とはよく言ったものだ。だがどうして魔女たちはここまでの力を持っていながら歴史の表舞台に出てこないのか。もっと好きにすればいいのだ。それが可能なのだから、蹂躙すればいい。

そうして溢れて尽きぬほどの力は、極上の酒となってウーベルトを酔わせた。

「ほら、食らってやろうぞ」

ウーベルトは笑いながら宣言する。

次の瞬間、耳を塞ぎたくなるほどの無数の羽音が辺りを埋め尽くした。

草原に現れた羽虫の大群は、オスカーとティナーシャを中心に渦巻く。

その光景にオスカーが目を丸くしていると、彼の左手をティナーシャが握った。

「いいですか。精神魔法は感覚知覚を媒介として支配を始めます。視覚、聴覚、嗅覚、触覚、これらを通して現実に割りこみ、精神に巣食うのです」

小さな手。伝わる温度。彼女の声は、羽音の中でも澄んで届く。

「ですが感覚を遠ざけないでください。それが貴方の命綱で、武器となります。自分の勘を信じてください。何が真実か見抜けるように。――貴方は魔女よりも強いです」

「分かった」

そう答えた瞬間、視界を覆って渦巻いていた羽虫が何の音もなくかき消えた。全て幻覚だったのだ。軽く目を瞠るオスカーに、ティナーシャは愛らしく微笑みかける。

「死んだら承知しませんよ」

「まだ結婚もしてないからな。心残りすぎて死ねない」

「余裕があるようでなによりです。なら、私を助けてください。お願いします」

「もちろんだ。望むようにしてやる」

ティナーシャは、もう一度強く男の手を握る。

そしてその手を離すと同時に、彼女は空へ跳んだ。転移にも等しい速度で宙に浮くウーベルトに接近すると、そのまますれ違う。

「貴方の相手は彼がします。また後でお会いしましょう」

「貴様……っ」

ウーベルトが構成を組みながら振り返った時、既に女王の姿はない。美しい獲物を逃がしてしまったことに彼は歯軋《はぎし》りしながら、オスカーに向き直った。

「男を嬲ってもつまらんのだがな。まあいい。首だけは残しておいてやろう。あの小生意気な女に見せてやる」

「借り物の力で吠《ほ》えるな。お前がまがい物であることは既に割れてる」

「…………」

「あいつの国に攻めこんだ幸運を感謝するんだな。俺だったら操られた兵だろうが容赦なく殺していたぞ」

偽の魔女だと看破されたウーベルトは顔を歪めた。白い貌が赤黒く染まる。本来なら魅力的な笑みを刻むであろう唇が、ひくひくと動いた。

「若造が……千々に引き裂かれても同じことが言えるか試してやる」

青い月の下をドラゴンが旋回している。

黒い巨大な影が移動する草原で、こうして二人の王は対峙《たいじ》した。

※

マグダルシアは農耕国家だ。

農業に従事している民がほとんどのせいか、夜更けの今、明かりのついている家は見えない。

そんな中で、光る窓が等間隔に並んでいるのは城周りだけだ。ティナーシャは空中からマグダルシアの城を見下ろすと、ゆっくりと降下し始めた。

――魔力探査は一通りかけたが反応がない。おそらく隠蔽がかかっているのだろう。

鏡が城内に置かれているとすれば宝物庫か王の私室だろうか。闇雲に探すより誰かを捕まえて案内させた方がいいかもしれない。

ティナーシャはできるだけ奥まった部屋の窓を選ぶと、そこを魔法で開けて中に入る。暗い室内の調度品は高価だが、どうやら使用されていないらしい。彼女は部屋から出ると、燭台の影が並ぶ廊下を駆け出す。その先からは、ちょうど見回りの兵士が一人歩いてくるところだった。

兵士はティナーシャを見て啞然としたが、声を出すより先に、転移で懐に跳びこんできた彼女に硬直した。ティナーシャは兵士の喉に剣を突きつける。

「王の部屋に案内なさい。声は封じましたから助けは呼べませんよ。抵抗すればどうなるか分かりますね？」

絶世の美女からの物騒極まる脅しに、兵士はぱくぱくと口を魚のように動かし喘《あえ》いだ。だが声は出ず、空気が洩れ出るのみだ。ティナーシャは嫣然と微笑む。

「分かったら走りなさい。急いでいるんです」

彼女は右手を軽く振る。それだけで、廊下に置かれていた等身大の石像が砕け散った。

兵士はあわてて何度も頷くと、王の部屋に向かって小走りに案内を始める。道中、出会う兵士や女官たちを一撃で昏倒《こんとう》させながら、ようやく王の部屋に辿り着いたティナーシャは、案内してくれた兵士をも気絶させた。剣を抜いたまま部屋の中に入る。

見たところ普通の部屋だ。オスカーの私室よりも物が多いが、それは性格の違いだろう。ティナーシャは一通りを調べると、奥の寝室に歩み入る。

寝室中央には、紗幕《しゃまく》に覆われた寝台が置かれていた。ティナーシャは無造作に歩み寄ると剣で紗幕を取り払う。そこには精神を持たないウーベルト王の体が置かれていた。肉体は魔法によって維持されているらしく、よく見ると呼吸で胸が上下している。

「まったく。いい気なものですね」

何かしてやりたいがそんな暇はない。規則正しい寝息だけが聞こえる寝台で、ティナーシャは鏡を探し始めた。だがすぐに背後で扉が開く音がする。

振り返ったティナーシャは、そこに王妃ジェマの姿を見出し、息を止めた。反射的に撃ち出しかけた構成を留《とど》める。闖入者《ちんにゅうしゃ》を見て愕然と立ち尽くした王妃の目には、操られている者にはない理性の光があったからだ。

立ち尽くしたまま動かないジェマに、ティナーシャは向き直る。

「私が何故ここに来たかお分かりですか？」

「も、申し訳ございません……陛下が……私の言うことになど耳を貸して頂けず……」

「分かってます。王の精神を戻すので鏡の在りかを教えてください。ご存じですか？」

王妃の様子から見るだに、以前ティナーシャを追い返した後、ウーベルトから真実を聞いたのだろう。だがジェマの困惑は相当なものだったはずだ。突然夫が魔女の体を得て、兵を操ると隣の大国に攻めこんだのだ。憔悴《しょうすい》が色濃く見えるのも無理はない。ティナーシャはこうなる前のウーベルト王とはあまり面識がないが、レジスの評を聞くだに普通の王だったのだという。大きすぎる力がどれほど容易に人を変えるか、彼は実例を以て新たな歴史を刻むこととなったのだ。

ティナーシャの問いにジェマは逡巡を見せる。だが相手が殺気を滲ませているのを感じたのか、恐怖の揺らぐ目を上げると部屋の奥を指差した。

「あ、あの部屋に……」

言われて見てみれば確かに小さな扉がある。衣装部屋か何かと思って気にしていなかった。

ティナーシャは頷くと扉に向かった。鍵がかかっていたので魔法の干渉で破壊する。小さな暗い部屋に明かりを灯しながら踏みこむと、部屋の正面に石の台座が置かれていた。

紅い起毛の布が敷かれる台上には、古い楕円形の鏡が置かれている。魔法の光を受けて鈍く反射する呪具を、ティナーシャは緊張の思いで眺めた。

——外部者の呪具。法則に反する力を持つもの。

改めて話を聞いた今では、それがひどく底知れない、恐ろしいものに見える。

だが怯んでいる時間はない。ティナーシャは深く息を吸った。

「あ、あの……」

背後から怯《おび》えたようなジェマの声がかけられる。危ないから下がるよう言いかけたティナーシャは、ふと左の脇腹に焼けるような熱を感じた。一瞬怪訝に思い——遅れて激痛が全身を走る。

「……ッあああッ！」

ティナーシャは反射的に体を二つに折った。脇腹を押さえる。

そこには深々と、護身用らしき細身の短剣が刺さっていた。背後からティナーシャを刺したジェマは、恐怖に見開いた目で、女王を見つめている。

ジェマは震える声で言った。

「魔女を解放しては……陛下が……」

王妃はそれだけ言うと、身を翻して逃げだした。

だがティナーシャは、彼女を留めることも振り返ることもできない。熱いような寒いような体を抱きしめたままよろめくと、小さな血溜《ちだ》まりの上に膝をついた。

※

突如、草原に生まれた竜巻を、離れたところに布陣するトゥルダールの魔法士たちは、慄然とした面持ちで見つめていた。一部の者しか知らないが、竜巻の前にはファルサス国王がいるのだ。

婚約者に代わって魔女を相手取る王剣の剣士は、迫りくる竜巻を緊張感のない目で眺めていた。

「幻覚じゃないな、あれ」

「みたいだね」

隣にいるエイルが相槌《あいづち》を打つ。この精霊も感情のない淡々とした受け答えをするので、二人の会話だけを聞いていると魔女と戦っているとはとても思えない。

オスカーはアカーシアを軽く振りながら尋ねた。

「消せるか？」

「うーん、三、四人いれば。命じてよ」

「といっても名前を知らない。じゃあミラ、一任する。何人か選んで消してくれ」

オスカーの命に、その場にいない少女から声だけで返答がある。

数秒遅れて竜巻が止《や》んだ。巻きこまれないよう遠くに避けていたナークが戻ってくる。わずかな風さえも消された草原の向こうで、ウーベルトが怒りに瞳をぎらつかせた。

「女王の精霊か……！　小癪《こしゃく》なやつらめ、姿を見せろ！」

「なんか怒ってるみたいだから、お前たちちょっと退いとけ」

いい加減な命令に、精霊たちは戦場から距離を取る。エイルだけは残ってオスカーの後ろに立った。オスカーには対魔法用の守護結界が張られているため、直接的な魔法攻撃はほとんど無効化される。だがそれでも精神魔法や、魔法によって引き起こされた現象の余波は防げない。先ほどから幻覚を幾度となく見せられているくらいだ。

ただオスカーは、次々現れるそれらを異様な勘のよさで切り抜けてきていた。

「生かさず殺さずってのが一番難しいな」

アカーシアを構えかけたオスカーは、右手の愛剣に目をやり、そして眉を顰めた。

いつの間にかアカーシアが柄の先から白い蛇になっている。首をもたげて持ち主を威嚇する剣をしかしオスカーは無造作に振った。ウーベルトに視線を戻すと、ちょうど灼熱《しゃくねつ》の炎塊が三つ撃ち出されたところだ。

空気を焼きながら逃げ道を塞ぐように向かってくる炎に対し、オスカーは自分から前に跳びこんだ。蛇のままのアカーシアを振るう。

「俺が何年これを持ってると思ってるんだ」

まず正面の構成を、次いで一歩下がって左の構成を砕く。最後にぶつかってこようとする炎の中に、オスカーは右腕ごとアカーシアを差しこむと要を打ち砕いた。

蛇に見えようが何だろうが関係ない。アカーシアの長さ、幅、重さ、全て分かっている。

だが呆気なく攻勢を退けたオスカーは、次の瞬間視界を閉ざされて足を止めた。

今まで草原を照らしていた月光も、遠くの灯も何も見えない。真の闇が世界を覆っている。敵の術中に入ってしまったことに、オスカーは舌打ちした。

「見えなすぎていっそ清々しいな」

オスカーは目を閉じようとして、ティナーシャに言われたことを思い出す。彼女は「感覚は命綱にも武器にもなるから遠ざけるな」と言ったのだ。

嘲笑う声が暗闇に響く。

「私の作った世界で遊んでいくといい」

オスカーは忌々しげに溜息をつくと、元に戻ったアカーシアを手に一歩踏み出した。

「暗い暗い。実は暗くないのか？　エイル、いるか？」

さっきまですぐ傍にいたはずにもかかわらず、精霊から返事はない。

オスカーは次に地面を軽く蹴った。そこには確かな感触がある。

ふと何かを感じて、彼は一歩左に避けた。今までいた場所を鋭い何かが通り過ぎていく。

オスカーは左手で頭を掻いた。

「まず俺が死なないことが目標か。それくらいなら楽勝だな」

「楽勝？　精神が壊れても勝ったと言えるのか？」

「壊れんから気にするな」

そっけないオスカーの返事を強がりととったのか、ウーベルトの楽しげな笑いが響いた。

「お前の過去の中で、一番凄惨な記憶を見せてやろう」

その言葉と共に、暗闇の先にぽっと灯りが生まれる。ランプをつけたかのように丸い光に切り取られたその場所を見て、オスカーは顔を顰めた。ゆっくりと歩を進める。

明かりの中、一人の女がうつぶせに倒れている。彼女の体からじわじわと血が床に広がっていく。

母の遺体のすぐ傍まで来たオスカーは、もはや動かないその体を見下ろした。

——母がどんな死に顔だったのか、彼は知らない。見ていないのだ。

ここで彼女を起こせば見られるのだろうか。そんな錯覚を抱いて、オスカーはふっと苦笑した。

自分の記憶から呼び起こされた幻覚なのだ。自分が知らないものが見られるはずはない。

だから、何を思うこともない。

オスカーは視覚を研ぎ澄ます。更にそれを細く細く縒《よ》っていく。

闇の中に、絡み合う構成がうっすらと浮かび上がった。

彼は更に一歩踏みこむ。母の体を越えながら、何もない空間をアカーシアで薙《な》いだ。

「馬鹿な……！」

驚愕《きょうがく》の声がする。硝子が砕けるような音が鳴り、闇は呆気なく破裂した。

元の草原が戻ってくる。

オスカーはすぐ目前、だが剣の届かない高さにいるウーベルトを見上げた。

「凄惨な記憶と言っても過去は過去だからな。見せられてもどうってことはない。ただまぁ、少し気分は悪いな。元の体に戻ったら殺してやろう」

ウーベルトは魔女の腹を見下ろす。そこにはアカーシアの切っ先に薄く斬られた傷があった。アカーシアが構えられた瞬間、反射的に上に逃れたのだが、予想以上の速度に避けきれなかったのだ。

ウーベルトはわなわなと手を震わせる。

「よくも……この小僧……」

「ほざいてろ」

オスカーは言いながら左手を確認した。そこにはティナーシャに贈られた指輪がある。殺すつもりなら容易に殺せるかもしれない。だが、そうしないのなら何をどう使うべきか、オスカーは幾通りもの可能性を考えながら空を仰いだ。

※

自分の血臭が鼻腔《びこう》をくすぐる。

「っ……！」

ティナーシャは息を止めると、脇腹に刺さったままの短剣を引き抜いた。呻きをのみこみ、痛み止めと治癒を同時にかけ始める。

ジェマは無意識にやったのだろうが、刃を捻りながら刺されたので思わぬ出血をしてしまった。

失われた血は、魔法ではどうにもできないが仕方がない。ティナーシャは塞いだ傷跡に手を添えながら立ち上がると、忘却の鏡に歩み寄った。鏡面を見ないように注意しながら鏡を手に取る。

「王妃のあの反応を見ると、鏡は本物みたいですね……」

あとは持ち帰るか、この場で壊すかだ。だがその前に確かめなければいけないことがある。

ティナーシャは鏡面に触れ、魔力を送った。

「セン、私の声が聞こえます？」

鏡の中は、まるで底なし沼だ。魔力がどこまでも沈んでいく。

本来ならありえない感触からするだに、確かにこの鏡は尋常な道具ではないのだろう。

ヴァルトは「壊せ」と言ったらしいが、それは正しいのか。オスカーが騙《だま》されていないとしても、ヴァルトが「間違ったことを正しいと信じている」状態なのかもしれない。

だが、時間をかけてはいられない。オスカーに魔女を任せてきたのだ。早く決断しなければ。

——その時、沈ませていた魔力に反応が返る。

「っ、セン！」

確かに彼はこの中にいるのだ。ティナーシャは声に喜色を滲ませる。

ただ、とても微弱な反応だ。単純に遠いのだろう。

自分の精霊を捕らえる檻である呪具。その外側に、ティナーシャは試しに破壊できるか圧をかけてみる。だが手ごたえはびくともしないものだ。かける圧を増やしていっても変わらない。相当強固な呪具で、確かに普通ではないと窺い知れる。ティナーシャは仕方なく魔力を引いた。

「これは手強《てごわ》いですね……」

どうするか、彼女が迷ったのはほんの一瞬だ。

ティナーシャは周囲に結界を張ると、今度は鏡の内部に向かって魔力と意識を注ぎ始める。目を閉じた。

自分だけの暗闇を、鏡の中に繋げようと力を展開させる。

——この鏡が人の精神を捕らえる呪具というなら、中に入ることもできるはずだ。

肉体から精神が切り離されないよう、細心の注意を払って意識を拡張させる。底のない闇の中に己という糸を垂らしていく。

だがそうした矢先、鏡内に張られた魔法障壁がティナーシャの魔力を遮った。呪具本来のものとは違うのだろう魔法構成は、外から中に入ることを禁ずるものだ。緻密に張られた構成に、ティナーシャは思わず感嘆の声を上げかける。

「解けるかな……解くしかないか」

ティナーシャは決意と共に構成を探る。

細い網の目のような構成は、上位魔族のように概念が主体の存在ならば、すり抜けることができるかもしれない。おそらくはセンもそうして中に入ったのだろう。

だが人間である彼女は、ただ息を止め構成の要所を探した。

全部で十二個。円状に配置されたそれらを見つけ、狙いを定める。

息を全て吐いた。

そして再び深く吸い、止める。

「——散れ」

短い言葉と共に要所が全て砕け散る。

次の瞬間ティナーシャの意識は、暗闇の中を一人降り始めた。

とても長い、いつまでも底に辿り着かないように思える闇。

だが実際降りていたのは、ほんの数秒のことだったのだろう。何もない闇だけの場所に降り立ったティナーシャに、覚えのある声が聞こえる。

「女王！」

「……セン、よかった」

馴染み深い気配に、ティナーシャは脱力しそうなほどの安堵を覚える。

けれど今は気を抜いている時間はない。彼女は手短に問うた。

「状況を教えてください。今、外ではマグダルシアがトゥルダールに侵攻し、それを扇動した閉ざされた森の魔女とオスカーが戦ってます」

「閉ざされた森の魔女……？　だが、彼女はここにいる」

「ああ、やっぱり本物はこっちなんですか。今、彼女の体はマグダルシア王ウーベルトが動かしているみたいですよ」

ティナーシャの言葉に、精霊が顔を顰める気配が伝わる。

「鏡を使ったのはそいつだ。おそらくそいつは鏡に精神を切り離されて、だが障壁に弾かれた。代わりを探してルクレツィアの体に入ったんだろう」

「ルクレツィア？」

「閉ざされた森の魔女だ」

それが、魔女の本当の名なのだろう。ティナーシャは暗闇の中を探る。

「今、彼女は？　貴方はどうしてここに？」

「彼女は眠っている。障壁の構成を見るだに、あれは彼女が張ったものだろう。彼女は自身を以てこの鏡を封印している。私は、鏡の封印が解かれた時に彼女の気配に気づいて様子を見にきた。その際、障壁をすり抜けて鏡に封じられてしまったんだ。無断でいなくなって悪かった」

「上位魔族はこの呪具と相性が悪いらしいですから。トラヴィスが言ってました」

魔族の王の名を挙げられ、センは無言になる。おそらく嫌そうな顔をしているのだろう。

だが問題は、魔女ルクレツィアだ。鏡を封じて眠っているということは、鏡を壊してもいい、のだろうか。迷うティナーシャに、センが言う。

「彼女はそこにいる。視界が持ちこめていないなら、俺の視界を貸そう」

言われると同時に、暗闇が拓ける。

明るくなったわけではない。だが、辺りに何があるか分かる。

センが近くに立っている。周囲に感じる無数の気配は、かつて精神を取りこまれた人々らしく、既に崩れかけていた。だがそれらより先に、ティナーシャは奥にある巨大な柱に気を取られる。

太さは大人が十数人で手を繋いでようやく囲めるくらいだろうか。高さは見果てぬくらい上まで伸びており、逆に根本は暗闇の中に深い穴を穿って奥底まで伸びている。

柱自体はうっすらと白く光っており――その真ん中に、一人の少女が膝を抱えて目を閉じていた。

「あれが……魔女ですか……？」

明るい茶色の巻き毛に美しい顔立ちは、確かにルチアのものによく似ている。

だが年齢が違う。薄緑のドレスに身を包んで眠っている少女は、せいぜい十五、六歳だ。

半透明の柱の中に封じられている少女。彼女は明らかに普通の人間ではない。見ているだけでちりちりとした違和感を覚える。センが隣で頷いた。

「肉体を離れたから、精神が本質に近い姿に戻っているんだろう。あの柱も、鏡に由来するものではない。彼女自身を守っているものだ」

「守っている、ですか」

ティナーシャは恐る恐る柱に近づく。どこまで伸びているのか、果てが見えない上部と下部を交互に眺めた。柱の周りはぐるりと地面部分に穴が空いているのだ。足を踏み外したらどこまで落ちてしまうのか見当もつかない。

ティナーシャはその深淵を見下ろして、ふっと既視感を覚える。

「あれ……これひょっとして、負の根源まで繋がってる？」

セザルがファルサスに攻めこんだ際に、位階外の負の海から現出させた巨大な蛇。その尾が繋がっていた穴と、柱の周囲に空いた穴は気配が似ているのだ。ティナーシャは続けて、先の見えない上部を仰ぐ。

「ってことは、上も別位階？　複数位階を貫いてる？」

確かに、周囲の様子を窺うだに、鏡に取りこまれた人間の精神は、徐々に自分の形を保てなくなるようだ。現に辺りにはそうして崩れてしまった精神の残滓《ざんし》が積み重なっている。人の精神が、肉体と密接に紐《ひも》づけられている以上、これは仕方のないことだ。

だが魔女である彼女は、そうなることを位階を貫く強固な柱によって防いでいる。

「こんなの、世界そのものに楔《くさび》を打って自己を留めてるようなものじゃないですか……。とんでもないですよ」

外部者の呪具の中で、自身を守るためにとは言え、普通にできることではない。外れない占いをしてくる水の魔女といい、永く生きている彼女たちは、魔法士の枠では測りきれないものがある。

ティナーシャは穴の縁のぎりぎりに立って、魔女を見上げる。

「でも、この柱があるなら……」

さっき外から鏡を破壊しようとした時には強固過ぎてお手上げだったが、この柱はいわば、中から外に空けられた穴だ。それを計算に入れれば、破壊も可能かもしれない。

「外に戻って鏡の破壊を試みます。彼女はこの柱があるから無事で済むでしょうけど、センは自分を守れます？」

「大丈夫だ。他の人間の残滓も、できうる限り守ろう」

「ありがとうございます」

自分の性格をよく分かっている精霊の言葉に、ティナーシャは微苦笑する。

取りこまれた精神たちを鏡の破壊の余波から守り、解放できたとしても、もうその体は残ってない。死後の魂がそうであるように、ゆっくりと外の世界に溶け入るしかない。

それでも、標本のように鏡に閉じこめられているよりはましだと、ティナーシャは思う。センはそんな主人の考えを汲んでくれたのだろう。女王は彼に微笑する。

「貴方が、私の理解者になってくれる、って言ってたのは彼女だったんでしょう？」

「……困った女ではあるんだ」

「無事終わったら、改めて紹介してください」

言いながら外に戻ろうとしたティナーシャは、だがふと視線を感じて顔を上げた。

柱の中の少女が、いつの間にか目を開けている。

感情のない貌。金色に光る瞳が、ティナーシャを真っ直ぐに見つめていた。

「っ……」

思わず一歩下がりかけたティナーシャに向かって、少女は白い両腕を伸ばす。

水の中から息継ぎをするように、小さな顔が柱から外に出る。

紅色の唇が開かれ——闇の全てを震わせる声が響いた。

『外からの、鑑賞を排することを望む。干渉の手を退けることを望む。それを可能にする存在には、ふさわしい変質を贈ろう』

重い、圧力。

ティナーシャは、自分がちりぢりになってしまうような錯覚を覚えて、精神を震わせた。

柱が空けた二つの穴の両方から響いてくるような声は、おおよそ人間のものではありえない。

これが「魔女」なのだとしたら、あまりにも存在が違い過ぎる。強い弱いの問題ではなく、底知れない。

だが、ティナーシャが愕然としている間に、少女はふっと目を伏せる。

そしてもう一度目を開いた時、少女は琥珀色の瞳をまじまじと開いてティナーシャを見ていた。

そこには先ほどまでと違って明らかに感情がある。好奇心、が一番近いだろうか。少女は軽く首を傾げた。

「どうしてこんなところにいるの？　障壁をわざわざ破ったの？」

「……破りました。センから事情を聞きたかったので」

それを聞いて少女は精霊の方を一瞥する。琥珀色の瞳が皮肉げに細められ、だが彼女はセンには何も言わずティナーシャに視線を戻した。

「ってことはトゥルダール女王か。びっくりするほど魔力があるから新しい魔女かと思ったけど」

「びっくりしたのはこっちもですよ。位階を貫く柱ってなんですか。それ」

「これ？　世界自体に繋がってるから概念的には鉄壁なんだけどさ。自分を守ることしかできないし、自分の意志で発動できるものじゃないんだよね。強いけど、そんなに使い勝手よくないかな」

「どうやればそんなことが可能なのか、さっぱり分かりませんよ。……さっきの言葉はどういう意味ですか？　外からの鑑賞を排することを望む、って」

「え、何それ？」

けろりとそう言う少女は嘘をついているようには見えない。

言われてみればあの声は彼女自身というより、柱そのものか空けている穴から響いてくるような声音だったのだ。どちらかというと少女は、表出部分として使われただけだろう。

「つまりは位階外か、下手をしたら世界そのものからの――」

「それで？　せっかく私がかけといた障壁を破ってどうしたいの？」

ルクレツィアの問いに、ティナーシャは我に返った。脱線しかけていた思考を引き戻す。

「この鏡を壊そうと思ってるんです。貴女が閉ざされた森の魔女ですよね」

「そう。ルクレツィアって言うの。ああ、教えても名前は呼ばないか」

「呼びますよ」

ティナーシャの返答にルクレツィアは目を丸くする。だがすぐに魔女は苦笑した。

「ま、壊せるっていうならお願いしたいけど？　私も壊そうとしたけど頑丈過ぎて無理で、中からならいけるかなって入ったけど駄目だったわけだし」

「お前、そんな理由で鏡に封じられてたのか……」

「あんたも封じられてたくせに黙んなさいよ」

冷ややかな切り返しとセンの苦い声に、ティナーシャは二人の関係の大体を察する。だが今はそこに構っている場合ではない。ティナーシャは位階を貫く柱を指さした。

「この柱が貫通している以上、鏡には既に概念的な綻びがあるはずなんです。ですから、外から同じ穴を突けば壊せるかもしれません」

「ふぅん。普通ならそれでも不可能だと思うけど、あんたならできるかもね」

「女王がこの鏡を壊さないと、お前の体は別人が使ってトゥルダールに攻めこんでるらしいぞ」

「はあ？　何それ!?　なんでそんなことになってんの!?」

「色々あるんです……今は、私の婚約者が足止めをしてますから。鏡を壊したら肉体の主導権を取り戻せます？」

「できるわよ。私の体だもん」

迷いがないのは、さすがに魔女といったところだ。ティナーシャはセンに頷いてみせる。

「では、お願いします。私は外に戻りますから」

この様子なら中を二人に任せていいだろう。

ティナーシャは糸を辿るように、潜っていた意識を外へと引く。そうして彼女は外に戻ると、今度は全ての力を破壊するために鏡へかけ始めた。

「定義すべきは力。命の海。意志が溶け合う昨日。螺旋《らせん》を描く飛沫《しぶき》は空から地へと貫く」

長い詠唱と共に魔力を集中させていく。

複雑に編みあがる構成の一本一本が鏡を捕らえ、圧する。

狙うべきはルクレツィアの柱が空けていた穴の部分だ。鏡は、既に中からは破られている。

だから、その穴の存在を知っている今なら破壊も可能なはずだ。

「六つの鍵をかけられし扉。前兆たる声。我が命じしは黄昏《たそがれ》の終わりなり」

かけている圧力は、城一つさえ容易く押しつぶせるほどのものだ。普通の魔法具なら一瞬ももたず砕け散っただろう。

だが一向に揺るがない強固な呪具に、ティナーシャの額には脂汗が浮かび始めた。同じく外部者の呪具だったのではないかと思しき謎の遺跡で、圧力をかけられたことを思い出す。

――あの時とは立場が逆だ。

だが相手は同じくらい途方もない。ティナーシャは注ぎこむ力を底なしに吸い取られていく気がして歯を食いしばった。鏡に触れている指先が赤黒く変色する。注がれる魔力と鏡のせめぎあいに耐えきれず、血管が破裂したのだ。

しかしそれでもティナーシャは退かなかった。

オスカーに戦場を任せてきたのだ。彼が信用して送り出してくれたのに、応えないわけにはいかない。今の彼女には、彼と、そして他の多くの命もかかっている。

決して負けない。

だから、更なる力を注ぐ。

震える足を踏みしめ、体を支える。

もはや詠唱はしていない。膨大かつ純粋なる魔力を一点に集中させる。

まだ足りない。

――もっと。もっと力が欲しい。

自分の中を渦巻く力の嵐を押さえつける。全てを支配し、その最後の一滴までを注ぐ。

「越えて……行く……信じる……！」

鏡の装飾に薄くヒビが入った。そこから亀裂が広がっていく。

だが次の瞬間、ティナーシャの視界は急に暗くなった。膨大過ぎる力を振るうには、血が足りなくなっていたのだ。

うまく立っていられているかわからない。

何も見えない。聞こえない。

魂までもが溶け出す一瞬。

ティナーシャは指先に全ての力を叩きつけると、暗転する意識を抱え、落ちていった。

※

ウーベルトが放つ変則的な攻撃を、オスカーは先ほどから苦心しながらも捌いていた。

魔法攻撃そのものはアカーシアで無効化できている。時折すりぬけてくる攻撃もティナーシャの結界を越えられはしなかった。精神魔法は手を変え品を変え繰り出されているが、致命的なものはない。ただそのせいで時間の感覚もよく分からなくなっていた。

「……何だか腹が立ってくるな」

じわじわと苛立ちが増してくるが、それ以上に苛立っているのはウーベルトの方だろう。魔女の体を使う男は、上空からおざなりに魔法を放つ。

「その剣がなければ何もできない小僧が。魔女を恐れぬか！」

「お前には言われたくないな。あと魔女ってのはもっと恐いぞ。中身がお前じゃたかが知れてる」

「何だと？」

挑発というには淡白なオスカーの声音。その言葉にウーベルトは怒りを滾《たぎ》らせると、巨大な構成を組みかけた。だがしかし、その動きが急に止まる。

ウーベルトは表情を凍りつかせた。

「まさか……そんな……」

構成途中で霧散した魔法を、オスカーは怪訝そうに見上げた。

ウーベルトは空中で身をよじる。白い両手の指が頭をかきむしった。

柔らかな体の中に巨大な魔力が渦巻き始める。

それと呼応するように、上空に強い風が吹き始めた。

「嫌だ……嫌だ……」

懇願の声が風の切れ端に乗って舞い落ちる。だがそれを聞き入れる者はいなかった。

そして――代わりに圧倒的な力が現出する。

強い魔力の波。それは広い草原全てを打ち据える。

風が止む。

月光が女を照らし出す。

そこには、嫣然と笑う魔女が浮かんでいた。

「――ああ、ずいぶん久しぶりの外ね」

感慨深い声を上げながら、魔女は両手を上げて伸びをする。

彼女は地上を見下ろしオスカーを見つけると、小さく笑った。ゆっくりと下りてくる。

「こんばんは。あなたがあの子の婚約者？　お礼を言うべきかしら。久しぶりの体よ。ありがとう」

オスカーは緊張に気を引き締めた。先ほどまでとは纏う雰囲気も魔力の気配も全く異なる。底知れぬ深い森の入り口に立ったような畏れを、彼女は見る者に抱かせるのだ。

手の中のアカーシアを確かめながら、オスカーは問う。

「お前がルクレツィアか？」

「そうよ。あれ、貴方まさかアカーシアの剣士？　にしてはやたらと魔力があるけど……魔法士じゃないわよね」

「アカーシアの剣士であってる。魔力があるのはラヴィニアの孫だからだ」

「え!?　ラヴィニアに孫ができてるの!?　しかもファルサス直系？　嘘みたい！」

「あいにく本当の話だな」

何だか普通の女と話をしているようだが、ラヴィニアを知っているということは、本当に魔女なのだろう。とりあえずは敵意も殺気も感じられない。警戒を解くつもりはなかったが、オスカーは少しだけ安堵した。

ルクレツィアは自分の体のあちこちにできている傷を見て唇を曲げる。

「まったく、治癒もろくにできないのかしら。人の体だと思って……」

言うと同時に傷は消え去る。魔女は満足そうに微笑んだ。

そうしている彼女に、オスカーは気になって仕方ないことを確認する。

「ティナーシャは？」

「あの子？　センが見てたわよ。そのうち戻ってくるんじゃない」

「そうか……」

ということはおそらく無事なのだろう。目に見えて表情を和らげる男に、ルクレツィアは可笑しそうに笑った。

「あんたたち面白いわね。婚約してるんですって？　いつ結婚するの？」

「来週だな」

「へえ！　ラヴィニアも来る？　私も行っていい？」

「ラヴィニアは来ない。お前が来たいなら別に構わないが、騒ぎは起こさないでくれ」

「えー。別に起こさないけど？　ただ見に行くだけだし？」

そう言うルクレツィアは愛想のいい笑顔だが、それ以上に何もかもを面白がっているような目だ。

本物の魔女だけあって、さすがに得体が知れない。とんだ縁ができてしまった気がする。

ルクレツィアは月光を受けて、金色にも見える目を細めた。

「あなたとあの子が結婚ね。それだけの力があるなら、世界も変えられるでしょうね」

「別に変える気はないけどな。お前たち魔女も積極的に表舞台に関わってこないだろう？」

「表舞台なんて関わっても面白くないもの。それより、放っておいた家の薬草畑がどうなってるか心配なんだけど、どう思う？」

「さすがに枯れてるんじゃないか？　何百年前の話だ」

ティナーシャで時代差に慣れきっているオスカーがそう言うと、ルクレツィアは「はあ……」と大きく肩を落とす。彼女は最初の時よりもいささかやる気なく言った。

「仕方ないわね。知らない間に大分時代が変わってるし。じゃあ私は用があるから行くわ。縁があったらまた会いましょう」

魔女は琥珀色の目を煌《きらめ》かせて軽く手を振る。

その姿はまたたく間に、夜の中に溶け去って消えた。


呆気ないルクレツィアの退場と共に、一夜限りの戦争は終焉を迎えた。

オスカーは魔女の気配が完全に消えたことを確認すると、精霊を介してレジスに連絡を取る。城に控えていたレジスは、さっそく自軍に帰還命令を出し、マグダルシア兵の送還手続きを行った。それ以外の細々とした雑務も、滞りなく進んでいくだろう。

オスカーのところに来たミラが「ティナーシャ様が城に戻られた」と囁いたのはその後すぐのことだ。役目を終えた彼は、アカーシアを鞘に納めると天空を見上げた。

雲ひとつない晴れ渡る夜空の中央、皓々と青く光る月は、どこか彼の愛しい女を思わせる清冽《せいれつ》な輝きを放っていた。

※

トゥルダールにマグダルシアが攻めこんだという話は、一夜明けて大陸を駆け巡った。

ほとんどの兵士を傷つけず無力化したというトゥルダールを、甘いと批判する人々もいたが、多くの人間はその異質かつ圧倒的な力に戦慄した。魔法大国の名は、こうしてティナーシャの狙い通り、一層の畏れを以て広まったのだ。

マグダルシアの王ウーベルトは戦場にて戦死、したことになっているが、実際のところは寝室で惨殺されていたという。だがマグダルシアも、そしてトゥルダールも、魔女とその力に溺れた王についてはそろって口を噤《つぐ》んでいた。

不可解な突然の出兵と王の死について、マグダルシアでは緘口《かんこう》令が敷かれた。

そうして全てを終わらせ塗りつぶすように二日後、マグダルシアには子供のいなかったウーベルトに代わって、まだ幼い甥《おい》が即位したのだ。

「ウーベルトを殺したのはやっぱりルクレツィアか」

「でしょうね……まぁ無理もないですが」

トゥルダールの城の客間では、二人の王がお茶を飲んでいる。

一人はこの城の主である女王、そしてもう一人はその夫となる男だ。ティナーシャはまだ熱いお茶に息を吹きかけながら、ついでのように溜息をついた。

「ルクレツィアは六十年くらい前に、あの鏡を破壊するためにわざと中に入ったそうなんです。でも、できなかったから封じる方向に変えた……体は魔法で維持して、魔法の眠りと一緒ですね。彼女はマグダルシアの城近くの洞窟に結界を張って、鏡と一緒に眠る形になっていたんです。貴方が聞いた話をつき合わせると、ヴァルトがそれを解いて、ウーベルトに鏡を渡しちゃったんですが」

「また迷惑な話だな。とは言え、洞窟で眠り続けるより自由になれた方が、あの魔女にとってはよかったと思うぞ」

何がよかった、とは一概に言いづらいが、ルクレツィアにとっては先の見えない眠りから解放される契機となった。ウーベルトとマグダルシアにとっては災難だったが、王が国を傾ける悪《あ》しき一例が歴史に加わった、という話だろう。

ティナーシャはお茶のカップを置く。

「ウーベルトの精神は、力を持った彼女の体に引き寄せられたんでしょうね。ルクレツィア、怒ってましたよ。体取られて」

「そりゃそうだろ。お前の精霊は何で封じられたんだ」

「封印が解けた際に彼女の魔力の波が外に洩れたんです。で、それを不審に思って見に行ったんですが、彼女が張った障壁をすりぬけて、一緒に封じられてしまったと。やっぱり彼女怒ってました」

「なるほど。まぁお前にはいい結果になったな」

男の言葉にティナーシャは首を傾げる。彼は穏やかに微笑した。

「精霊が大事にしてる人間だから、ちょっと殺すのを迷っただろう？」

「む……」

図星をつかれてティナーシャは口ごもる。

――だが本当は、誰であっても同じだ。

叶うなら、無為には殺したくない。自分の手で多くの命を刈り取ってきたからこそ、ティナーシャはそう思う。四百年前のタァイーリ戦で彼女が城に残ったのは、旧体制派への牽制ももちろんだが、自身の圧倒的な力で多くの人間をねじ伏せることに、迷いがあったのも理由の一つなのだ。

兵同士の戦いならば、知略によって殺したのならば、許されるとは思わない。

だがそこに少しでも何かの違いがある気がして、むしろそう思いたくて、彼女は迷う。迷って、だがその顔を決して見せられなかったのが四百年前だ。

弱さの一滴も悟られないよう、自分を力で退けようとする者たちを排し続けた。

そうして血を浴び続けた玉座の上に、彼女は五年間座し続けたのだ。

「何か、ちょっとだけ疲れましたよ」

「独断専行しすぎだからだ。もっと周りを頼れ。四百年前とは違うんだぞ」

「……ありがとうございます」

「あと勝手に結婚の話を反故《ほご》にするな。嫌がらせか」

「そ、そんなこと言ってないじゃないですか！」

「言わなくても考えれば分かるだろうが！　俺を信用してないにもほどがある！」

「迷惑かけたくなかったんですよ……」

気まずげにふい、と横を向いたティナーシャの頬を、オスカーは手を伸ばしてつねる。彼女は「いたいいたい！」と叫んで暴れた。

「別に結婚が難しくなっても、貴方がアカーシアの剣士の権限で私を引き取ってくれればいいじゃないですか……城のどこかにでも幽閉しといてくれれば結婚してるのと変わりませんよ……」

「それを変わらない、と思うお前の考えを改めろ」

「暗黒時代だと割とありましたよ。どこの城にも他国の王族が一人や二人幽閉されてたものです」

「時代が違うというのを、どう言えばお前は理解するんだ？　一から出直してこい」

「つまり、婚約破棄？」

「違う！」

今回、オスカーが戦闘に参加したという話は、ファルサス城内でさえも伏せられている。マグダルシア軍を率いていたのが魔女だったという情報を公表できない以上、仕方がない。重臣たちは何か言いたげで、ラザルだけが「緊急時だったということで……次は自重してください」と苦言を呈してきたが、実際問題魔女と戦える個人は限られているのだ。

ティナーシャは天井を仰ぐ。

「それにしてもヴァルトは何考えてるんでしょうね。マグダルシア王が昏睡しても、私そんなに困らないんで陽動にならないんですけど」

「外部者の呪具に接触させたかったのかもな」

「え。私の精神も抜くつもりとかですか？　さすがに普通の人間と違って耐性があるんで、ルクレツィアみたいに自分で入らなきゃ封じられないと思うんですけど」

「その辺りは分からない。情報を小出しにして様子を見られてる気がする」

「小出しですか。他には何か言ってましたか？」

「……何も」

珍しく歯切れの悪いオスカーに、ティナーシャは首を傾いだ。

「何ですか。何か言われたんですか？」

「いや何も。気にするな」

「そう言うなら別にいいですけどね。あー、ちょっと一応聞いていいですか？」

「ん、何だ？」

「貴方ってルクレツィアを元々知ってたりしました？」

四百年前に助けてくれたオスカーは「失敗して更に前の時代に跳んだらルクレツィアのところにでも行く」と言っていたのだ。それだけ時代差があっても健在な人間など、魔女くらいだ。つまりあのオスカーはルクレツィアのことを知っていたのだろう。

だが聞かれたオスカーは呆れ顔になっただけだ。

「馬鹿かお前。計算が合わないだろう。俺が生まれる前に封じられてるぞ」

「……ですよね。気にしないでください」

ティナーシャは軽く手を振ってその話を打ち切った。

少しずつ、多くの歴史が変わっている。これもそのうちの一つかもしれないし、違うかもしれない。ただ彼女にとっては今しかないのだ。ティナーシャは己の幸福を噛みしめて微笑む。


オスカーは、まもなく退位する若き女王をまじまじと眺めた。初めて出会った時の、泣き出しそうな安堵の笑顔を不意に思い出す。

あの時から約一年だ。妙に早かった気もするし、遠回りをしていた気もする。その道程を思って、彼は目を閉じた。

「俺は俺で苦労してるんだぞ」

「何ですか急に……知ってますよ」

「他に女はいないからな」

「この時期にいたら問題がある気もしますが……。どうしたんですか一体。何か不安要素があるなら一からやり直します？」

「本当やめろ」

たとえ、別の妻を迎えた歴史があったのだとしても。

今の自分が選んだのはティナーシャだ。

彼女と共に歩んで生きたいと思った。いつか共に死して歴史に埋もれる日まで、彼女が幸福そうに笑っていられればいいと願った。それを贈りたいと思ったから今がある。他の選択はない。

オスカーは彼女を手招いた。

「ほら、来い」

猫を呼ぶようなぞんざいな言葉に、ティナーシャは子猫そっくりに首を傾げると浮かび上がった。

彼の膝の上に座りなおす。オスカーは艶やかな黒髪の一房を引いた。

「一人で色々考えすぎるな。お前の重みくらい背負える。だから結婚するんだろうが」

「でも私、重いし時代錯誤なんですよ」

「知ってる。それを含めてのお前だろう」

そう言ってオスカーが彼女の黒髪に口付けると、ティナーシャはぱっと赤面する。彼女は飛びつくようにしてオスカーの首に抱き着いた。女の背をオスカーは軽く叩く。

「お前をこの時代に呼んだのは俺だからな。絶対幸せにしてやる」

「……オスカー」

彼女の声に、微量の驚きが混ざったのは気のせいではないだろう。

ティナーシャは腕をほどくと、間近からオスカーの顔を見つめる。闇色の瞳に涙が滲んだ。

「もう充分幸せです。子供の頃の約束を、貴方は確かに守ってくれましたから」

少女だった彼女は、十三歳の時に一度救われた。

その思い出をよすがに、女王として氷の玉座に座し続けたのだ。

だが、そんな女王としての彼女も知って受け止めることが、彼女と生きるということだ。オスカーは美しい婚約者に口付ける。

「また何か無茶をしたくなったら先に言え。内容次第でいつでも叱ってやる」

「楽しみにしてます」

嬉しそうに、幸せそうにティナーシャは笑う。

それは少女のものでもあり女王のものである、美しい笑顔だった。

5. いつかの君と

——懐かしい夢を見る。


廊下の方から複数の悲鳴が聞こえてくる。

それは本来ありえないことだ。何しろここは大陸有数の大国、ファルサスの城だ。

多忙な仕事の合間に、休憩室で転寝《うたたね》をしていた彼は目を覚ます。悲鳴は断続的に外の廊下から聞こえているようだ。彼があわてて廊下に飛び出してみると、先の方から女官たちが空飛ぶ何かに追われて駆けてくる。彼は女官たちを追いかけてくるものに目を凝らした。

「ナーク？」

王のドラゴンに似た形。だが色合いが全然違う。鷹《たか》くらいの大きさのそれは、石に似た灰色だ。

彼はよく分からないながらも、真上に来た灰色の鳥を撃ち落とそうと魔法構成を組む。

だが魔法の気配に気づいたらしく、それはびくりと身を震わせると、反転し逃げていきかけた。

「あ、こら」

何だか分からないが逃がしてはまずい。彼は咄嗟に別の構成を組んで放つ。

ほんの一瞬対象を痺れさせ、動きを鈍らせるだけの魔法。それを食らった鳥は硬直する。だが、そのまま落ちてしまうことなく、またよたよたと空中を逃げ出した。

次の瞬間、どこからともなく飛来してきた白い光が、灰色の鳥を包みこむ。

光は、繭状になって空中に留まった。彼は、捕獲用の魔法を放ってきた女の名を呼ぶ。

「ティナーシャ様」

「ようやく捕まえましたよ……あちこち飛び回るんだから、もう」

ティナーシャは女官たちに怪我がないか確認しながら歩いてくると、光の繭に手を差し伸べた。

繭は自然に彼女の腕の中に収まる。彼は謎の飛行物の正体を問うた。

「なんですか、それは」

「これ、精霊術士の遺跡をオスカーが探検して持ってきちゃったんですよ……。本人は『石の卵だった』って言ってるんですけど、いつの間にか孵《かえ》っちゃったみたいで」

ティナーシャは胸の中の繭を抱きなおす。

「ところで、さっきはありがとうございました」

「私は何も……」

「見てましたよ。あの一瞬で適切な構成に組み替えられるのはさすがですね」

「……恐縮です」

攻撃構成から、即座に打てる足止め用の構成に切り替えたことを言われているのだろう。彼はかしこまって頭を下げる。そんな彼に、ティナーシャは悪戯っぽい目を向けた。

「さすが新魔法士長、と言った方がいいですか？　ヴァルト」

「王妃様……」

先月魔法士長になったばかりの青年は、呆れ混じりに彼女を見やる。

その視線に、魔女であり王妃であるティナーシャはくすくすと笑った。


ファルサスの宮廷において、魔法士たちは完全に能力重視だ。

それは「人柄を考慮しない」という意味ではなく「血筋や縁故による重用はない」という意味で、だからこそ三年前から宮廷魔法士となっているヴァルトに、先代の退任に伴って魔法士長の座が回ってきたのだ。

もちろん、それには王妃であるティナーシャの後押しもある。彼女はヴァルトの構成の巧みさと判断力を高く評価していた。いわば魔女の保証付きだ。

その魔女は今、夫を前にかんかんに怒っているのだが。

「本当にもう！　抜け出して遺跡探検に行ったと思ったら怪しげなものを持ちこんで！　精霊術士の遺跡って危ないものも多いんですからね！」

「分かった分かった」

「それは分かってない人間の返事！」

ぴしゃりと返すティナーシャに、執務机で仕事に向かっている王は笑った。お茶の相伴に与《あずか》っているヴァルトは、口を挟まないよう大人しくしている。彼の目の前のテーブルには一抱えできるほどの白い繭が置かれていた。

「まったく……この石鳥も正体不明ですし。動く石像と似たものだとは思うんですけどね」

「ああ、お前の塔にあるやつか。あれ面白いからこっちの城にも置かないか？」

「貴方、戦って壊すでしょう。嫌です」

「自動で直らないのか？　行く度に復活してるぞ」

「私が直してるんですよ！」

さっきから、オスカーは分かっていて妻を怒らせているようにしか見えない。このまま放置しておいてもいいのだが、それだといつまで経っても仕事に戻れない。ヴァルトは仕方なくできるだけ平静に口を挟んだ。

「この形からして、哨戒用に使われていたのではないでしょうか。現に人の上を飛びまわっていましたし」

石鳥の卵は、オスカーが「面白い形の石だから」と持ち帰り、魔法薬の備蓄倉庫に隠してあったものだ。それがいつの間にか孵化《ふか》して城中を飛び回っていた。ヴァルトが気づいた時には既に、城内はかなりの騒ぎになっていたらしい。

ティナーシャは空中に浮かび上がると足を組む。

「その可能性は高いと思うんですけど、どうも中に組みこまれている構成が変わった感じなんですよね。これから解析しますけど」

「変わった構成ですか。ではティナーシャ様が解析なさる間、私の方は問題の遺跡の資料を調べておきましょう」

「悪いな。頼む」

当の遺跡は、ファルサスの五代目国王の手記に記載されていたらしい。ただそれもヴァルトが見せてもらったところ大体の場所が書いてあるだけで、めぼしい情報はなかった。ティナーシャも存在を知らなかった遺跡らしく、石鳥の構成から「おそらく精霊術士のもの」と分かっただけだ。

あとは歴史書などと照らし合わせて、何の遺跡かを突き止める。そうすればあの石鳥が何に使われていたかも分かるかもしれない。ヴァルトは書類を手に立ち上がった。

退出しようとする彼に、オスカーが声をかける。

「ヴァルト、東部の町の件はどんな感じか分かるか？」

「ああ……あれですか」

最近、ファルサス東部のいくつかの町や村で、原因不明の急死や自殺が増えているのだ。ヴァルトが調査担当ではないが、魔法士長として進捗は把握している。

「正直なところ調査は難航してます。死者は多いのですが状況に共通性が見られず……。突然叫び声を上げて血を吐いて亡くなったり、水甕《みずがめ》に頭をつっこんだ状態で発見されたり、周囲にいた人間に魔法で襲いかかったあげく絶命したり、一貫性がありません。あとは、死までの時間が短いというのも難しいですね。一命を取り留めた人間もいるのですが、正気を失っている者が大半でして、そうでない者も昏睡してる状態です」

「奇怪な話だな。ティナーシャ、どうだ？」

「うー、ちょっと分からないです。すみません。昏睡してる人も生命維持の治療はかけてるんですが、どうも魂に揺らぎが出てるんですよね」

それを聞いて、ヴァルトはぴくりと眉を動かす。だがティナーシャはそれに気づかず続けた。

「魔族の仕業かなとも思ったんですけど、目撃情報もそれらしい痕跡もありませんし。あと亡くなった人の中に結構な割合で魔法士がいて、魔法の暴走が起きてたりもするんですけど、死後の調査じゃどんな暴走だったのか、よく分からないんですよね。中には魔力の制御訓練をしただけで魔法が使えない人とかも混ざってますし」

「引き続き調べるしかないか。早目に原因を突き止めたいな」

「全力を尽くします」

主君の言葉に、ヴァルトは一礼して執務室を退出する。彼は廊下を行きながら考えこんだ。

「知らないことが多すぎるな……。何が影響してるんだ？」

今が何度目の生か、数えることはしていない。

ただファルサス宮廷に仕官したのは今回が初めてだ。ここには、大陸でもっとも強力な魔法士である『青き月の魔女』がいる。今は赤のエルテリアの行方が知れないが、どの道、青はトゥルダールの宝物庫にあるのだ。彼女の信用は得ておきたいし、そうでなくとも彼女が嫁ぐファルサスの城内や……王の人となりについて知っておきたい。

だからヴァルトは、今の立ち位置を得るために自分の知識を惜しみなく使った。仕官した後は様々な問題の解決にあたり、旧ドルーザ一派による魔獣復活や、トゥルダールの生き残りであるラナクの台頭、呼ばれぬ魔女レオノーラと隣国ヤルダを舞台にした戦闘など、多くの事件において既存知識を利用し主君の助けとなった。特に、ティナーシャは放っておけば一人でどこにでも行ってしまう。彼女を掣肘《せいちゅう》し、その代わりとなって動くことはなかなかに骨が折れた。

けれどそうして分かったことは、自分の知らないことも山のように起きる、という事実だ。ある程度主要な出来事は把握できていると思っていたのだが、オスカーが遺跡から謎の卵を持ち帰ってくるなど知らないし、国内で不審死が多発していることも知らない。まさか自分が宮廷魔法士になっていることが遠因か、と疑ったりもしたが、さすがにそれにしては変化が大きすぎる。先月はイトという騎馬民族が大規模略奪を起こし、ミネダート砦を拠点に討伐が行われたが、それも彼の記憶では初めてのことだ。これは記録に残した方がいいかもしれない。

「……記録か」

その呟きには自嘲がこもっている。

記録を残して、何になるというのか。

それを読む人間は一人しかいない。

彼女のために自分の知ったことを綴《つづ》るのは――果たして意味があるのだろうか。

※

「本当に貴方は目が離せないんですから……」

ぶつぶつと文句を言いながらお茶を淹れる魔女に、オスカーは笑い出す。

ちょうど書類を持ってきたラザルが重い溜息をついた。

「遺跡を探検なさりたいならティナーシャ様に仰ってください……。毎回巻き添えになる私の身になってくださいよ」

「ティナーシャに言ったら止められるだろうが」

本人を目の前にしての白々しい言葉に、魔女は軽く眉を上げる。

「当たり前です。今回はドアンまで連れて行って……」

「魔法士がいないと不便なところにあるからな。あと他の魔法士だとすぐお前に密告する」

「自分の臣下の性格をよく把握していますね！　でもドアンは締め上げときました！」

この城において、魔法士の頂点はティナーシャだ。魔法に関しての判断は、剣士である王より彼女の方がおおむね正しく、宮廷魔法士たちもそれを分かっている。だから何かが起きた場合、ティナーシャに報告する者の方が大多数だ。

ただそれはそれとして「融通がきく」人間も何人かいる。そのうちの一人がドアンで、彼は王の気まぐれで面倒事を背負わされることが多い。

オスカーはお茶のカップを手に取る。

「お前が締め上げるから、ドアンが『研究だけできるところに異動したいです』って言ってたぞ」

「貴方のせいです、貴方の！」

「けど、レナートはお前直属だし、ヴァルトは腹の中が読めないところがあるからな」

夫の言葉に、ティナーシャは苦笑する。彼女はふわりと浮かび上がると、オスカーの椅子の肘掛に座った。魔女は後ろに背を逸らすと夫の顔に頭をすりつかせる。

「ヴァルトは自分の真意を見せたがりませんからね。愛想のよい外面で全部押し通そうとしますし。その点、ドアンの方が要領いいですね。彼は、いくらか素を見せていた方が私たちに疑われにくいと知ってますから。代わりによく貴方の共犯にさせられてますけど」

ティナーシャは言いながら自分の膝を抱く。闇色の瞳がふっと微笑んだ。

「でもヴァルトも、一緒に暮らしてる子のことになると人間味が見えて面白いですよ。一度、城に昼食を届けに来たところに会いましたけど、とても大事にしてるみたいです」

「腹の中が読めないだけで害意がないのは分かるさ。あいつはお前と同じで、自分一人で考えて自分一人で完結する性格だ。立ち回りは上手いが、情報を明かさないから肝心なところで用心されて損する」

「耳が痛いんですけど」

「独断専行をやめろという話だ。まあ、魔法のことに関してはお前に任せる。何か困ったことがあったら言え」

「はーい」

ティナーシャは床に降りると、テーブルに置いたままの繭を抱え上げる。解析に向かおうとする妻の背中に、オスカーは声をかけた。

「ああ、ティナーシャ。確か城都の結界は魔族を通さないはずだよな？」

「はい。そういう風に設定してあります。さすがに最上位魔族相手とかだと難しいですけど」

「なら、それを他の東部の町や村にもかけられるか？」

「できますけど……さすがに全部にすぐは無理ですよ」

城都に張られている防御結界は、土地に常時かけるものとしては最上級のものなのだ。それを複数の集落に張るには準備も必要だし、手間もかかる。ティナーシャが全ての執務を脇に置いたとして、一日に三つがせいぜいだ。

オスカーは妃の答えを予想していたように頷く。

「できる範囲で構わない。念のためだがやってくれ。変死の出た町に近く、その西側にある集落から城都に向かって順にだ」

「オスカー、それって……」

王の言わんとするところを察して、ティナーシャは息をのむ。彼女は改めて変死の報告が上がった事例を思いだした。

不審な死は、国の東部の複数の町で発生している。そしてその死は、東側の町ほど早い時期に起きているのだ。

つまり王は、変死を呼び起こす「何か」が東から城都に近づいてきている可能性を疑っている。

ティナーシャとラザルの視線を受けて、王はこめかみを掻いた。

「最初の変死が起きる五日前に、ミネダート砦の城壁から魔法士が一人転落して死んでる。目撃者がいないから事故死だと思われてるが、聞こえた叫び声が尋常じゃなかったという報告もある。それが一連の変死と同じ原因だったら、東の国境の外から何かが近づいてきてる、ってことだからな。穿ちすぎに越したことはないが」

「……すぐに手を打ちます」

魔女はそれだけ言って執務室を出ていく。王妃を見送ったラザルは、恐る恐る主君に尋ねた。

「近づいてきてるって、魔物なんでしょうかね……」

「さあな。だとしたらずいぶんゆっくりとした動きだ。城都に着くまで二週間はかかる」

オスカーは頬杖をつくと、中空に視線を走らせる。

その瞳が思考に沈んでいくのを見て、ラザルは正体の知れぬ戦慄を覚えていた。

※

城の記録庫には当の遺跡についての資料はなかった。

「まあ、そんなことだろうと思ったけどね……」

日も落ちかけた夕暮れ時、ヴァルトは城を出て帰路につきながらぼやく。

資料がないからこそ、ファルサス北部にあるそこは今まで「ただの自然の洞窟」と思われていたのだ。実際はその奥底に遺跡があったわけだが、手記を残した過去のファルサス王も「臣下になった精霊術士から聞いた」としか聞いていない。一番年代的に近いのはティナーシャだが、まだ彼女が生まれる前の話だ。そしてその時代の資料は散逸してしまったものが多い。秘密主義の精霊術士に関するものならなおさらだ。

「あとは、『当主の記録』か……」

ヴァルト自身が時読の当主として受け継いでいる記録は膨大だ。最初の頃こそその全てに目を通していたが、今はもう摘まみ読みしかしていない。おそらく他の当主も似たようなものだろう。けれど、だからこそヴァルトの知らない記録に遺跡の記述があるかもしれない。

そんなことを考えながら、彼は城都の隅にある自宅に帰る。家の中からは、スープのよい香りがしていた。

「ただいま――」

「ヴァルト！」

玄関を開けるなり、正面から少女に飛びつかれてヴァルトは「うっ」と声を上げた。まったく予期していなかった衝突にのけぞる。

「ミラリス……どうしたんだい」

「これを開けて」

銀髪の少女が差し出してきたのは、調味料の入った新品の瓶だ。買ったはいいが力がなくて開けられなかったのだろう。買った店に行くなり近所の人間に頼むなりすればいいとも思うのだが、ミラリスはヴァルト以外の人間とあまり積極的に交流したがらない。

それは彼女が孤児で苦労して育ったということと、盗賊仲間に裏切られ、森の中で傷を負っていたということに関係しているだろう——

「……いや、違う」

それは、一番最初に出会った時の彼女だ。後に、彼の妻になった少女のこと。

今の彼女は違う。ヴァルトが手を尽くして探して、盗賊団に入る前に拾い上げている。だから、あの森の中で血を流していた彼女とは違う彼女なのだ。

だが、それでも。

「ヴァルト？　開けられないの？」

「開けるよ。ちょっと考え事してただけだ」

「瓶を開けるのに考え事？　もしかして、開けられなかったから構成を考えてる？」

「違うから。開けられるから」

ヴァルトは瓶を開けると、それをミラリスに返す。彼女はあっさりと「ありがとう」と受け取ると、厨房《ちゅうぼう》へ駆けて行った。あまり感情を表に出さない彼女だが、機嫌がよいことは分かる。すぐに鼻歌が聴こえてくると、ヴァルトは微笑んで着替えるために自室に戻った。


ファルサスに仕官して、何をするか具体的な案はない。ただ城と、そこにいる人間たちを観察しているだけだ。

知ってはいたが、この国は安定している。魔法研究に重きを置いていて、宮廷魔法士の待遇もいい。ミラリスと二人、何不自由なく暮らしていける。たとえばあと三年も魔法士長として働いたなら、城都を出てどこかの田舎町で隠遁《いんとん》生活を送ることもできるだろう。

——でも、それでは駄目だ。本当に必要なものが手に入らない。

今の生活がどれほど幸せなものでも、そこに浸《つ》かってしまってはいけないのだ。

「ヴァルト、ご飯できたわ」

「今行くよ」

自室に山のように積まれている手記を読もうとしていたヴァルトは、それを机に置くと食卓に向かう。テーブルに皿を並べていたミラリスは、彼の姿を認めて少しだけ微笑んだ。

ヴァルトはその笑顔につられて微笑む。二人は小さな食卓に向かい合ってついた。

ミラリスは、柔らかなパンにお手製のジャムを塗る。

「今日は少し遅かったのね」

「調べものがあったから。この後も少し資料の読みこみをするよ。何かあったら声をかけて」

「なら、お茶を持っていくわ。今日は何か面白いことがあった？」

「僕は仕事をしにいってるんだけどね。面白いことはあったよ。いつも通り。陛下が持ち帰った卵が孵って、石の鳥が城内を飛び回っていた」

「相変わらずよく分からないのね。どうやって石で飛んでるの？」

「暗黒時代にはそういう人造生物の研究がされてたんだよ。実用化が難しくて廃れてしまったけど、精霊魔法で作られたのは初めて見たな。ティナーシャ様が解析なさるから、できあがったら構成図を見せてもらおう」

自分の構成力は普通の人間より数段上だという自覚がある。単に記憶のある年月が違うのだから当然だ。だが、その年月をもってしても知らない構成はある。純粋な好奇心を窺わせるヴァルトに、ミラリスは半眼になる。

「魔法のことになると本当楽しそうね」

「……魔法士だからね」

「私も魔力を持って生まれればよかったわ」

「僕の魔力を貸してあるじゃないか」

「ただの目印でしょ。魔法が使えるほどじゃないし」

ミラリスには魔力がない。ただ完全に魔力がないと何かあった時に守れないので、ほんの少しだけ彼の魔力を貸与という形でミラリスの魂に紐づけて防御させている。

少女が軽く頰を膨らませる様は、微笑ましいものとしてヴァルトの目に映ったが、彼女の他愛もない願いは、いささかの胸の痛みをもたらした。同じことを以前彼自身も思ったことがあるのだ。

ヴァルトもまた、父が死ぬまで魔法は使えなかった。けれどそのことも、他の全てのことも、今のミラリスには言っていない。彼女はただ、偶然ヴァルトと出会って共に暮らすようになった――そう思っている。

今回も、いつか彼女に本当のことを告げる日が来るのだろう。自分のことと彼女のこと、今はない過去のことや、そしてこれからのことを。

でもまだきっとその時ではない。今は驚くくらい穏やかな日々を送れている。今回はエルテリアを追っていないからだ。

ヴァルトはそこで、ふと思い出して口を開く。

「最近、東の方でおかしな亡くなり方をしてる人が増えてるんだ。ティナーシャ様は、魂に影響が出てる人がいるから魔族の仕業の可能性もある、って仰ってる。城都は結界があるから魔族は入ってこないはずだけど、くれぐれも気をつけてくれ」

「分かった。でも、城都の外になんて出ないわ。用事がないもの」

「念のためだよ」

ヴァルトは目を細めてミラリスを見やる。そうして意識するとうっすらと彼女の魂が感じ取れる。生物の存在の核であるもの。自然から生まれ自然に帰る、誰しもが持つ原初の力。

彼女のその光を見る度、ヴァルトは「進まなければ」と思うのだ。

※

翌日、ヴァルトが出仕すると、掌《てのひら》に乗るくらいの石鳥が城の中庭を飛び回っていた。感心したようにそれを見上げているのは、宮廷魔法士の同僚たちだ。そのうちの一人、ドアンが彼に気づいて手を振る。

「来たか。ほら、面白いだろ」

「……小さくなってる」

「ティナーシャ様が解析して複製したんだ。やっぱり哨戒用らしい。けど、何を哨戒してるのかが分からないんだと。単純に人や魔族を、って感じじゃないらしい」

「人や魔族じゃない？　じゃあ何なんだ」

それ以外というと、低級の魔物や妖精だろうか。ヴァルトは複製者本人に話を聞きたいと思ったが、ティナーシャの姿は見えない。

「王妃様は？」

「今、レナートと一緒に東部の方の町を回って結界をお張りになってる。陛下のご命令だ」

それはつまり、王は例の変死事件について、魔族の関与を疑っているということだ。

この三年間、オスカーに仕えた印象としては、彼はささいな手掛かりから一足飛びに正解に辿り着く能力が突出している。本人は「何となく、そんな気がした」などと言うので、ティナーシャからは「勘がいい」と言われているが、あれは本人も整理していない計算の結果だろう。その上、決断が早いので、普通の人間の数歩先を行ける。だから今回もおそらく何かを感じ取っての結果だ。

ドアンは軽く肩を竦める。

「気味の悪い話だけど、念のためってやつだな。だから、お前が作って来た報告書は陛下の方に持っていくといいぞ」

「どうして僕が報告書作ってきたって知ってるんだ」

「出仕が珍しく遅かったから。昨日、遅くまでやってたんだろ」

行動をすっかり見透かされていることにヴァルトは天を仰ぐ。そんな彼を見て、シルヴィアとパミラがくすくすと笑った。彼らとヴァルトでは役職的にはヴァルトの方が上だが、年齢が変わらないのと同期だった期間が長いせいで仲は良い。

ヴァルトは観念して軽く両手を挙げた。

「陛下のところに行ってくる。何かあったら教えてくれ」

「了解」

ヴァルトは彼らを置いて踵を返す。その背に、ドアンの淡々とした声がかかった。

「あとこの石鳥、何かを散布する機能がついてるらしい。けど元の鳥の中身は空っぽだった」

「……散布？」

真っ先に考えたのは「毒の散布」だ。空っぽだったのは、卵から孵ったばかりだったから、という仮定。だが、それはヴァルトの調査内容とそぐわない。彼は考えながら、真っ先に思ったことを口にした。

「それ、陛下がティナーシャ様に余計怒られたんじゃ？」

「当たり。だからティナーシャ様が帰ってくる前に、陛下の弁護をしてさしあげてくれ」

「努力はするよ」

そう言ったものの、ヴァルトは王夫妻のうち、どちらかというとオスカーの方が苦手だ。ヴァルト自身を殺した回数では圧倒的にティナーシャの方が多いのだが、彼女の方が思考と行動が読める。逆に、彼女よりも遥かに若い王の方がしばしば予期しない行動に出るのだ。それを理解したくて仕官したというのもあるが、三年付き合ってもよく分からない。

彼は内心の苦手意識を抱きながら、執務室の扉を叩いた。許可を得て入室すると、オスカーはヴァルトを見て稚気を滲ませた笑顔になる。

「来たか。どういう遺跡だった？」

「魔法士狩りから逃げた精霊術士たちの隠れ里でした」

それは当主の膨大な手記の中から探り当てたものだ。ヴァルトは手記の写しを王に手渡す。

「タァイーリの前身にあたる国に追われて築かれた遺跡だそうです。当時を知る人間が書き記していますが、使われていたのは約三十年間でした。その後は人口減少により残った者も各地に散っていったそうです」

「ああ、確かに北部の遺跡だしな。タァイーリ絡みか、なるほど」

「精霊術士がそれだけいれば戦うこともできたのでしょうが、彼らは隠れることを選んだようです。純潔を失えば力を失う、という性質がそうさせたのでしょうが」

「俺も前に、ティナーシャに海辺の遺跡に連れて行ってもらったことがある。不思議な空気の場所だった。ティナーシャには言えないが、緩やかな滅びを受け入れているというか。あの卵を拾ってきたところも戦う気の一切感じられない作りだった」

自然物を操るに長けた精霊術士は、時にそうして自然と共に生きて消えていこうとする。だがオスカーとしては、精霊術士であり永い時を生きることを選んだ妻に、そんな感想を言うことはできないのだろう。ヴァルトからすると彼女はきっと気にしないと思うのだが、それは王の優しさだ。

「陛下は何故、あの卵を拾っていらっしゃったんですか」

オスカーが遺跡を訪ねるのは、腕試しの一種だ。その点、件の遺跡は罠や妨害も少なく拍子抜けに近かっただろう。なのに、どうして遺物を持ち帰ってきたのか。普段オスカーは、貴重な武具や魔法具を遺跡で見つけても持ち帰ることをほとんどしないはずだ。

ヴァルトの問いに、王は苦笑する。

「遺跡の中央に小さな祭壇があって、そこに置かれていた。見た瞬間、大事にされていたものだと感じた。それを朽ちさせていくのは抵抗があってな」

「次からは、隠さずにそうティナーシャ様に仰ることをお勧めしますよ」

「そうする」

「王妃様がお戻りになってまだ絞られるようでしたら、ヴァルトから報告があるとお伝えください。とりなさせて頂きますので」

「悪いな」

あの卵の件は、一応はこれで一段落だ。全てが解き明かされないまでも、害がないと分かればそれでいい。

ヴァルトは退出しようと一礼する。顔を上げて、じっと主君が自分を見ていることに気づいた。

「……なんでしょう」

「いや。何か困ったことがあったら一人で決める前に俺に言え。可能な限りなんとかしてやる」

まるでヴァルトの事情を見透かしているような言葉。

突然の王のそんな言葉に、彼は内心ぎょっとする。だがかろうじて表面には出さなかった。彼は困ったような笑顔を作って見せる。

「急にどうなさいましたか。今の待遇に不自由は感じておりませんが」

「いや、何となく。お前は人に頼りたがらなそうだから。もし将来、お前が岐路に立たされて、ちょっとでも俺を裏切ることに迷いがあるなら先に言ってこい」

「……まさか、そのようなことは」

背筋を冷や汗が伝っていく。

だが、この緊張感はヴァルトだけが感じているもののはずだ。事実、今の彼は何の謀略も仕掛けていない。何もしてない。ただ宮仕えをしているだけだ。

だからこれも、オスカーがヴァルトを見ていて一足飛びに到達した、ただの「正解」に過ぎないのだろう。そう自分に言い聞かせると、ヴァルトは改めて頭を下げる。

「ありがたいお言葉です。そのような機会がないに越したことはないですが……もしもの時があればぜひ」

「ああ。気軽に言ってくればいい。俺はそのためにいるようなものだからな」

さらりとした言葉は、この国の責を一人で負う人間のものだ。実際、彼に仕えているとよく分かる。外からだと破天荒に見えるオスカーは、その実「王」という役割に自身のほぼ全てを割いている。自分のためだけに自分の感情で行動するということがほとんどない。彼にとって、たまの抜け出しと王妃を構うことだけが、許された自分の時間なのだろう。それ以外は民への奉仕者として生きている。

ヴァルトは一瞬、そんな彼の生き方にままならないものを覚えて……けれど結局、それ以上何も言わぬまま執務室を後にした。

※

それからの日々は、見かけだけの平穏を保っていた。

幸福な日々だった、とヴァルトは思う。少なくともミラリスは穏やかに、憂いなく過ごしているようだった。人は、生き方を選ぶだけでこんなにも違う毎日が送れるのかと思った。そんなことを思えていたこと自体、ぬるま湯のような日々に浸かっていた証拠だろう。

遺跡から見つかった石鳥は、何を散布するものかは分からないままであったが、ひとまず害はないだろうということで片付いた。オスカーが持って帰って来た本体の石鳥は封印されたが、ティナーシャが作った小さな複製の方は宮廷内で妙な人気があり、今では五羽《わ》が城内を飛び回っている。

謎の変死事件はティナーシャが結界を張ったことでやんでいた。

ただ一度だけ小さな町で、張ってあるはずの結界が原因不明に消失した一件があっただけだ。

事態を重く見たティナーシャは自身で調査に行き、ヴァルトもその町で聞きこみをしたのだが、結界が消えた真夜中前後「具合の悪そうな少女を連れた、知らない顔の男を数人見た」という証言が何件かあっただけだ。だが、それ以上の被害も出なかったため、結界を張りなおして終わりになった。そこから、数日間が何事もなく過ぎた。

よく晴れた日のことだった。

ヴァルトは城の回廊から訓練場に出る。そこでは王とその妃が剣を打ち合っていた。高く響く金属音。ティナーシャは細い体を汗で濡らして剣を振るっている。それを受けている王が、息一つ切らさず言った。

「疲れで速度を落とすな。それをするなら最初から緩急つけろ」

「努力は、してるんですが」

ティナーシャは言いながら剣を振るう。しかし、彼女の剣はあっさりと弾かれた。ティナーシャの軽い体がよろめく。

「危ない」

オスカーは転びそうになる彼女の左手を掴む。彼はそのまま妻の体を引き寄せて自分に寄りかからせると、薄い背をぽんと叩いた。

「そろそろ終わりにするか。これ以上やると、お前倒れそうだしな」

「体力が足りなくて……ありがとうございます」

汗だくの王妃は、夫の胸に寄りかかったまま肩で息をしている。ヴァルトに気づいたのは、彼女を見下ろしているオスカーの方だ。

「どうした？　どっちに用事だ？」

「ティナーシャ様です。使い魔として魔獣を伴った商隊が来ておりまして、城都に入る審査を求めております」

城都に無許可の魔族や魔物は入れない。どうしてもというなら許可が必要だ。そしてその許可を出せるのは、ティナーシャ本人か彼女の権限を委譲された者のみだ。権限移譲は来訪者が変わる度にその都度行われなければならない。面倒ではあるが、城都の安全のためには致し方ない。

ティナーシャは汗に濡れた前髪をかきあげる。

「事前申請受けてないいんですけど……」

「書類不備があり、城への連絡が遅れたそうでして」

通常なら、来訪日時を事前申請させることで権限を委譲された宮廷魔法士が向かうのだ。だが今回はそれが間に合わなかった。城都の外で待たせてもいいのだが、そういう時、ティナーシャは律儀に自分が出向くことが多い。

「あー、なるほど。さすがにヴァルトは忙しいですよね。ちょっと待っててくださいね……」

「大丈夫です。権限移譲をくだされば私が行ってまいります」

予定は詰まっているが、それくらいは時間の融通が利く。オスカーが妃の頭をぽんと叩いた。

「ならヴァルトに頼んどけ。ここまでぼろぼろだと支度に時間がかかるだろう」

「……お願いします」

「かしこまりました」

ティナーシャがヴァルトを指さすと、白く小さな光が彼女の指先に生まれ、彼の額に吸いこまれる。委譲の証を受け取ったヴァルトの肩に、どこからともなく小さな石鳥が飛んできて止まった。

まるで王の肩に乗るナークのような姿に、ティナーシャが笑いだす。

「一緒に連れて行ってもらいたいみたいですよ」

「……城外に連れ出してもよろしいのでしょうか」

「平気ですよ。子供たちに見つかったら面白がられるくらいです」

「ちゃんと連れ帰って来られるよう気をつけます」

ヴァルトは改めて主君夫妻に一礼すると、訓練場を後にする。

かの王妃などはどこに行くにもぽんぽん転移して出てしまうが、ヴァルトがそれをしては立場的にまずい。オスカーがいくら異様な洞察力を持っていたとしても、自分の手の内をさらしすぎる気はないのだ。だからヴァルトは、城の転移陣を使って最寄りの詰め所にまで移動した。そこから更に城門へと歩いて移動中、覚えのある声に名前を呼ばれる。

「ヴァルト？　どうしたの、仕事はもう終わり？」

「あれ、ミラリス」

少女は買い物籠いっぱいに大量の花を抱えて顔が見えない。声を聞かなければ単なる花の塊だと思ったかもしれない。

「どうしたの、それ」

「家に飾るのよ」

「ちょっと量が多すぎないかい？」

ミラリスはそんなに飛びぬけて花が好きな少女ではなかったはずだ。何か事情があったのかと思って問うと、少しの間を置いて気まずげな声が返ってきた。

「……いつも行く店で、約束していた買い手が逃げてしまったのですって。困っていたから買い取ってきたの」

気まずげな少女の声に、ヴァルトは目を丸くする。

ずっと人嫌いであった彼女だ。けれどこの城都で落ち着いた暮らしをし、また宮仕えするヴァルトがいない間に他の人間と関わるうち、少しずつ変わっていったのだろう。

彼は胸の温かくなる思いに微笑む。

「ミラリスは優しいね」

「……そんなことないもの」

少女の顔は見えない。だからヴァルトは、彼女に歩み寄ると籠に差さっている花を半分引き取った。白い花弁の下から、うっすら赤面したミラリスの顔が見える。

「一人で帰るのは危ないよ。城門に行って少し仕事をしたら手が空くから、家まで送っていくよ」

「仕事中じゃない。怒られるわよ」

「君をこのまま帰す方が怒られるよ。城には連絡を入れるから大丈夫」

ヴァルトがそう言って歩き出すと、ミラリスもしぶしぶと言った顔でついてくる。だが彼女はすぐに、彼の左肩にいる石鳥に気づいた。

「ね、その肩に乗せているの何？」

「これがティナーシャ様がお作りになった魔法生物だよ」

「へえ……後で触ってもいい？」

「大丈夫だよ。一応城の備品扱いだから持って帰らないといけないけどね」

城門まではすぐそこだ。通りは行きかう人で賑わっている。空には雲一つない。心地よく吹く風が、二人の持つ白い花を揺らした。

城門に立っていた兵士は、ヴァルトと彼が抱える花を見て笑顔になる。

「魔法士長殿、花の行商ですか？」

「買ってきた方だよ。で、僕が審査権限を委譲された。入都待ちの商隊に会わせてもらえるかな」

「かしこまりました。こちらです」

兵士は振り返って、外に通じる通用扉を開けようとする。

その時、急に耳障りな音がすぐ横で響き渡った。石をこすり合わせるような、悲鳴じみた大きな異音。それは、ヴァルトの肩にとまる石鳥が発しているものだ。ミラリスが眉を寄せる。

「なに……？　どうしたの？」

「僕にも分からない、けど……」

——この鳥は古代の精霊術士が作った哨戒用の魔法具だ。

そうヴァルトが言いかけた時、兵士が手をかけていた扉が、左右に引き裂かれた。

壊れた扉の向こうから、一人の少女が姿を現す。

粗末な服に痩せこけた四肢。両眼は白目をむいており、首は今にも折れそうなほど傾いている。

まるで正気ではない、歩く死人のような様相。だがヴァルトは少女の顔に見覚えがあった。今回の生では出会っていない。ただ何度かの繰り返しの中で、時折ティナーシャの傍に現れる少女だ。タァイーリで生まれて、魔法士迫害に憤っていた少女。

「……トリス？」

「あの子、大丈夫？」

ミラリスが怪訝そうな声を上げる。ヴァルトは変わり果てた少女に息をのんだ。

トリスの後ろから若い男が歩み出る。暗い、憎しみを灯した目。

その顔には覚えがある。呼ばれぬ魔女レオノーラに傾倒し、彼女の死後、国を追放されたヤルダの王子、サヴァスだ。

「なんでここに……」

嫌な予感がする。サヴァスは虚《うつ》ろな目で街並みを見つめると、トリスに命じた。

「行け」

ぼろぼろの少女が、よろりと一歩を踏み出す。

それが、始まりだ。

「つあああああぁぁぁぁあぁっぁあぁぁ！」

獣じみた悲鳴を上げてミラリスが崩れ落ちる。けれどヴァルトは、その手を取ることさえできなかった。彼自身もまた頭を横殴りされたような衝撃によろめいていたからだ。

視界がぐるぐると回る。

何が起きているか分からない。脳を揺らされ、内臓をかき回されているようだ。

ぼやけた視界の中、ヴァルトは愛しい少女の姿を探す。


――ミラリスは、白い花の只中に倒れ、大量に血を吐いていた。


「ミラ……リス……」

膝をついたヴァルトの横を、トリスが通り過ぎていく。別の場所でまた悲鳴が上がった。

「があああああっ」

「ひ、ひいいいいぁぁぁ」

あちこちから悲鳴が上がる。石鳥の警告が響く。

魔法の暴走する気配が近くで起きた。サヴァスの歪《いびつ》な笑い声が聞こえる。

「はは……これが神の力か。壊れろ、壊れてしまえ。レオノーラの仇《かたき》だ」

意識が遠くなる。

ヴァルトは震える手を伸ばし、ミラリスの手を取る。

彼女の魂の光は、目を凝らしても見えない。それはもう遠い。

血に濡れた花弁が、日の光を受けて、てらてらと輝いていた。

※

「起きたか」

目が覚めた時、ヴァルトが聞いた第一声はドアンのものだった。

ほとんど力の入らない体を動かし、ヴァルトは辺りを見る。

「ここは……？」

「城だ、臨時の治療室。死ななかった人間はここに運ばれた。目が覚めないままのやつも多いが」

言われてみれば、城の広間の一つだ。

ただそこには今、等間隔に二十以上の寝台が置かれ、青白い顔の人間が寝かされている。床の上には大きな魔法陣が描かれていて、生命維持の構成が見て取れた。こんな大規模な魔法を焼きつかせられるのは、城には一人しかいない。

「……ティナーシャ様は？」

ドアンはそれには答えなかった。彼が座っているのは、向かいの寝台の隣だ。そこに寝かされているのは、髪の色からしてシルヴィアだろう。

ひどくやつれた顔のドアンは、感情を排した声で言う。

「先に言っとくが、お前が『あれ』に出くわしてから一週間が経ってる。で、一通りはもう片付いた。今は事後処理の段階だな」

「……事後処理」

まったく予期しないところに出くわしてしまった『何か』。

それが何だったのか、今になって思うと察しが付く。予兆は揃っていたからだ。

――東部で相次いだ変死。

オスカーはその始まりを、「ミネダート砦での魔法士の転落死ではないか」と疑っていた。

だが、それより早く砦周辺で起こったことがある。騎馬民族イトの大規模略奪とその制圧だ。

おそらく、『あれ』は、その余波で解き放たれた。

イトが聖地と崇める場所に『何が』いるのか。ヴァルトは遥か昔に当主の記録で読んだことがある。それは古代の精霊術士たちが、タァイーリから逃れてくる原因になった『何か』と、きっと同じだ。石鳥は、『あれ』を哨戒するために作られたのだ。

「……イリティルディア、だったんだな」

魔法士たちから正気を奪い、魔法を暴走させ、精神と命を破壊してしまうもの。

『世界を分かつ刃』『眠る白泥』と呼ばれた現象。

タァイーリの唯一神イリティルディアが、トリスに封じられていたものの正体だ。かつて、猛威を振るったそれを封じるためにも、魔法士の体が使われていた。それを知った誰かが、トリスにイリティルディアを封じたのだろう。

「知ってたのか。こっちはようやく昨日、イトの遺跡を調査して特定したとこだぞ」

「昔、資料を読んだ。読んだきり忘れていた程度だけど。――東部で変死した人間は、みんな魔力を持っていたんだな」

「ああ。魔力制御の訓練を受けてなかった人間も混ざっていたから、調査に出てこなかった。死んだのは魔力持ちと、その魔法の暴走に巻きこまれた人間だ」

伝承でも「イリティルディアの前では、魔法士は精神も肉体もまともでいられず、人々を傷つける」と伝わっている。イトとの戦闘の余波で解き放たれたイリティルディアは、城都に向けてゆっくりと移動し始め、道中で死を生みながら……途中で、捕らえられた。

ドアンの深い溜息が聞こえる。

「最初から、サヴァスはイリティルディアを城都に持ちこむのが狙いだったらしい。商隊を装ったのも、あえて書類不備で城に事前報告させなかったのも、ティナーシャ様を審査に引きずり出すための小細工だった」

「……主犯はサヴァスじゃないはずだ。イリティルディアの知識も、魔法士の体に封じるのも、普通の人間が知っていることじゃない。単に魔法士じゃイリティルディアに近づけないから、傀儡として使ったんだろう。レオノーラの配下か誰かの仕業だ」

だが、そこまで策を弄してもファルサスを突き崩すことはできなかったのだろう。たった一週間で事態が終息したというのがその証拠だ。地方の町村と違って魔法士が多いこの城都でイリティルディアが解き放たれたのなら、城都ごと滅ぶ可能性さえあったのだから。

ヴァルトはそこでようやく、一番聞きたくて、聞きたくなかったことを口にする。

「ミラリスは？　イリティルディアが来た時、僕と一緒にいた娘だ」

その答えを、ヴァルトは知っている。

それこそが、イリティルディアが城都に来たもう一つの理由だからだ。

ドアンは立ち上がった。

「案内する。歩けるか？」

「……ああ」

ヴァルトがぼろぼろの体で寝台から降りると、転びそうになる体をドアンが支えてくれた。そうしてようやく全ての寝台を見回したヴァルトは嘆息する。

「宮廷魔法士の半分がこれか」

「これでもマシな方だ。陛下が持ち帰って飛ばしてた石鳥、あれが散布してたのは対イリティルディア用に精霊術士が作ってた精神防御だったらしい。だから、城内にいた俺たちは市井の魔法士よりはずっと対応できた。お前がイリティルディアと近距離ですれ違って、まだ正気を保ててるのもそのおかげだろう」

「あれか。城内で散布しきって空っぽになったのか。陛下は本当に強運だな……」

最悪の時に、最低限の防備を得られた。だからこそ神とまで言われた現象をも退けられたのだろう。けれどドアンは苦笑しただけだ。

二人は病室になっている広間を出る。ドアンが案内してくれたのは、小さな応接間だ。

そこには白い寝台があり、枕元には花が飾られていた。

ミラリスは、小さな寝息を立てて眠っている。床の上に、生命維持の魔法陣が描かれている。

ヴァルトは彼女の傍に立つと真白い顔を見下ろした。ドアンが言う。

「俺はさっきの部屋にいるから」

「……うん」

扉が閉まる音がして、一人きりになるとヴァルトは血が滲むほど拳を握りこむ。

ミラリスは、もう目覚めない。

その魂は、ヴァルトが彼女を守るために貸してあった魔力ごと、完全に失われていた。

ヴァルトは少女の小さな手を握る。

「君を、閉じこめておけばよかった」

そうして生きたこともあった。誰とも関わらず、人に触れずに二人だけで生きたことも。

彼女に、普通の幸福な人生を送って欲しいとは、常に思っていた。

けれどそれが得られたと思った結果がこれだ。世界は、きっかけを待っている。だから時折、こうして彼女に追いついてくるのだ。まるでこれ以上先には行かせないとでも言うように。

「……僕のせいだ」

ミラリスはもう、彼の手を握り返さない。可愛らしい悪態をつくこともない。

今の生は、ここで終わりだ。

——否、終わりにしなければならないのだ。


ヴァルトは元の病室に帰ると、ドアンに問う。

「ティナーシャ様にご相談があるんだ。どこにいらっしゃるか分かるか？」

「亡くなったよ」

その言葉は、がらんとした部屋によく響いた。

ヴァルトは数秒の自失を経て、聞き返す。

「……え？　なんで？」

「迷っていられる時間は長くなかったし、被害が広がり過ぎた。相手の力はどんどん増していくし、その正体が掴めぬまま、器を壊してしまって収拾がつかなくなりかけたんだ。仕方なく、ティナーシャ様がご自身を器にしてイリティルディアを抑えて、アカーシアで消滅させた」

ドアンの声音は、一切の感情を感じさせなかった。

「だから、何か相談したいなら陛下のところだ。今なら裏の聖堂にいらっしゃるだろう」


城の裏手の雑木林の中に、その聖堂は建っている。

地下は王族の墓所となっている場所だ。小さな聖堂の祭壇には、純白の婚礼衣装を着た魔女の遺体が安置されていた。

王はその傍に立って、命がもうない妻をじっと見下ろしている。大きな手が優しげに彼女の額にかかる前髪を避け、滑らかな頬に触れた。その指先が微かに震えていることに、ヴァルトは気づく。

王は、妻の死に顔から目を離さぬまま言った。

「よく分かっているつもりで、分かっていないことはあるんだ」

イリティルディアが城都で猛威を振るったのは三日間。

その間に、約三百人が死んだ。魔力を狙って位階間を吹き荒れる嵐は、加速度的に手の付けられない強大なものとなっていき……けれどその惨劇も、王妃の死と共に終わった。

「あいつが国のために自分を投げうつことを迷わないとは知っていたんだ。でも俺はどこかで、それはトゥルダールに対してだけだと思いこんでいた」

けれどティナーシャは、自分が嫁いだ国を守るために命を払った。

彼女は、絶命するまで己に刺さったアカーシアを摑んで、抜くことを許さなかったのだという。

それはまぎれもなく、彼女の持つ精神の苛烈さだ。

「あいつの命を一番軽く扱うのはあいつだ。だからその代わりに、俺があいつを大切にするつもりだった」

「……ティナーシャ様は、全て承知の上でいらっしゃいましたよ」

最初から、きっとそうだ。

何度繰り返したとしても、彼女が選ぶのは己の王ただ一人だ。

彼だけが、愛しい女の命を公平な天秤に載せられる。だから彼女は安心して夫を愛せるのだ。

オスカーは、扉の前に立ったままのヴァルトを振り返る。明るい夜空色の瞳には、拭いようもない悔恨があった。

「本当は、無理矢理にでもアカーシアをあいつから抜き去ってしまいたかった」

ティナーシャの中の核を王剣で砕いて、それで終われたなら彼女は助かったかもしれない。

けれど既にイリティルディアは大きくなりすぎていた。オスカーとティナーシャの二人ともが、核を砕いた瞬間にそれを察して——選択を、した。

妃は死に、そしてきっと私人としてのオスカーもその時に死んでしまった。これから彼は一人、責務のためだけに生きていくのだろう。

若き王は、自分の右手に視線を落とす。

「アカーシアの存在を恨んだのは初めてだな。……これは、ここだけの話だぞ」

「ええ」

そんな話をするということは、オスカーはヴァルトが訪ねてきた理由を察しているのだ。

ヴァルトは、深く頭を下げる。

「短い間でしたが、私はお暇《いとま》を頂きます。このような時に恐縮ですが」

「構わない。今回のことを防げなかったのは俺の責だ。お前には悪いことをしてしまった。詫びても詫びきれない」

それは、第一の犠牲者にミラリスがなってしまったことを言っているのだろう。だが、どちらかというと彼女の魂が失われたのはヴァルトのせいだ。彼の方がずっと、彼女に訪れるかもしれない運命を知っていたのだから。

「ご健勝をお祈りいたします。次は別の時に、別の形でお会いしましょう」

「ああ。お前も」

次に彼と会うのは、きっと別の生でだ。主君と臣下でいるのはこれが最後だ。

だからヴァルトは心からの礼を持ってオスカーに一礼する。

去り際に、気になっていたことを一つだけ聞いた。

「もし、過去に戻ってやり直せるとしたら、陛下はどうなさいますか」

その問いに、王は軽く目を瞠る。

「さあ、どうするかな。ただ……」

オスカーは、この日初めて苦笑して見せた。

「自分だけのためにだったら、きっとやり直しはできないだろうな」

それは、王として生まれてしまった一人の青年の言葉だった。

※

ティナーシャは死んだ。

だからもう、トゥルダールの宝物庫は開かれない。青のエルテリアは使えない。

探すのは、長く行方不明になっている赤の方だ。それがどこにあるのか、自分の中の使用記録から推察する。人の手から手へ、絶望の間を渡り歩く呪具を探していく。

年月が、またたくまに過ぎていく。


「──今回の君は以前の君とは違うなんて、僕はどこかで思っていたんだ」

ミラリスの体を埋葬した小さな墓の前で、ヴァルトは苦笑する。

「でも、君は君だ。世界は分岐しない。何度繰り返しても、同じ魂を持つただ一人の君だ」

名前のない森の中の墓標。その周りには、彼が植えた白い花が溢れている。つつましやかな花弁は、大量の花を抱えて恥ずかしそうだった少女の顔を想起させた。

ヴァルトは小さな箱を墓標に差し出す。その中には、赤のエルテリアが入っている。

彼の経験した無数の人生は、この玉によって生み出されたものだ。

無制限の挑戦を与えるもの。あるべき世界を上書きし続ける呪具。

「だから、もう一度君に会いに行くよ」

彼女の死から既に二十五年が経っている。これを使えば、赤のエルテリアはまた行方が知れなかった頃に戻り、ヴァルトの手から逃れるだろう。それでも、戻らないという選択肢はない。

もう一度白紙から、今度こそ彼女を助けるために。

ヴァルトは箱の蓋を開けると、中の球を手に取る。

そうして世界が白く解体されてしまうまでの間、彼はただ愛しい妻のことを考えていた。

6. 代わりのない複製として生まれ

「ヴァルト、こんなところで眠っているの？」

急に肩を叩かれ、テーブルに突っ伏していた彼は飛び起きた。

ヴァルトを起こした少女は、上から心配そうに覗きこんでいる。緑の瞳に、彼はようやく現実を思い出した。手を伸ばして柔らかい頬に触れる。

「おはよう」

ミラリスはそれを聞いて、小さな口元を尖らせる。

「転寝するなんて疲れてるんじゃない？　やっぱり延期にしましょう」

「平気だよ。ちょっと昔の夢を見てただけだ」

ヴァルトは言いながら立ち上がった。少し考え事をしていたつもりだったが、いつの間にか眠ってしまっていたらしい。大事な時間をすっかり無駄にしてしまった。

だが――彼は遥か昔の記憶を思い起こす。

あれはあれで、貴重な夢だ。もう決して存在しない出来事。どこにも残らない記憶。

今日の日にあんな夢を見たのは、何か意味があるのかもしれない。

ヴァルトは目の前に佇む少女を見つめる。艶のある銀の髪。淡い草色の瞳。あと何年かすれば、艶やかな美女になる彼女は、今はどこか頼りなげな目でそこに立っている。

ヴァルトは腕を伸ばすと、いつか自分の妻だった少女を抱き取った。

「ミラリス、今までありがとう」

「何よ急に。やっぱり疲れてるんじゃない？」

「いいからいいから。言わせて。これは区切りなんだ」

「永遠の別れみたいなことは言わないで。今日の夕飯だってもう仕込んであるんだから」

呆れたような少女の声に、ヴァルトは目を閉じて笑った。

だが、これはやはり今言っておかねばならない。彼は一層強く、彼女の体を抱きしめる。

「愛してる。どの生もどの時間も、君といられて幸せだった」

それが、嘘偽りのない想いだ。どれほどの悲劇を重ねても変わらなかったもの。

だから今まで、立ち止まらずにいられた。

けれど「今」の記憶しかないミラリスは、軽く眉を寄せただけだ。

「言い方が違うんじゃない？　私はあなたと離れる予定はないけれど。夕飯はどうなるのよ」

「……そうだね。ごめん」

「明日も、その次も、ずっとあなたは私と食卓を共にするのよ」

「うん」

ヴァルトは声だけで笑いながら少女の髪に顔をうずめる。

そうありたかった。

そういう人生を送ったこともあった。

たった一度だけだったが、年老いて死が二人を分かつ時まで、穏やかに生きたこともある。

だがもう充分だ。充分すぎるくらいの愛情をもらった。

無数の食卓を共にした。それはとても幸福で——そしてその分悲しかった。

自分には、気が遠くなるほどの繰り返しの間、絶えず注がれ続けた愛情と同じだけのものは彼女に返せない。その膨大さを知ってしまっているからだ。

だからその代わり、別のものを贈る。

やがて忘れ去られるそれは、だが確かに彼の想いの証だ。

そして彼は舞台に上がる。

終わらない喜劇に幕を下ろすために。

※

その日は透き通るような晴天になった。

転移陣によってトゥルダールを訪れたオスカーは、聖堂へと向かう渡り廊下から空を見上げる。

遠くに見える回廊から透明な水が落ちていく。それが降り注ぐ先は庭園だろう。

更にその奥には王が棲《す》む塔があって……けれどティナーシャはもうそこにはいない。彼女は昨日退位したのだ。

そして今日は、レジスの即位式だ。

たった半年での王の交代。玉座を退いた女は、二日後にはオスカーの妻となる。

振り返ってみればあっという間の一年で、一年前の自分がこの結果を知ったら驚くだろう。何しろそれまで、呪いが解けても解けなくても、自分はその時の状況で一番無難な女性を妃にすると思っていたのだ。妃を娶らず、養子を迎える可能性も充分にあると思っていた。

ところが、蓋を開けてみれば性格も力も無難からほど遠い女と結婚することになった。

彼女を知って、その存在を愛した。

無茶苦茶で仕方がない女だが、一緒にいると自由を感じる。

それは本来なら、自分の人生には得られないものだっただろう。重く、そして無二の愛情が彼の人生に余白をくれる。まるで奇跡のようなただの幸運だ。

だから彼女にも自由を、それ以上を、贈れたらと思う。一生を懸けても惜しくない。

「それにしても、式が連日だと来賓も減ると思ったんだが、そうでもなかったな」

「まさかそれを狙って明後日《あさって》の式になさったんですか？」

護衛としてついてきているドアンがそっと問うたが、オスカーは「ただの偶然」と返した。一応トゥルダールとは事前の調整をしているが、来賓の数を削りたくて近い日程にしたわけではない。

「ティナーシャの退位が終わったならできるだけ早く」と要望した結果こうなった。

ただ代わりに、両方に出席する客については宿泊と送迎をトゥルダールとファルサスが提供することになっている。ティナーシャも今日の即位式が終わったらファルサスに来る予定だ。

「実は花嫁衣裳をまだ見ていないんだ。当日の楽しみにしてる」

「え、それは意外ですね……」

「その代わり、後の式典の衣裳は俺の趣味で仕立てた」

「いつも通りでいらっしゃいますね」

ドアンの返答が淡白なことまで含めていつも通りだ。オスカーは声を上げて笑い出す。

だが彼女が即位するまでは、絶対にこんな未来は訪れないと思っていたのだ。共に生きることはないのだから、せめて一年に一着ドレスを贈って彼女を飾りたいと思っていた。言葉にはできない想いの証だ。それが紆余曲折《うよきょくせつ》を経てこうなったのだから単純に嬉しい。

だから——己に課した責務を果たさなければ。

オスカーは、聖堂の入り口を前に腰の王剣を一瞥する。

「ここから先は、無敗で行きたいな……」

陰謀の手が自分たちにかかるとしても、それを撥《は》ねのけられるように。

相手に隙となる時間を与えないように。

彼女と、国を守るために生きていくのだ。

※

窓越しに見上げる青空には時折雲が流れていく。上空は風が強いのだろう。刻一刻と変わっていく景色を、ティナーシャは懐かしむように見つめた。

奥の部屋の扉が開く。そこから出てきた正装の青年に彼女は頭を下げた。

「警備に問題はありませんよ、陛下」

「まだ即位してませんよ。ティナーシャ様」

陛下と呼ばれたレジスは苦笑した。今この時、トゥルダールには王がいない。昨日退位したばかりの女王は悪戯っぽい笑顔を浮かべ、これから即位する新王に手を振った。

「もう同じことです。列席者も出揃《でそろ》ったようですよ」

「ありがたいことですが、列国の前で即位の儀はさすがに緊張しますね」

「それ嘘ですよね。全然緊張してないじゃないですか」

「分かりますか？」

レジスは笑いながら持っていた書類をティナーシャに手渡した。

これから行われる彼の即位式は、精霊継承を伴わず儀礼よりも実を重視した式だ。

レジスは今後半年間にわたって王政を敷く。その後は議会を擁立して、王と議会の二柱で国を動かしていくことになっていた。

彼は、ティナーシャが眺めていた空を見上げる。

「いい天気になったよかったです。皆がせっかく色々準備してくれましたし」

「そんなの、たとえ嵐でも私が天候を弄りますよ」

「さすがの精霊術士ですね」

レジスは楽しそうに声を上げて笑った。穏やかな目が遠く城都の街並みを見つめる。

「ティナーシャ様、私はこの国が好きです。一生を捧《ささ》げる覚悟があります」

彼の言葉は、決意を込めたものだ。これからレジスは、玉座にいる限り国のために己を尽くしていくのだろう。その道を、自ら選び取った。

きっとこの先、彼の人生は相応に孤独で息苦しいものになる。

けれど、少なくともそれを受け入れるだけの覚悟を、レジスは持っている。

だから彼はこれからも、周りの人間の意見を聞き、議論を重ね、多くのものを見ながら新たな治世を拓いていくだろう。これが今の時代を生きる王の在り方だ。

ティナーシャは四百年後の自国を継ぐ青年に微笑む。

「貴方はきっと、私よりずっといい王になりますよ」

透き通るような賛辞に、彼は照れた笑いを見せた。だがすぐにレジスは、真摯な顔になる。

「貴女にお会いできてよかったです。貴女がいらしてくださったことで、何度この国が助けられたか分かりません」

「半分以上は私が面倒事を呼び寄せてた気もするんですけど……」

ティナーシャの方こそ、ずいぶんレジスに助けられていたのだ。在位期間も当初の予定より半分ほどで、その執務も彼の補佐があったからこそ欲張って色々なことができていた。そこには、四百

年前には夢想に過ぎなかったこともいくつか含まれている。

魔法士にとってよい国家であること。全ての民にとって、平穏が当たり前であること。

当たり前で、だが貴いことだ。ティナーシャは深い感慨を覚えて頭を下げた。

「こちらこそありがとうございます。勉強をさせて頂きました」

「とんでもない。僕の方こそです。気が向いたらいつでも帰っていらしてください」

「そんなこと言うと、本当に帰ってきますよ。オスカーはすぐ私のこと苛《いじ》めるんですから」

「どうぞご自由に。貴女の部屋は残しておきますし、いつでも話は聞きましょう」

「一国の王に私的な愚痴を言うのって、さすがに人材の浪費過ぎて躊躇われますよ……」

確かに四百年前から来たティナーシャには、既に帰る家はない。ファルサスに嫁げば王妃という立場も生まれる。そんな彼女が他国で一人きり困った時のために、彼とトゥルダールは、ティナーシャの帰る場所でいてくれるのだろう。

「私、この時代に来られてよかったです」

素直な感謝の言葉に、レジスは微笑む。

「貴女のお力になれたなら喜びです。どうかお幸せに」

そう言って彼は、深く頭を下げると即位式のために部屋を出ていく。

窓から差しこむ光に照らされるその背を、ティナーシャは万感の思いで見送っていた。

※

絶望とは何だろう。

それは、死と同義ではない。

死ならばもう何度も味わった。自分の死も、他人の死も、幾度も彼を通り過ぎていった。

多すぎる悲劇は感情を磨耗させる。

叫んで、狂って、それでも始まる始まりに立ち尽くす彼はやがて――

人がいつどのように死のうとも、そのこと自体に意味はないと思うようになったのだ。

※

即位式は予定通り始まった。

ティナーシャは今回、列席者としてではなく、警護の責任者として任についている。そのため彼女は大聖堂に入ってすぐの扉脇で、立ったまま張り巡らせた構成に触れていた。

彼女のいる場所は中央祭壇の裏側に当たるため、表側の席からは壇上に遮られ死角になっている。

だが彼女の婚約者はそこにいるはずだ。彼とはここ数日、お互いが忙しいのと婚姻前のファルサスのしきたりで、顔も合わせていない。忙しくしているとままあることだが、全てが遠く懐かしい日の夢だったのでは、とさえ思える。

「そんなこと言ったら、あの人に怒られるでしょうけど」

二日後の結婚式を控え、ティナーシャの身分は現在宙に浮いている。

トゥルダールの王族扱いではあるが、もはや女王でも王女でもない。そのため彼女は、むしろ今の立場を利用して即位式の裏方に回っていた。

防御構成に知覚を委ねているため、闇色の両眼は閉じられている。だが耳には壇上のレジスの口上が聞こえていた。彼の性格をよく表した、鋭くかつ柔軟な宣言にティナーシャは小さく笑う。

今のところ怪しい動きは感じられない。このまま行けば即位式自体はあと五分ほどで終えるはずだ。ティナーシャは、見回りに来たパミラの魔力を感じ取って、目を閉じたまま手を振って見せる。

けれどそこで、彼女は不意に形のよい眉を顰めた。

――聞こえる。

それは彼女にしか聞こえない声。彼女を呼ぶ声だ。

微かな魔力はけれど、その持ち主の力の弱さを示すものではない。むしろ巧みに城の結界を縫うようにして、彼女だけに届くよう操作されている。その卓越した魔力と構成は、宮廷に仕えていれば歴史に名を残す魔法士になったかもしれない。

だが彼は歴史の裏に潜み、陰謀を手繰る。膨大な記憶と記録を抱えて生きる人間が、何を思い何を為そうとしているのか、ティナーシャには想像もできなかった。

声が語る内容は、新王への祝辞ともうすぐ嫁ぐ彼女への祝福だ。

ただそれを額面通りに受け取ることなどできるはずもないし、向こうも本気ではないだろう。

レジスの口上が終わる。

新たなる王の誕生に、大きな拍手が湧き起こった。聖堂内が熱気で満たされる。

こうしてまたこの国の新たなる幕が上がるのだ。だから、これからもずっとここに生きる人々が幸せであって欲しい。よき政が民を守るように、そうして時を刻んでいけるように。

──そのためにも陰謀を操る人間を、好きにさせておくわけにはいかない。

即位式にあわせて敷かれた警備の構成は、全部で十五の部分で構成され、それぞれに複数の魔法士がついている。彼女がそこに触れていたのは単に確実を期すためだ。離れても支障はない。

決断は一瞬だ。

ティナーシャは研ぎ澄まされた意識で声を辿る。細く細く隠された構成の先を見つけ出す。

もう逃がさない。消えることを許さない。

捕らえて支配して屈服させる。そこに容赦はない。

ティナーシャは声の主の位置を特定する。場所は国内だ。しかしかなり離れている。

だがどこであろうと、彼女にとって距離など関係なかった。

無理矢理に場所を繋ぐ。相手の魔力を辿り、投げられた構成から転移座標を割り出す。

ティナーシャは不敵な笑みを浮かべると、新王への祝福で沸く大聖堂から、詠唱もなく呼びかける声のもとへと跳んだ。


景色が変わる。

跳んだ先は広い草原の只中だ。風が草を波のように揺らしている。

その中央に立っていたヴァルトは、目の前に現れた彼女を見て嬉しそうに笑った。

「ああ、やっぱり来てくれたね。迷彩をかけてあるのに僕の居場所を割り出せるのは、貴女だけだ」

ティナーシャはそれには答えず右手をかざした。一帯に転移禁止の構成が敷かれる。

その行動の早さか判断か、あるいは緻密な構成自体にか、ヴァルトは目を瞠った。驚きを含んだ賞賛がティナーシャにかけられる。

「さすがだな。でもそう急がなくてもいいよ。逃げるつもりはないから」

「それは殊勝で結構です。では死の覚悟もありますか？」

「もちろん。いつどこで死んだっていいよ。覚悟はとっくの昔にできてる。でも……今は二度とない時だ。貴女にはその貴重さが本当に分かっている？」

ヴァルトは空を仰いだ。雲がかなりの速度で流れていく。

その目には収まりきらないほどの寂寥《せきりょう》があった。それは、誰とも分かちあえない感情だ。

ヴァルトは何もない空を指差す。

「いつかのことだ。ここに青い塔が立っていたことがある。その塔には罠や魔物などの試練が用意されていてね。それらを全て切り抜けて最上階まで至った者には、そこに住む魔女が願いを叶えてくれたという。――今はもう、過去にも未来にもない塔だけどね」

「その魔女が、私ですか？」

「そう。最強と謳《うた》われる五番目の、青き月の魔女。今はいない貴女の姿だよ。驚いた？」

「少し。薄々察しはついていましたが」

ティナーシャは風になびく黒髪を耳にかける。

何故改変前の世界で、時代差があるにもかかわらず自分がオスカーと結婚しているのか。

どうして彼はその理由を教えてくれなかったのか。

――強大な魔力と長い時。それらが導き出す存在は一つだ。

だがそれでも確証はない。だからこそ前回ヴァルトに不意に言われて凍りついてしまった。

彼は視線を落とし、何もない草原を眺める。

「この荒野に貴女は塔を建ててずっと一人で住んでいた。今の貴女より更に強く、冷酷だった。だから僕は初めて貴女が魔女に成らなかったと知って、そして魔法の眠りについたと知って――歓喜したんだよ。さぁ、もう一つのエルテリアを取りに行こう。そろそろ幕を下ろす時だ」

ヴァルトは懐から小さな白い箱を取り出した。そこに何が入っているのかは二人とも分かっている。何を考えているのか分からない男に警戒したまま、ティナーシャは唇を舐めた。

「取りになど行きませんよ。それを返してください」

「行くよ。貴女は行く気になる。貴女には人質が効くからね」

さらりと言うなりヴァルトは指を鳴らした。世界がほんのわずか動く。

どこかで感じたことがあるおぼろげな魔法の気配が漂ってきた。ティナーシャは眉を寄せる。

「何を……」

「少しだけ構成に力を流した。貴女にならら分かるんじゃないかな？」

余裕に満ちた顔でヴァルトは目を閉じる。

ティナーシャはその平然とした顔を憎々しげに睨みながら、微かに感じられる魔力を辿った。遠くへ、どこまでも続き、複雑に分岐していくそれを追い、そしてついに全貌を把握する。

その構成が何なのか理解した時、ティナーシャは愕然として立ち尽くした。

「……そんな、馬鹿な」

「分かった？　——貴女への人質はこの国そのものだ」

ヴァルトが示した構成は、トゥルダールの城都を中心として、五箇所の街や村を円形に結んだ巨大な魔法陣だ。草の根のように密やかに張り巡らされた構成は、発動すれば大火を生む。そうして範囲内の命を食らいながらそれを触媒として魔力を召喚し、更なる嵐を巻き起こして国を破壊しつくすだろう。恐ろしいまでの大規模殺戮《さつりく》魔法だ。

それを女王へと示した男は、歪に笑う。

「貴女が協力しなければ、トゥルダールは滅ぶよ」

かつてないほどの禁呪に、ティナーシャは戦慄する。

少なくとも城都内では無許可で大きな魔法が使えないよう処置はしてあった。だが、この構成はそれをくぐりぬけたのだ。

「まさか……構成自体の魔力を最小限にしたんですか……。普通なら何の効果も持ちえないほど微弱に。その代わり複雑極まる構成を描いた……」

「結局のところ、攻めると守るとでは守る方が圧倒的に不利だ。いつどこに、どんな攻撃をするか、全ての決定権は攻める側にある。けど実際は、ここまでの規模で準備するのは普通の人間には難しいだろうね。直前まで感づかれないように小さな構成を無数に用意して、最後に繫げたんだ。ああ、一度作りかけの構成を誰かに発見されて使われそうになった時には焦ったよ」

ヴァルトは軽く言っているが、尋常な構成技術ではない。

そもそもここまでの大規模禁呪自体、大量の魔力と、飛びぬけた構成力と、強固な執念が必要だ。

そして、それだけではなく――

「……どこでこの構成を知りました？　魂を触媒に魔力を召喚する禁呪はいくつかありますが、これは、四百年前に使われて記録にも残されなかった禁呪です」

かつて少女だったティナーシャに、同じ王候補だったラナクが使おうとした禁呪。

それと今組まれているものは同じだ。

もはや誰も知るはずのない構成の出所を問うティナーシャに、ヴァルトは微苦笑する。

「僕たちは知識を手記にして受け継いでいる。遡れば、貴女の婚約者と近しい人間もいた、というだけの話だよ」

「笑えない話ですね……全ての歴史の裏には貴方たちがいる、とでもいうんですか」

「まさか。貴女が思うほど時読の一族は手が広いわけじゃない。一時代に当主が一人だけだ。前の当主が死ななければ、次の当主は覚醒しない。他の当主についての情報も、分かるのは過去未来含めて全員の名前だけだ。あとは全て手記で伝えていくしかない。不自由で、孤独なものだよ」

そう吐き捨てたヴァルトの表情は、陰惨としか言いようのないものだ。だがすぐに彼は、真意の分からぬ笑顔に戻る。

「構成を準備し始めてからここまで仕上げるのに三ヶ月以上かかった。トゥルダールの監視網をくぐるだけならともかく、徹底的に用心しなければ貴女に気づかれるからね。ただ、これをファルサスに仕掛けたのなら貴女はきっと気づいただろう。この構成は規模が規模だけに常に微弱な魔力を発し続けてしまうから。けどトゥルダールは魔法の国だ。少々変な魔法の気配があっても気に留めなかっただろう？」

ティナーシャは己の失態に歯噛《はが》みした。確かに何度か、妙な魔法の気配を怪訝に思ったことがあったのだ。だがヴァルトの言う通り、それが何なのか確かめることをついにしなかった。

——その迂闊さのつけが今ここに、最悪の形できている。

ヴァルトは、殺意さえ混ざる女王の視線に肩を竦める。

「一応言っておくけど、この魔法の術者は僕じゃない。僕を殺せば、その人物が術を発動させるよ。ああ、誰かに言おうなんて思わない方がいい。誰にもどうにもできないよ。構成内部に五つの定義名がつけてある」

徹底した対策は、彼が慎重に準備を重ねた結果そのものだろう。

ティナーシャは抑えきれない感情に魔力を震わせる。

「エルテリアを得るためにここまでするんですか……？　過去を変えて何がしたいんです」

「そんなもの、ただの個人的な願いのためだ」

それは、ティナーシャの考えとは対極にあるものだ。彼女は国を守るためなら、己一人のことなどいくらでも投げうてる。

だが、そうではない人間もいると知ってはいるのだ。むしろほとんどの人間にとって、価値とは、願いとは、不均衡なものだ。

その最たる一人であるヴァルトは、堂々と続けた。

「僕はね、誰をどれだけ犠牲にするとしても罪悪感はない。どんな風に死んだって一時のことだ。すぐに書き換えられる。皆そうやってきたんだよ」

その声音、目の奥に静かに揺れる炎が見えたのは気のせいだろうか。

ヴァルトは皮肉げな表情を浮かべると、ティナーシャに笑った。

「いいことを教えてあげようか。何故僕がトゥルダールを標的に選んだのか」

「何故って……私の国だからでしょう」

「そう。もちろん、貴女の弱みになるから選んだ。貴女は絶対にトゥルダールを見捨てないと分かっていたからね。でも、それだけが理由じゃない。この国は、本来存在しないはずの国なんだよ」

「え？」

何を言っているのか。トゥルダールはティナーシャが生まれる五百年前に建国された。大陸屈指の歴史を持つ国だ。

それが存在しないはずの国などとは。どこでどう書き換われば、そんな――

「……まさか」

ティナーシャは震える手で口を押さえる。

そんなはずはない。自分一人のことだ。

四百年前のあの夜、彼に助けられなかったとしても、傷つけられるのは自分だけのはずだ。

ただ一人の家族に裏切られて、国から逃げ出して、魔女になる。それがティナーシャの想定していた以前の歴史だ。何故なら四百年前に出会ったオスカーは、あの荒れ狂う膨大な魔力を「お前なら制御できると知ってる」と言ってくれたのだから。改竄《かいざん》前の世界でも、自分はきっと——

「トゥルダールはね、貴女が腹を裂かれた時に滅びたんだ」

その言葉は、無慈悲なものとしてティナーシャに響いた。

彼女は無意識のうちに、裂かれなかった自分の腹を押さえる。

「どうして？　だって私、あの魔力を制御して……」

「そう。貴女は瀕死《ひんし》になりながらもそれをやりきった。でも、前提として禁呪の触媒になった存在が違うんだ。ラナクを犠牲にして召喚された魔力と、貴女を犠牲にして召喚された魔力は桁が違った。貴女はその魔力を全て取りこみきれず、残った力はトゥルダールを滅ぼして大陸中に飛沫を上げたんだよ。本当はこの時代、トゥルダール領のほとんどは禁呪に侵された荒野のままだった」

「……う、そ」

目の前が暗くなる。

全身から力が抜けた。

息がうまくできない。体が意志によらず震え出す。

——この国のために生きてきた。

血を流すことを厭わなかった。感情も殺した。何一つ理想が叶わない中で、それでもできうる限りの選択をしてきた。生まれてから、ずっとそうしてきたのだ。広い離宮で一人で育ったことも、兄だった人間に裏切られたことも、ただ一人自分を愛し助けてくれた男の人生を犠牲にしたことも、自分がトゥルダールを守るためなのだとのみこんできた。

責務のためだけではない。この国を愛しているからだ。だから己の全てを費やしてきた。

だがそれは、本当ならありえない平和だったのだろうか。

本当のこの国は、あの日彼女と共に滅びるはずだったのか。

「そんな、の……」

喉が渇く。言葉がうまく回らない。

そんな彼女を、ヴァルトは少しだけ悲しそうに見やった。

「世界はエルテリアによる改竄の影響を最小限に保つよう修復する。だけどさすがに国一つの存亡が変えられた影響は大きかったよ。僕はトゥルダールを人質にすることに心は痛まない。本来は存在しない国だからね。では貴女は？　トゥルダールが生き残ったせいで、代わりに多くの人民が犠牲になったセザルを見て、何の心も痛まないのかい？　トゥルダールが本来通り滅びていれば、セザルはああはならなかった」

叩きつけられる挑戦的な言葉に、ティナーシャは返すことができなかった。

死の軍隊を生むために民を殺し続けたセザルの荒廃。

あれは、トゥルダールが繁栄した代わりにもたらされてしまったものだというのか。

そしてそれが本当なら、歴史が違えられた原因は彼女と――オスカーにあるのだ。

「私、は……」

まるで足場を失ってしまったようだ。どこまでも落ちていくような感覚。

思考を放棄せよと、敵の言葉など全て嘘だと、自分の中で警告が鳴る。

だがティナーシャはその警告には従わなかった。

きつく目を閉じる。葛藤にかかる時間はいつになく長く感じられる。

――確かに全て、自分を動揺させる嘘かもしれない。

だが、本当かもしれないとも思う。真偽を確かめることはもはやできない。

ならば、自分がすべきこととは何か。

ティナーシャは顔を上げた。闇色の目に苦渋の決意と、意志が滲む。

「貴方の言うことが本当だとしても、貴方のしたことに罪がないとは言わせません。セザルで邪神を召喚したのも、今、トゥルダールを破壊しようとしているのも、貴方です」

ヴァルトはその宣告を聞いて、苦さを隠さず微笑む。

「そうだね。僕たちはどちらも罪人だ。世界を裏切り続けている」

何かを選んで、何かを捨てた。

人はそんな選択を繰り返し続けている。挑み続けている。

その結果が、今だと言うのなら。

「私は、自国を守ります。トゥルダールは確かに存在している。それが改竄の結果だとしても、今在る国を捨てる選択肢は、私にはありません」

それがティナーシャの結論だ。目の前にいる民を守ること。

たとえこれが、改竄という罪から生まれた結果だとしても、今立つこの場所から進む他ない。

ヴァルトは彼女の答えを聞いて、遠い目をする。

「貴女はそう言うと思ったよ。貴女は、死した民でさえ見捨てなかった。彼らのために一人で四百年生き続けることを選んだ人だ」

「記憶にないことを言われても困ります」

「本当のことだよ。貴女は苛烈な人だった。ファルサスの民のために命を投げうった時もあった」

ヴァルトの声が一瞬ふっと翳った。だがすぐに彼は、元の揺るがない態度に戻る。

「国を守るというなら、僕の要求を聞いてもらおう。エルテリアはトゥルダールの宝物庫？」

その問いに何と答えるか、ティナーシャは一瞬迷う。

ヴァルトを欺くことは可能だろうか。彼の真意を探りたい、と思う。

「二つとも集めてどうしようと言うんです。過去を改竄したいなら一つで足ります」

「知ってる。僕も使ったことがあるから。でも僕が変えたいのは未来の方だ」

「未来跳躍、ですか？」

過去跳躍と未来跳躍。その二つは「先の時間に起こることを知って、前の時間で対処する」という点で似ている。だがエルテリアによる過去跳躍の場合、過去に跳んだ使用者は改竄の正否が出た時点で消失する。本来その時間軸にはいない存在だからだ。

けれど未来に跳躍した場合、未来を知って戻って来た人間は消えない。現在が本来の居場所である以上、いつまでも行動し続けられる。それは、きっと強みだ。

「……貴方は、何をしたいんです」

「もうすぐ教えてあげるよ。二つ揃ったらね。さあ、どうする？」

――これ以上は引っ張れない。

賭けられているのは国そのものだ。危険な橋すぎる。

ティナーシャは掠《かす》れた声で、本当のことを口にした。

「もう一つのエルテリアは……ファルサスの宝物庫にあります」

ティナーシャは唇を嚙む。

先が見えない。何が正しいのかも。

ただ、零れ落ちようとするものを留めるために、彼女は用意された道を進むことになった。

※

レジスの即位式が終わり、招待客が全て広間に移ると、主賓の一人であるオスカーは広間に婚約者がいないことに気づいた。

「なんだ。最初から最後まで裏方に回るつもりなのか？」

久しぶりに正装した彼女を見られると思ったのだ。顔を合わせようとしないのは、ファルサスのしきたりを尊重してくれているのかもしれないが、それはそれでつまらない。何日かぶりに愛らしい笑顔を見られると思っていただけに、肩透かしをくらった気分だ。

とは言え、今は遊びに来ているわけではない。新しく王となったレジスに挨拶をすることが目的だ。これからトゥルダールとは長く付き合うことになるのだから。

そう思って新王のところに向かいかけたオスカーは、むしろ相手が足早に自分の方に向かって来るのを認めて目を丸くした。レジスは簡単な謝辞を述べると、オスカーに近寄り囁く。

「ティナーシャ様をご存じありませんか」

「え？　会っておりませんが……またあいつが何か？」

「それが、いなくなられているのです。即位式の終盤に姿を消されたようで、そこから戻っていらっしゃいません」

「……それは」

二人の王は原因も予測もつかない事態に顔を見合わせる。オスカーは固い声で言った。

「ヴァルトは、エルテリアの片方がトゥルダールにあるままだと思っているはずだ」

「早急に捜索を手配します。宝物庫周辺も。罠にかかるかもしれません」

「こちらは念のため、一旦ファルサスに戻ります。何か分かったら知らせます」

「よろしくお願いします」

今、二人がいるこの国そのものが、既に天秤の皿に載せられているということを彼らは知らない。

知らないまま、オスカーは厳しい表情で広間を出ていった。

※

初めての人生の記憶は、もはや曖昧だ。

父も、ヴァルトが五歳になるまで自分が何者かを知らなかったはずだ。先代当主であった祖父が遠くの街で死んだのがその年で、父はその死によって当主を継承した。その時の父の驚きや、初めて巻き戻しを経験した時にどれだけ衝撃を受けたかなどは、ヴァルトには分からない。父は穏やかで優しい人で、ただ時折「そんなはずはない。ありえない」と呟いていた記憶だけがある。

最初の人生において、父が馬車の事故で亡くなったのはヴァルトが二十一歳の時だ。

その瞬間ヴァルトは――自分が何者であるかを悟った。

過去を改竄する魔法球。上書きされる記憶を保持し続ける時読の一族。その今の当主こそが自分なのだと。

けれど、すぐには信じられなかった。彼にはまだ、保持すべき前の記録がなかったからだ。

だから父と同様に「そんなはずはない。ありえない」と思いながら生きて、ある日、時が戻った。初めての巻き戻りを体験した父は、おそらく驚いたのだろう。死んだはずの己が、また若い頃からやり直すことになったのだ。その時は、まだヴァルトが赤子だった時間に戻った。父は悩みながらもう一度人生をやり直して、再びヴァルトが二十一の時に亡くなった。

そんなことを、二十七回繰り返した。

父と、当主の役目について話したことはない。父が生きている間、ヴァルトには当主の記憶がないからだ。父は、死んだ後に手記を残したことはなかった。ただ部屋には、以前の当主たちの記録が山のように積まれていた。祖父の死後、祖父の家から引き取ってきたものだろう。

当主は、人によって経験した巻き戻りの回数が異なる。父のそれはヴァルトほどではないが、多い方だった。当時は赤のエルテリアが人の手を渡り歩いていたのだ。

けれどそれでも歴史は少しずつ、巻き戻しをされながらも先には進んでいた。何十年か巻き戻されることはあっても、何百年も巻き戻されることはない。だから濫用の時代にあたってしまった当主たちはじっと耐えて、自分の時代が過ぎるのを待っていた。

しかし、父はそれさえも耐えがたかったのだろう。

ヴァルトは一度だけ、父が一方的に語った時のことを思い出す。

『私が何者であったのか、お前自身が何者であったのかは、私の死んだ後に初めて分かることになるだろう』

呪具について語る言葉。あれは、息子への手向けだったのだろか。

『世界は、きっかけを待っている。全ての干渉を廃し、元の姿に戻るためのきっかけを』

父のその言葉は、きっと真実だ。

ミラリスはそうして、世界に追いかけられ続けているのだから。


『ヴァルト、大丈夫？』

「ああ」

彼にしか聞こえない少女の声は、不安が色濃い。

ヴァルトは前を見たまま小さく返す。ミラリスに本当のことは教えられない。最後まで隠し通さねばならない。知れば彼女は、自分の未来よりも彼のことを優先してしまうだろう。現にそうなったことも幾度となくある。だからそれをさせてはいけない。彼女は今度こそ幸福に生きるのだ。

ファルサス城の廊下は、いつかと変わらぬ平穏な様子だ。ヴァルトの数歩前には、長い黒髪の女が歩いている。美しい彼女の姿に、すれ違う兵士や魔法士たちが見惚れ、頭を下げるのはひどく懐かしい光景だ。だが当時はその視線の中に、いくらかの畏怖も混ざっていた。青き月の魔女。大陸最強の魔法士で、歴史上もっとも強い魔力を持つ人間。

ティナーシャが彼にかけた不可視の魔法は強固なもので、誰も気づかない。宮廷魔法士でさえ容易く欺ける。それが彼女の力だ。

二人はファルサス城の廊下を宝物庫に向かって足早に歩いていく。人の目が切れたところで、ヴァルトはティナーシャに話しかけた。

「宝物庫への直接転移は貴女でもできないの？」

「できますけど、さすがに感知されます。異常事態だとばれますがいいですか？」

「よくないね。このまま行こう」

ヴァルトにとっても、この城は勝手知ったる場所だ。彼はティナーシャと並んで迷いなく進みながら肩を竦めた。

「まさかあんな風に一個取られたのにファルサスに移してるとは思わなかった」

「と、思うだろうと思ったのであえて移したんですよ」

「ずいぶんアカーシアの剣士を信頼してるね」

「当然のことです」

不機嫌そうに返す女に、ヴァルトは懐かしむ目を向ける。

彼女がこの国の王妃であった時の記憶は、もう彼しか知る者はいないのだ。

「貴女は……数奇な運命ばかり送っているよね。本当は幸せになってほしいけど、それには力が大きすぎる。ごめんね」

それは心からの言葉だ。幸福な一生を、彼女が過ごせればいいと願っている。

願って、けれど叶わないことの方が、世界にはずっと多い。

ティナーシャはヴァルトを一瞥した。闇色の瞳によぎる感情が何か、彼には分からない。

「私の生き方は、全て私が選んだものです」

決然と、静かに苛烈な。

その声は、いつかの王妃と同じ声だった。


ティナーシャは廊下の角を左に曲がる。そこには宝物庫の警備兵が二人立っていた。

彼らはティナーシャを見て驚きながらも頭を下げる。彼女は申し訳なさそうに頼んだ。

「すみません、オスカーに頼まれてちょっと用事があって……通らせてもらってもいいですか？」

本来は許可がなければ誰も通過できない場所だ。だが、彼女が二日後には王妃になることは皆が知っている。そして王がどれだけ彼女を可愛がっているかということも。

彼女なら、入ろうと思えば魔法でいかにでも押し入れるだろう。わざわざここを通るはずがない。つまり、彼女の言うことは本当なのだ。――彼らはそう判断した。

「かしこまりました。お気をつけて」

「ありがとうございます」

快く左右に分かれた彼らにお礼を言って、ティナーシャはその間を抜ける。彼女は分からぬように小さく溜息をついた。

二つ角を曲がる。宝物庫の扉が見える。

ティナーシャは重厚な扉の前に立つと、魔力を干渉させ押し開いた。そのまま中に入る。

先日持ち去られたエルテリアの台座。その上に、今はもう一つの箱が載っていた。ヴァルトはそれを認めて安堵の溜息を漏らす。

ティナーシャは台座の結界を解きながら苦々しく吐き捨てた。

「これでいいですか？　トゥルダールの術は解いてくれるんでしょうね」

「まだ待って。これからが本番なんだよ」

男は懐から同じ箱を出した。それをティナーシャに差し出す。

不審に眉を顰める彼女に向かって、ヴァルトは朗々と告げた。

「貴女にはエルテリアを破壊してもらう。それが僕の目的だ」

突如言われた目的に、ティナーシャは唖然とした。

「……はい？」

思わず聞き返す彼女に、けれどヴァルトはいたって真剣に、ただ静かに返す。

「二つ同時にやらなければいけない。一つを壊すと、その時点でもう一つが発動して破壊された事実を上書きするんだ。これが二つある意味はそういうことだよ。誰かが片方を破壊したとしても続けられるようにってね」

二つの球は、お互い補完しあっている。一つでも過去に戻ることはできるにもかかわらず、二つ存在しているのは、誰かが破壊を試みた時のためだ。

「過去、一つだけ破壊できたことは何度かある。でもその度に時間は巻き戻された。二個同時に壊さなきゃいけないってのは分かったけど、そんな力を持っているのは貴女だけだ。この間も、外部者の呪具を一つ壊してくれただろう？」

それは、忘却の鏡のことだろう。ヴァルトは悪びれもせず言う。

「貴女が歴史上最強であることは事実だけどね。魔女でなくなった分、本来の貴女からは劣っている。だから力を試させてもらった。シミラの現出要素を取りこんでくれたのはちょうどよかったよ」

「貴方は……」

——全て、ここに至るための布石だったのだ。

暗躍し、強敵をけしかけたことは、彼女に力をつけさせ、その力を試すためだった。

ヴァルトはエルテリアを奪取する機会を窺いながら、同時に破壊者としてティナーシャを仕立て上げたのだ。実際、シミラの一件で、ティナーシャの魔力量は跳ね上がった。

だが、何故破壊したいのか。困惑を隠せずティナーシャは聞き返す。

「貴方は未来を変えたいんじゃないですか？」

「変えたいよ。このごたごたに塗りたくられた虚飾を取り払って、本来の未来に戻したい」

ヴァルトの目に一瞬、火花のような怒りが弾ける。だがすぐに彼はその感情を消して、元通り静かに微笑んだ。持っていたエルテリアの箱を台座に置く。

「始まりは一人の子供の死だったと記録には残ってる。何故死んだのか、それには触れられていない。関係のないことだからね。ただ母親が子供の遺体を抱いて泣いていた時、傍に誰かの気配を感じたそうだ。そして『助けたいなら使え』と二個のエルテリアを渡してきた。母親はそれを使って過去に跳び、子供を助けて亡くなったそうだよ」

「……それを渡してきたのが、外部者ですか？」

「そう。世界外の干渉者だ。貴女は馬鹿げてるって疑わないんだね」

「法則外の呪具があるのに疑わない方が馬鹿だと、トラヴィスに言われましたから。……彼は実際に、世界外から来た人に会ったことがあるそうですよ」

「それは初耳だな。外部者は呪具だけ送りこんでこっちの世界には来ないかと思ってた。あれらは全部で十二あるんだよ。貴女が遺跡と鏡の二つを壊したからあと十だな」

人間の情報を溜めこむ遺跡と、精神を抜き取って封じる鏡。あの二つはどちらも魔法法則から外れた力と、異様な強度を持っていた。

「じゃあやっぱり外部者って実在するものなんですね」

「いるよ。何なのかは分からないけど、神なんて大層なものじゃない。神代が終わり、暗黒時代が始まる前の空白期に、やつらはこの世界に目をつけた。実験用の呪具を送りこんで、箱庭を観察するように人間を記録している。——そういうやつらにこの世界は見こまれてしまっているんだ」


ヴァルトは、じっとティナーシャの様子を窺う。

同じ話を、いつかも彼女にしたことがある。その時魔女は言ったのだ。

「貴方たち時読の一族とは、何者ですか」

かつての問いと、同じ言葉をティナーシャは口にする。

やはり同じ人間なのだ。ヴァルトはそのことにふっと口元を緩めて、同じ答えを返した。

「さっき、最初に助けられた子供がいるって言っただろう？　その子供の遥か子孫が僕たちだ。最初にエルテリアを受け取った時から、一時代に一人ずつ。僕たちはエルテリアの一部として囚《とら》われた。魂を記録板として使われるようになったんだ」

「え……？　魂をって……」

「外部者の呪具が魔法法則に反した効果を持てるのは、これらの呪具が世界外の法則をそれぞれ内包しているからだ。でもさすがに、こんな小さな球で時間遡行による世界の上書きをするなんて、効果が大きすぎると思わなかった？」

「それは……思いました。いくらなんでも事象の規模につりあいません」

「そう。それはエルテリアが、世界と、時読の当主の魂を組みこんで動いているからだ。エルテリアは発動の際に、世界が蓄えている記憶の中から、指定の時点を呼び出し再現させる。そして、その指定を安定させる錨《いかり》であり、使用記録を書きとめる板が当主の魂だ。僕たち当主の魂にはエルテリアの全使用記録がある。それと、同じ一枚の板である当主たちの名が過去も未来も全て記されてるんだ。繰り返した分の自分の記憶を覚えているのは、それらの副産物に過ぎない」

この仕組みを考えた外部者は、魂を使われる人間たちの苦痛など考えもしなかったのだろう。エルテリアのおかげで命があるのだからと、遥か未来にかけて踏みにじった。

ヴァルトは口元だけで嗤《わら》うと、自分のこめかみを指で突く。

「だからね、いつ誰が何のためにエルテリアを使ったのか、僕の中には全て記されているよ。今のところ一番最後に使われたのは十六年前。ファルサス前王妃ロザリアが自分の子を助けるために使った。そして、エルテリア史上、最大の書き換えが行われたのが四百年前だ。第二十一代ファルサス国王オスカー・ラエス・インクレアートゥス・ロズ・ファルサスが、妻であった魔女の過去を改変するために行った改竄だ。合ってるだろう？」

ティナーシャが絶句するのを、ヴァルトは引きつった笑いで眺める。

他人の意によって不意に巻き戻される人生。積み重なり続ける記憶。それは普通の人間なら、押しつぶされるに充分な苦痛だ。最悪なのは、それがただの副産物だということだ。

ヴァルトは焦燥に似た気分で視線をさまよわせた。壁の向こう、広い世界を眺めるように彼はゆっくりと首を動かす。彼は最後にティナーシャに視線を戻した。

「今の貴女には分からないだろう。でも魔女であった貴女は少しは分かってくれたよ。彼女も永い時を一人、積み重なる記憶を抱えて生きてきた人だったから」

美しい女の姿に、最強たる魔女の姿が重なって見える。

同じで、だが違う女。永い時を知る彼女は、いつもどこか悲しげで、自嘲的だった。

「四百年どころじゃない。その何倍もの時を、僕は一人で過ごしてきた。一人しかない当主は、誰とも繰り返しを分かち合うことはできない。そのおぞましさを想像してよ。父はいつからか必ず自殺するようになった。僕が十七の時に、十三の時に、十の時に……。終わったはずなのに戻ってくる生に耐えられなくなったんだ」

それくらいなら子供を作らねばよかった、どこかで誰かが血を断ちきればよかったと、最初の頃は思っていた。それができない理由を知ったのは、ずっと後になってからだ。

「一日だけ戻ることもあった。何年も戻ることも。生まれる前からやりなおしたこともある。いつどこで巻き戻るか僕たちには分からない。でもそれは容赦なくやってくる。先のことが分かるなんて嬉しかったのはほんの最初だけだよ。すぐに飽いた。擦り切れた。壊れそうになった。死んでも死んでも、気がつくと再び戻っている。これを僕はいつまで繰り返せばいい？」

悲劇も度を過ぎれば喜劇になる。

意に添わぬまま踊らされ続ける舞台は、そろそろ幕を引くべきだ。

「今までもエルテリアの破壊を試みたけど、外部者の呪具は並大抵の力じゃ壊せない上、二つある。唯一破壊できそうなのは貴女だと途中で分かったけど、貴女に接触できなかったこともあるし、その前に僕が死んだこともある。ちっとも上手くいかなくて、悔しい思いを散々したよ。——だけどそこで、起きるはずのないことが起きた。四百年を越えて、歴史が改竄された。貴女は魔女じゃなくなったんだ」

「起きるはずのない？　私が魔女じゃなくなったことがですか？」

呟くような問いに、ヴァルトは苦笑した。

「貴女はエルテリアの発動条件を知ってる？　どうやって過去の座標を取得しているのか。もちろん、過去の座標において錨となるのは当時の当主の魂だ。でも座標を指定しているのは違う」

悪辣な呪具だ。実際に使ったこともあるからこそ、そう思う。

「あの球は、人間への執着に反応するんだ。愛情でも憎悪でもいい。使用者の強い思いが発動を可能にする。だから本来何百年も前に飛ぶなんて起こり得ることじゃない。そんな昔の人間に執着なんてできないだろう？　でも唯一人例外がいた。魔女を愛し妻とした男……貴女の夫だ」

ティナーシャが、驚愕に大きく目を見開く。

覚悟があれば過去を変えられると、そんな風に伝わっている呪具。

それはけれど、事実の半分でしかない。覚悟があっても思いがなければ呪具は発動しない。

己を犠牲にしても構わないと思えるほどの感情だけが、世界を新たに生み出すのだ。

「四百年前の当主はさぞ驚いただろうね。ようやく繰り返しが終わって眠りにつけたと思ったら、もう一度自分の時代が始まったんだから」

その驚きを想像することは、ヴァルトには容易い。きっと、限りなく絶望と似た驚愕だっただろう。後世への呪詛を、記録に書き散らしてしまうほどに。

「でも代わりに、僕には希望が生まれた。貴女が魔女じゃないならば。そして彼を追ってこの時代に来るならば。今度こそ上手く行くかもしれないと……そう思ったんだよ」

そしてその希望は今叶いつつある。

周到な準備によって、ティナーシャを搦《から》め捕《と》ることに成功したのだ。

かつて絶大な力を持ち、人の前にさえろくに姿を見せなかった魔女。オスカーと出会い王妃になってからも、彼女は怪しい話には一切耳を貸さなかった。

だが今目の前にいる彼女は違う。非情を持ち合わせながらも迷い続ける女だ。

トゥルダールが滅びなかったことは、ヴァルトにとっては僥倖《ぎょうこう》だった。死して魂となり、人格さえも失った民のために生き続けた魔女を知る彼には、彼女が決して自国を見捨てないということは分かりきっていたのだ。

——今こそが二度とない時だ。

ここを逃しては彼も、そして彼の少女も永遠に救われない。

世界が追いついてくる前に、切り離してしまわなければ。

「誰もが幸せな世界なんて存在しない。誰かを助ければ代わりの誰かが犠牲になる。そして不幸な誰かがいる限りエルテリアが使われ続ける。だけど、そんなのはもうごめんだ。皆が皆、自分の見えるものしか見ていない。同じ砂山を崩しては作っての繰り返しだ。それに僕は、いつまで付き合わされればいい？　自分の大事な人間だけ助かればいいなんて、愚かで身勝手だ。腹立たしいよ」

本当に、愚かだった。自分もその一人だ。

ヴァルトは、世界の切り札となる女を見据える。

「だから、もう終わりにしよう。壊すんだ。貴女ならそれができる」

そしてこの喜劇に、幕を下ろすのだ。

ティナーシャは、じっとヴァルトを見返していた。

ふっと台座の上に置かれた二つの球に視線を移す。

遥か昔に、子供を失った母親のところに届けられた呪具。

そんなところから全ては始まったのだ。人の魂に傷をつけ、消えない苦悩を重ねさせながら、反面で人の強い思いを、願いを、汲み取り続けてきた。変えられない現実を変えてきたのだ。

ただ助けたいと、そんな思いだけで。

それは確かに、愚かで身勝手で——けれど。

「私、殺された子供を助けようと、それを使おうとしたことがあるんです」

ぽつりと、ティナーシャはエルテリアを見たまま言った。

「でも、発動しませんでした。多分、貴方の言う相手への執着がなかったからなんでしょう」

あの時、エルテリアを使おうとしたのが子供を喪《うしな》った母親であったなら、きっとあの呪具は時を巻き戻したのだろう。だが、そうはならなかった。母親が抱き取ったのは、世界外の呪具ではなく冷たくなった我が子の体だ。その後ろ姿を、すすり泣く声を今でもよく覚えている。

「助けられないことこそが、当たり前で正しい……それは、そうかもしれません。今まで、エルテリアが使われてきたせいで、貴方たちは苦しんできた。それも見過ごされるべきではない」

ティナーシャは顔を上げてヴァルトを見つめる。美しい顔が泣き出しそうに歪んだ。

「でも私は、エルテリアを使う人の思いを否定はできません。それは人の……心でしょう」

彼の絶望も苦悩も否定できない。

だが、それと同じくらい、過去を変えようとする人間の願いも否定できないと、ティナーシャは思う。

彼女は熱くなる瞼を伏せる。胸が痛いのは、助けられた少女の自分が残っているからだ。あの球を使ってきた人間たちの思いが想像できる。過去が変わり、歴史が変わり、人と人との関係も変わる。それで自分が失われても構わないのだと、ただ相手が生きてさえくれればいいと願う思いは、
愚かしくも――貴いと、思う。

ヴァルトの罅割《ひびわ》れた声が問う。

「それは、貴女が助けられたからそう思うんだろう……」

「いいえ。あの人が私を助けてしまったのは、きっとただの偶然です。だって初めて会った時、あ

の人『なんで過去に戻ったか分からないから帰りたい』って言ってましたから」

彼は、知らずにエルテリアを使って過去に戻ったのだ。それはあの彼が常から妻に抱いていた愛情の大きさを証明するものだろう。

だから、自分がしてもらったことが理由ではない。

「条理を覆してでも大切な人を助けたいって、それはごく当たり前の、人の思いです。それを否定しては、私たちは人でなくなってしまう」

「……その結果、貴女や周囲の運命が改竄されるとしても？　誰かによっていつ歴史が書き換えられて不幸になるか分からないよ」

「だとしても。エルテリアを動かせるのは思いが強いからで……それは、人を救うものです」

ティナーシャは台座の隅に手を触れる。ひんやりとした感触は、涙よりもずっと冷たかった。

「だから、貴方が憤っているのも、本当はこの球を使った人間にではないでしょう。そして貴方には、球の封印ではなく、破壊を選ばなければいけない本当の理由がある。――それは何ですか？」

エルテリアの呪具によって、彼が受けた傷は言語を絶するはずだ。

だが「球を封印し、もう二度と使わせない」という選択ではなく、より難しい「球の完全破壊」に踏みきる理由は何なのか。それをまだ聞いていないのだ。

ティナーシャは、赤と青のエルテリアから視線を戻し、ヴァルトを見据える。

その時彼は、膨大な年月で擦り減った精神に、決して消えない火を宿して彼女を見ていた。

「――世界は、変革を待っている」

「え？」

「僕の父の言葉だ。今の世界は、改竄の度に針を打たれ続けているようなものだと。だから世界は、全ての干渉を排し元の姿に戻るためのきっかけを待っている」

「それは……」

同じ言葉をティナーシャも聞いた。外れない占いをするという水の魔女の言葉だ。

ならば、今二人がこうして対峙しているのもまた、世界の意志の一つなのか。

ヴァルトは淡々と感情の見えない声で言う。

「遅かれ早かれ、限界は来るんだ。誰かがやらなければならない。現に、今の世界は行き詰まりかけている。もっとも進んだ歴史でここから三十一年後が最長だ。今まで何度巻き戻っても、そこから先に時間が進んだことはない。どちらかのエルテリアが使われるんだ。この時代が記録上一番巻き戻しが多いのに、さすがに異常だろう？　これを壊さなければ、世界はとまってしまう」

恐ろしい事実に、彼女は目を見開く。

ただそれは質問の答えではあるが、彼自身の答えではない。

だからティナーシャは、聞かなければならないことを問うた。

「なら、この球を破壊したら、世界はどうなるんですか？」

エルテリアがなくなった後も、世界はこのまま続いていくのか。

それとも――

答えは返らない。

ティナーシャはヴァルトを見つめる。

悟りきった諦観と静かな決然が、彼の両眼にはあった。

そういう目を、戦いの最中何度も見たことがある。ティナーシャはその意味を知っている。

天秤は常に不安定だ。その皿には大切なものたちばかり載せられている。

全てを守りたいと思うのはきっと傲慢なのだろう。

けれど、どれかを選んだら強くなれるのか。譲らなかったら変われるのだろうか。

ティナーシャは眼前の男を見返す。

彼の瞳の中には既に、選択を越えた者が持つ強い光が灯っていた。

※

ヴァルトは息を殺す。

――ティナーシャに、悟られてはならないと思った。

でも本当は、知って欲しかった。知れば彼女は理解してくれるだろう。もし今の彼女が、かつて自分が仕えた王妃であれば、本当のことを吐露していたかもしれない。

ただここで真実を口にすれば、彼と知覚を繋げているミラリスにも伝わってしまう。

彼女には決して知られてはならない。

知ればミラリスは揺らぐ。構成を放棄する。それは敗北を意味するのだ。

ミラリスと初めて出会った時のことは、もう遠い彼方だ。

その時ヴァルトは既に、己の生を何回か繰り返していた。連綿と続く当主の末端として生きていた。そうして己の歪んだ生を持て余して旅をしていた彼は、森の中で大怪我をしていた少女を助け、魔法で自分の血を分け与えたのだ。

身寄りのなかった少女はそのまま彼についてきた。少し捻くれて、でも彼にだけは懐く少女を愛したのはいつからだろう。

二人は共に暮らし、そうして少女が大人になった頃、ささやかに結婚の式を挙げた。

幸せな暮らしだった。

時折起きる巻き戻しも彼女には伏せていた。それを帳消しにするくらい生が輝いて思えたのだ。

ただ子供だけは作るつもりはなかった。

これ以上呪具に使われる人間を生み出すことに、耐えられなかったからだ。

ヴァルトが絶望したのは、結婚後五年で彼が事故により死亡した時でも、そしてまた誰かの改竄によって、彼女の隣に戻った時でもない。

彼が泣いたのは、彼の死後、ミラリスに時読の当主が受け継がれてしまったと、自らに刻まれた当主記録で知った時だ。それを知った彼は思わず妻を問い詰めた。だがまだ当主ではない彼女には、以前の記憶がないのだ。

ヴァルトは己の迂闊さを悔いた。初めて過去をやり直したいと思った。

だから偶然、ミラリスと出会う前まで時を戻った時、彼はその時の改竄者に感謝さえしたのだ。

そして今度は慎重に彼女を助け、しかし血を与えず、傍にも置かなかった。上手く回避できたことに彼は安堵した。

だが絶望とはそんな容易いものではないと彼は知った。

何度繰り返しても、血を与えようが与えまいが、出会おうが避けようが結果は変わらない。

彼女の名は既に当主の一員として刻まれ、その呪縛は受け継がれてしまったのだ。

負の連鎖を続けたくないと、それくらいなら子孫を残したくないと、これまで誰も思わなかったはずがない。なのに今まで途切れずに当主の力が継がれていったのは、このやり直しを許さない恐るべき強制力のためだと、ヴァルトは思い知った。

そして、絶望はそれだけではなかった。

世界が求めていたきっかけに——ミラリスは成った。

「……僕の後ろに当主はいないんだ」

本当は、彼の次の当主はミラリスだ。それはもう決まっていて、変えられない。

ティナーシャが形のよい眉を寄せる。

「どういうことです？　歴史が行き詰まったとしても最長であと三十一年あるはずでしょう。貴方が死ねば、次の当主に継がれるだけでは？」

「いないよ。僕たち当主は過去も未来も全員の名が分かる。僕の魂は、次の当主を見出す前に解体されてしまうんだ」

そう口にした時、胸に耐えがたい痛みが走る。幾度も経験した喪失をヴァルトは思い返す。

ティナーシャの目が、魔法を解析する時のように細められた。

「魂を解体？　それもエルテリアの作用ですか」

「違うよ。最初の一回は、魔力が足りなくて自ら禁呪に手をつけた。自分の魂を力に変換したんだ」

これは仮定の一つに過ぎない。ヴァルトの死後、当主と魔力を受け継いだミラリスに何があったのか、彼は知ることができない。ただ確かに何かが原因で、彼女の魂は解体されてしまった。

そして世界はそれに目をつけた。

「当主の魂はエルテリアの一部という扱いだからね。それが解体されたことで、当主の継承に空白期間が生まれた。その時は誰かがエルテリアを使って時間が戻ったんだけど、世界はこれこそがエルテリアを突き崩す穴だと認識したらしい。どれほど歴史が変わっても修復される固定点に加えられた。――巻き戻しが起こるごとに、僕の魂が解体される事態が増えだしたんだ」

「え……？　禁呪を使うことが増えたんですか？」

「いいや、原因はその時々で違う。魔物に襲われることもあるし、他人の魔法に巻きこまれることもある。ひどい時は、住んでた街に魔法士の魂を持ち去る現象が来て、何百人も死んだりした」

イリティルディアの来襲は、もっとも周囲に被害を撒《ま》き散《ち》らした一件だ。ヴァルトは震えそうになる手を握る。

「最初は五回に一回起こるくらいだった。でも繰り返す度にどんどん頻度が上がってきている。どれほど逃げても、魂が解体されるって結果だけが追いついてくるんだ。そうすると当主の空白期間が生まれるからね。歴史が先に進まないのもこれに関係しているのかもしれない」

まるでエルテリアと世界の拮抗点だ。

書き換え続けるものと、その現状を変革しようとするもの。

「僕はここから先に行けない。僕の魂は、世界に溶け入ることもない。ただエルテリアに傷つけられて、世界に解体されてしまう。それだけだ」

世界からしてみれば、たった一人の死だ。微小な点で、だから固定も容易かったのだろう。

魂だけがない彼女の体は、いつも温かかった。

その温《ぬく》もりを全て覚えている。忘れたことはない。今度こそは、と思って、それでも変わるのは、彼女を先に失うか、自分が死んでしまうかだ。

「エルテリアが封印されても僕の魂は助からない。それに、このまま時が進めばやがて、血によらない新たな当主が選びだされるだけだろう。なら、僕のところで終わらせる方がずっといい」

ミラリスが、書き換えと、修復の混ざる波打ち際だ。

彼女を、そこから連れ出さなければ。

何と引き換えにしても構わない。時を戻しても変わらないのならば、壊してしまう他ない。

今のミラリスは、自分が次の当主になるとは知らない。ヴァルトが最後の当主だと思っている。

彼の話を信じて、彼を助けるために、ここまでついてきてくれた。

だからもう――

「貴方が暮らしてたあの屋敷、もう一人女の子が住んでいましたよね」

透き通って、よく響く声。

闇色の眼差《まなざ》しが、何もかもを見通すようにヴァルトを見つめる。

「貴方が本当に助けたいのは、その娘の方ですか」

ティナーシャはじっとヴァルトの反応を窺う。

彼の目は大きく見開かれて、それは今まで見た表情の中で。もっと感情が顕わになったものだった。ティナーシャは、自分の煩悶《はんもん》を読まれないよう意識する。

――本当に彼が最後の当主なら「未来の当主がいたら分かるが、存在しない」などと、ああも確証を持って言えないだろう。

彼は、自分の後にも当主がいると知っている。最後の当主は、その少女の方だ。

魂が解体されてしまうのも、歴史の行き詰まりにいるのも彼女で……だからヴァルトには迷いがない。

ヴァルトは青白い顔のまま答えない。答える気がないのだろう。

ティナーシャは呼吸を整える。声が揺るがないように意識する。

「貴方の願いは分かりました。今の世界とエルテリアが置かれた状況も」

「……それはよかった。なら、それを壊してもらおうか。僕に退く気がないことは分かっただろう。トゥルダールを無事に取り戻せるのは貴女だけだ」

そう言うヴァルトの顔は既に、元の冷徹な無表情に戻っている。

――選択の余地はない。人質を取られているのだ。

だが、彼とのやりとりで察したのは、今がそれ以上に選びようのない岐路だということだ。

エルテリアを破壊して、世界が本来の姿を取り戻すというのなら。

それは、二つの球がもたらされた空白期、千年以上前の昔から、再び歴史がやり直されるということにならないか。

「だとしたら……」

今のこの世界は、果たしてどこまで本来の世界に近いものなのか。改竄を打ち消せは、どの道トゥルダールは滅びてしまうのではないか。それだけでなく、エルテリアの改竄がなくなれば、母親に助けられたオスカーの運命も変わるだろう。誰かが助けたいと願って手を伸ばした命が全て、そうなってしまうように。

動けないでいるティナーシャの内心を見透かしたように、ヴァルトが言う。

「賭けてみればいい。エルテリアがなくなっても、貴女の国も、貴女の夫も、無事で残って今のまま歴史が続くと。ここで貴女が選択できなければ、トゥルダールは確実に滅ぶよ」

「分かって……ます」

今生きている民をむざむざ見殺しにはできない。

愛しい国だ。四百年前も、今も、それは変わらない。朝から夕まで働き、家族と共に笑い、たまの祝祭に喜び、平穏に老いていく――そんな人間たちが暮らす普通の国だ。

城から見る街の灯が好きだった。人の生を美しいと思った。

彼らを守るために己の一生を費やして構わないと思っていたのだ。

にもかかわらず、つきつけられた選択肢はどちらも行き止まりに見える。

とても重い。

生かすための重さなら、負うことに躊躇いはない。だが今のしかかっているものは違う。ティナーシャは、その重さに膝をつきたいほど迷っていた。

台座の上に開かれた二つの小箱。紅い球と蒼い球。

それらは人の思いを吸って輝く球だ。希望と絶望を生む呪具だ。

これを壊して、誰の運命がどれだけ変わるのか。

ティナーシャは震える手を球に伸ばした。

だがその時、外から男の怒号が響く。

「ティナーシャ！」

安堵と後悔が全身を走り抜ける。

それは、彼女の愛するただ一人の声だった。

崩れ落ちそうになったティナーシャに対し、ヴァルトは舌打ちすると素早く動いた。

二つのエルテリアのうち、一つは懐に押しこみ一つは左手に摑む。そして彼は空いている右手でティナーシャの手を引いた。

「行くよ！」

宝物庫から外には出られない。ここから転移するにはティナーシャであっても詠唱が要る。その間に、オスカーはヴァルトを捕らえるだろう。

ヴァルトはティナーシャを引き摺って宝物庫の奥に走ると、そこにあった扉を蹴り開けた。暗い石の通路の中に飛びこむ。一瞬遅れて壁の燭台が灯った。

「ちゃんと走ってよ。言うことを聞くんだ」

短い命令にティナーシャは頷く。罠に備えて防御結界を張りながら、二人は薄暗い通路を駆け下りていった。すぐに背後から聞こえてくる足音に、ティナーシャは唇を嚙む。

——来て欲しかった。でも来て欲しくなかった。

一国を人質にした、選びようのない選択の中に彼を呼びこんでしまったのだ。自分の決断の遅さに彼を巻きこんでしまった。

「オスカー……」

魔法士である二人だ。決して足は速くない。もつれるように走っていくその終わりは近い。

第一、この先に出口はないのだ。ティナーシャは城へと繋がる抜け道を知らない。待っているのは無言の湖だ。

「……あ」

ファルサスの伝説にもなっているその存在を思い出し、彼女は息を詰める。エルテリアの置き場に困った時に、頭を掠めた案があるのだ。

それを今実行するのは難しいかもしれない。けれど、可能性はある。

ティナーシャは背後の気配に集中する。

もうすぐ追いついてくれるだろう男を信じて、彼女は走り続けた。


転げ落ちるように通路を抜けたヴァルトは、突然広がった湖に唖然とした。

まさか城の地下に湖があるとは予想もしていなかった。簡単に逃げられるとは思っていなかったが、だとしても時間を稼げると思っていたのだ。

少し離れた場所に湖の上を行く通路が見える。だが見通しのいいその通路に出ることを、ヴァルトは躊躇った。捕らえたままの女を見る。

「転移構成を組むんだ。早く！」

「――そこまでだ」

ティナーシャが答えるより先に、場を支配する男の声が響いた。

通路から、アカーシアを抜いたオスカーが現れる。

王は婚約者と、彼女の手を摑む闖入者を見て笑った。見る者を圧する王者の威がそこにはある。

「その女を引きずりまわした代償は高いぞ。――ティナーシャ、来い」

「行きませんよ。彼女は僕に背けない」

ヴァルトは緊張に背筋を冷やしながらも微笑んでみせた。

――オスカーに仕えたのは、あの一度きりのことだ。

臣下でいたのも三年間だけ。だが、そのたった三年で、主君の存在が意識にすりこまれてしまったのかもしれない。他の人間のように上手く操れない。反射的に委縮してしまう。

苦手な相手で、できれば対面したくなかった。だがそうも言っていられない。

ヴァルトは片手にティナーシャの体を抱えこみながら後ずさった。あと一歩でも下がれば湖だ。

オスカーは笑いを収めると、一歩前に出る。辺りの空気を変えるほどの威圧がヴァルトに叩きつけられる。

「女を渡せ。エルテリアもだ。改竄はさせない」

「書き換えたのは貴方の方だ！　そのせいで僕たちはもう一度苦しむ羽目になった！」

「それは悪かったな。だがもう終わりだ。その球は封じる。誰にも触らせない」

「駄目だ。貴方には分からない」

「言われなければ分からないのは当然じゃないか？」

「貴方は、どんなに大切な人間よりも国を優先できる人間だ！　だから僕は貴方を裏切り続けるしかない！」

かつての主君は、『裏切る前に相談しろ』と言った。だが言えるはずがない。答えなど分かっている。オスカーは自分より大切な妻であっても、無数の民の方を選ぶ。だからヴァルトの気持ちを理解しても賛同しない。協力を請うことはできない。

エルテリアがある限りミラリスの魂は解体されてしまうのだ。ここで退くことはできない。

『ヴァルト』

頭の中に直接、不安そうな少女の声が響く。

何よりも守りたい少女だ。無二の存在だ。彼女を解放できるなら自分など消えていい。愛情の一片さえ忘れられ、なかったことになって構わない。

『ヴァルト……逃げて……』

「大丈夫、まだやれる」

譲れないのだ。ここで目的を果たさぬまま死ぬわけにはいかない。立って戦える。絶望を越える。

『お願い。帰ってきて』

確かめるような言葉。懇願。

彼女の愛情を疑ったことなどない。

ただ自分がいなければ、最初から出会わなければ、彼女は別の誰かを愛するだろう。

それでいいのだ。

そうあればいい。

ヴァルトはエルテリアを握る手に力を込めた。真っ直ぐオスカーを見据える。

誰とも分かち合えぬ焦燥。その上で一人戦う彼の頭の中に、少女の声が囁いた。

『聞いているの？　私が助かったとしても、貴方が消えてしまっては意味がないの。貴方と出会わぬ幸福より、私は貴方と出会う不幸を選ぶ。それがたとえ限りある時間だとしても、人とはみんなそういうものでしょう。だから、帰ってきて』

「……ミラリス」

ヴァルトは息をのむ。

ミラリスは、ティナーシャの会話から気づいたのだ。

彼女が最後の当主であることと……エルテリアが壊れればヴァルトもまた消えるということに。

ミラリスは全て知っても、どれだけ苦しんでも、やはり彼を選ぶ。

そういう人間なのだ。その強さを知っている。

——泣いてしまいたかった。

彼女の強さに甘えたかった。繰り返す日々を、穏やかな愛情で埋めたい欲求が生まれる。

だがヴァルトは最後の一歩を踏《ふ》み止《とど》まった。

未来は見えない。だから、諦めない。

ヴァルトは、オスカーとティナーシャの会話を聞きながら歯を食いしばる。腕の中の女に転移を促そうとして、しかし突然の衝撃によろめいた。

「殺さないで！」

次の瞬間大きな水音が、暗い地底湖に響いた。

ヴァルトに捕らわれたままのティナーシャは、自分たちの前に立つオスカーを見つめた。明らかな怒気が彼の顔に浮かんでいる。

この距離では彼に敵《かな》う魔法士はいない。転移の構成を組めば彼は一瞬で踏みこんでくるだろう。いくらティナーシャを人質にしていようとも、ヴァルトが逃げおおせるとは思えない。

彼女は強張ったヴァルトの顔を見上げる。その懐に、丸い球をしまった膨らみが見えた。

ティナーシャはもう一度オスカーを見る。

――ヴァルトは、トゥルダールがオスカーにとって人質にならないことを知っているはずだ。だからきっと動き出せない。ティナーシャが今、動けないように。

だがオスカーは違う。彼ならば、トゥルダールのことを知っても迷いなく戦うだろう。それができる人間だ。トゥルダールは彼の国ではない。たとえそのことでティナーシャに恨まれようとも、為すべき選択をする。折れない強さを持っているのだ。

だから、頼るならば彼しかいない。今のこの膠着《こうちゃく》から、何かを動かせるのも。

ティナーシャは深く息を吸う。

彼を信じられる。彼の他には誰もいない。明るい夜空色の目がティナーシャを捉える。

「どうしてお前は目を離すとすぐにこうなんだ」

「ごめんなさい」

「別にいい。何とかしてやる」

揺るぎない返答は、彼女の夫としてのものだろう。

自分たちは夫婦になる。それはようやく辿りつき、通り過ぎるはずの一地点だ。

たとえ相手が誰であっても、どんな事態であっても、乗り越える。今までそうやってきたのだ。

オスカーはアカーシアを握りなおす。

「何かあったんだろうが、無茶なことはするな。余計なことも」

「これでも、いつも最短の手段を取れるように考えてるんですよ」

「それが余計だと言うんだ」

「貴方がいるからできるんです」

深い信頼。己よりも彼のことを信じている。

そして今は、確かにお互いがここにいるのだ。

これはきっと幸運だ。積み重なり続けた運命の岐路にも挑める。

ティナーシャは、月光のように微笑んだ。


「だからオスカー、私を助けてください」


彼女は手を伸ばすと、ヴァルトの懐から素早くエルテリアを抜き取った。

ティナーシャはそのままヴァルトに体当たりをすると、反動のまま後ろに跳ぶ。視界の端に、オスカーの驚愕の顔が見える。

「殺さないで！」

彼女はオスカーに向かって叫んだ。その体が、青い球を抱えたまま湖の中に没する。

水音。白い泡が上がる。水の冷たさが衝撃となって押し寄せる。

――オスカーならばきっとヴァルトを留めてくれる。

遠くなる水面を見上げながらティナーシャは小さく笑った。

とんだ人任せだ。こんなに頼りきっていいのだろうか。

だが彼はそれを許してくれる。だから今だけは甘えるつもりだ。

もしこのことで、彼に罪を背負わせてしまうなら、本当にそれを負うべきは自分自身だ。

だがそうはさせない。誰も失わない。トゥルダールに戻って、何としても構成を解く。

そして改めて、ヴァルトと向き合うのだ。エルテリアから彼らの魂が切り離せないか挑戦する。

オスカーはきっと「甘い」と言うだろう。だがそれは彼の立場が言わせる言葉だ。世界と改竄が
ぶつかり合って軋《きし》み合う狭間《はざま》にヴァルトたちがいるなら、まず彼らの安全を確保する。その上で、
改めて話し合って考える。エルテリアと、この世界をどうすればいいかを。

そのためには、ここを切り抜けなければ。

ティナーシャは意識を集中させる。魔力を分解させる湖水だが、剣であるアカーシアよりもその
力は薄い。まだ水を飲んでいない今なら、魔力の圧を上げて押しきれるはずだ。前もそうやって危
地を脱した。

だから彼女は極限まで素早く、そして密度を上げた構成を組む。

転移構成が完成し……けれどその瞬間、ティナーシャは変化に気づいた。

抱えこんだ青い球が温かい。

どこまでも冷えていく水と対照的に、エルテリアが熱を帯びていく。

そしてそれを捕らえるように、静かな湖水の全てが彼女に手を伸ばしてくる気がした。

——何かがおかしい。

体がうまく動かない。構成が霧散する。

沈んでいく。搦めとられる。この燃えるような球を抱えたまま溶かされていく。

天地が分からなくなる。何が起きているのかも。

不意に球の表面に亀裂が入る。

ティナーシャはぎょっとしてその亀裂を見つめた。

亀裂は見る間に広がり、生まれた隙間から湖水が入りこんでいく。

それに抗《あらが》うように、刻まれた紋様が白く光りだした。

発動が始まる。

彼女はあわてて両手に魔力を込めた。球の発動を留めようとし、だが光はまたたく間に強くなる。


——彼の元に戻りたい。

ふっと、そんな願いが脳裏をよぎる。何もかもが失われる予感がする。

もうすぐだ。もうすぐ彼に嫁ぐはずなのだ。少女の頃の約束が叶えられる。

花嫁衣裳が少しずつ完成に近づいてくのを、浮き立つような気分で楽しみにしていた。両親からもらったヴェールを使える日が来るのが信じられなくて、自分には過ぎた未来だと思った。

彼の隣で生きられる日々を、待つこと自体が幸せだった。

四百年の時代を超えるものを彼にもらったのだ。彼に嫁げたなら、その日の夜に死んでもいいとさえ思った。

なのに、今になって――


ティナーシャの体を白い光がのみこむ。

視界が焼かれる。球を押さえていた手が消失する。

体も、意識も、魔力も、解体される。

心、も。

――帰り、た

その思いを最後に、彼女の記憶は途切れて消えた。

7．運命の代償

『起きて』

そう囁かれた気がして、少女は顔を上げる。
辺りは何も見えない。ただ水のように冷たい暗闇が広がっているだけだ。
その只中にしゃがみこんでいた彼女は、闇色の目で辺りを見回した。
自分が何をしていたか分からない。
自分が何者かも分からない。
一人切り離された彼女に、姿なき声が囁く。

『どこに帰りたい？』
――帰りたい。ここから帰りたい。でも、どこに？
『君が選んだ時で、世界を再構成する』

何を言われているのか分からない。
少女はこの闇の中で、十三歳のままだ。
別の道を選ぶために留められている。

『無数の君の人生の記憶から、もっとも安全な時を選ぼう』
——安全、な。
『あるいは、幸福な』
——幸せな。
『さあ、選んで』

選ぶ。それは一つだけだ。あの人の傍。あの人のいるところ。
もっともあの人に近いところだ。安心して眠れていた時のこと。
迷うはずもない。躊躇うこともない。
少女は立ち上がると、足元にあった球を拾い上げる。

『走って。行って』

彼女は駆け出す。

選んだ先に光が生まれる。そこから世界が作られていく。
彼女は暗闇を振り返らない。小さな体が変わっていく。大人のものに変じていく。
作られる世界に向けて走っていく。
『今度は君の魂に、新たな記録を刻んでいこう』
彼女はもう声を聞いていない。自分のいたい場所へ、時間へ、夢中で走っていく。
『挑めばいい。何度でも望む限り。君たちは繰り返し挑み続ける』
走る。湖水の暗闇が遠ざかる。
彼女が一歩駆けるごとに世界が作られる。再構築される。
『挑め。挑め挑め。叶えたい結末に辿り着くまで』
そうして真白い光の中に、彼女はついに飛びこんだ。

たとえば私がいなければ。

貴方は別の誰かを愛するでしょう。

代わりがいない人などいません。その誕生にも死にも意味はない。

ただ、誰かが誰かを思う。その生を愛し、出会いを尊び、救われる。

まるで奇跡のような一瞬、雷光のように光る感傷。

その時、そこに私は意味を見出すのです。

※

ティナーシャは跳ね起きた。

暗い、見知らぬ部屋だ。窓の外は夜で、部屋の中には一つの明かりもない。ただ青白い月光が広い床を照らしていた。

彼女は荒い呼吸を整えて自分の体を見下ろす。そしてぎょっとした。何も着ていないのだ。思わず白い裸身の膝と頭を抱えこむ。

「な、何で……」

「どうした」

すぐ隣で男の声がして、彼女は飛び上がりそうになった。

うつぶせに寝ていた男が、顔を上げて彼女を見つめている。

日が沈んだばかりの空のような青い瞳。

よく知っているはずの男だ。しかし咄嗟にその名前が出てこない。

明らかに同衾《どうきん》していたと思しきこの状況で、男の名が思い出せないとはどうかしている。そこまで考えてティナーシャは、自分の名も分からないことにようやく気づいた。

愕然と自失しかけるが、そうもしていられない。彼女は掛布を引いて体を隠しながら、男に向かって問いかけた。

「貴方は誰で、私は誰で、ここはどこですか……」

彼女の問いに、男はあからさまに呆れた顔になった。彼は起き上がって枕に寄りかかりながらも教えてくれる。

「突然起きたと思ったら寝ぼけてるのか？　俺はお前の夫でファルサス国王。お前は王妃で魔女で旧トゥルダールの継承者。で、ここはファルサスの王宮の寝室だ。名前まで名乗った方がいいか？」

「あ……」

そこまで言われて、ようやく記憶が追いついてきた。

四百年以上前に生まれ、国の滅亡と共に魔女になったティナーシャ。彼女は、紆余曲折を経て彼の妻になったのだ。いくら寝起きが悪いとはいえ何故そんなことを忘れていたのか分からない。

ティナーシャは頭を振った。

「すみません……寝ぼけてました」

「みたいだな。まだ夜中だぞ」

オスカーは苦笑する。その笑顔に無性に懐かしさを覚えてティナーシャはほっとした。全身から緊張が抜ける。手を伸ばして妻の頭をくしゃくしゃと撫でる彼に、ティナーシャははにかんだ。

「なんだか……今じゃない夢を見てたようで……ここに至るまですごく長かった気がします」

「昔の夢か？　俺の二十倍は生きてるからな」

オスカーは苦笑すると、柔らかな目になる。

「よくがんばったな」

優しい声音。妻の歩いてきた年月を労《いた》わる温かさこそ、孤独の果てにティナーシャが手にしたものだ。この温度に、愛情に、自分の残りの一生を捧げたいと思った。

ティナーシャは嬉しさを噛みしめると、悪戯めいて返す。

「私って、貴方の二十倍も大人な気がしないんですけど」

「とっくに頭打ちなんだろう。お前は短気だし、人付き合い不器用だしな。俺は別に構わないが」

「子供を見るような目で見ないでくださいよ！」

叫びながらも顔は笑ってしまう。

永く生きてきて、人から離れることを選んで、自分は異質だと断じた。

それが魔女だ。中でも彼女はもっとも強大で、なおかつ祖国への妄執を抱いた人間だった。

だが歪な彼女に対し、魔女であることを否定せず、彼自身の何を捨てることもなく、オスカーは隣に招いてくれたのだ。

彼と出会ってからの日々が、今まで生きてきた中でもっとも満ち足りていた。

だから彼を愛する妻であり彼に御される力の一つとして、ティナーシャはこれからを生きていく。

「今、とても幸せです。貴方のところに辿り着けてよかったです」

——ここが一番、幸福で安心できるところだ。

何の憂いも、不安もない。このまま今の時間が続いていけばいい。

ティナーシャは曇りなく微笑んだ。しかしその顔を見て、オスカーは怪訝そうになる。

「どうした？」

「え、何がですか？」

言いながらティナーシャは、自分の視界が潤んでいることに気付いた。

「あれ？」

指で目頭を押さえる。急に夢から飛び起きて、感情がおかしくなってしまっているのだろうか。

——いつかどこかで、少女のような恋をした気がする。花嫁衣裳を着てみかった、と思った。

どうしてそんなことを思ってしまうのか。自分は確かにオスカーに娶られたはずだ。物知らずな少女ではなく、氷の女王でもなく、四百年の倦怠《けんたい》を抱えた魔女として彼に出会った。

なのに不思議とささやかな齟齬《そご》を感じるのだ。終わってしまった夢への愛惜が、残り香のように自分の中でたゆたっている。ティナーシャは掛布の上から胸を押さえた。

「何でしょう。何か……貴方と結婚できなかった、気がして」

「お前、本当に大丈夫か……？」

呆れではなく心配が勝った目が妻を見上げる。それもそのはずだろう。今ある現実とあまりにも違い過ぎる。記憶が混濁している。

それはあるはずのない、消えてしまった――

しかしティナーシャは、自分に渦巻くものをのみこんだ。

「大丈夫、です」

「ならいいけどな。無理に起きてないで寝てろ。余計に朝起きられないだろうが」

夫の声は優しい。彼は両手を伸ばすと妻の細い腕と腰を抱き取る。

ティナーシャは、何故かその手にぎょっとした。

「ちょ、ちょっと！」

反射的に声を上げてしまったが、避ける間もない。彼の隣に引き戻されたティナーシャは、直《じか》に触れ合う肌の感触に拭いきれない違和感を覚えた。反射的に彼の手から逃れようともがく。

「なんかこれ……！」

あんまりな妻の反応に、オスカーは眉を顰めた。

「どうした。何で逃げる」

「や、やっぱりすごく変な感じが!?　だってこういうの、したことない気が！」

「面白いことを言うじゃないか……」

オスカーがさすがにこめかみを押さえる。その間にティナーシャは彼の腕をすりぬけようとじたばたしたが、鍛えられた王の手はそれを許さない。

「まだ寝てるなら起こしてやろうか」

言うなりオスカーは逃げようとする妻に顔を寄せると、白い首筋に口付けた。ティナーシャは猫のような悲鳴を上げる。

「待ってくださいって！　何かおかしいよ！」

「お前がおかしい。壊れすぎだ」

「話し合いしましょう！　放してください！」

「断る」

オスカーに組み敷かれたティナーシャは、ばたばたと暴れた。自分でもどうしてこんなにあわてているのか分からないが、「何かがおかしい」と感じるのだ。その爪先が冷たいものを蹴る。寝台の中にあるはずもない硬質の感触に、ティナーシャは眉を顰めた。

「待って……何かあります」

「何って何が」

オスカーは、妻の言葉に顔を上げた。彼女は夫の下から身をよじって手を伸ばすと、敷布《しきふ》ごと何かを手繰り寄せる。

そして、それを手に取った。

「これ……」

二人が覗きこんだ先にあるものは、表面に紋様の彫られた青い球だった。

——知っている、と記憶の奥底で己が囁いた。

「っ、あ……!」


途端、ティナーシャの中に無数の記憶が汲み出される。

気が遠くなるほどの膨大な記録、繰り返された人生。

魔女に成らぬまま、国と共に死んだこともあった。

もっと子供の時に殺されたことも。魔女に成ってから死んだことも。

彼に出会わなかったこともある。誰も選び取らなかったことも。

贖罪《しょくざい》を果たさぬまま死んだことも山のようにあった。全てを終えてから、ふとした危機に命を落としたことも。

何度も違えられた運命の中で、それでも彼女が彼の腕の中に辿り着いたのは、たとえようのない積み重ねの果ての、ただの奇跡だ。

まるで夢のような記憶で……だからこそ、こんなにも幸福で愛しい。

——どこにいても、ここへ帰りたいと思うほどに。


ティナーシャは左手で顔を覆う。

突然声を殺して泣き始めた妻を見て、オスカーは目を丸くした。柔らかい体を抱きしめる。

彼は妻の顎に指をかけ上を向かせると、闇色の瞳を覗きこんだ。

「どうした？　何があった？」

「オスカー……」

ティナーシャはゆっくりとまばたきをする。真珠に似た涙が零れ落ちた。

彼女は深く息をつくと、悲しげに微笑む。

「私、とても長い旅をしてきたんです。……聞いてくれますか？」

美しい頼りなげな笑顔。

彼女のそんな表情を見るのはずいぶん久しぶりな気がする。その涙を見ることも。

オスカーはそっと小さな唇に口付けた。

「言ってみろ」

そして彼は、エルテリアを巡る、今はもうない歴史の話を聞くことになったのだ。

※

一通りを聞き終わったオスカーは、長く嘆息した。

「すごい話だな。信じられん」

「でしょうね」

ティナーシャは夫の感想に苦笑した。寝台脇のテーブルに置いたエルテリアを見る。

青い色、つまりこれは本来トゥルダールに死蔵されていたはずのものだ。

「トゥルダールか……見てみたかったな」

何気ない夫の感想にティナーシャの胸は鈍痛を覚える。彼女の祖国、愛し守ろうとした人々はもういない。今、この世界ではかの国は四百年の昔に滅びているのだ。

無数の繰り返しの中で、トゥルダールが存続し得たのは、あの一度だけだ。

そしてそれはもう消えてしまった。どこにも残っていない。あの歴史は割れかけたエルテリアによって「行き止まり」と判定された。だから巻き戻しが発生したのだ。

「結局私は……トゥルダールを守ることができませんでした」

ティナーシャは閉じた瞼を押さえる。

後悔が涙になって零れ落ちる。彼女の脳裏に最後に見たレジスの微笑が浮かんだ。

まるで幻のような国だった。彼女がいつか夢想したかもしれない国。

だがそれは幻想でも何でもない。今は存在しない国だとしても、改竄が修正されたとしても、あの国は、そしてそこに住む人々は確かにいたのだ。その日々を、街に灯る火の美しさを、自分だけは覚えている。

彼らは果たして幸福だったのか。その答えを出そうとしても、ただの慰めにしかならないだろう。

――誰もが幸せな世界など存在しない。誰かを助ければ代わりの誰かが犠牲になる。

そう言ったのはヴァルトだが、ある意味彼の言葉は正しいのだろう。

悲劇と救済は恋人のように絡み合いながら世界に広がる。全てを救うことはできない。いつもどこかで悲嘆する人間はいるのだ。たった一度、祖国と共に生きられたティナーシャが、再びただ一人残されてしまったように。

ティナーシャは涙に濡れた睫毛を揺らす。オスカーの指が、彼女の頬をそっと拭った。

「いい国だったか？」

「……ええ、とても」

二度失った祖国への思いを消化するには、もう少し時間が必要だろう。

そして彼女の話によって、エルテリアにまつわる話を知ったのはオスカーもだ。ティナーシャは少し迷ったが、夫に彼の母の死の真相を告げたのだ。

彼は驚愕の表情でそれを聞いていたが、混乱するわけでもなく小さく息をついた。

「実は時々、見たこともない影像がよぎることがあった。多分それが……記憶を封じられた残滓なんだろうな。お前は、俺が魔女の血を引いていると気づいていたのか？」

「まぁ、はい。覚えのある魔力でしたから……黙っててすみません」

「別にいい。気を使わせたな」

オスカーは妻の頭をくしゃくしゃと撫でる。その横顔を見ながら、彼女は自身の記憶を振り返る。

――不思議な感じだ。

魔女である今の自分ではない。もっと弱く、けれど懸命だったもう一人の彼女が、確かに精神の内に息づいている。歴史が改竄された分岐からたった七年。魔女からすれば泡のような年月を、女王となったティナーシャは苦悩しながら生き抜いてきたのだ。

そして、その果てに今の自分がいる。

オスカーは、妻の濡れた目を見返した。

「で、その消えたはずの記憶をお前が持っているということは……」

「ええ。──私に時読の当主が回ってきました」

今この時、ヴァルトもミラリスも既にいない。本来ならば当主の空白期間になるはずだ。

だが今は彼らの代わりに、エルテリアと接触した彼女が新たな当主となっている。

「全ての繰り返しの記憶がある、か。自分の分の記憶だけと言っても、お前の生きてきた年月でそれは相当だろう」

「そうですね。多少、自分で制御しないと辛《つら》いですね」

四百年の年月でも、精神の疲労を感じることはあったのだ。それが、今まで蓄積されていた無数の繰り返し分だ。己の記憶を直視しては耐えられなくなってしまう。

加えて、他のことも考えねばならないだろう。当主の座は、基本的には血によって引き継がれる。このままではティナーシャの産む子が次の当主になってしまうはずだ。

「でも、今回はかなり異例な当主選定です。エルテリアが湖の中で壊れかけて、そこから逃げるために世界の解体と再構成を行いました。──一番近くにいた私を当主にして、私の記憶と存在を錨に、世界を再構成したんです」

「つまり？」

「この世界は、さっき私が起きた時に作られたんですよ」

ティナーシャがそう言うと、さすがにオスカーは目を丸くする。彼自身には自覚がないのだから無理もない。今この時は、エルテリアが無数の上書きされた過去の中から選び出して、再構築したものなのだ。容易には信じられない話だが、当主であるティナーシャには事実だと分かる。

妻の話を咀嚼して、オスカーは思案顔で顎に手をかけた。

「なるほど。壊れかけたから緊急避難か。お前が湖の中で破壊しようとしたのか？」

「さすがに無理です。あの湖水ってアカーシアと同じ効果があるんですよ。魔力の圧を強引に上げれば魔法も使えますけど、簡単なものだけです。高出力の攻撃魔法なんて無理ですよ」

「無言の湖か。城の地下にそんなものがあるとはな」

「掘り当ててたのはあの歴史だけですからね。トラヴィスは知ってたみたいですけど、掘り起こされたから知ったのかもしれません。見たいなら多分転移できますよ」

「そうだな……いや、いい。大体のことは分かったしな」

「何がですか？」

荒唐無稽な話をのみこんでくれたらしい夫は、ぽんとティナーシャの頭に手を置く。寝台の上に寝そべって頬杖をついていた彼女は、猫のように首を傾げた。

オスカーは妻の額に口付ける。

「外部者の呪具とやらは、魔法法則でありえない力を持っているんだろう？　でもお前は、それらに出くわす前にもう一つ『何だか分からない仕組みのもの』を知ってるはずだ」

「え」

そんなことを突然言われても、どれのことだか分からない。何しろ長く生きて色んなものを見て来たのだ。だが、それらのうちオスカーも知っているものというと限られる。

真剣に考えこむティナーシャに、オスカーは苦笑した。

「そんなに考えこまなくてもいいだろう。――アカーシアだ」

「あ……！」

絶対魔法抵抗を持つ、大陸でただ一振りしかない王剣。

その効力は絶大で、だが仕組みは分からない。ファルサスの建国時代から伝わる朽ちない剣だ。

「アカーシアは無言の湖から人外が引き抜いたと言われている。つまりそいつも世界外から来たやつなんじゃないか？　お前の話だと、トラヴィスは無言の湖を『内部者の湖』と言ってたんだろう？」

「い、われてみれば……」

トラヴィスは、「世界外から来たやつに会ったことがある。外部者であって外部者ではない。人間に肩入れすることを選んで、人間の中で生きて死んだ」と言っていた。その人物こそが、アカーシアを生み出した本人で――

「ファルサス初代王妃……ディアドラ？」

「初代王妃？　名前なんて伝わってないぞ」

「四百年前にはまだファルサス王族の口伝にあったんですよ。と言っても、私が女王に即位して初めて聞けた話ですけどね。――彼女は、建国王に自分の力と引き換えにアカーシアを与えた。でも代わりに故郷に帰れなくなった、という話です」

湖から剣を取り出した人外と王妃。それが同じ人物を指すというのなら、トラヴィスがオスカーに「なんでお前は外部者の呪具について知らないんだ」と言っていた理由も分かる。彼は王剣と共に、初代王妃の真実についてファルサス王家に伝わっていると思っていたのだ。

「でも、だとしたら俺には世界外の血が流れてるのか」

「二十代も前の話ですからね。薄れきってるんじゃないですか、さすがに」

魔法的に見ても彼に人外の要素はない。ファルサスの建国当時と言えば七百年も前の話だ。

ティナーシャは感心して夫を見上げる。

「わー、そうだったんですね……アカーシアのおかしさに慣れきってて気づきませんでした」

「お前、迷惑がりながらも王剣に馴染んでるからな。でもそう考えると、何故湖の中でエルテリアが壊れかけたのか、つじつまが合うだろう」

「……ええ」

外部から観察するものと、人間に肩入れして人に嫁いだもの。

この世界を選んだディアドラは、同胞たちが送りこんだ呪具を排除できるだけの力を残していった。湖に落ちた時、湖水全てがエルテリアに向かってきているような気がしたのは気のせいではなかったのだ。

「エルテリアは、無言の湖から逃げたんですね」

――あの歴史が廃棄されたのは、きっと無言の湖が発掘されたからだ。

魔女に成らなかったティナーシャを捕らえるために、時読の当主が宝物庫に忍びこんで、結果地下迷宮が作られた。初めて起きた出来事の積み重ねが、エルテリアをあと一歩まで追いつめたのだ。

「……私、エルテリアをどこに封印しようか迷った時、無言の湖に沈めてしまおうかとも思ったんです。あそこなら、ほとんどの人間は手を出せませんから」

「それをしてたら、もっと早くこうなってたかもな」

何度目かの溜息をティナーシャはつく。

ヴァルトがもしこのことを知っていれば、もっと別の方法を取っていたかもしれない。

それとも、それでも彼はティナーシャに接触してきたのだろうか。

——ヴァルト・ホグニス・ガズ・クロノス。

二代前の当主であり、かつての臣下でもあった彼の本名を、ティナーシャは同じ当主として記録から知ることができる。だが彼が何を思い、何を貴いとして生きたのか、その内面には誰も触れることは叶わない。彼はついに一度も、ティナーシャに真実全てを打ち明けたことがなかった。

敷布の上に、魔女の溜息が落ちる。

「とんでもない話ですね。ヴァルトが破壊しようとしたのも分かります。——この時代は、巻き戻しが多すぎる」

「人の手を渡り歩いていた、か。今の歴史は消失したものの一つ手前なのか？」

「正確には、それに限りなく近いもの、でしょうね」

この歴史は、ティナーシャを錨として再構成されたものだ。オスカーが四百年前に戻らなかったら続いていただろう時間。だが、作り直されたものの以上、どこかに差異があるのかもしれない。

「私が、この歴史を選んだんです」

「お前が？」

「ええ。エルテリアの発動には人の願いが要りますから。どこを再構成するか問われて、私が今を選んだんです。……私の持つ記憶の中で、今が一番幸せですから」

――彼の元に帰りたい、と願った。彼の隣にいる時が一番幸せだった。

だから、今この時に目覚めたのだ。

オスカーはそれを聞いて相好を崩す。

「光栄な話だな」

「貴方、子供の私に『四百年を越えて自分に会えたら、必ず幸せになれる』って言ってくれたんですよ。あの言葉は本当でした」

「そうか」

大きな手が、彼女の頬に触れる。ティナーシャは、夫の瞳に映る自分の顔をじっと見つめた。

彼には繰り返した記憶がない。

けれど今、二人の間に沈殿しているものは悠久だ。彼女が積み重ねた時間の重みと、彼が注いでくれた想いの大きさが、交わるこの場所を永遠にしている。

永遠で――けれどここに留まり続けてはいられない。

ファルサス王家を時読の当主にするわけにはいかないのだ。当主の魂とエルテリアを切り離せるか試して、無理であれば別の妃を招く。ティナーシャ自身は肉体の成長をもう一度止めるしかない。

そうして可能な限りの永劫《えいごう》を、時読の当主として一人生きていく。再び新たな誰かがこの呪具に囚われてしまわないように。

オスカーは正妃を降りることに反対するかもしれないが、彼の死まではこの城にいるつもりだ。

そしてそれだけの思い出があれば、永遠も生きていける。

目を伏せてそんな物思いに耽《ふけ》っていた彼女は、オスカーの視線に気づいて顔を上げる。じっと妻を注視していた王は、ほろ苦くも見える微笑を見せた。

「ティナーシャ」

「はい」

彼女が続きを待っていると、オスカーは顔を寄せて妻の瞼の上に口付ける。

彼は寝台から下りると、上着を着ながら言った。

「行くか。服を着ろ」

「え？　行くってどこに……」

「もう一つあるんだろう？　宝物庫に。それ注意して持ってこい」

オスカーは青いエルテリアを指しながら、自分はアカーシアを手に取った。

精悍《せいかん》な立ち姿。その迷いのなさを美しいと思う。

夫の姿に揺るぎない意志を見て取った彼女は、何をするのか分からないまま、黙って頷いた。


突然真夜中に宝物庫に行くという王夫妻に、見張りの兵士たちは驚きながらも頭を下げた。

供を断って二人は宝物庫に入る。すぐにティナーシャが一つの小箱を見つけてきた。

「これですよ」

「ふむ」

ティナーシャは雑然と物が載せられた台を片付けると、空いた場所に二つのエルテリアを並べた。

赤と青。

同じ紋様、対になる存在。

オスカーは顔を斜めにしてそれを見やった。

「二個同時に壊さないと駄目なんだな？」

「そうですが……って壊すつもりなんですか!?」

「もちろん」

「ええ!?」

平然と言ってのけた男に、ティナーシャはあんぐりと口を開けた。

大きな目を丸くしてしまった妻を見返して、オスカーは苦笑する。

「お前の言い分は分かった。いや、ヴァルトとやりあった方のお前の言い分か。今はどう思っているのか分からないが、お前が、過去を改竄しても人を助けたいという思いを肯定するなら。それによって自分の人生が改竄される覚悟もあるなら——その覚悟を汲んで俺はこれを壊すことを望む」

「……オスカー」

エルテリアによって、数多《あまた》繰り返された改竄。

それらはきっと、運命への挑戦だった。歴史の影で、人はそんな挑戦を繰り返していたのだ。

そして、その最後の挑戦が、今だ。

エルテリアを破壊し、違えられた運命全てを、本来通りに書き直す。

これもまた改竄と言うなら、今まででもっとも大きなものになるだろう。

最初にエルテリアを与えられた母親は子供を助けることができず、時読の一族は消滅する。

ヴァルトは生まれず、ミラリスとも出会わない。

それだけでなく、今いる多くの人間の運命も変わるはずだ。オスカーがそうして、魔物に襲われたところを母親に助けられたように。

「貴方は……」

ティナーシャはその先をのみこむ。

——彼は自分の死の可能性を分かっているのだろうか。

魔女は男の青い目を真っ直ぐ見つめる。彼は妻の訴える視線に少し笑って見せた。

「これによって助けられて、助けたこともあるらしい俺だから言うがな。それを聞いてもやはり過去を改竄するなんて後ろ向きな行いだ。人の進む道に反する。どんなに後悔があったとしてもそれは抱えこむべきものだ。過去を今にできるものなど……あってはならない」

大きな手が、くしゃりと彼女の頭を撫でる。

「それに、過去が変えられると知れば今がおろそかになるだろう？」

子供に諭すように言うオスカーに向かって、ティナーシャは悲しげに微笑んだ。

――彼の言うことは正しい。

だがそれは彼だからこそ言える、強者の意見だ。

どれほどの人の思いと改竄をのせて今この世界が在るのか。

ささやかな思いは世界を歪め、歪みは広がりそれ自体が次の地盤となる。

間違っている。分かっている。だがそれを切り捨てられるかと言ったら、ティナーシャには分からない。それも人の一つの姿なのだと思うからだ。

ただ――オスカーは違う。

「お前に覚悟があるなら、これはここで終わりだ。外部者だか何だか知らんが、人の後悔につけこんで面白がられているようで気分が悪い。鑑賞され記録されるのは充分だ」

もし彼自身があの時、過去に跳ぶか否かを問われたなら、否と言ったはずだ。

ただ跳んだから彼女を助けた。強い人間なのだ。いつでも、どこからでも歩き出せる人間だ。

「どんな悲劇でも越えていけばいい。全て人間にはそれだけの力があると、俺は思っている」

静かな宣言。

ティナーシャは長い沈黙を経て、小さく首肯した。

彼の矜持《きょうじ》は人間の尊厳そのものだ。

この世界は箱庭ではない。人は玩具ではない。

観察者を、その意志を、否定する。

運命を支配されることを許容しない。

世界に一人生まれた時、分かたれた個人として立った時に与えられた誇りを思い出すのだ。

オスカーは、じっと妻を見つめる。

伏せられた闇色の目に不意に涙が滲む。彼女のそんな顔を見ると心が痛むが、感情を表には出さない。それは彼女を苦しめるだけだ。

ティナーシャは淋《さみ》しげに笑って見せる。

「貴方は、いつも思いきりがよすぎて驚きます」

「そうか？　結局はこの結論に行きついたと思うぞ」

「貴方ならそうでしょうね」

ティナーシャは細い腕を広げて抱き着いてくる。その背をオスカーは抱きとった。

世界の改竄と、再構成。

それが世界外の法則によって引き起こされているのだとしても、世界に少なくない負担を与えている以上、いつかは限界が来るだろう。現に歴史は、行き詰まりかけていた。その先がどうなるか、いつかもっと顕著な形で崩壊が現れるかもしれない。

なら、全てが壊れてしまう前に誰かが断ち切らなければ。アカーシアは、きっとそのために受け継がれてきた剣なのだ。

オスカーは妻の髪をそっと撫でる。

「それに、これを壊さないと、お前がまた子供を産まないとか言い出しそうだしな。それは困る」

「そんなことを言って……」

ティナーシャは涙混じりに笑う。

彼女は子供どころか、自分たちがもう二度と会えない可能性の方が高いと気づいているだろう。

エルテリアが持ちこまれたのは空白期。今から千年以上も昔の話だ。

そこから、全てまっさらにしてやりなおすのだ。自分たちが生まれるかさえ定かではない。生まれても、大人になれないかもしれない。オスカーが今大人になっているのは、母がエルテリアを使って助けてくれたからだ。本来の歴史に戻れば、自分はそこで死ぬ。

ただそれを顔に出せば、ティナーシャは進めなくなってしまうだろう。

だから何でもないように笑うだけだ。少しでも、欺瞞《ぎまん》でも彼女が嘆かずにいられるように。

オスカーは腕の中の彼女に囁いた。

「大丈夫だ。お前が一人で負う必要はない」

エルテリアを残せば、当主である彼女は一人で呪具を封じて生きていこうとする。

けれどそれでは何も変わらない。ヴァルトがそうだったように、縛られる人間が変わるだけだ。

だからここで終わらせる。先の分からぬ歴史に賭ける。本来、人間とはそういうもののはずだ。

ティナーシャが深く息をつく音が聞こえる。

「貴方は、何もかもお見通しなんですね」

彼女は顔を上げると、月下の花のように微笑んだ。彼の体を抱く腕に力がこもる。

「オスカー……歴史が変わっても、全てが元に戻っても。どこにも誰にも記憶が残らず、たとえ私が生まれなくても……愛しています。貴方が私の、最初で最後のただ一人です」

確信に満ちた、強い言葉。

深い情を謳う声。

稀有なる女だ。彼女に出会えたことが幸運だった。

彼女を愛して、愛情を返してもらったことこそが奇跡だ。命に替える価値があった。

「身に余る言葉だな。俺も同じだ。愛している」

彼女が、無数の記憶の中から自分の隣を選んでくれたことを愛しいと思う。濁流のような歴史を知った上で、今なお自分を愛してくれていることが嬉しい。

この世界が作られたばかりのものだとしても、彼女の中に自分と生きた記憶はあるのだ。初めから全てがなかったことになろうとも、それは決して無価値にはならない。

その記憶が、きっと一瞬先の決断を支えてくれるだろう。

オスカーは愛しみながら妻の白い頬に触れた。長い睫毛を伝って零れる涙が彼の手を濡らす。

――できるなら、彼女がまた幸福な一生を送れればいい。

自分と出会えなくてもいい。孤独と苦しみに苛《さいな》まれない生が彼女を待っていればいい。

ただもしいつか、あの青い塔を見上げる日に恵まれたなら、いつであっても迷いなく彼女に会うために踏み出すだろう。そうしてまた彼女に迷惑がられて、それでも一緒にいて、やがて一生を共にする……まるで他愛もなく、きっと届かない夢だ。

ただ、今この時くらい、幸福な夢を信じてみたいとも思う。

微かに震えている妻に、オスカーは囁いた。

「心配するな。俺はお前を手放すつもりはない。ここは単なる通過点だ。迷うな。女王だろうが魔女だろうが構わない。ちゃんと俺のところに来い。あんまり来なかったらまた押しかけるぞ」

「目に浮かびますよ」

ティナーシャは微笑む。涙の零れるその笑顔は美しい。

オスカーは小さな頭を抱いた。胸の上ですすり泣く声が聞こえる。だが彼女はすぐに唇を嚙んで嗚咽《おえつ》を止めた。爪先立ちして彼の首に両腕を回す。ティナーシャは夫の体に細い肢体を添わせた。

「私の王よ。永遠に貴方に焦がれている。私の力も精神も全て、貴方を支えるためのもの」

魔女の祝福は揺るぎない。

それだけの想いを彼女は注いでくれる。その強さに救われるのは、きっと自分の方だ。

苛烈で、鮮烈で、不器用ながらも人を愛していた魔女。

民のために、夫のために、己を顧みないその献身を知っている。

彼女が一緒だからこそ、踏み出せる。

染み入る温度を嚙みしめるオスカーに、迷いのない誓いが届く。

「だからどうか待っていてください。必ず私は貴方の前に現れる。時を越える。そうしたら私たち、もう一度恋をしましょう」

「……それは楽しみだな」

オスカーは破顔する。そんなささやかな喜びを夢想して、ここから世界を変えるのだ。

彼が薄い背をぽんと叩くと、ティナーシャは腕を解いた。

二人は至近で顔を見合わせる。お互いの額を触れさせる。

闇色の瞳と、夜空より明るい青の瞳が相手の姿を映しこんだ。

鼻筋を、頰を、唇を確かめながら合わせ、最後に深く口付ける。


自分たちはきっと、絡み合うはずのない運命の接触点だった。

だからこの終わりに辿り着けたのだ。

人として、干渉に挑むために。


ティナーシャが彼の左手を取る。オスカーは頷いてアカーシアを抜いた。

彼は人の思いを吸って輝く呪具に向き直る。

「人を弄ぶのは楽しかったか？　見縊《みくび》るな。お前を悦ばせるのは終わりだ」

鏡のように光る両刃の剣。それを掲げて、オスカーは宣言する。


「――干渉を拒絶する。塵《ちり》となって立ち去るがいい！」

アカーシアが振り下ろされる。

刃が、同時に二つの球に接触した。

白い光が世界を焼き尽くす。

澄んだ破砕音が響いた直後、全身に何かが突き刺さる痛みが走った。

「ティナーシャ！」

オスカーは隣にいた妻を咄嗟に腕の中に抱き寄せる。

世界を解体するほどの力が、渦巻いて荒れ狂う。

何も見えない。分からない。

食いこむエルテリアの破片が、それを追って押し寄せるアカーシアの力が、魂を変質させていく。

注ぎこまれるのは、世界外より持ちこまれた力だ。人を逸脱させるほどの——

「あああぁぁぁぁぁあああ！」

ティナーシャの悲鳴が上がる。

オスカーは妻の細い体をきつく抱きこむ。全てが真白く焼き尽くされる。

そして彼らは、どこかも分からぬ場所に放り出された。

【Unnamed Memory -Act.2 END-】

幕間《まくあい》：喪失の欠片

女は幼い子供の体をかき抱いて泣いていた。
子供は冷たくぐったりと動かない。死んでいるのだ。
取り返せないその命に彼女はただ泣き続ける。
どんなことをしても取り戻したい命なのだ。代わりのいない存在だ。
でもそれは叶わない。分かっている。時が戻るはずもない。
ただ彼女は願わずにはいられなかった。
「誰かお願い……助けて……」
嗚咽が世界にこだまする。
その哀願に応える者はいない。誰もいない。
震える声が、いつまでも世界の片隅に響いていた。

8. 灰色の部屋

「もっと、君たちを見ていたかったよ」

その言葉を聞いて、オスカーは顔を上げる。

一瞬、意識が途切れていたようだ。

自分はずっと、この小さな灰色の部屋で見知らぬ青年と向かい合って話していた、気がする。

何も置かれていないテーブルを挟んで座る青年の顔は、よく分からない。

オスカーは柔らかな椅子に体を沈めた。彼の膝上には、床に座る妻が頭を預けて、安らかな寝息を立てている。彼女の長い髪は灰色の床に艶やかに広がっていた。

青年は穏やかに、残念そうに言う。

「君たち人間を助けてあげたかった。だって、母親が子供を喪ってしまうなんて悲しいだろう？　だからやりなおしをさせてあげたかった。それだけじゃない。色んな悲しいことも、辛いことも、望めば書き換えられるよう、君たちみんなに挑める機会をあげたかった」

「それで世界を疲弊させていくとしてもか？　一つを救えば別の悲劇が生まれることもある」

「そうしたら、またそれを何とかするために君たち人間は動くだろう。僕はただ、選択肢を増やしただけだ。君たちが、何度でも繰り返し挑めるように」

「不要だ。自分たちで対処する」

いつからこの問答は続いていたのだろう。ずっと昔から繰り返してきたようにも、今始まったばかりにも思える。窓のない小さな部屋は、何もかもが灰色だ。まるで長雨が続く日のように。

やけに静かな部屋の中、ティナーシャの規則的な寝息だけが聞こえてくる。

青年は、少しだけ苦笑したように見えた。

「不要か。そう言われるかも、とは思ったよ。でももう君たち二人には僕たちの力が染みついている。その証拠に、君も今までの全ての繰り返しが思い出せるだろう？　あの道具に紐づけていた人間たちと同じで、けれどそれよりもずっと強力だ。君たちは、死んだとしても、他の人間のように魂が世界に溶け入ることはできない。人を逸脱した異物として漂い続ける」

「異物か」

エルテリアを破壊した時、外部者の呪具とアカーシアの二つの力の奔流が二人に降り注いだ。世界を変え得るほどの変質を、あの時オスカーとティナーシャは浴びたのだ。

――だからおそらくもう、自分たちに普通の終わりは訪れない。

それは予期しなかった結末で、彼女を巻きこんでしまったことは自分の責だ。

ただ……ティナーシャはきっと「一緒でよかった」と微笑むのだろう。それは喜びと苦さの両方を彼に呼び起こさせる。

「耐えきれなくなったら何とかするさ。少なくともこいつだけは」

アカーシアがあれば、彼女を解放することはできるだろう。

けれど青年は、それを聞いて首を傾げた。

「君はそれでいいのかい？　永劫を一人になるかもしれないよ」

「いい。既に充分過ぎるくらいもらっている」

彼女がくれた愛情は、一生を何度繰り返しても足りるほどのものだ。

オスカーは眠っている妻の髪を指で梳きながら、顔の分からない青年に問う。

「お前たちは、何故こちらの世界に干渉してくる？」

「君たちに触れて知識を蓄えるのが役割だからかな。でも、人それぞれ違う理由もあると思う。僕は、君たちに興味があったから。できるだけ長く見ていたかったからだ。……君が持っているその剣を作った彼女には『傲慢だ』と言われたけどね」

「それは言われるだろう」

「誰かに干渉するなんて、どんなやり方をとっても傲慢だよ」

青年の声音には、隠しもしない自嘲があった。

世界外の観察者の一人。エルテリアを作った人物。

ここにいる青年は、呪具の中に残っていた意識の残滓だ。否、それは残されていた、というべきかもしれない。彼は二人の訪れを待っていたように見えたのだから。

「お前は、自分の呪具が壊されても気にしないのか？」

「それは君たちの挑戦の結果だからね。それに、まだ結末が決まったわけでもない」

「他にも呪具は残っているから、か」

オスカーはふっと息を吐くと立ち上がる。眠ったままのティナーシャを抱き上げた。

灰色の壁に小さな扉が現れる。

そこへ向かって歩き出すオスカーに、青年の声がかかった。

「もう戻るのかい？　世界は君たちを待っている。やっと現れた僕たちの道具と戦える存在だからね。全ての道具が排されるまで、君たちが解放されることはないだろう」

「構わない」

そこで怯むくらいなら、エルテリアを壊しはしなかった。小さな部屋で永久に微睡《まどろ》むことを選べるのなら、最初から彼女と過ごす穏やかな一生を望んでいただろう。

だから、ここが始まりであっても、それはのみこむべきことだ。

元よりここは、彼女と再び出会うための通過点なのだから。

青年の穏やかな声が聞こえる。

「なら挑めばいい。挑み続ければいい」

扉を開ける。何も見えない先に踏み出す。

「戦い続けるための変質を、僕と世界が君たち二人に贈るだろう」

まだ何も始まっていない空白から、新しく元の世界を。

そして――

9. 物語の行方

国境近くの森にほど近い街の片隅、小さな宿屋の食堂で、一人の少年が退屈顔でテーブルに頬杖をついていた。彼はふてくされた声でぼやく。

「あー、城都に行きたかったな。アイテア祭見たかったよ」

「アイテア祭は今年で三百四十二回目でしたっけ？　残念ですね」

宿の息子である少年に、同じテーブルについている女が笑った。二日前からこの宿に泊まっている彼女は、水の入ったグラスを傾けながら少年の話を聞いている。彼は黒髪の女に問うた。

「去年は連れて行ってくれたんだけどな。お姉さんは見たことある？」

「ありますよ。城都に住んでたこともありますから」

「いいなぁ……俺も大きくなったら城都に住みたいよ」

少年の声が聞こえたのか、奥の厨房から母親が「馬鹿言ってんじゃないよ！」と怒鳴る。彼は反射的に首を竦めた。

女はころころと笑っていたが、笑いを収めると少年に微笑んだ。

「じゃあアイテア祭の代わりに面白い昔話をしてあげましょうか」

「昔話？　どんな？」

「ファルサスに伝わる古いお話です。王様と魔女のお話」

紅い唇で美しい笑みを刻みながら、女は少年を見つめる。

少年は一瞬目を丸くしたが、すぐに食いついてきた。

「魔女なんて本当にいるの？　伝説じゃなくて？」

「いましたよ昔は。今もどこかにいるかもしれませんね」

「えー……うさんくさいな。どんな話？」

少年の問いに、女は艶やかに微笑んだ。心地よく通る声で話し始める。

「昔々、ファルサスの西、国境の向こうに青い塔が立っていたんです。その塔は罠や魔物がいっぱいで、最上階には魔女が棲んでいました。試練を越えて塔を登りきった者には、魔女が願いを叶えてくれるという話があって、でも何十年も塔に登れた人間はいなかったんですよ」

「へぇ。今もあるの？」

「今はもうないです。危ないですからね。――で、ある時ファルサスの王子様がその塔に興味を持ちましてね、無謀きわまることに一人で塔に登ってきたんです。ですが、とても強かった彼はついに最上階に辿りつき、魔女に会った……」

よくあるような御伽噺だ。だが少年は目を輝かせて続きを促した。

女は目を閉じて微笑むと続きを語り始める。

「彼はまず、力試しとして魔女に決闘を申しこんだんです」

「すごい！　どうなったの？」

「そりゃもうこてんぱんにしましたよ。魔女が。完膚なきまでに叩きのめしました」

「うわぁ……」

あんまりな展開だ。冒険活劇を期待していた少年は、がっくりと頭を垂れた。

くすくすと笑う女は慰めるように手を振ると、話を再開する。

「でも彼は強い人だったんです。だから彼は塔を登りきった願いとして、魔女に自分を鍛えてくれるよう申しこみました。魔女はそれを渋々ながら引き受けた。やがて彼が魔女と互角に戦えるほどに強くなり、王子から王になり月日が過ぎた頃……魔女は彼のことを好きになっていたんですよ」

「何それ！　冗談!?」

「本当ですよ。それから魔女は、塔に棲むのをやめて彼と結婚しました。二人の血は今でもファルサス王家に継がれてますよ」

「う、嘘くさい……だって魔女だよ？　しわしわじゃないの？」

少年の反駁に、女はおかしそうに笑った。

「歴史の先生にでも聞いてみてください。割と有名な話です」

「えー……じゃあ明日、聞いてみる」

女は頷くとグラスに口をつけた。類稀な闇色の目が燭台の灯を受けて輝く。

その時食堂の入り口から、彼女に声がかけられた。

「ティナーシャ！　何遊んでるんだ。もう行くぞ」

「あ、はい。すみません」

長い黒髪を後ろで纏めながら女は立ち上がった、入り口に立つ連れの元に歩み寄る。

二十歳近くに見える女に対し、連れの男は十六、七歳といったところだろうか。深い茶色の髪に明るい夜空色の瞳の秀麗な容姿だ。長身の彼は旅人の服装に長剣を佩き、肩には小さな紅いドラゴンを乗せていた。

整った彼の顔立ちにはしかし、幼さが微塵もない。若い割りに妙に大人びた口調と威厳を持っており、少年と言っていい年齢にもかかわらず既に青年のように見えた。その立ち振る舞いからかなり戦える人間であることと、上流の出であることが窺い知れる。

類稀な美貌を持つ黒髪の女と彼を、宿の人間は最初は姉弟かと思ったが、それにしては似ていないし、二人の間には妙に艶がある。

青年はテーブルに宿代を少し多めにして置いた。

「世話になったな」

客の挨拶に、厨房から女将《おかみ》が出てきて頭を下げる。息子も隣でお辞儀をした。

「お姉さん、またね。話ありがとう」

少年に手を振りながら女が連れの後を追って姿を消すと、女将は首を捻った。

「あの剣……いやまさかね。陛下がお持ちなのを去年見たし」

「何？　俺も陛下に会いたいよー」

「来年ね、来年」

息子の懇願にいい加減な返事をしながら、母親は厨房に戻った。

外は夕暮れだ。徐々に日が落ちていく。夜空に移り変わっていく透き通った青い空と、そこに浮かぶ青白い月を見上げて、彼はふてくされた溜息をついた。


二人は宿を出ると、街の外に向かって歩いていく。

明かりが灯り始める家々を目を細めて眺める女に、青年は笑いかけた。

「さっき面白い話をしてたじゃないか」

「聞いてたんですか!? 立ち聞きよくない！」

「結婚してからも色々あっただろ。はしょるなよ」

「そういうのは城の記録に残ってるじゃないですか。昔話は大雑把なくらいでいいんです」

くすりと笑う女に、青年は愛しむ目を向けかけて、しかし別のことを思い出した。

「誰が誰にこてんぱんにされたって？」

「痛い痛い痛い！」

「何なら今、こてんぱんにしてやるぞ」

「言い過ぎましたすみません！」

拳で両脇のこめかみを締め上げられて、女は痛みに悶絶《もんぜつ》した。解放されると、涙目で頭を抱える。

青年は白々と舌を出した。

「まぁ事実だけどな。今は負けん」

「期待してますよ」

「存分に頼っとけ」

楽しそうに笑う女に満足して頷くと、青年は自分の体を見下ろす。面倒くさげな表情が端整な顔を支配した。

「どうも成長しきってない体は使いにくい。手足が足りない。世界の采配とやらで生まれ直せるようになったのはいいが、当面は不便だな」


死しても溶け入ることのできない魂。異物に変質した彼らを「使う」ために、世界が贈ったものがそれだ。彼らはたとえ死しても、数十年を経て新たな体を得る。生まれる前に魂が失われた赤子を探してその内に送りこまれ、再び生まれ直すのだ。

そうして行く先は、終わりの見えない闘争だ。

世界外の干渉を廃するため、外部者の呪具を探し、打ち砕いていく。己を武器に戦い続ける。

おそらく永い旅はこの大陸だけに収まらないだろう。海を越え、時代を越え、挑み続ける。

全てを終えるまでにどれだけの年月がかかるかは分からない。だが、それこそが世界の課した役目だ。彼ら二人は変質した魂から世界が生み出した、人の形をした呪具だ。

――いつの日か、何度死しても終われない運命に、耐えがたくなることがあるかもしれない。

片翼の死を味わう度に、嘆きと喪失に精神が擦りきれていくのかもしれない。

だが今はまだ充分に幸せだ。自分たちは一人ではないのだから。

女はさらりと言う。

「肉体年齢は一番戦闘に適したところで自然に止まる仕組みみたいです。そこからは不老ですね。気になるなら魔法で一足飛びに成長させることもできますけど」

「別にいい。あと数年の辛抱だしな」

それを聞くと、女は嬉しそうな笑顔で青年の左腕に抱き着いた。

「私はこれくらいの年齢の貴方って新鮮なので楽しいです」

「お前が楽しいなら我慢のしがいがあるな」

「もっと小さい時も見てみたいです。きっと可愛いですよ。あ、でももう死なないでくださいね。一人で待ち続けるの淋しかったので……」

闇色の瞳にふっと陰が差す。彼に抱き着く腕に力が込められた。

青年は、どこか不安げな彼女を、安心させるように微笑む。

「分かった。気をつける。その代わりお前も単独行動するなよ。すぐ大怪我するんだから」

「多少怪我しても、先に勝てばいいんですよ」

「あちこち穴を空けてるのは多少なのか……？」

呆れ声に、女はうっとりと連れ合いを見上げた。鈴を振るような声が謳う。

「何十年、何百年、貴方が戻ってくるまでかかったとしても、必ず探し出します。貴方の記憶が戻ってなくても会いに行きます。――そうしたら私たち、また恋をしましょう」

不変の、無垢の愛情を、彼女は語る。

いつかの時と同じ、悠久を越えた想いを。

その想いを以て彼らは、重なる時代を越えていく。


誓いと変わらぬ言葉に、青年は破顔した。

「それは嬉しいな。あ、一応言っとくが、お前は男を口説き落とすのが非常に下手だ。正面からぶつかりすぎる。こっちには記憶がないのに、ぐいぐい来すぎて割と引く」

「ちょ、ひどくないです!?　ぐいぐいするのお互い様じゃないですか!?」

「俺は様子を見て対応を変えてる」

「違いが分からないんですけど！」

女は思いきり叫ぶと、軽く口を尖らせる。

「別にいいですけどね。時間はいくらでもありますし。振り返ってくれるまで待ちます。百年くらいは余裕ですよ」

「だから不気味な言動をやめろと言うのに……」

これに関しては苦言を呈してもきっと平行線だ。彼女に掣め手を期待しても無駄で、けれどそれは想いの強さの証だ。

青年は苦笑して本題に入る。

「外部者の呪具だが、ここから少し北の領主のところにそれらしいものがあるという噂だ」

「当たりだといいんですけどね。当たったらこれで五個目ですか」

「のんびりやろう。終わったら久しぶりに海にでも行くか」

「貴方の仰せのままに」

言いながら二人は街を出た。

一刻ごとに暗くなっていく夕暮れの中、青年はドラゴンに命じて大きさを変えさせる。

その背に乗って二人は地上を離れた。

見下ろせば街の灯が暗闇の中、無数にちりばめられ煌いている。

温かい輝き、揺らめく人の生に、女はふっと微笑んだ。彼女の細い肩を青年は抱く。

そして、稀有なる二人を乗せたままドラゴンは夜の中に消えて行くのだ。

王と五番目の魔女のお話は、古い御伽噺として歴史の中に埋もれていく。
やがて彼らの名を思い出せる者もいなくなるだろう。
全ての物語は派生し、積み重なり、読まれ続ける。
しかしそれが書き換えられることはもうない。
これは、名前を持たない追憶の断片である。

-END-

あとがき

古宮九時《ふるみやくじ》です。この度は『Unnamed Memory』の完結巻をお手に取ってくださりありがとうございました！　王と魔女の一年間の物語もこれで終幕です。「もっと彼らを見ていたかった」と思って頂ければ幸いです。

彼らの世界には五つの大陸が存在していますが、このお話以後、数千年にわたってあちこちの大陸で時々「素性不明の男女二人」が歴史を通り過ぎていくことがあります。彼らは何者なのか、という正体に触れるのがこの『Unnamed Memory』であり、そんな彼らの足跡は、三百年後の『Babel』においても垣間見ることができます。

生死を繰り返しながらの彼らの闘争の年月は、平和に暮らしていた日々も加えれば最終的には気の遠くなるような長いものになりますが……実は明確な終わりが存在します。

ただしそれは、別の主人公たちが語る、遠い未来の物語の片隅です。また機会がありましたら、その一片でお会いできればと思っております。

ではでは、謝辞です！

いつも何でも大変なことをやってくださる担当様方、本当にありがとうございます！　この作品が無事完結まで辿りつけたのはお二方のおかげです。毎回毎回分厚くなって申し訳ありません。引き続きよろしくお願いいたします！

そして六巻に至るまで美しい世界を描いてくださったchibi様、ありがとうございます！　主人公二人や、彼らが生きる世界の鮮やかさは、chibi様のお力があってこそお届けできました。今巻に頂いた口絵の平和さに感動しきりです。

また、一巻に推薦文、三巻で解説、六巻で寄稿文をくださった長月《ながつき》達平《たっぺい》先生、心より御礼申し上げます。「完結巻だから、猫《ねこ》先生に何か一筆頂きたいのです！」と駄々をこねて書いて頂きました。すごくお忙しいところのご厚情と、胸の熱くなる文に感激しております。ありがとうございます！

最後に、ここまでお付き合いくださった読者様、今までありがとうございました。

当初三巻で終わってもいいかな、と思っていたお話を無事ここまで綴ることができたのは、皆様のおかげです。ｗｅｂでの発表からいつの間にか十三年が経ってしまいましたが、その分たっぷりと色々書き足させて頂きました。ぜひ楽しんで頂ければ嬉しいです。

歴史の書き換えもなくなり、以後二人は呪具を追って、時折断片的な事件と共に語られることになります。その後日談や、ただいま連載中のコミカライズなど、引き続きお届けしたいと思っておりますので、またそちらでお会いしましょう！

今はひとまず、名も無き物語の終わりを噛みしめて。本当にありがとうございました！

古宮九時

『Unnamed Memory』完結に寄せて／長月《ながつき》達平《たっぺい》

——世界よ、これが古宮九時だ！

冒頭から大変失礼したが、三巻で書かせていただいた解説文の伏線の回収と相成りました。

物語の構成の美しさで群を抜くこの作品、『Unnamed Memory』の最終巻に一筆書かせていただく以上、筆者もせめて伏線回収ぐらいはしておこうという拙い抵抗である。

さて、『Unnamed Memory』最終巻、それを読み終えた筆者の感想を端的に述べよう。

ああ、終わってしまった……。

1ページ1ページ、最終巻の原稿を読み進めるたびに喜びと寂寥感を噛みしめ、ティナーシャとオスカーの会話を堪能しながら、ついに『ＥＮＤ』の文字まで辿り着いてしまった。

この物語を最終巻まで読み終えた諸氏ならば、この作品をＷｅｂ時代から知る人たちも、書籍版から知ることとなった人たちも、胸に抱いている思いは同じと思う。

それは物語の最後、ティナーシャとオスカーの二人が共にいてくれてよかったということだ。

この物語の主人公であった二人に訪れた紆余曲折と苦難の数々、それはここまでの物語を見届けた諸氏に説明するまでもない。Act.1の最後、読者全員が衝撃に打たれた『巻き戻し』の展開があり、あらゆる人間関係が再構築されるAct.2の構成、読者として貪るように耽溺した物語の決着は決して手放しにハッピーエンドとは呼べないかもしれない。しかし、この先にどんな試練が訪れようと、ティナーシャとオスカーの二人であれば乗り越えられる。

この『Unnamed Memory』という壮大な物語が描き続けてきた多くの出来事は、ここまで二人の軌跡を追いかけてきた読者にそんな確信を与えるに十分足るものだったと断言できる。

一巻の推薦文に始まり、三巻では解説の栄誉を与えられ、こうして最終巻にも一筆書かせていただく縁に恵まれはしたが、筆者はあくまでこの物語の一ファンに過ぎない。

その上で言いたいことがあるとすれば、それは古宮先生への「ありがとう」の言葉と、この作品を十年前から愛し、こうして本になる機会を作ってくれた方々への「ありがとう」だ。

良質な物語との出会いは、人間にとってかけがえのない財産の一つだと筆者は考える。しかし、ほんの少しの歯車のズレで、自分の人生を変えるような物語と出会えなくなる可能性はある。

この物語が生まれ、誰かの心の中で生き続け、その結果、筆者はこの物語に出会えたのだから。

最終巻を読み終えた諸氏の余韻に水を差したくないため、筆者も多くは語らない。ただ、ぜひとも諸氏の胸に芽生えた感慨や思いは、古宮先生へ直接届けてあげてほしい。本の著者というのは現金なもので、読者の感想を水のように与えられ、また新しい大輪の花を咲かせるものだ。

新しい物語と出会い、新たな感動に胸弾ませるため、あなたの喜びを伝えてほしい。

まずは筆者が一番槍として、古宮先生の描いてくれた物語への感謝と感動を文字にした。読者諸氏にも続いてもらいたいと、そう綴って筆を置く次第である。

最後に、ティナーシャとオスカー、二人の今後に末永い幸いを。

そして、我が愛しのルクレツィアにも、末永い幸いがありますよう、願うのみである。

章外：塔に響く歌

繰り返された試行。翻弄された箱庭。
運命は軌跡を描いて絡み合い、記録され、鑑賞される。覗きこまれ、愛《め》でられる。
だが、それももはやどこにもない時の話。失われた物語。

そして、今から始まるのは
運命から弾《はじ》き出《だ》された逸脱者の、最後で最初の出逢《であ》いのお話だ。

※

その年、ファルサス城都には戦慄が満ちていた。
幼い子供ばかりが相次いで行方不明になる怪事件が起きていたのだ。
城の調査や見回りなどの警備、親の警戒も虚《むな》しく、いなくなる子供は後を絶たない。
あまりの痕跡のなさに、皆が途方に暮れ始めた頃、事件は転換を迎える。

――五歳になる幼い王太子の姿が、城の寝室から消えたのだ。


「お母様のところに行ってきます！　何としても協力を――」

「ロザリア、だけど彼女は今後一切手助けをしないという条件で君を送り出したんだ」

「ではこのまま黙って何もしないでいると!?　子供を攫っていたのは魔族だったんですよ！」

王妃の手の中には鮮やかに青い鳥の羽がある。今までまったく手がかりを残さなかった失踪事件だが、今回は王太子の寝台の下にこの羽が滑りこんでいたのだ。

魔法士たちはそろってそれを魔族のものだと断じた。それは魔法士である王妃も同じ意見だ。妃が示す羽を見て苦渋の表情を浮かべた王はしかし、あることを思い出して顔を上げる。

それは約五十年前、先々代の王の隣に立った一人の女のことだ。

※

「マスター、挑戦者が来ました」

「はいはい。珍しいですね。今回はどこまで行けるかなー」

「何か切迫した事情をお持ちの方々みたいですよ。『子供が』という言葉が何度も聞き取れます」

「うーん？」

登りきれば魔女が願いを叶えると言われる青い塔だが、実際は最上階まで行けなくても願いが叶えられることが稀にある。その基準は特にない。自らの死を覚悟して塔に挑戦する者の願いに、彼女が心を動かされるか否かだ。

彼女は完全なる沈黙と引き換えに願いを叶える。その力は絶大。

大陸最強と呼ばれる青き月の魔女は、しかしあどけない仕草で首を傾げると、読んでいた本をテーブルに置きその場から姿を消した。

※

祖父から話には聞いていたが、塔の試練は過酷だった。

三階を登りきる間に、既に連れてきた武官の半数は脱落してしまっている。ケヴィンは疲労も色濃い彼らを見回し、緊張を強めた。

——だがそれでも諦めるわけにはいかない。死ぬならば最上階についてからだ。

己を奮い立たせて魔法生物らしき獅子《しし》に相対する彼は、だが獅子の背後に現れた少女に気づいて眉を寄せた。

「あれは……」

長い漆黒の髪に白磁の肌。闇色の目は一度見たら忘れられないほど印象的だ。すっと通った鼻梁《びりょう》、綺麗に形作られた眉と長い睫毛。花弁のように紅い唇は完成された絵画よりも美しい。

彼女は一同を見回したが、一歩歩み出ると獅子の頭を軽く叩いた。途端獣は床に伏せてしまう。

唖然とする一行をまったく気にしない様子で、彼女はケヴィンを見ると目を瞠った。

「うわ。アカーシアですか。ファルサス国王がどういったご用件で？」

何気ない問い。だがその言葉の意味を反芻して、ようやく王は思い出した。

目の前の少女は、祖父から聞いた魔女の容貌に酷似していたのだ。

彼は息をのむと姿勢を正す。

「貴女が青き月の魔女ですか？」

「そうです。何か緊急の事情があるなら聞きますけど……ないなら続行で」

「あります！　魔族に攫われた子供を助けていただきたい！」

「魔族……？」

訝しげに眉を寄せる少女に、ケヴィンは持って来た青い羽を示す。

彼女は冷ややかな目でそれを見つめた。

「攫われたのはいつですか？」

「昨晩です」

「もう間に合わないかもしれませんよ」

「それでも構いません！　可能性があるうちはそれに縋りたい！」

「では貴方の命と引き換えでいいですか？」

冷淡な言葉に臣下たちが顔色を変える。だが王は一分の迷いもなく頷いた。

「承知の上です。お願いします」

魔女は小さく溜息をつくと指を鳴らした。王の手にあった羽が彼女の手の中に移動する。

「貴方、馬鹿ですね。立場を弁えなさい。子供が死んでいて貴方も死んだら国はどうなるんです」

痛烈な批判だが、ケヴィンはほろ苦く微笑んだだけだ。

「その時は弟が何とかしてくれます」

ひるむ様子のない彼を、魔女は嫌そうに見やる。

そしてそのまま彼女は床を蹴った。何の脈絡もなしに忽然《こつぜん》と姿が消える。

果たして願いは聞き届けられたのか。困惑する一行は、しかしすぐに転移門にのみこまれると塔の外に放り出された。いちはやく我に返った者があわてて塔に駆け寄ったが、既にそこには扉の影も形もなくなっていた。

※

「子供を攫う魔族ですか。中位の魔族でも相当知恵がありますね」

今まで足をつかせていないということは、かなり狡猾《こうかつ》だ。おそらく単独ではない。

ただ結界が張られている城に入れたということは、魔力自体はすりぬけられるほどの大きさなのだろう。中位魔族の中には、構成力か魔力のどちらかだけ秀でている歪な個体が多い。

ファルサス城都の遥か上空、何もない空中に立つティナーシャは、深く息を吸いこむ。

そして、またたくまに複雑な構成を練り上げると、それを眼下に投げた。

青い羽を手に、ティナーシャはじっと探知構成の反応を見る。城都中にいくつも浮かぶ魔力の痕跡は、今までこの魔族がどれだけ好き放題動いていたかの証だ。

中でも一番濃い残滓は城の一か所。そこからの痕跡をティナーシャは辿る。

城都内ではない。その少し西に点々と続く魔力は、普通の魔法士なら分からない微かなものだ。

「んー、地下かな」

ティナーシャは転移を使って、その先に跳ぶ。

ファルサス西の森にあるそこは、古い採掘場跡だ。彼女は小さな洞窟を見つけると、躊躇わず踏み出した。

——塔に引きこもって暮らしていると、外のことはよく分からない。

最低限の情報収集はしているつもりだが、それもティナーシャの基準でだ。小さな戦争などが起きていても気づかないことが多い。子供が多数いなくなるなどの事件でもだ。

それを覆すとしたら、誰かが彼女の領域に踏みこんできた時だけになる。

「ラヴィニアの孫で、レグの曾孫ですか。知らないわけじゃないですけどなんで私に来るんだろ」

その理由は「自分だけ所在地が明確だから」だとも思うのだが、だからと言って悪名高い魔女の塔に来るとは思いきりがいい話だ。

ただ、子供の命がかかっていると聞いた以上、見過ごす気もない。ティナーシャは狭い洞窟の途中、魔法迷彩に隠された横穴を見つける。そこを進み始めてすぐ、綺麗に切り出された石の通路に出た。何かの遺跡だろうか。地下牢《ちかろう》に似たそこをティナーシャは見回す。

「さて、どこから調べますかね」

「――お前、何をしている！」

金属めいた女の声に、ティナーシャは首を傾ける。

見ると通路の奥から近づいてくるのは、半人半鳥の女だ。頭も腕も鮮やかな青い羽で覆われている。横長の目は鳥のものによく似ていて、ティナーシャは得心の声を上げた。

「お前か。探したぞ。ファルサスの城都で子供を攫っただろう？」

「貴様、魔法士か？」

「半分当たり。だけど外れだ」

ティナーシャは無造作に右腕を振りかぶる。何も持っていないはずのそこに、銀色の短剣が現れた。彼女はそれを真っ直ぐに、最小の動きで投擲《とうてき》する。

半人半鳥の女は口を嘲笑の形にした。短剣を弾こうと羽を広げる。

「そんなもの――」

言い終わる前に、女の胸には大きな穴がうがたれた。

青い羽が舞い散る。驚愕の表情のまま倒れた魔物に、ティナーシャは冷ややかな目を注いだ。

「魔女を見抜けないからこうなる。まあ、見抜いても逃がさないがな」

目の前を落ちていく羽を、魔女は摑みとる。

そしてまたティナーシャは、冷たい石の通路を歩き出した。

暗い石室には壁の燭台のかぼそい明かりしか与えられていない。

灯りがわずかに照らす場所以外には闇が広がるのみで、そしてそれは絶望と同義だった。

新しく連れてこられる子供と、連れて行かれる子供。いなくなる子がどうなったのかは、幼い彼らにも容易に想像できる。彼らはひたひたと近づいてくる死を前に、寄り添いあっていた。

石室の外から、人間のものではない水音混じりの足音が近づいてくる。

――今日も誰かがいなくなるのだ。

そう子供たちが恐怖に身を竦める中、けれど一人だけ毅然と顔を上げている子供がいた。

来たばかりのその男児は寝着姿のままで、だが怯える様子もない。その身分が高いものであることは、先に攫われていた従兄の少年が彼を見て絶句したところからも推察がついた。

扉が開く。隙間から、全身黒い体毛に覆われた男が顔を出した。

「さて、今日はどれにするかな……。テレサは女がいいと言っていたが」

その言葉に三人いた少女たちが震えた。泣きはらした目を伏せ、少しでも遠ざかろうと石の壁に向かって後ずさる。だが男はそんなささやかな抵抗もむなしく、石室の中に歩み入ると一番近くにいた少女に向かって手を伸ばした。

「いいやあああッ！」

獣じみた悲鳴を上げて少女は震える。

男が笑いながら彼女を掴もうとした時、その前に寝着姿の男児が割って入った。

何の武器も持たず、ただ誇りと怒りだけで立つ子供は、驚く魔族を睨み返す。

「やめろ！」

「オ、オスカー……」

青い瞳を煌かす子供と、それを留めようとする金髪の少年を、男は鼻で笑った。

「面白いなぁ。お前ら、確か王族だったか？　つまらん矜持で死ぬ人種だよな。じゃあ今日は立候補に応えてお前にしてやろうか」

そう言って手を伸ばされても、彼は退かなかった。少女を庇って立ちながら、魔族の手を全身の力を込めて払いのける。

さすがに男の目に怒りの色が浮かんだ。声が一段低くなる。

「この場で裂いて持って行ってやろうか。少し血が零れるがそれくらいは余興のうちだ」

「俺を食べてどうするんだ」

「力をつけるのさ。そうすればいずれ上位魔族になれる」

「──なれるわけないだろうが」

氷に似た声は男の背後からのものだった。男はあわてて振り返る。

何の気配も無くいつの間にかそこに立っていた少女は、男を見上げて不敵な微笑を浮かべた。
十六、七に見える黒髪の少女は、軽く左手の指を鳴らす。
「上位魔族は概念的存在だ。出どころからして違う。お前たちがいくら力をつけても越えられん」

「……お前、どこから入ってきた。何者だ」

「私がどういうものか分からない程度だから、お前たちは雑魚なんだよ」

嘲笑を隠しもしない少女に男は顔を歪めた。男の右手の爪が湾曲した刃へと変貌する。それをちらつかせながら、男は美しい少女に向かって一歩踏み出した。

「少し年はいってるがテレサの望みどおり女は女だ。今日はお前にしてやろう」

「年で選んでいるなら食中《しょくあた》りしそうだな。——それはいいとして。お前の言うテレサとはあの鳥女か？　ならもう食事は必要ないぞ」

「どういう意味だ？」

少女は笑った。後ろに回していた右手を差し伸べる。その手の中から青い羽がばらばらと落ちるのを見て、男は信じられないものでも見るかのように目を見開いた。

「お前……お前！」

「ほら、お前もおいで？　遊んでやろう」

謳うような優しい言葉。少女の指がしなやかに構成を組む。

その緻密さと魔力の大きさを見て、男は初めて超えられない壁の存在を知った。

抵抗しようにも、何も思いつかない。そんな時間も与えられなかった。

次の瞬間、男は灰も残さず消し飛ぶ。

黒髪の少女は平然とそれを眺めていたが、石室の中に入ってくると微笑んだ。

「ファルサスの王様に頼まれて迎えに来ましたよ」

信じられない言葉だ。諦めかけていた子供たちの中に動揺が走る。

そんな中、少女を庇って立っていた男児が警戒を崩さぬまま問いかけた。

「お前は誰だ？　本当に助けてくれるのか？」

「誰かは内緒。助けに来たのは本当です。さ、帰りましょう？」

嘘のない笑顔と声に、子供たちは顔を見合わせると次々立ち上がった。彼女の周りに集まる。

「お姉さん魔法士？」

「そうです。城都に転移門を開くのでちょっと待ってくださいね」

「ファルサスの人？　すごく美人！　見たことないよね」

「お城の人？」

助かると分かって緊張が緩んだのか、矢継ぎ早に繰り出される質問に少女は苦笑した。

「ファルサスの人間ではないです。お城の人でも。今回は頼まれただけ」

身をかがめて笑う彼女の手を、金髪の少年が引いた。

「ねえ、僕が大きくなったらお姉さんをお嫁にもらえる？」

子供らしいあどけない問いに、彼女は闇色の目を悪戯っぽく輝かせた。

「年の差が気にならないならいいですよ。ただし私より強くなったら、です」

構成が組みあがる。彼女は壁際に小さな転移門を開いた。

「さ、どうぞ。ファルサスの城都に繋がってます」

子供たちは歓声をあげると一斉に駆け出した。次々と門の中に飛びこんでいく。

それを黙って見ていた男児は、最後の一人になると少女を振り返った。

「ありがとう……助かった」

「いえいえ」

彼女はそこで言葉を切ると、じっと彼を見つめた。闇色の瞳に驚いたような感情が広がる。

その色は、なぜかひどく懐かしい。

ずっと昔によく知っていたような、かつてどこかで見たような。

まるで今はまだ思い出せない記憶のような既視感だ。

彼女も、似たものを感じたのかもしれない。彼に見入っていた少女は、我に返ると微笑した。

「貴方の父上は立派な方ですね」

少女は長い黒髪をかき上げながら顔を寄せると、小さな額に口付けた。彼は目を丸くする。

「レグに少し似てますね。懐かしい……ほら、もうお行きなさい」

少女に肩を軽く押されて彼は頷いた。転移門へと足を踏み出す。空間が移り変わる瞬間、彼は石室を振り返った。だがそこにはすでに少女の姿はない。空っぽの石室に彼は目を瞠った。


名前も知らない不思議な少女。

その存在の鮮烈さは、強く彼の印象に残った。

そして十五年の時が過ぎる。

※

ティナーシャはカップにお茶を注いだ。

香りのいい湯気が立つ。それを満足げに確認しながら、彼女は背後の気配に告げた。

「ようこそ。単独での達成者は初めてです。お茶を淹れましたよ」

そう言って魔女は振り返る。

そこに立っているのは見知らぬ青年だ。二十歳前後の彼は、よく鍛え上げられた体に隙のない空気を持っている。秀麗な顔立ちには人を従えるだけの風格が窺え、見る者に精悍な印象を与えた。

日が沈んだばかりの空色の瞳。その色をかつてどこかで見た気がして、彼女は首を傾げた。

ティナーシャは、一向に戸口から入ってこようとしない青年に、両手を上げてみせる。

「何もしませんよ。どうぞ」

彼は我に返ったように苦笑すると、ややあって微笑みなおした。

「いや……もっと大人かと思ってた」

「一応これでも魔女です。体の成長を止めてあるんで」

「子供の時に見たきりだから、その時はかなり大人の姿に見えたんだ」

「子供？」

怪訝そうな魔女に向かって青年は自分の持っている剣を示す。

「十五年前のことだ。もう忘れてしまったか？」

世界にただ一振りの、ファルサス王家に伝わる剣。魔法士の天敵とも言えるその剣を見て、闇色の目に徐々に理解の色が広がった。ティナーシャは両手をぽんと叩く。

「あの時の！　すっかり大きくなっちゃいましたね。可愛くなくなった」

「二十にもなって五歳児と同じ可愛さだったら困る」

「でもいい男になりましたね。亡きお父上も喜んでいるでしょう」

「生きてるぞ」

「悪趣味な冗談です」

魔女の戯言に男は笑いながら剣を鞘に収めると、部屋に入り彼女の眼前に立った。

「オスカー・ラエス・インクレアートゥス・ロズ・ファルサスだ。あの時はありがとう。おかげで助かった。——名前を聞いてもいいか？」

「ティナーシャと申します。お久しぶりです」

魔女はそう言うと花のように笑った。


魔女だと言いながら、彼女は単なる普通の美しい少女に見えた。

オスカーは内心不躾《ぶしつけ》な感想を持ちながら、彼女の前に座るとお茶の相伴に与った。昔のことや塔のことなど他愛もない雑談を交わす。

だがそれも長く続かないうちに、彼女は軽く指を弾いて話題を切り替えた。

「で、七十年ぶりの達成者なわけですが、どうします？　何か希望はありますか？」

登りきれば魔女が願いを叶えてくれるという青い塔。前回の達成者は彼の曾祖父で、魔女の助力を得て、敵国の擁する魔法生物兵器を封印したのだ。

オスカーは対面に座る魔女をまじまじと眺めると、口を開いた。

「そうだな……その前に一つ手合わせを頼んでいいか？」

「へ？　えーと、それはアカーシアの持ち主として魔女討伐をしたいということですか？」

「いや。そこまで恩知らずじゃない。単なる力試しだ」

「うーん？　せっかく助けたのに殺してしまうのは忍びないんですが」

絶大なる自信だ。自分が負けるなど微塵も思っていないのだろう。

世界に五人しかいない魔女の中でも、最強と言われる彼女の言葉にオスカーは苦笑した。

「できれば死にたくないな」

「ならやめといた方がいいですよ。親子そろって無謀ですね」

――子供を助けたければ親の命と引き換えだと、彼女が言ったことはオスカーにも伝わっている。だが結局彼女は父の命をとらず、記憶も弄らなかった。使い魔が塔外に一行を放り出しただけだ。ただ無事オスカーが城に戻された後、王宛てに「黙せよ」という差出人不明の手紙が届けられたのだが、それが彼女の要求だったのだろう。

それを受けて城は、ファルサスを襲った子供の誘拐事件は魔物が原因だったということと、王が依頼した無所属の魔法士が事件を解決したということのみを発表した。

ティナーシャは、優しくはあるが、やはり魔女は魔女なのだろう。

普通の人間なら退いてしまうであろう彼女の返答に、しかしオスカーは苦笑する。

「俺が死んでも従弟がいるしな。お前が助けた子供の中にいたやつが」

「うわぁ。もう……仕方ないですね」

溜息混じりにティナーシャは立ち上がった。腕を広げると構成を組む。

その構成が広がった時、二人は塔の一階に転移していた。彼女が背後を一瞥すると扉が消える。

ティナーシャは後ろに数歩距離を取ると微笑んだ。右手に細身の長剣が、左手に短剣が現れる。

「ではお相手しましょう。手加減など考えない方がいいですよ。殺す気で来なさい」

嫣然と宣言するその様に、明らかに少女ではない魔女としての威圧を見て、オスカーは緊張に息をのみながらもアカーシアを抜いた。


——自分の間合いまで約六歩だろうか。

オスカーは距離を測りながら機を計る。

まさか彼女も剣を持つとは思わなかった。しかも双剣だ。

何かの力のある魔法剣だろうか。その腕のほどは想像がつかない。

だが、オスカーの用心など気にする様子もなく、彼女は首をくりくりと動かしながら足で床の感触を確かめた。丈が短いとは言え、白いドレス姿の彼女は戦闘をする格好には見えない。魔女は膝丈の裾を一瞥する。オスカーは自分もつられてその視線を追った。

——綺麗な細い足だ。

そこに彼女の視線が落ちると同時に、オスカーは床を蹴り彼女に向かった。

しかし次の瞬間、彼は驚愕する。ティナーシャが合わせるようにして眼前に踏みこんできたのだ。

彼女は右の長剣でアカーシアの第一撃を受け流しながら、左の短剣をオスカーの右腕めがけて突き出す。彼は咄嗟に右肘で短剣の柄を弾いた。そのまま彼女の長剣を弾き飛ばそうと、速度と力を以てアカーシアを振るう。

ティナーシャはその力を逸らそうと長剣を捻ったが、オスカーの速度がそれを許さなかった。美しい顔が軽く顰められる。

彼はそのまま立て直す隙を与えず、三撃目を振るおうとした。

しかしそれは、魔女が左手の短剣を投擲してきたことで一瞬遅れる。

飛んできた短剣を左手で弾き落としたオスカーは、彼女へとアカーシアを振り下ろした。

だがそこにティナーシャの姿はない。頭上から息を吐く音が聞こえる。

「…………っ！」

ティナーシャは魔力の干渉によって、彼の頭上高く飛び上がっていた。

細い体がくるりと空中で一回転する。長剣が青白い雷光を纏い、一閃と共に彼へと撃ち出された。

視界を焼く雷光を、オスカーはアカーシアを盾にして防ぐ。それを払った時、魔女の姿は既に頭上にもなかった。オスカーは本能に任せて、アカーシアで空を薙ぎながら振り返る。

彼の背後に降り立ち剣を振るおうとしていたティナーシャは、あわててそれをしゃがんで避けた。

転移の構成を組むと最初の位置に戻る。

彼女は両手の剣を確認するとぼやいた。

「あー……鈍ったかな。貴方強いですね。予想以上です」

「それはどうも」

表面上は平然と返しながらも、オスカーは緊張に背筋を冷やしていた。

かなり変則的な剣の使い手だ。加えて魔法を混ぜられては先も読みにくい。

剣のみの勝負なら勝てるだろうが、魔女の真髄は魔法にあるのだ。

懐にさえ入れれば勝てると思っていたオスカーは、これからどう攻めていくべきか間合いを計りながら考えこむ。やはり速度に物を言わせて魔法を使う間もなく押し切るしかないだろうか。

だがそれでは殺さずに済ますことは難しいかもしれない。

彼はままならない煩悶を抱え——けれどその必要はなかった。

ティナーシャはにっこり笑うと剣を手元から消して、代わりに右手を差し伸べたのだ。

「では少し本気を出して……終わらせてしまいましょう」

巨大な構成が一瞬にして広がる。

しかしオスカーにそれは見えない。ただ空気が変わったと感じるだけだ。

構成は魔力を帯び発火する。たちまち紅い波となり彼に押し寄せた。

オスカーは、驚愕しながらもアカーシアを前に自ら踏みこむ。剣によって無効化された切れ目から波をすり抜けようと考えた。

しかし炎は、アカーシアが触れるか触れないかのところでかき消える。

「え？」

怪訝に思ったのは一瞬。彼は、自分の体がまったく動かないことに気づいて愕然とした。魔女を見ると彼女は笑いながら手を振っている。

そして彼は、思い切りその場から弾き飛ばされると、塔の壁に叩きつけられた。

※

子供の記憶に残る彼女の姿は、強い人間だった、というものだ。

強くて、大人で……少し淋しそうにも見えた。

それは彼女が、自分も会ったことのない曾祖父の名を呼んだからかもしれない。

ファルサスの人間ではないと言った彼女が誰か気になって、父に食い下がってその素性を知ったのは、帰ってきてすぐのことだ。

荒野に建つ高い塔。その頂きに、彼女は何百年も一人で棲んでいるのだという。

会いに行ってみたいと思った。お礼を言いたいとも。

でも彼女に会えるのは塔を登りきった者だけだ。ならば、強くならなければ。

その日から、彼は以前にも増して剣の稽古に精を出すようになった。勉学を修め、武を修め、いつか彼女に会いに行けるように。

今度は、自分こそが彼女を助けられるように。彼女と並んで、過不足ない大人になれるように。

そうすれば彼女の寂しさも、少しは和らぐのではないかと、そんな風に思っていたのだ。

──他愛もない、子供の夢だ。

※

オスカーが気づいた時、外は既に真っ暗になっていた。

薄暗い部屋を、壁際の魔法の明かりが青白く照らしている。

枕元で本を読んでいた女は、彼が目を覚ましたことに気づくと苦笑した。

「調子はどうですか？　一応全部治したはずですが」

オスカーは、言われて体を起こしてみる。手を二、三度握ったが、特に違和感はない。

「平気みたいだ。すまない」

「無謀はよくないですよ。勝てる敵かどうか戦う前に判断してください」

「どれほど力の差があるか知りたかった。結構自信があったんだが……」

「近接戦に限れば危なかったかもしれませんね。夕食作りましたけど、食べます？」

生死のかかった話と今日の夕食を同列のように話されて、彼は何だかおかしくなった。喉を鳴らして笑いながら立ち上がる。魔女はそれを不思議そうに見上げた。

「何なんですか。打っちゃ駄目なところとか打ちました？　全身打ちましたけど」

「いや、大丈夫だ。ありがたく頂く」

「はいはい。あ、望みについても決めといてくださいね」

部屋を出て行く彼女の背中を目を細めて見やると、オスカーは「もう決まってる」と呟いた。


「意外に所帯じみてるというか……料理上手いな」

「一人暮らしが長いですから。でもさすがに宮廷料理と比べないでくださいよ」

食卓に広げられた皿はどれも見たことのないものだった。ファルサスの料理ではないのだろう。けれどそれらは香りがよく、絶妙な味付けで舌に合った。妙に優しい味はどこかの家庭料理なのかもしれない。勧められた酒盃を空けながらしばし料理に集中していたオスカーは、彼女が食べ終わったところで達成の報酬について切り出す。

「で、望みなんだが」

「決まりました？　何でもってわけじゃないですけど一応どうぞ」

「俺をお前に勝てるくらいにまで鍛えて欲しい」

「…………はい？」

「だから、お前に勝ちたい」

ティナーシャはそれを聞いて、さすがに唖然とした顔になった。今までこんなことを言い出した達成者などいなかったのだろう。彼女は渋面になってしまうと、こめかみを掻いた。

「えーと、私そこまで自殺願望があるわけじゃないんですけど」

「殺したいわけじゃない。勝ちたいんだ」

「何ですか。武者修行でもしたいんですか？　もう充分強いと思いますけど」

「でも負けたじゃないか」

「アカーシアがあるとはいえ、二十歳そこそこの人間に負けたら私の立場がないですよ」

呆れが滲《にじ》み出《で》た魔女に、しかしオスカーは食い下がった。

「城で俺に勝てる奴はもういないんだ。でも上を目指したい」

「それは貴方が魔女と戦う予定でもあるからですか？」

冷ややかな目は、彼を通してもっと別のものを見ているようだ。その言葉と視線にオスカーは思い当たってかぶりを振る。

「俺の祖母のことか？　だったら違う。一度も会ったことがないしな」

「そうなんですか？」

少しだけ気まずそうなティナーシャに彼は頷いてみせた。

母方の祖母である沈黙の魔女とは一度も顔を合わせたことはない。そもそも母はファルサスに嫁いだ時に絶縁されたのだ。会いたいわけではないし、無論倒したいわけでもない。

本当の望みはもっと別のものだ。

オスカーは魔女の闇色の目を真っ直ぐ見返した。静かな、しかし強い声で述べる。

「選択肢を多く持ちたい。望んだ時に力不足でそれが叶わないということにならないように」

魔女は、わずかに目を瞠った。

そこに束《つか》の間《ま》浮かんだ感情が何なのか、オスカーには分からない。

ただ彼女はその目をすぐに伏せ、闇色の深淵を睫毛の影に隠してしまうと溜息をついた。

「……分かりました。結婚してくれとか言われるよりましですからね。三ヶ月だけ鍛えてあげます。その代わり私に勝てるようになるかは保証しませんよ？」

「構わない。努力する」

オスカーが即答すると、彼女は大人びた笑顔で微笑む。その微笑に彼は思わず見惚れた。つい気になって聞いてしまう。

「前に結婚してくれと言ったやつでもいたのか？」

「そんな馬鹿な人、いない方が世界が平和です」

「お前、『自分より強い人間なら結婚してもいい』って言ってなかったか？」

「言ってないよ!?」

全力で否定する魔女は、十五年前に子供たちと交わした会話について覚えていないのだろう。すっかり身長差が逆転してしまった彼女は、用心する猫の目でオスカーをうかがう。

「何ですか……強くなりにこの塔に来たんですよね」

「どちらかというと、礼を言いに来たんだが」

あとは、彼女が一人で淋しくないか、どうしても確かめたかった。

彼女と共に生きてみたい、と思うのは、きっとこれからの話だ。

ティナーシャはそんな彼を見やると、小さな口を尖らせる。

「貴方、変な人です」

「そうか」

「魔女相手にあんまり気を許しちゃ駄目ですからね。全員、癖があってひどいんですから」

「留意しとく」

呆れたようなティナーシャの顔に、ふっと既視感がよぎってオスカーは首を傾ぐ。

けれど微かな記憶は、明確な形を取る前に霧散してしまった。

※

剣を打ち合う音が響く。

それはオスカーの本来の速度からすれば、大分ゆったりしたものだ。

相手をしているのはこの塔に棲む魔女で、ティナーシャは練習用の細剣を振るいながら左手の指を鳴らす。オスカーはその音に反応して跳び下がった。顔のすぐ前を不可視の刃が過ぎていく。

「正解」

ティナーシャは空いた距離に笑った。もう一度指が弾かれる。

だが今度は、彼は下がることをせずに、彼女の前へと踏みこんだ。魔女は闇色の目を軽く瞠る。

彼女は、自分へ振り下ろされる剣を前にくすりと笑った。

「やりますね」

軽い賞賛に、オスカーは油断したりはしなかった。彼が振るった刃は、魔女の剣に受けられる。

金属音が響いた直後、けれど彼の後頭部には何かがぶつかった。たたらを踏みかけた彼に、ティナーシャはまた指を鳴らす。彼は素早く左に避けて――けれどその足を、ふわりと風が掬った。思わず体勢を崩したオスカーに、魔女の呆れ声が聞こえる。

「最初に避けた魔法が弧を描いて戻ってきてるんですよ。それが見えてないって、本当に勘だけで避けてるんですね」

「自分だとよく分からないが、そうみたいだな」

ティナーシャの訓練を受け始めて一週間。オスカーは毎日のように塔に通って彼女に鍛えられているのだが、今やっているのは、対魔法士の実践的な訓練だ。

彼女は剣を打ち合いながら、時折不可視の魔法攻撃をしてくる。その合図として指を鳴らしているのだが、指が鳴ったからといって必ずしも魔法が撃たれるわけではない。オスカーは魔法が撃たれるか撃たれていないか、咄嗟に判断して対応することが求められる。

今のところ彼はそれを勘だけで八割方切り抜けているのだが、魔女としては不満なようだ。

「そもそも貴方、不可視の魔法が分からなくて私に負けたんじゃないですか。せっかく魔力を持ってるのに魔力視がないのは駄目ですよ。全然駄目。なんで小さい時にやらなかったんですか。貴方のお母様、魔法士でしょう？」

「魔法士の初歩訓練はやったが、身につかなくて諦められた。『ファルサス王族の本分は剣士だし、その方が大事だから』と言われた」

「あー、魔法士に向いてないから投げられたんですね……。でも魔力視までは身につけていないと、ある一定以上の敵には勝てませんよ。私とか」

「最強の魔女を、一定以上というくくりに置くのはどうなんだ？」

つい苦言を呈してしまうが、オスカーの望みは「ティナーシャに勝つこと」だ。いくらアカーシアがあっても、その差は三カ月で容易く埋まるものではないし、もっと子供の頃に魔法の修行をしておけばよかった、とも思う。

けれどそんな彼の考えを見透かしたように、ティナーシャは言う。

「でも、剣士としても魔法士としても中途半端になられるよりは、今の方がいいですね。正直、私の知る限りではここ数百年で五指に入る強さですよ」

「それはなかなか嬉しい」

「だから魔力視は無理矢理身につけましょう。最悪、駄目だったら片目をくりぬいて、代わりに義眼の魔法具を埋めこみましょう」

「とんでもないことを言いだしたな……」

彼女は定期的に魔女らしさを見せてくるが、基本的には善良で面倒見がいい。数日一緒にいればそれくらいは分かってくるし、そもそもそういう性格でもなければ彼を助けたりはしなかっただろう。ティナーシャは持っていた剣を消してしまうと、じっと彼を見上げる。

「けど、貴方の瞳の色は綺麗だから、くりぬくのはもったいないですね」

「……できるだけ早く魔力視を身につけよう」

「勤勉でいいことです。続きは明日で」

小柄な魔女は踵を返す。

それを聞いて、オスカーは言わなければと思っていたことを思い出した。

「悪い。明日は休みにしてくれ。魔法湖に調査に行かないといけなくなったんだ」

「魔法湖？」

闇色の瞳がすっと細められる。気のせいか、彼女の纏う空気が一段冷ややかになった。

「魔法湖って、どこにあるものです？」

「ファルサス北。お前が昔、魔獣と戦ったところだ」

七十年前、曾祖父との契約でティナーシャが立った戦線がそこだ。彼女は美しい顔を顰める。

「どうして今になって調査を？」

「うちの魔法士が定期的に調査研究に行ってるんだが、その調査中に所属不明の魔法士たちに襲われたんだ。一命は取り留めたが、そんな人間たちを放っておくわけにもいかないからな。様子を見に行ってくる」

「――私が行きます」

「は？」

驚いてオスカーが彼女を見ると、ティナーシャは冷えて沈んだ目を床に向けている。

彼女は顔を上げぬまま繰り返した。

「私が調べてきます。貴方は城にいなさい。ちゃんと片付けてきますから」

触れることを許さぬ言葉。美しくも氷のようなまなざし。

その横顔は彼が初めて見るものだ。暗い、どこまでものみこまれそうな翳を引きずったもの。見る者に本能的な畏怖を与えるその翳は、彼女が確かに長い年月を生きる魔女であると、彼に実感させる。けれど、それだけでなく——

「俺も行く」

「へ？」

「もともと俺が調査に行く予定だったんだ。お前が行くというなら一緒に行けばいいだろ。ちょうどいいじゃないか」

「なんで!?」

調子はずれの叫びをあげる彼女は、もういつもと変わらぬ様子だ。ティナーシャは馬鹿を見るような目でオスカーを見上げた。

「なんで王太子が国外の調査に行くんですか……。私が行くっていうんだから任せなさい」

「だが、あそこには魔女が魔獣を封印してあるんだろう？　魔獣は死んでないらしいぞ。危ないじゃないか」

「知ってるよ!?　封じたの私だからね！」

七十年前、青き月の魔女が魔法湖の地下深くに封じた魔獣は、未だ眠っているという。ファルサスから毎月調査が行っていたのは、その確認もあってのことだ。

オスカーは、小さい頃から気になっていたことを問う。

「魔獣を封じたって、お前にも倒せなかったのか？」

「倒せますよ。単にあの魔獣、魔法抵抗が高すぎる上に体が巨大すぎて、こっちも広範囲高圧力の魔法を使わないと殺せないんです。でも当時は周りに人間がいっぱいいましたからね。巻きこんで殺しちゃいそうだったからやめたんですよ」

「ああ、なるほど」

魔女にとっては、普通の人間の存在は足枷に過ぎなかったのだろう。オスカーは納得すると、曾祖父と契約していた魔女に問う。

「ちなみに、魔獣が復活する、ということはあるのか？」

「……さあ、どうでしょうね」

そう言った時ティナーシャの目によぎったのは、さっきと同じ翳だ。彼女は長い髪をかき上げる。

「万が一、封印が解かれたとしても、貴方が私にこう言えばいいんですよ。――『契約の書き換えを願う。魔獣を殺せ』と」

彼女の大きな目がオスカーを見上げる。

魔女の塔の達成者。彼女と契約した者。今のオスカーはその願いを「自分を鍛えて欲しい」というものにしてあるが、契約を書き換えれば魔獣を殺すこともできるという。

だがそれは、ティナーシャから稽古が受けられなくなる、ということでもあるのだ。虚をつかれて無言になる彼に、魔女は艶やかで毒のある微笑を見せた。

「どうしました？　せっかく自分が一人で苦労して手に入れた権利を、国を守るために使ってしまうのは惜しいですか？」

「いやそれは全然。お前しか倒せないとなったら、頼むのが筋だろう」

ティナーシャは、すぐに返された答えに目を丸くする。

だが、国を優先するのは当然のことだ。己のために選択を曲げてしまうことはしない。

「それに、塔ならもう一回登ればいいしな」

「そんなのあり⁉」

「特に一回だけとか言われてないぞ。登ったら登った分だけ権利がもらえるんじゃないのか？」

「そうだけど、普通は二度と登りたくならない難度にしてあるんですけど！」

「試しに、今から一回登ってみてもいいか？」

「余計なことしないの！　床とか抜けて片付けるの大変なんですから！　ほら、今日はもう帰りなさい！」

ティナーシャは離れた場所の床を指さす。塔の一階のその場所に描かれているのは、オスカーの部屋への転移陣だ。彼は毎日決められた時間にこの転移陣を使って訓練を受けに来ているのだが、あまり彼女を怒らせると消されてしまいそうだ。

オスカーは気を取り直して話題を戻す。

「俺の権利はともかく、魔法湖で襲われたのはうちの魔法士だからな。調査には行くさ」

「……好きにしなさい」

言い捨てる魔女は、これ以上この件に関して議論する気はないようだ。

時折彼女はこうして、オスカーに踏みこませない一線を引いてくる。高い試練の塔の最上階に棲んでいるのも、それと似たような理由だろう。孤独を当然のものとして生きている魔女。そんな彼女の一面を見る度に、オスカーは、自分でも判然としない感情に駆られる。理由を思い出せない焦燥を感じて、ただ彼女の手を取りたい、と思う。

オスカーは美しい横顔を見ながら、もう一つ言おうと思っていたことを思い出す。

「そういえば、もうすぐアイテア祝祭があるんだ」

「ああ、そんな季節ですか。で、忙しいから訓練を減らしたいとかですか？」

「違う。せっかくだから遊びに来ないか？　案内するぞ」

「え、いいんですか！」

魔女は少女のようにぱっと顔を輝かせる。そんな反応はさっきとは別人で、予想外のものだ。まるで外見通りの年齢であるかのように、ティナーシャは嬉しそうに浮き立つ。

「実はファルサスのアイテア祝祭って行ったことないんですよ。うわー、楽しみです」

笑顔になる魔女の目は、ころころと印象を変えて定まらない。まるで光の下で回転する宝石のようだ。

オスカーはまるで年下にも見える魔女に笑い出す。ティナーシャは途端に怪訝そうな顔になった。

「なんで笑うんですか。貴方、よく分からない人ですね」

「お互い様だと思うぞ」

「五歳の時はもっと可愛かったのに……。外見年齢をあの頃に戻してみていいですか？」

「さすがにやめてくれ……」

彼女の手を取りたい、というのと、子供になって手を引かれたい、とではまったく違う。

できれば彼女に勝てるようになって、彼女が困っている時に助けられるようにしたい。過去のお礼は言えたのだから、次は対等な関係を築きたい。今のところは先が遠そうに思えるが、目標は目標だ。三カ月後には到達するつもりはある。

オスカーは、己の魔女を見下ろして苦笑する。

「お前にとって俺はまだまだ未熟者だろうけどな。時間を割いてもらってるだけの結果は出すつもりだ。ただ無茶なことを頼んでる自覚はあるからな。祝祭の案内くらいするさ」

「……別に、貴方は達成者なんですから。当然の権利です」

少しだけ気まずげにティナーシャは視線を逸らす。真面目に訓練に励むオスカーを子供扱いしたことに、罪悪感を覚えたのだろう。彼女は転移陣を見たまま言った。

「五日後までに魔力が見えるようになったら、私が魔法湖を調べに行く時に連れていってあげます」

「ティナーシャ」

「だから、明日は塔へ訓練に来なさい。それまで魔法湖は使い魔に見張らせておきますから」

魔女はそうしてオスカーを振り返ると、かつて喪失を味わった少女の目で微笑む。

「貴方は、ちゃんと頑張っていますよ」

透き通って優しい言葉。

それは、彼女の芯を思わせる響きだった。

※

オスカーが、彼女に勝てるようになるまでは結局半年かかった。

最初は「三カ月だけ」と区切った期間を彼女が緩めてくれたのは、小さな事件が色々重なった結果だろう。復活させられた魔獣を倒し、彼女の四百年間の妄執を清算し、いつの間にか共にいることが自然になった。

半年の区切りに模擬試合をやってオスカーに負けた彼女は、軽く落ちこんで、それでもやっぱり嬉しそうだった。「ちゃんと勝ったのだから」と結婚を申しこんだら、「頭……平気ですか？」と心配された。「子供の頃から忘れたことはなかった」と白状したら、「馬鹿ですね」と苦笑された。


「お前の塔を知った時、『登らなければ』と思った。登って、話をしたいと」

「そんな理由であの塔を登ってくる人は普通いません」

「せっかく会えたのに割と迷惑がられていたのも、どうかとは思ったんだが」

「貴方が私の生活をどんどん侵食してくるからです」


天井に寝そべって本を読んでいる魔女は言う。すっかりこの城に居ついた大きな猫のようだが、結婚についてはまだ受けてくれていない。現在進行形で迷惑がられている。

それでも自分たちは一緒にいて、やがてそれが一生になるのだろう……いつか見た、他愛もない夢のように。

たとえ、自分たちに与えられた最後の人としての時間に、無数の記憶を思い出すことがなくても。

あの石室で出会った日。彼女は確かに約束を守って、時を越えて、会いに来てくれたのだから。

呪具の破壊により、
繰り返された歴史の試行は終わった。
そしてここより始まるのは、
世界外の力を打破せんとする、
二人の秘された旅路だ。
新文芸
Memory』
決定!!!!!!!!!
//dengekibunko.jp/special/unnamed/

いま、新たに
刻まれゆく
物語が始まる――。
電撃の
『Unnamed
続編制作
続報は、随時公式サイトにて公開予定！▶ https:

Memory《メモリー》』コミック版

「このライトノベルがすごい！ 2021」
（宝島社刊） 単行本・ノベルズ部門
第5位
電撃の新文芸
Babel
バベル
［著］古宮九時
［イラスト］森沢晴行
Ⅰ～Ⅲ巻
大好評
発売中!!
Babel
バベル
完結Ⅳ巻、2021年夏頃発売予定！

STORY

物語は『Unnamed Memory』の三百年後へ――。

《異世界》へ迷い込んだ少女は

大陸を変革し、世界の真実を暴く。

現代日本から突如異世界に迷い込んでしまった女子大生の水瀬雫。
剣と魔法が常識の世界に降り立ってしまい途方に暮れる彼女だったが、
魔法文字を研究する風変わりな魔法士の青年・エリクと偶然出会う。

「――お願いします、私を助けてください」

「いいよ。でも代わりに
一つお願いがある。
僕に、君の国の
文字を教えてくれ」

エリク
魔法文字を研究する
魔法士の青年。
雫
現代日本から
やってきた女子大生。

日本へと帰還する術を探すため、
魔法大国ファルサスを目指す旅に出る二人。
その旅路は、不条理で不可思議な謎に満ちていて。
――そうして、運命は回りだした。
これは、言葉にまつわる物語。
二人の旅立ちによって胎動をはじめたばかりの、世界の希望と変革の物語。

電撃の新文芸

Unnamed《アンネームド》 Memory《メモリー》 Ⅵ

名《な》も無《な》き物語《ものがたり》に終焉《しゅうえん》を

著者／古《ふる》宮《みや》九《く》時《じ》

イラスト／chibi《チビ》

2021年4月17日　初版発行
2024年3月10日　３版発行

発行者／山下直久
発行／株式会社ＫＡＤＯＫＡＷＡ
〒102-8177　東京都千代田区富士見2-13-3
0570-002-301（ナビダイヤル）
印刷／図書印刷株式会社
製本／図書印刷株式会社

【初出】
本書は著者の公式ウェブサイト『no-seen flower』にて掲載されたものに加筆、訂正しています。

ISBN978-4-04-912805-5　C0093　Printed in Japan

ファンレターあて先
〒102-8177
東京都千代田区富士見2-13-3
電撃文庫編集部

「古宮九時先生」係
「chibi先生」係

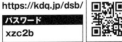

「」カクヨム
2,000万人が利用!
無料で読める小説サイト
カクヨムでできる
3つのこと
What can you do
with kakuyomu?
イラスト:スオウ
1
書く
Write
便利な機能・ツールを使って
執筆したあなたの作品を、
全世界に公開できます
2
読む
Read
有名作家の人気作品から
あなたが投稿した小説まで、
様々な小説・エッセイが
全て無料で楽しめます
3
伝える
つながる
Review & Community
気に入った小説の感想や
コメントを作者に伝えたり、
他の人にオススメすることで
仲間が見つかります
会員登録なしでも楽しめます!
カクヨムを試してみる
「」カクヨム
https://kakuyomu.jp/
カクヨム
検索